Zum Buch:

Ihren kleinen Sohn und gerade ausreichend Geld zum Leben – mehr scheint Vivian nicht zu ihrer Zufriedenheit zu brauchen. Tagsüber bedient sie in einem Secondhandladen die Kunden mit der gleichen Freundlichkeit, mit der sie abends an einem Sorgentelefon Ratsuchenden zur Seite steht. Doch dann begegnet ihr Claire Holloway. Eine Frau, die nicht höflich fragt, bevor sie das Leben anderer auf den Kopf stellt. Die alte Dame nimmt Vivian mit auf eine Reise durch die Höhen und Tiefen ihres aufregenden Lebens, das sie vom rauen Barra ins Londoner East End und schließlich auf die großen Laufstege der Welt geführt hat. Während der Gespräche mit Claire erkennt Vivian, dass auch sie noch verborgene Träume hat, die es sich zu verwirklichen lohnt.

Zur Autorin:

Jana Stieler, geboren 1977, hat Romanistik und Öffentliches Recht studiert, machte anschließend ein Volontariat bei einer Tageszeitung und arbeitete als Redakteurin in einem großen Zeitschriftenverlag. Dabei musste sie sich immer hüten, ihren Geschichten nicht aus Versehen die fantastischen Elemente hinzuzufügen, die durch ihren Kopf spukten. Ein Ausgleich musste her. Heute lebt sie deshalb als Autorin und freie Journalistin glücklich zwischen Fiktion und Wirklichkeit mit Mann und Sohn in Hamburg.

Jana Stieler

Der Stoff, aus dem Träume sind

Roman

mtb

MIRA® TASCHENBUCH
Band 26125

1. Auflage: August 2018
Originalausgabe

Umschlaggestaltung: zero-media.net, München
Umschlagabbildung: FinePic/München
Lektorat: Christiane Branscheid
Satz: GGP Media GmbH, Pößneck
Printed in Germany
Dieses Buch wurde auf FSC®-zertifiziertem Papier gedruckt.
ISBN 978-3-95649-800-8

www.mira-taschenbuch.de

I will not cease from mental fight,
Nor shall my sword sleep in my hand,
Till we have built Jerusalem,
In England's green and pleasant land.

William Blake

We are such stuff
As dreams are made on,
and our little life
Is rounded with a sleep.

Shakespeare

Prolog

Claire 1946

Mein Großvater wandte sein Profil dem Meer zu, und so nutzte ich die seltene Gelegenheit, ihn in dieser Umgebung zu betrachten. Sein zerfurchtes Gesicht glich den zerklüfteten Steinen um ihn herum. Es sah aus, als hätte es die Zeit genauso aus Wind und Wellen geformt wie die Landschaft. Mir fiel auf, wie selten ich ihn bei Tageslicht sah. Fast immer saß er an seinem Webstuhl in seinem kleinen Haus, wenn er sich nicht gerade um seine Hühner und Schafe kümmerte. Er hatte nicht viel Gelegenheit, aufs Wasser zu schauen. Die Menschen auf den Äußeren Hebriden waren Überlebenskünstler, die ein einzelner Job nicht ernährt hätte. Wer seine groben, starken Hände ansah, konnte sich nicht vorstellen, wie sanft er zarte Fäden hindurchfließen lassen konnte. Wenn mein Großvater neues Garn erhielt, dann zeigte er es mir, und ich staunte jedes Mal. Es war unglaublich, dass daraus ein so unverwüstliches Gewebe wie der Tweed entstehen würde. Doch ich konnte dem Stoff beim Entstehen zusehen, wenn mein Großvater an seinem Webstuhl arbeitete.

Am Ende würde jemand einen Mantel besitzen, der ein Leben lang hielt. Es scherte meinen Großvater nicht, dass er mit der perfekten Qualität seiner Arbeit den eigenen Untergang einläutete. Ich vermute, dass ihm der Gedanke, dass sich niemand neue Kleider kaufte, wenn die alten zu gut gemacht waren, nicht einmal gekommen war. Wenn er webte, dann tat er es mit allen Sinnen, mit seinem ganzen Geist. Seine vollkommene Hingabe ließ keinen Raum für müßige Gedanken. Doch an jenem Tag hatte er sich die Zeit genommen, mich auf einen Spaziergang mitzunehmen. Er wolle mich etwas fragen, hatte er gesagt. Doch vorerst schwieg er und schaute aufs Wasser.

Es schien eine Ewigkeit zu dauern, und ich, die weniger Geduld hatte als der alte Mann, wurde unruhig. Schließlich aber sprach er doch. »Ich mache mir Sorgen.«

»Warum?« Ich sah ihn verdutzt an.

»Behandelt dein Vater euch gut?«

Ich senkte überrascht den Blick, um nachzudenken. Dafür all der Aufwand, die Wanderung ans Meer und all das Schweigen?

»Er ist für mich da«, sagte ich dann. Das war nicht ganz die Antwort auf das, was er gefragt hatte. Aber es war die Wahrheit. Seit mein Vater vor einem halben Jahr aus dem Krieg heimgekehrt war, machte er keinen Hehl daraus, dass ich ihm von allen Familienmitgliedern das liebste war. Doch das wollte ich nicht sagen, es hätte zu eitel geklungen. Und schließlich war es doch mein Großvater, der mir die Kraft der sparsamen Worte vorlebte. Schlichte Sätze ohne ein einziges Wort zu viel ließen kaum Raum, in den man dringen konnte. Sie schienen ihm zu genügen, diese wenigen Worte. Ohne den Blick vom Meer zu wenden, nickte er knapp. Ich sah es aus den Augenwinkeln, während auch ich meinen Blick über den Horizont schweifen ließ. Ich fragte mich, ob mein Großvater sich in dieser Stille auch manchmal so unruhig fühlte wie ich selbst jetzt in diesem Moment. Doch für ihn schien das Gespräch beendet zu sein.

Diese Insel drückte einfach allem ihren Stempel auf, ging es mir durch den Kopf. Was mit ihr in Berührung kam, wurde schroff, rau und wetterbeständig. Die Felsen und die Vegetation, die Gesichter und der Stoff, der den Körper verbarg. Der oberflächliche Betrachter sah nur das. Doch es machte sich sowieso kaum jemand die Mühe, auf die Inseln zu kommen und genau hinzuschauen. Wenn man ganz nah an die Dinge herantrat und sich Zeit nahm, offenbarte sich einem ein kleines Wunder. Das Farbenspiel, die vielen Facetten der Schönheit in dieser Kargheit. Mir waren sie früh aufgefallen, und mein Großvater hatte mir immer mehr davon gezeigt. Ich dachte, wir wären so etwas wie Partner. Nur einmal hatten wir einen Streit.

Er hatte ein Buch gelesen. Bücher waren sein einziger Luxus und eine ungewöhnliche Beschäftigung für einen Weber. Doch wenn er ein wenig Zeit erübrigen konnte, steckte er seine Nase zwischen die staubigen Seiten. Er liebte alte Sagen und alles, was ihm die Natur erklärte. Doch letztendlich war es ihm egal. Er las das vollständige Sortiment gebrauchter Bücher, das ihm der Besitzer der Stoff-Fabrik, die mein Großvater belieferte, jedes Jahr zu Weihnachten in einer Kiste auf die Insel schickte. Es war dessen besonderer Dank an seinen zuverlässigsten Weber. Vielleicht hing die Schwäche meines Großvaters für bestimmte Werke mit seiner Berufung zusammen – dichten war wie weben, und Gott war in seinen Augen wohl der größte Dichter.

Mit einem dieser Bücher hing unser Streit zusammen. Mein Großvater hatte mir in einem ungewohnten Redefluss voll frischer Faszination zu erklären versucht, dass keine der Farben existierte, die wir sahen. Das Moos-, Efeu-, Lind- und Farngrün des Stoffs, an dem er an dem Tag gearbeitet hatte – alle diese Farben sollte es nicht geben, ebenso wenig wie das Pink, Magenta und Violett der gepunkteten Hebriden-Orchideen, die ich so oft zu einem Strauß band, um den Tisch zu schmücken.

»Ein Gegenstand«, so sagte er, »scheint nur deshalb eine bestimmte Farbe anzunehmen, weil er alle anderen Farben des Lichts verschluckt. Nur unser Gehirn erschafft das Graublau des Wassers und die weißen Schaumkronen darauf.«

Zuerst glaubte ich ihm nicht. Märchen oder Wissenschaft – beides existierte für mich nur in Büchern, eines so wirklich wie das andere. Schwarze Zeichen auf weißem Grund, deren Verfasser man nicht kannte. Warum sollte man also an das eine glauben und an das andere nicht?

Weil mein Großvater aber darauf beharrte und weil er nie log und sich selten irrte, vermutete ich schließlich, dass es wahr sein musste. Doch in einem letzten Aufbäumen wehrte ich mich, indem ich ihn weinend anschrie. Noch nie zuvor hatte ich so etwas getan, einen Erwachsenen angeschrien. Noch dazu meinen Großvater. Der alte Mann war entsetzt gewesen. Er hatte geglaubt, seiner Lieblingsenkelin eine neue Welt zu eröffnen. Stattdessen hatte es sich für mich angefühlt, als hätte er mir meine Welt für immer verschlossen.

»Was ist mit dir?«, hatte er mich gefragt.

Ich fühlte mich betrogen und beraubt. »Heißt das, ich kann all das niemals wirklich sehen – ich meine, so wie es ist?« Niemals würde ich meine Insel durch die Facettenaugen einer Biene betrachten können oder mit dem scharfen Weitblick des Seeadlers, damit hatte ich mich abgefunden, aber dass mir das wahre Antlitz unserer Erde unbekannt bleiben sollte, weil kein Auge jemals die Wahrheit sah, traf mich zutiefst. »Ich werde nie wieder Spaß daran haben, weißt du das? An den Farben, die wir uns immer ansehen, meine ich.« Mein Großvater strich mir sanft über das Haar, während ich weiter weinte. »Warum musstest du mir alles verderben?«

»Alles verderben?«, fragte er. Dann schwieg er wieder eine Weile, bis ihm anscheinend ein Gedanke kam: »Was wäre denn eine Welt ohne Geheimnisse? Ist dir das Wunder, dass wir leben und auf diese Art sehen können, nicht groß genug? Gönnst du den Dingen nicht auch ein kleines Geheimnis, das sie mit niemandem teilen möchten?«

Ich schüttelte den Kopf, allerdings nicht mehr mit der gleichen Überzeugung wie zuvor. Seine Worte hatten mich in einen Zwiespalt gestürzt – ich fühlte mich undankbar in dieser aufkeimenden Gier nach mehr, doch zugleich gab ich ihm die Schuld daran. Hätte er wie so oft einfach geschwiegen, hätte ich nicht gewusst, dass es mir an etwas mangelte.

Mittlerweile war unsere Auseinandersetzung fast ein Jahr her. Mein Großvater hatte kurz darauf begonnen, mich in den verschiedenen Nuancen des »Lichtwunders« zu schulen – bis ich seine Faszination nicht nur verstand, sondern sie mir am Ende sogar zu eigen machte.

Der alte Mann brachte mir bei, mehr zu sehen als die meisten Menschen. Und so gab er mir das Gefühl, dass ich die menschliche Gabe, auf eine bestimmte Art auf meine Umgebung zu blicken, zumindest voll ausnutzte. Auch die Insel sah ich mit neuen Augen, und so konnte sie wieder zu dem werden, was sie vor der beunruhigenden Entdeckung gewesen war, nämlich nicht nur die schönste von allen, sondern überhaupt der einzig denkbare Ort. Dies hier war alles. Die Insel war mit dem Meer verbunden und darüber mit der ganzen Welt. Ich hatte alles, was ein Mädchen sich nur wünschen konnte. Meine Großeltern, meinen Bruder, meine Eltern, die Landschaft, die Farben und die Stoffe meines Großvaters, die ich immer wieder ehrfürchtig berührte, bevor er sie an die Fabrik versandte.

Nur manchmal zweifelte ich an dieser Endgültigkeit. Meist dann, wenn ich nachts allein im Dunklen lag. Aber dann sagte ich mir, dass es nur daran lag, dass ich von meinem wichtigsten Sinn abgeschnitten war und er mir fehlte, so unvollkommen er auch sein mochte. Dass allein die Dunkelheit mir die Gewissheit nahm. Und manchmal sah ich dann am Tag tatsächlich klarer.

1. Kapitel

Vivian 2017

Die Minuten, bevor sie den Laden öffnete, waren für Vivian die schönsten ihres Arbeitstages. Sie nutzte die Ruhe im »Vintage Rose«, um ein Foto ihres Sohnes Ethan in ein Album einzukleben, das sie mit himmelblauem Stoff überzogen hatte. Dieses Album war schon das fünfte seiner Art, für jedes seiner bisherigen Lebensjahre besaß sie eines. Jeden Morgen knipste sie ein Bild von ihm, ließ es auf dem Arbeitsweg ausdrucken und klebte es ein.

Wehmütig blätterte sie durch die Seiten. Wie konnte es sein, dass ihr kleiner Sohn heute genauso aussah wie am Tag zuvor – und doch ganz anders als auf jenem allerersten Bild, das ihn am Tag seiner Geburt zeigte? Wann genau hatte sein Gesicht diese Veränderungen vom pausbäckigen Baby zum zierlichen Kleinkind vollzogen? Es musste in einem Moment passiert sein, in dem sie und die Kamera weggeblickt hatten. Einem Moment, in dem sie keinen Einfluss darauf gehabt hatte, was mit ihm geschah. Diese Augenblicke, in denen sie ihn nicht erreichen konnte, machten ihr immer noch Angst.

Jede Nacht, wenn er in den Schlaf und damit von ihr weg in eine eigene Welt glitt, hoffte sie, dass er dort auf schöne Bilder traf oder dass ihn eine Traumversion von ihr beschützte, wenn er einmal in dunklere Gefilde geriet.

Vivian klappte seufzend das Album zu und ließ ihren Blick schweifen, betrachtete pastellfarbene Brokatmäntel aus den

Fünfzigern, kastenförmige Kleider mit harten Farbkontrasten aus den Sechzigern und die bodenlangen Polyester-Gewänder der Siebziger. Auch die Schaufensterpuppen hatte ihre Chefin Rose gebraucht gekauft, sodass sie die Kleidung für jedes Jahrzehnt am passenden Körper drapieren konnten. Die 1920er- und 1960er-Jahre waren spindeldürr und die Fünfzigerjahre mindestens genauso unnatürlich kurvig. Es gab Frauen, die hätten sich hier im Paradies gewähnt. Für Vivian waren es alte Klamotten, sonst nichts.

Dieser Job war zu ihr gekommen, als sie Geld gebraucht hatte, und dafür war sie dankbar, nicht mehr und nicht weniger. Sie musste ihr Kind versorgen. Kaum etwas anderes beschäftigte sie, seit Ethan auf der Welt war.

Die Idee zu dem Fotoalbum hatte sich bereits in Vivians Kopf eingenistet, als Ethan gerade einmal eine halbe Stunde auf der Welt gewesen war und schläfrig in ihren Armen gelegen hatte. Diese Augenblicke würden zu schnell vergehen, das war ihr trotz ihrer Erschöpfung schlagartig bewusst geworden. Diese überwältigenden ersten Stunden mit diesem kleinen Menschen – so fremd, so vertraut, so verknautscht, so wunderschön, so unschuldig, so fordernd.

Nichts hatte sie auf dieses Wunder vorbereitet. Vor lauter Staunen hatte Vivian sogar vergessen, dass Ethans Vater sie vier Wochen zuvor verlassen hatte. Er wollte doch kein Kind, sondern lieber eine neue Freundin. Bis zum Abend vor der Geburt hatte sie deswegen so sehr gelitten, dass sie gerade so viel gegessen hatte, dass das Wesen in ihr keinen Nährstoffmangel erleiden musste. Und auch wenn sie es niemandem erzählt hatte, insgeheim hatte sie sich vor Ethans Ankunft gefürchtet. Es war ein befremdlicher Gedanke gewesen, ihr restliches Leben mit einem noch völlig unbekannten männlichen Wesen zu verbringen.

Die besten Voraussetzungen für eine Wochenbett-Depression, hatte sie gedacht. Doch es war anders gekommen. Statt Leere oder gar Abneigung zu empfinden, sah sie sich aus dem Nichts von einer so tiefen Liebe überrumpelt, dass sie diese im Alltag oft verbarg, um keinen Spott zu ernten. Um die kostbaren Momente mit ihrem Sohn zu bewahren, klebte sie jeden Morgen die Fotos ein. Sie wollte gerade noch einmal zu dem Album greifen, da betrat eine Kundin den Laden.

»Guten Morgen«, rief Vivian mit ihrer immer fröhlichen Verkäuferinnenstimme. Sie versuchte, die richtige Mischung aus Offenheit und Zurückhaltung in ihren Blick zu legen. Zu oft hatte sie beobachtet, dass Menschen sich unbehaglich fühlten, wenn sie die einzigen Kunden in einem Geschäft waren. Diese Frau – eine alte Dame – gehörte nicht zu ihnen. Stattdessen grüßte sie knapp und musterte Vivian mit einer Unerbittlichkeit, bei der diese sich wie ein Insekt unter einem Mikroskop fühlte.

Nachdem die Kundin ihr Revier abgesteckt hatte – und ihr Revier war sicher überall dort, wo sie sich gerade aufhielt –, schenkte sie Vivian keinen zweiten Blick. Zielstrebig ging sie zum Schaufenster und untersuchte die Rückseite des schwarzen Spitzenkleides, das eine der glatzköpfigen Puppen trug. Vivian beobachtete sie unauffällig. Diese Frau war nicht häufig Gast in Läden wie diesem, das sah man auf den ersten Blick. Sie trug einen Wollmantel, den vor ihr ganz sicher keine andere getragen hatte. Er war beige und hätte den biederen Chic verströmen können, für den sich viele ältere Frauen entschieden. Doch irgendetwas an der Farbe ließ die Haut der Dame leuchten und sie frisch aussehen. Und er machte einen maßgeschneiderten Eindruck – als wäre er Teil der Frau und könne nur von ihr getragen werden.

Plötzlich hielt die Kundin inne, und Vivian wollte schon

ertappt die Augen senken. Doch nicht sie, sondern etwas auf dem Garderobenständer vor ihr hatte die Aufmerksamkeit der Frau erregt. Bestimmt und doch leichtfüßig ging sie durch den Raum. Vivian hörte kaum das Klappern ihrer Absätze. Als die alte Dame den Ärmel eines Herren-Tweed-Jacketts in die Hand nahm, schien sich etwas im Raum zu verändern. Leise und nicht greifbar, wie die Luft kurz vor einem Gewitter. Vivian wurde nervös. Die Frau nahm das Jackett in beide Hände, schlug es auf und betrachtete das Etikett. Nach einer längeren Zeit des Versunkenseins blickte sie Vivian so direkt in die Augen, dass diese zusammenzuckte.

Die Frau hängte das Jackett zurück und deutete auf das schwarze Kleid. »Das hier nehme ich.« Ihre Ungeduld war deutlich zu spüren, als Vivian die Schaufensterpuppe entkleidete. Ein Hauch von Rosenduft wehte ihr entgegen, als Vivians Ellbogen den Mantel der Kundin streifte.

Der dezente Duft wirkte so echt, dass er Bilder von blühenden Sommergärten in Vivians Kopf malte. Schnell zog sie der Puppe das Kleid über den Kopf, legte es sich sorgfältig gefaltet über den Arm und fragte: »Kann ich sonst noch etwas für Sie tun?«

»Nein«, entgegnete die Frau und sah Vivian an, als hätte sie eine überaus dumme Frage gestellt. »Ich brauche die Knöpfe«, erklärte die Kundin plötzlich. Vivian blinzelte verwirrt.

Warum rechtfertigte sich die Frau für ihren Kauf? Kundinnen wie diese war sie nicht gewohnt. Meist kamen junge Frauengruppen. Sie kicherten viel, während sie sich vor den Umkleidekabinen gegenseitig in den Kleidern betrachteten, und fotografierten sich mit ihren Handys, von denen Vivian wusste, dass sie hinterher auf allen Kanälen im Internet zu sehen sein würden. Vivian konnte den Drang, alles zu teilen, nicht nachvollziehen. Sie selbst behielt die erinnerungswürdigen Momente lieber für sich. Es kam ihr vor, als würde eine endlose Vervielfältigung sie ihrer Kraft berauben.

Manche Frauen suchten hier aber auch ein Stück, das ihrem Outfit den besonderen Schliff verleihen sollte. Sie trugen ihr Vintage-Kleid dann mit einem nachlässig hochgebundenen Dutt oder der Flechtfrisur ihres Lieblings-Promis, vielleicht kombinierten sie es außerdem mit einer Lederjacke oder schweren Stiefeln – wie sie es auf irgendeinem Blog gesehen hatten.

Vivian war nie in Gefahr gewesen, für trendbewusst gehalten zu werden. Sie trug jetzt mit dreißig die gleiche, nicht besonders akkurat geschnittene Bob-Frisur wie mit sechzehn. Meine Haare könnten mal wieder geschnitten werden, dachte Vivian plötzlich. Die Frau musterte sie schon wieder so abschätzig, während sie das Kleid verpackte. Vivian mochte den Hauch von Nostalgie, der von den rosafarbenen Papiertüten ausging, auf die in schnörkeliger Schrift der Name des Ladens gedruckt war. An diesem Tag, unter dem strengen Blick ihrer Kundin, war Vivian sich nicht mehr so sicher, ob sie wirklich geschmackvoll waren.

Nachdem die Frau den Laden verlassen hatte, holte Vivian erleichtert Luft. Gleichzeitig war ihr der Raum noch nie so leer erschienen wie in diesen Minuten, nachdem die Glocken erneut gebimmelt hatten und die Tür langsam zugefallen war. Neugierig ging sie zu dem alten Jackett. Sie zupfte am Ärmel, dann sah sie auf das Etikett. Enttäuscht entdeckte sie – gar nichts. Nichts, was dieses Kleidungsstück in irgendjemandes Augen zu etwas Besonderem hätte machen können. Ein kratziges Altherren-Jackett. Es roch auch so – nach nassem Hund und modrigem Duftwasser. Trotzdem zog das Jackett den ganzen Tag lang immer wieder Vivians Blick auf sich.

2. Kapitel

Claire 2017

Claires Kleiderschrank war verglichen mit dem anderer Frauen winzig. Sie brauchte nicht viel Platz, denn sie bewahrte nichts auf, was überflüssig war. Für jede Jahreszeit hatte sie eine eigene kleine Garderobe. Die Stücke für Frühling, Sommer, Herbst und Winter unterschieden sich farblich nur durch winzige Nuancen. Ein ungeschultes Auge hätte sie nicht wahrgenommen. Doch Claire wusste, dass diese winzigen Abweichungen dafür sorgten, dass die Kleidung ihrem Hautton sowohl in der Frühlingssonne als auch im Herbstlicht schmeichelte. Ihre Farben waren immer Creme, Beige, Feuerrot und Grün gewesen. Das Wollgras, die Flechten, die Fackel-Lilien und das Moos ihrer alten Heimat.

Der Kleiderschrank war eine Spezialanfertigung aus Buchenholz. Claire fand, Buche passe zu ihr. Sie war hart und wenig biegsam. Dort, wo sie ursprünglich herkam, auf den Äußeren Hebriden, gab es viele Buchen, auch wenn die Leute dachten, es handele sich um karge Landschaften am Rande der Welt. Sie irrten sich.

Als sie in dem Vintage-Laden das Jackett gesehen hatte, hatte sie es sofort erkannt, das Efeugrün, das mit einem hauchzarten himmelblauen Faden verwoben war. Beinahe hätte sie das Kleidungsstück gekauft, wenn der neugierige Blick der jungen Verkäuferin sie nicht plötzlich aus ihrem Schwebezustand zwischen Vergangenheit und Gegenwart gerissen hätte. Stattdessen hatte sie sich dann für das einzige Stück entschieden, das ihr in diesem Moment wirklich von Nutzen schien.

Sie hatte am Morgen die Einladung zu einer Beerdigung erhalten, und an ihrem schwarzen Kleid fehlte ein Knopf. Es war ihr schleierhaft, wie der einfach so hatte verschwinden können, denn sie pflegte ihre Kleidung akribisch. Nun würde sie alle Knöpfe ersetzen müssen. Nur deswegen hatte sie das Stück aus dem Vintage-Laden gekauft.

Sie zog ihr altes schwarzes Kleid an und betrachtete sich im Spiegel. Es saß wie früher. Ihr Gewicht hatte sich kaum verändert, vielleicht wirkten deshalb ihre Konturen ein wenig eingefallen. Eine Bekannte von ihr, Catherine, sollte einmal gesagt haben, dass eine Frau sich in höherem Alter zwischen ihrem Gesicht und ihrem Hintern entscheiden müsse. Catherine, die von manchen nur ehrfürchtig »la Deneuve« genannt wurde, sah heute sogar fast jünger aus als vor zehn Jahren.

Claire selbst hatte sich für ihre Garderobe entschieden. Alles andere hätte geheißen, sich gehen zu lassen.

Ich hätte mir heute Nachmittag den Friseurbesuch sparen sollen, stellte sie ärgerlich fest. Das Silbergrau hatte elegant gewirkt, das neue Rehbraun hingegen sah der Haarfarbe ihrer Jugend zwar ähnlich, wich aber dennoch so sehr ab, dass es nicht vorteilhaft für ihr Gesicht war. *Ich sehe aus wie eine alte Frau, die sich vergeblich an ihre Jugend klammert.* Sie verzog angewidert das Gesicht.

Claire hatte sich nie lange mit Illusionen aufgehalten. Wasser und chemische Verbindungen – das ist der menschliche Körper. Claire wusste, dass es nicht der Mühe wert war, sich an irgendetwas zu klammern, schon gar nicht an eine Haarfarbe. Irgendwo im Schatten wartete er schon, der Sensenmann.

Claire sah ihr Spiegelbild spöttisch lächeln. Der Sensenmann, so hatte ihn ihre Großmutter immer genannt. Er saß schon in

Claires Augen, die immer weniger sahen, im leichten Stechen im Oberbauch, das womöglich auf Herzprobleme hindeutete, in der Steifheit ihrer Gelenke, die auch im Lauf des Tages nicht mehr verschwand. Vielleicht bleiben mir noch zehn Jahre, vermutete sie. *Zehn Mal Frühling, Sommer, Herbst und Winter, das ist so gut wie nichts.* Und nicht viel länger danach würde es bedeutungslos sein, dass sie jemals existiert hatte. Dieses Wissen hatte sie nie melancholisch gemacht, sondern immer ermutigt, Dinge zu tun, die sich andere nicht trauten.

Nur in letzter Zeit verspürte sie bei dem Gedanken ein leichtes Flattern in der Magengegend. Vielleicht hatte sie deshalb in Erwägung gezogen, der Einladung zu Mr. Browns Beerdigung zu folgen.

Die Karte in ihrer Tasche war von Lydia verschickt worden. Mit dem Hinweis, dass Claires Erscheinen auf dem Friedhof ausdrücklich Mr. Browns letzter Wunsch gewesen sei. Claire hörte förmlich, wie Lydia sie anschrie: »Mein Wunsch war es nicht, hörst du?«

Die Tochter, die Claire mit Charles Brown bekommen hatte – vor einer Ewigkeit. Mittlerweile war Lydia selbst schon sechsundfünfzig Jahre alt. Ganz sicher wollte sie Claire, ihre Mutter, nicht sehen.

Als sie die schwarzen Knöpfe für ihr Kleid gesehen hatte, hatte Claire den Entschluss gefasst, sich von der widerwilligen Einladung nicht abschrecken zu lassen. Zumindest hatte sie jetzt die Gelegenheit, ein perfekt dezentes Kleid für diesen Anlass zu tragen. War es mutig, sich ihrer Tochter zu stellen? Oder war es ein Zeichen von Schwäche, sich noch etwas zu erhoffen?

Claire war sich nicht sicher. Letzteres erschien ihr wahrscheinlicher. Es war Unsinn, plötzlich mit dem Gedanken zu spielen, was hätte sein können oder was in Zukunft sein könnte. Zumal sie die Antwort kannte: Nichts würde sein. Und da sie, seit sie ihr erstes Paar Knickerbockers aus den Soldatenhosen ihres Vaters geschneidert hatte, nie eine Verschwenderin von Zeit, Geld oder Gefühlen gewesen war, fasste sie den Entschluss, das gekaufte Kleid morgen zurückzubringen.

Sie würde sich nicht mit einer Trauer schmücken, die ihr nicht zustand, und deshalb der eigentlichen Feier fernbleiben. Charlie. Charlie Brown, der Mann, der wie eine Cartoon-Figur hieß. Für einen Moment sah sie ihn vor sich und spürte überrascht, wie ihre Augen feucht wurden. Ein kräftiges Blinzeln löste das Problem.

Sie würde jetzt einfach mit einem Buch ins Bett gehen und dann einschlafen. Schon seit vielen Jahren las sie nur noch Bücher, die sie bereits kannte, als lohne es sich nicht, noch etwas Neues zu erfahren oder einen fremden Gedanken nachzuvollziehen. Mittlerweile beruhigten sie Wiederholungen. Die Zeit der Abenteuer war vorbei.

3. Kapitel

Vivian 2017

Manchmal fühlte Vivian sich einsam. Nicht an den Abenden, an denen sie allein in ihrem Wohnzimmer saß, weil ihr Sohn schon schlief. Es waren eher Abende wie dieser, an denen sie vor allem sich selbst vermisste.

Ihre Freundin Sally war zu Besuch gekommen. »Er hat gesagt, er trennt sich von seiner Frau.«

Wieder dieses Gefühl, vor einem gläsernen Bildschirm zu sitzen und den abgedroschenen Phrasen einer Realityshow zu folgen.

»Das sagt er doch schon seit über einem Jahr«, wandte Vivian schließlich ein – zum bestimmt hundertsten Mal. Aber was sollte sie auch sagen?

Hätte sie den Mann in Schutz genommen, der seine Familie nicht verlassen wollte, hätte Sally das als Verrat aufgefasst. Gäbe sie Sally recht, würde diese ihren Liebhaber mit allen Geschossen verteidigen.

Vivian war sich mittlerweile sicher, dass Richard seine Frau und seine Kinder niemals verlassen würde. Im Gegensatz zu Tim, der keine Hemmungen gehabt hatte, Vivian im letzten Monat der Schwangerschaft für eine Frau, die er kaum kannte, zu verlassen, war Richard offenbar verantwortungsbewusster – oder auch einfach nur fauler, feiger.

»Es ist nicht so einfach«, sagte Sally gerade.

»Wenigstens behauptet er nicht, sie sei an einen Rollstuhl

gefesselt oder sonst irgendwie schwer erkrankt.« Vivian selbst erschrak über den bissigen Kommentar, der ihr einfach so rausgerutscht war. Doch Sally ignorierte sie ohnehin.

»Ich werde Weihnachten mal wieder allein verbringen.« Sally seufzte.

Ich langweile mich, dachte Vivian betrübt. Und dann: Ich will nach Hause. Obwohl das Unsinn war, denn schließlich befand sie sich in ihrer Wohnung.

Vivian vermutete außerdem, dass Sally wusste, wie gut ihr Kummer stand – und ihn deshalb mit schwarzem Kajal betonte.

»Vielleicht verlässt er sie ja doch noch«, murmelte Vivian schließlich, angetrieben von schlechtem Gewissen.

»Meinst du wirklich?« Sally sah erfreut aus.

»Aber vielleicht erst nach Weihnachten«, sagte Vivian. Schon wieder eine boshafte Bemerkung, wo kamen die an diesem Tag nur her? »Vielleicht will er seinen Kindern das Fest nicht verderben«, ergänzte sie matt.

»Wir haben Juli«, sagte Sally empört. »Warum sollte er jetzt schon an das Weihnachtsfest denken?«

Vivian sah Sally ungläubig an und unterdrückte mühsam ein Lachen. Beinahe war sie erleichtert, als Sally auf die Uhr sah.

»Oh, ich muss los. Ich bin ganz spontan mit den Mädels verabredet, Krisensitzung. Das von Helen habe ich dir noch gar nicht erzählt. Das mache ich irgendwann mal in Ruhe. Du musst sicher noch einiges erledigen, einen Kuchen für den Kindergarten backen oder so ...«

Vivian wusste, dass Sally ihr damit keine Retourkutsche verpassen wollte, sondern den Satz einfach gedankenlos ausgesprochen hatte.

Die »Mädels« waren mal ihre gemeinsamen Freundinnen gewesen – damals, vor dem Kind. Sie werden einen draufmachen, dachte Vivian, sich gemeinsam über Richard empören, viel trinken und dabei jede Menge Spaß haben. Manchmal besuchte eine von ihnen Vivian. So wie jetzt Sally, wenn sie sich über Richard ausweinen wollte, oder Betty, wenn sie mal wieder mit ihren Kolleginnen nicht klarkam. Nur Helen kam gar nicht mehr zu ihr nach Hause. Helen war ihr die liebste ihrer Freundinnen gewesen. Doch seit einer Weile bemühten sie und ihr Mann sich immer verzweifelter, ein Kind zu bekommen. Bei ihren letzten Besuchen hatte sie nur noch schlecht gelaunt auf Ethan geblickt und Vivians Erziehungsmethoden kritisiert. Zuerst hatte Vivian nächtelang darüber gegrübelt, ob sie eine schlechte Mutter war. Doch dann hatte Sally ihr von ihrer Vermutung erzählt, dass Helen neidisch war. Es hatte in Vivians bisherigem Leben nur wenig gegeben, was Missgunst hervorrufen könnte. Deswegen war die Erfahrung neu für sie und schwerer auszuhalten als die mitleidigen Blicke, die ihr als alleinerziehender Mutter ohne nennenswerten beruflichen Erfolg vertrauter waren. Dass es einem anderen in ihrer Gegenwart schlecht ging, wollte sie bestimmt nicht.

Sie war die eifrigste Unterstützerin ihrer Freundinnen, und dass sie heute genervt auf Sally reagiert hatte, lag weniger daran, dass sie deren Affäre verurteilte, als daran, dass sie sich während des Gesprächs in einer Endlosschleife gefangen gefühlt hatte. Vivian verurteilte ohnehin selten andere Menschen.

»Moral ist nur eine Frage der Sympathie«, hatte Vivians Mutter Linda immer gesagt und dabei ihr nonchalantes Lächeln aufgesetzt, mit dem sie ihre sonst so ausgeglichene Tochter zur Weißglut bringen konnte.

Vielleicht hatte ihre Mutter ja in diesem Punkt ausnahmsweise gar nicht so falschgelegen, überlegte Vivian. Sie dachte an eine Sally, die Tim auf offener Straße beschimpft hatte, nachdem er Vivian verlassen hatte. Doch weil Vivian im Gegensatz zu Sally nicht gerne im Mittelpunkt eines Dramas stand, hatte sich bei dem Gedanken an diese Szene noch eine Woche später ihr Magen verkrampft. Ob Sally klar war, dass Richards Frau sich nun in einer ähnlichen Lage befand wie Vivian damals?

»Sehen wir uns am nächsten Wochenende?«, fragte Sally, als sie schon im Flur vor Vivians Wohnungstür stand. Die Freundinnen trafen sich seit dem Studium mindestens einmal im Monat immer in derselben Bar, doch Vivian war schon lange nicht mehr dabei gewesen.

»Ich melde mich noch mal«, sagte Vivian.

»Sicher.« Sally verdrehte die Augen. Ihr Blick streifte dabei das Graffito an der Wand auf dem Flur. »Sag mal, willst du dir nicht endlich mal eine neue Wohnung suchen?«, fragte Sally. »Es kann doch nicht gut für ein Kind sein, so aufzuwachsen. Ich meine, mit neunundzwanzig sind wir doch etwas zu alt, um noch als Hausbesetzer zu leben, oder?«

»Ich arbeite daran«, sagte Vivian mit einem lockeren Lachen, das sogar in ihren Ohren aufgesetzt klang, und umarmte Sally, bevor diese im Treppenhaus verschwand und dabei über den Fahrstuhl fluchte, der nie funktionierte.

Vivian schloss die Haustür. Sally hatte recht. In den vier Jahren, in denen Ethan auf der Welt war, waren die beiden dreimal umgezogen – und es konnte ihr sofort wieder passieren, dass sie innerhalb von zwei Wochen eine neue Bleibe suchen musste. Doch zumindest war es ihr bislang gelungen, Unterkünfte zu ergattern, die im selben Umfeld lagen, sodass Ethan nicht den Kindergarten wechseln musste und zumindest etwas Stabilität erhielt. Bislang schien es ihm nichts auszumachen. Und sie besaßen nicht so viel, dass es besonders anstrengende Umzüge waren. Dennoch legte Vivian jeden Cent zur Seite, um sich etwas anderes leisten zu können, bevor Ethan merkte, dass ihre Wohnsituation ungewöhnlich war. Vorsichtig ausgedrückt. Vermutlich wäre es das Beste, London einfach zu verlassen.

Doch Vivian liebte die Stadt, auch wenn sie deren Vorzüge so gut wie nie nutzte. Dennoch mochte sie die unzähligen Möglichkeiten, die sie versprach. Es gab so viele Dinge, die einem das Gefühl vermitteln konnten, ein Teil all dieser Möglichkeiten zu sein. Sie kosteten nicht einmal Geld. Die Museen, die Parks und die vielen kleinen Läden. Sie musste sie nicht betreten, um zu genießen, dass man in einer schwedischen Bäckerei frühstücken und den Tag mit gegrilltem Yak in einer nepalesischen Garküche beenden konnte. Die Gerüche von Zimt und Teig, Curry und Reis, die durch die zur Straße hin geöffneten Fenster der Geschäfte drangen, genügten ihr.

Und Ethan sollte später Zugang zu allem haben, was diese Welt bot, auch wenn ihr der Gedanke manchmal fürchterliche Angst machte. Erst gerade wieder hatte es eine Messerstecherei vor dem Pub um die Ecke gegeben. Dabei war Lambeth ein Bezirk, der sich im Aufschwung befand – wie so viele einstmals verrufene Gegenden in Innenstadtnähe. Und trotz der Graffiti im Treppenhaus war das Haus, in dem sie lebten, keine Bruchbude. Ganz im Gegenteil. Es war ein georgianisches Stadthaus mit Blick auf den Park samt dem Museum of Imperial War. Dass sie und Ethan nie wussten, wie lange sie an einem Ort bleiben durften, war eben der Preis dafür, dass sie hier lebten und nicht in einem der riesigen Häuserblocks voller Sozialwohnungen und Wäsche, die neben der Satellitenschüssel vor dem Fenster auf der Leine flatterte.

Vivian hatte einmal in einer solchen Wohnung gelebt und erinnerte sich an Zigarettenqualm in den Fluren, an den moderigen Gestank des Mülls, der vor den Haustüren verrottete, und an ihre Mutter, die fast den ganzen Tag auf dem Sofa herumlag. Dass sie dabei nicht aufgedunsen und fett gewesen war wie andere Mütter in dem Haus, sondern auf den ersten Blick zart und hübsch, hatte das Bild noch schlimmer gemacht.

Irgendwann hatte Vivian zwar verstanden, dass der flatterhafte Schmetterling, als den sie ihre Mutter sah, der sie mal zart küsste und dann wieder beschimpfte, im Innern unbeugsam war. Es war die Zeit gewesen, in der ihr Vater keinen Job fand. Wegen seiner Rückenprobleme konnte er nicht mehr auf Montage in zugigen Fabrikhallen arbeiten. Später bekam er einen Job als Hausmeister, doch da war ihre Mutter schon seit einem Jahr weg. Hatte sie verlassen, weil sie mit der Situation nicht mehr klargekommen war und ihre Familie ihr offenbar nichts zu bieten hatte, was sie hätte zurückhalten können.

Für Vivians Vater hatte der neue Job bedeutet, dass er seiner kleinen Tochter eine gemütliche kleine Erdgeschosswohnung bieten konnte. Mit der damals neunjährigen Vivian war er in den Häuserblock gezogen, in dem er dafür zuständig war, dass Reparaturen verrichtet und Stromzähler abgelesen wurden. Die beiden hatten nun Zugang zu einer winzigen Grünfläche, aus der er den schönsten Garten zauberte, den Vivian bis dahin gesehen hatte.

Vivian war froh, jetzt mit Ethan in einem Haus wie diesem zu leben, doch Sallys Kommentar nagte an ihr. Sie war keine Hausbesetzerin. Sie war eine Haushüterin. Das war nichts Verwerfliches. Im Gegenteil. Sie half, Häuser wie dieses vor dem Verfall zu bewahren. Für ihre 2,5-Zimmer-Wohnung mit getäfelten Wänden zahlte sie nur dreihundert Pfund im Monat. Die Vertäfelung wirkte vielleicht ein wenig düster, aber es war echtes Eichenholz. Die Besitzer hatten außerdem grüne Bankerlampen und ein angestaubtes Chesterfield-Sofa hinterlassen, das Vivian wirklich gefiel. Trotz all dieser Vorzüge beneidete sie manchmal die Agentur, die ihr diese Wohnung vermittelt hatte, um ihre Gewitztheit. Die kassierte kurzerhand an zwei Fronten ab. Sie bekam nicht nur die kleinen Summen von den Bewohnern, sondern erhielt von den Besitzern der leer stehenden Häuser jeweils noch den vierfachen Betrag dafür, dass sie Mieter fand, die Hausbesetzer fernhielten. Solche wieder zu vertreiben war nach britischem Recht nämlich fast unmöglich, so hatte man Vivian erklärt. Deshalb war es wichtig, dass man unter Kontrolle behielt, wer in den Häusern wohnte. Vivians erste Wohnung dieser Art – in einem ehemaligen Sanatorium – war ein wenig beklemmend gewesen, aber seither hatte sie Glück gehabt. Was machte es da schon, dass Vivian laut Vertrag nicht ohne Ankündigung Urlaub machen, keine Partys feiern und innerhalb von vier Wochen auf die Straße gesetzt werden durfte? Auch dass es in ihrem Schlafzimmer weder Heizung noch elektrisches Licht gab, nahm sie in Kauf. Sie mochte ohnehin keine Heizungsluft im Schlafzimmer.

Und das Graffito im Flur war keine Schmiererei, sondern kunstvoller Ausdruck der Sehnsucht eines Stadtbewohners. So hatte es ihr der Nachbar erklärt, der es aufgesprüht hatte, und Ethan gefiel es. Es zeigte den Weltraum, in dem zwischen den Sternen Urwälder, Strände und Wasserfälle in Seifenblasen schwebten.

Natürlich würde sie nicht immer Haushüterin sein, irgendwann würde Ethan das befremdlich finden.

Vivian schaute auf die Uhr. Gleich würde das Telefon das erste Mal klingeln. Abends arbeitete sie für ein Sorgentelefon, so war ihr Psychologie-Bachelor zumindest ein wenig nützlich, auch wenn sie das Studium kurz vor ihrer Masterarbeit abgebrochen hatte.

Alle Mitarbeiter des Sorgentelefons hatten in irgendeiner Form eine psychologische Ausbildung. Dadurch war die Einrichtung kein ehrenamtliches Angebot von Laien, und den Anrufern durfte eine Gebühr berechnet werden. Auf der Homepage des Anbieters konnte man die Fotos und Qualifikationen derjenigen einsehen, die aktuell für ein Gespräch zur Verfügung standen. So konnten die Anrufer wählen, welcher der Mitarbeiter ihnen am passendsten erschien oder am sympathischsten wirkte.

Vivian sah auf ihrem Foto sehr freundlich, aber nicht zu hübsch aus. Vielleicht bekam sie deshalb so viele Anrufe von Frauen. Die Anrufe gingen in der Zentrale ein und wurden dann zu ihr umgeleitet, damit der Arbeitgeber erfassen konnte, wie viele Stunden sie arbeitete. Nur weil das möglich war, hatte man Vivian die Ausnahmeregelung gewährt, die Gespräche von zu Hause zu führen – und weil ein ehemaliger Kommilitone die Abteilung leitete.

Auch den Job im »Vintage Rose« hatte Vivian indirekt ihrem Studium zu verdanken. Rose war ebenfalls eine Kommilitonin gewesen – bis sie überraschend eine Erbschaft gemacht hatte. Danach hatte sie, ohne zu zögern, die Universität hinter sich gelassen, um sich ihrer wahren Leidenschaft zu widmen: Kleidung mit Mottenkugelduft.

Sie waren sich zufällig wiederbegegnet, kurz nachdem Vivians eigenes Leben eine unerwartete Wendung genommen hatte. Ihr Bauch war zu dem Zeitpunkt schon recht rund und ihr Studium Vergangenheit gewesen. Zum Glück hatte Rose nie das Risiko gescheut und Vivian spontan angeboten, in dem Laden als Aushilfe anzufangen. Auf keinen Fall hatte Vivian geplant, dauerhaft zu bleiben, doch als Ethan ein Jahr alt wurde und in den Kindergarten gehen konnte, hatte sie ihre Arbeitsstundenanzahl erhöht. Andere Unternehmen standen nicht gerade Schlange, um sie abzuwerben.

Alle in ihrem Umfeld, sogar ihr Vater, vermuteten, dass ihre Schwangerschaft sie davon abgehalten hatte, sich beruflich zu verwirklichen. Sie hatte ihnen allerdings nichts von der anderen Sache erzählt, die schon einige Monate zuvor geschehen war. Andere an den Bildern teilhaben zu lassen, die sie verfolgten, hätte die Angelegenheit noch mehr zu einem Teil von ihr gemacht. Solange sie den Irrtum nicht auflöste, spiegelten die Augen der anderen ihr nur eine beruhigend langweilige junge Frau, und sie fügte sich gerne in diese Rolle, die ihr ohnehin zu einem großen Teil entsprach.

Doch in einem anderen Teil von Vivian lag etwas verborgen, was sich ihr in ihren Träumen zeigte. Dann sah sie einen Jungen mit großen blauen Augen und einer blutenden Wunde am Kopf. Und seit ihr Sohn auf der Welt war, trug dieser Junge in ihren schlimmsten Nächten Ethans Gesicht.

Sie selbst wusste, dass Ethan sie ganz sicher von nichts abhielt, außer davon, sich in Verzweiflung zu verlieren.

Vor ihrer Schwangerschaft, als ihr Studium bereits gescheitert war – wegen dieser Sache –, hatte sie sich gefühlt wie jemand, der hilflos im Meer trieb. Unter sich nichts als dunkle Tiefe, in der sich alles Mögliche verbergen könnte. Sie hatte die Panik gespürt und dennoch keinen Versuch unternommen, zu entkommen. Denn in welche Richtung sie sich auch drehte – am Horizont gab es nichts außer der Linie zwischen Himmel und Wasser. Was also, wenn jede Bewegung sie noch weiter abtrieb von den unsichtbaren Ufern? So war es gewesen, als sie die Sache noch nicht in ihre Träume verbannt hatte, sondern sie auch tagsüber nichts anderes sah als das Gesicht dieses Jungen und die blutende Wunde an seinem Kopf.

Damals hatte sie sich in die Affäre mit Ethans Vater gestürzt. Sie hatte sich an ihn geklammert, weil sie nicht wusste, was sie sonst hätte tun sollen. Ein Atemzug von ihm hatte deshalb ausgereicht, um sie umzupusten, und wenn er etwas Freundliches gesagt hatte, hatte sie es auf die Waage gelegt und sich selbst stets als zu leicht empfunden im Vergleich zu seinem Bild von ihr.

Sein Verschwinden aus ihrem Leben hatte sie deshalb zunächst in Schockstarre versetzt, aber sie am Ende weder verwundert noch eine allzu große Lücke hinterlassen.

Jetzt drehte sich alles in ihrem Leben um Ethan, auch wenn sie versuchte, ihn das nicht zu sehr merken zu lassen. Niemals sollte er sich für das Wohlbefinden seiner Mutter verantwortlich fühlen. Nein, sie würde sich um ihn kümmern, solange er sie brauchte, und ihn dann ziehen lassen, ohne ihm Schuldgefühle einzuflößen, wie sie es bei Freundinnen beobachtet hatte, deren Mütter nicht schweigend verwinden konnten, dass ihr Nest plötzlich leer war.

Das Geld, das Vivian im Laden verdiente, reichte aus, um die Miete und die Lebensunterhaltskosten für Ethan und sich zu decken. Deshalb konnte sie jeden Cent ihres Telefon-Jobs zur Seite legen. Vielleicht würde es bald reichen. Natürlich nicht, um ein Reihenhäuschen oder wie ihr Vater eine Erdgeschosswohnung mit kleinem Garten zu bezahlen. Das würde ihr vermutlich niemals gelingen, aber sie würde es hoffentlich schaffen, dass man ihr immerhin einen Kredit dafür bewilligte.

Das Telefon klingelte, und sie atmete zwei Mal tief durch, damit ihre Stimme tiefer und ruhiger klang. Sie versuchte an nichts zu denken, damit nichts ihren Anrufern den Raum nahm. Es war Vivian wichtig, ihnen ihre volle Aufmerksamkeit zu schenken. Viele von ihnen mochten zunächst unsympathisch wirken. Sie sagten verbitterte und gehässige Dinge über ihre Schwiegertöchter, Eltern, Partner oder sich selbst. Doch fast immer hörte Vivian eine so tief gehende Einsamkeit heraus, dass sie die notwendige Empathie aufbringen konnte, um ihnen zur Seite zu stehen. Nur heute schien es ihr nicht zu gelingen, in ihrem Kopf genügend Platz dafür freizuräumen. Obwohl sie passende Antworten gab und versuchte, ihren Anrufern weiterzuhelfen, gingen die Gespräche an diesem Abend nicht in die

Tiefe. Seit Sally ihre Wohnsituation bemängelt hatte, sah Vivian immer nur Ethan in seinem eigenen kleinen Garten vor sich. Vielleicht wäre ja Platz für ein kleines Indianerzelt und einen Blaubeerstrauch. Oder noch lieber für einen Apfelbaum – mit einem Ast, der sich für eine Schaukel eignete.

4. Kapitel

Das Bild verließ Vivian auch nicht, als sie am nächsten Vormittag wieder im Laden stand. Sie kam erst auf andere Gedanken, als unerwartet die Kundin mit dem beigefarbenen Mantel erneut das »Vintage Rose« betrat. Vivian erkannte sie sofort wieder. Ohne Umschweife kam die Frau auf sie zu und stellte die rosafarbene Tüte auf den Tisch, die Vivian ihr am Tag zuvor in die Hand gedrückt hatte. »Ich möchte das Kleid zurückbringen.«

»Wir tauschen eigentlich nicht um«, entgegnete Vivian.

»Eigentlich?« Die Frau hob ihre Brauen.

»Es sei denn natürlich, wir hätten einen Mangel übersehen.«

»Ich habe das Kleid nicht angerührt«, sagte die alte Dame bestimmt. Sie sah sich im Laden um. Eigentlich müssten die Kleidungsstücke vor Scham erröten unter diesem abfälligen Blick, dachte Vivian.

»Hätte ich es getan«, nun glitt der gleiche Blick über Vivians Oberkörper und ihr Gesicht, »hätte ich sicher einen gefunden. Seien Sie also froh, dass wir darüber nicht diskutieren müssen. Nehmen Sie es einfach zurück. Das spart uns beiden Zeit und Energie.«

Es bimmelte, als die Tür erneut geöffnet wurde und eine Gruppe junger Frauen in den Laden kam; die erste stürzte sich gleich auf einen Overall mit Paisley-Muster.

»Ist der geil, oder ist der geil?«, rief sie ihren Begleiterinnen zu.

Vivian sah nervös zu den Mädchen hinüber. Sie wollte keine Auseinandersetzung vor diesen Zeugen riskieren, aber zugleich ärgerte sie sich über den Tonfall ihrer Kundin. Umständlich fingerte sie an der Tüte herum, um Zeit zu gewinnen, und sah dann hinein.

»Die Knöpfe sind selbstverständlich noch dran«, sagte Claire, bevor Vivian das Kleid aus der Tüte nehmen konnte.

»Also gut«, entgegnete Vivian schließlich betont freundlich. »Ich denke, dann kann ich das Kleid umtauschen.«

Vivian wusste nicht, womit sie den Unmut der Frau auf sich gezogen hatte, doch diese sah sie an, als könnte sie nur mit Mühe eine Bemerkung zurückhalten, die Vivian ohne Bewährung in die Sphäre der Unwürdigen verbannen würde. Doch was blieb Vivian anderes übrig, als die zusammengepressten Lippen zu ignorieren?

»Das kann einen ganz kleinen Moment dauern«, sagte sie und schaute vorsichtshalber nur auf die Kasse.

Während Vivian die notwendigen Zahlen eingab, trommelte die Kundin mit den Fingern der rechten Hand auf ihrer Handtasche herum. Das Geräusch machte Vivian so nervös, dass sie sich vertippte und noch einmal von vorn beginnen musste. Als plötzlich Stille eintrat, sah Vivian auf. In dem Blick der alten Dame lag jetzt ein seltsam weicher Ausdruck. Der galt allerdings nicht Vivian, sondern dem Jackett, das noch an derselben Stelle hing wie am Tag zuvor. Und wieder wurde Vivian bei ihrer Beobachtung ertappt.

Die Frau wandte sich ihr abrupt zu. »Gehört der nicht ins Bett?« Mit dem Zeigefinger deutete sie hinter Vivian. Dort saß Ethan. Arglos zog er auf dem Boden Kreise mit seinem neuen Spielzeugauto und machte leise »Brumm-Brumm«-Geräusche. Vivian hatte den Jungen noch nie mit ins Geschäft genommen, doch an diesem Morgen war er so erkältet gewesen, dass die Krippe sich geweigert hatte, ihn aufzunehmen. Vivian hatte danach einfach nicht gewusst, wohin mit ihm.

Ethan blickte zu den beiden Frauen und lächelte sie an. Anders als seine Mutter schien er Menschen, die ihn böse ansahen, als herrliche Herausforderung zu betrachten. Er hatte nicht die geringste Angst vor ihnen. Vielleicht sah er in ihnen eine Abwechslung zu den vielen älteren Damen, die unbedingt seine blonden Löckchen im Nacken streicheln wollten. Ethan wischte sich mit dem Handrücken den Schnodder unter der Nase weg. Ein Großteil davon landete auf seinem Auto, doch das kümmerte ihn wenig, als er auf die beiden Frauen zuging und der alten Dame stolz sein feuchtes Spielzeug anbot. »Schau mal, wie findest du das? Es ist mein Lieblingsauto.«

Eine Handvoll Schnodder, dachte Vivian voller Schrecken und war zugleich zu gebannt von seiner Unbefangenheit, um einzugreifen.

Ethan kannte noch keine Zurückweisung. Die eine ganz große, die seines Vaters, nahm er zum Glück noch nicht wahr. Die Dinge waren, genau wie sie in diesem Moment waren, vollkommen für ihn. Wie, bitte schön, sollte sich denn irgendjemand nicht für seinen knallroten Flitzer begeistern?

Doch die Frau ignorierte die ausgestreckte Hand, die Ethan ihr hinhielt, und fixierte einen Punkt über seinem Kopf. Als Ethan seine schmutzige Hand nach dem Ärmel der Kundin ausstreckte, um ihre Aufmerksamkeit zu bekommen, griff Vivian ein und hielt sein Handgelenk sanft, aber bestimmt fest.

»Die Dame möchte nicht mit deinem Auto spielen, Schatz«, sagte sie zu ihrem Sohn. Dann wandte sie sich wieder der Frau zu. »Ich muss arbeiten. Und im Kindergarten nehmen sie keine kranken Kinder auf.«

»Und deswegen lassen Sie ihn mit seinem Schnodder zwischen all der Kleidung spielen? Und wundern sich, wenn sie hinterher Mängel hat?« Die Dame schnaubte verächtlich.

»Drücken Sie ihm doch einfach noch einen Burger und eine Cola in die Hand.«

»Haben Sie eine bessere Idee?« Vivians Widerstandsgeist regte sich, aber ohne viel Kraft, denn die Kundin hatte ja recht.

»Bin ich Ihre Sozialberaterin? Aber wenn Sie schon fragen: Bleiben Sie mit dem Jungen zu Hause, suchen Sie sich einen Babysitter, oder bekommen Sie einfach gar keine Kinder, wenn Sie Ihren Alltag dann nicht mehr organisiert kriegen.«

Ethan sah schnell von der Frau zu seinem Auto. Er blinzelte ein paar Mal, dann blickte er verwirrt zu seiner Mutter auf, mit diesem Blick, der jede Mutter dazu zwang, ihre Krallen zu wetzen, um ihr Kind vor der ganzen idiotischen Welt zu schützen. Vivian beugte sich zu ihm herunter.

»Mama, wann geht die Frau wieder?«, flüsterte er ihr so laut zu, dass es auch für die andere Frau deutlich zu hören war. Schnell richtete Vivian sich auf und blickte ihr Gegenüber beschämt an.

»Bitte schön«, sagte sie deshalb so laut, dass sich die Mädchen nach ihr umdrehten und kicherten. Sie hielt der schrecklichen Frau das Geld hin. »Gratulieren Sie sich dafür, dass Sie keine Kinder haben.«

Die Dame schaute Vivian wieder an und schien sie zum ersten Mal wirklich wahrzunehmen. Ein Muskel in ihrem Gesicht zuckte, und beinahe konnte man darin ein schwaches Lächeln erahnen. »Sie sollten wirklich etwas mit Ihrer Frisur machen, Kleines«, sagte sie dann beinahe sanft, drehte sich schwungvoll um und verließ den Laden. Mit dem Gefühl, gerade ausgelacht worden zu sein, betrachtete Vivian das Geld, das die Kundin ihr nicht aus der Hand genommen hatte. Ärgerlich wurde ihr klar, dass sie ihr nun auch noch hinterherlaufen musste.

Sie riss die Tür auf und rief: »Sie haben etwas vergessen.«

Die Kundin drehte sich im Gehen um, mit einem Bein schon

auf der Straße. Und dann geschah es – in weniger als einer halben Minute und doch wie in Zeitlupe. In jedem Sekundenbruchteil wusste Vivian, was als Nächstes passieren würde, und konnte es nicht verhindern.

Ein plötzlicher Windstoß ließ den großen Aufsteller umfallen, auf dem in einer verschlungenen Schnörkelschrift »Vintage Rose« geschrieben stand. Er geriet zwischen die Beine der Frau, sodass sie strauchelte, versuchte ihr Gleichgewicht wiederzufinden und dabei auf die Straße stolperte. Im selben Moment näherte sich ein Auto. Gleich würde es die Frau erfassen, und das wäre allein Vivians Schuld. Am Morgen hatte sie vor Müdigkeit vergessen, den Aufsteller ordentlich zu sichern. Als sie das Geräusch des Aufpralls hörte, schloss Vivian die Augen. Sie wollte nichts sehen. Doch dann erklangen hinter ihr Ethans kleine Trippelschritte. Sofort richtete sie ihre Aufmerksamkeit wieder auf die Straße. Sie öffnete die Augen wieder und streckte die Hand nach ihrem Sohn aus, um ihn festzuhalten. »Oh Gott«, rief eines der Mädchen, die sofort herausgelaufen waren, und hielt sich die Hand vor den Mund.

Dann hob sie ein mit Strass-Steinen besetztes Handy hoch, vermutlich um zu filmen.

Vivian hätte sich am liebsten mit ihrem Sohn im Laden versteckt. Doch sie wusste, dass sie zu dem Auto laufen musste, vor dem die Frau lag. Der Autofahrer riss die Wagentür auf und stürzte heraus.

»Ich konnte nichts machen«, rief er immer wieder den Leuten zu, die sich um sie versammelten. Vivian bat ihn, so ruhig, wie es ihre Panik und ihr Schuldgefühl zuließen, einen Krankenwagen zu rufen. Ihr eigenes Handy lag im Laden, ganz unten in ihrer Handtasche.

Dann endlich wandte sie sich der Frau zu, die eben noch bei ihr am Tresen gestanden hatte. Ethan hatte sich neben ihren

Kopf gekauert, um mit ihr zu reden. Erleichtert sah Vivian, wie die Frau die Augen öffnete und den Jungen fragend ansah.

»Das Auto hat dich angefahren«, half er ihr höflich weiter. »Genau so.« Mehrmals fuhr er mit seinem verrotzten Wagen über den Mantelärmel, begleitet von quietschenden Geräuschen.

Langsam schien die alte Dame zu sich zu kommen. Sie wandte sich Vivian zu und sagte endlich etwas. »Ist er Autist?«

Vivian brach in hysterisches Gelächter aus. Ethan, der immer noch in jedem Lachen einen Ausdruck der Freude sah, kicherte fröhlich mit.

Viel erstaunlicher war die Andeutung eines Lächelns in den Mundwinkeln der Fremden, bevor sich deren Augen wieder schlossen. Nun war sich Vivian ganz sicher: Die alte Dame musste verrückt sein, deswegen würde Vivian ihr verzeihen, dass sie ihren Sohn einen Autisten genannt hatte.

In diesem Moment raste endlich der Krankenwagen auf sie zu. Fest nahm Vivian ihren Sohn an die Hand, um ihn zu sich auf den Bordstein zu ziehen. Wie durch einen Nebel verfolgte sie, wie die Frau auf eine Trage geschnallt wurde.

An dem getroffenen Bein, das vom Kotflügel des Autos verdeckt gewesen war, war die Hose gerissen. Obwohl viel Blut zu sehen war, schien noch alles da zu sein, wo es hingehörte.

»Ich werde ganz sicher nicht ins Krankenhaus fahren, lassen Sie mich gefälligst runter«, hörte Vivian die alte Dame laut sagen. Als Antwort erklang ein beschwichtigendes Murmeln. Dass man der Frau keine Wahl ließ und beruhigend auf sie einredete, störte Vivian, obwohl es sie eigentlich hätte befriedigen müssen, nachdem sie so herablassend mit ihr umgesprungen war.

»Wir fahren mit«, hörte sie sich plötzlich rufen und erschrak selbst darüber. Vorsichtig kletterte sie mit Ethan an der Hand in den Wagen.

»Sie sind die Tochter?«, fragte einer der Sanitäter.

»Nein«, antworteten beide Frauen zugleich. Ihre Stimmen klangen dabei auch gleichermaßen entsetzt. Darüber musste Vivian lächeln, doch die andere Frau verzog keine Miene.

»Dann können wir das leider nicht erlauben.« Der Mann zuckte bedauernd die Achseln.

»Wohin bringen Sie sie?«, fragte Vivian.

»Ins St. Thomas' Hospital«, antwortete der Sanitäter.

»Gut«, beschloss Vivian. »Wir kommen nach.«

Die alte Dame verdrehte die Augen, sagte aber nichts weiter.

Für Vivian kam das beinahe einer Einladung gleich. Das St. Thomas' war nicht weit entfernt. Die Strecke würde sie sogar mit Ethan an ihrer Seite zu Fuß zurücklegen können. Sie rief Rose an und erklärte, dass sie Zeugin eines Unfalls geworden war und deshalb für eine Weile den Laden schließen musste.

»Kannst du noch eine halbe Stunde warten?«, bat Rose. »Ich kann gleich bei dir sein. Ich war gerade bei einer Haushaltsauflösung und habe den Kofferraum voller Schätze aus den Siebzigerjahren.«

»Natürlich«, sagte Vivian. »Gar kein Problem.«

Es wurde eine lange halbe Stunde, die Vivian immer noch aufgewühlt im abgeschlossenen Laden verbrachte.

Sie hatte Ethan gebeten, einfach weiterzuspielen, und saß nun auf dem Boden, hatte die Beine angezogen und verbarg ihren Kopf zwischen ihren Knien.

Das durfte nicht sein. Schon wieder war ein Mensch ihretwegen zu Schaden gekommen. Und diesmal gab es keinen Spielraum für Interpretationen.

Sie hatte das Schild nicht ordentlich gesichert. Sie musste sich unbedingt vergewissern, dass der Frau nichts Schlimmes passiert war. Als Rose endlich kam, machte sie Vivian nicht einmal Vorwürfe dafür, dass sie während der letzten halben Stunde keinen Kunden bedient hatte.

»Du siehst wirklich fertig aus, war es schlimm?«

Vivian nickte. »Aber morgen bin ich wieder pünktlich da, versprochen!«

Dann nahm sie Ethan an die Hand und eilte los.

»Nicht so schnell, Mama«, schimpfte ihr Sohn, und erst da bemerkte sie, wie sehr sie an seinem Handgelenk zerrte. Sie zwang sich, langsamer zu gehen. Doch schon kurz darauf verfiel sie wieder in einen unruhigen Trab.

Sie hätte sich nicht so beeilen müssen. Noch zwei Stunden nach ihrer Ankunft saßen Vivian und Ethan auf unbequemen Plastikstühlen in der Notaufnahme. Der Flur war unangenehm grell ausgeleuchtet. Vivian bestach Ethan mit Automaten-Kakao und ließ sich kleine Rate-Aufgaben für ihn einfallen, ohne wirklich auf seine Antworten zu hören.

»Warum müssen wir hier sein?«, fragte Ethan, der die Unaufmerksamkeit seiner Mutter wie immer sofort spürte und sie ihr nicht durchgehen lassen wollte.

»Wir müssen doch schauen, wie es der Frau geht.«

»Sie hat sich schlimm wehgetan, oder?«

»Ich hoffe, nicht zu doll«, entgegnete Vivian bedrückt.

»Magst du sie sehr gerne?«

Vivian überlegte. »Ja, sehr«, sagte sie dann, weil jede andere Erklärung zu kompliziert für einen kleinen Jungen gewesen wäre.

Ethan setzte sich auf ihren Schoß und legte kurz tröstend seine Arme um sie. Er nieste zweimal.

»Tut mir leid, Ethan«, murmelte sie in sein Haar. Sie sollte einen erkälteten Jungen nicht dieser Umgebung aussetzen. Und nachdem sie nun einmal angefangen hatte, über ihre Verfehlungen zu sinnieren, fiel ihr ein, dass Ethan womöglich die Patienten anstecken könnte. Außerdem war es allein ihre Schuld, dass die alte Dame hier lag – und auch, dass ihre Chefin einen Verdienstausfall hinnehmen musste. In ihrem Kopf begann sich alles zu drehen, bis ihr schließlich übel wurde. Was sollte sie tun?

Zum Glück unterbrach eine junge Ärztin genau in diesem Moment das Stimmengewirr in Vivians Kopf. »Sie gehören zu Mrs. Claire Holloway?«

Der Name kam Vivian irgendwie vertraut vor, doch sie wusste nicht, woher. Deswegen konnte sie nur hoffen, dass es sich dabei um ihre Kundin handelte, und nickte.

»Sie möchte heute keinen Besuch mehr empfangen. Sie ist sehr erschöpft«, sagte die Ärztin, die ebenfalls müde aussah.

»Wie geht es ihr denn?«

»Sie hat keine bleibenden Schäden davongetragen. Zwei Wochen muss sie aber hierbleiben. Sie hat einen komplizierten Schienbeinbruch erlitten«, sagte die Ärztin. »Das ist eine ganz typische Verletzung bei Autounfällen, an denen Fußgänger beteiligt sind. Leider liegen in Frau Holloways Fall Knochenfragmente gegeneinandergelagert, deswegen müssen wir gleich operieren. Und danach wird sie Zeit brauchen, um wieder richtig auf die Beine zu kommen.«

»Wird jemand benachrichtigt?«, fragte Vivian dann.

Die Ärztin schüttelte den Kopf, und Vivians Übelkeit verstärkte sich.

»Schon traurig, oder?«, sagte die Ärztin, die Vivians niedergeschlagenen Gesichtsausdruck wohl falsch deutete. »Was nützt all die Berühmtheit, wenn niemand da ist, wenn es einem wirklich schlecht geht?«

Vivian starrte die Frau überrascht an.

»Ach, Sie wissen es gar nicht? Ich habe sie aber auch nur am Namen erkannt. Das ist Claire Holloway. Jahrzehntelang *die* britische Mode-Designerin überhaupt, sie hat sogar zu einigen

Anlässen die Queen eingekleidet.« Nun wirkte die Ärztin hellwach und fast ein wenig aufgeregt.

»Oh«, sagte Vivian leise, weil sie nicht wusste, wie sie auf den erwartungsvollen Blick der anderen Frau reagieren sollte. Der plötzliche Glorienschein des Ruhms machte aus der Frau keinen anderen Menschen. Und Vivians Neugierde war ohnehin bereits so stark, dass nichts sie noch mehr hätte entfachen können. Aber wenigstens kannte sie jetzt den Namen ihrer Kundin: Claire.

Wieso hatte diese Claire Holloway ein altes Kleid wegen seiner Knöpfe gekauft, nur um es am nächsten Tag unberührt zurückzugeben? Und wieso hatte ein altes Jackett sie so aus der Fassung bringen können?

Als Vivian am nächsten Nachmittag den Laden an Rose übergab, folgte sie einem weiteren Impuls. Sie nahm das Jackett vom Haken. »Das nehme ich mit. Ich habe einer Kundin versprochen, es ihr vorbeizubringen. Sie wohnt auf meinem Heimweg, und sie war so schwer beladen.«

»Alles klar«, sagte Rose. »Das ist nett von dir.«

Verlegen musste Vivian an die Ärztin vom Vortag denken. Es schien ihr Schicksal zu sein, sogar dann noch für nett gehalten zu werden, wenn sie es gerade gar nicht war. Aber Rose konnte ja auch nicht wissen, warum sie das Jackett wirklich einsteckte. Sie wusste es schließlich selbst nicht genau.

Wenn ich herausgefunden habe, was es damit auf sich hat, werde ich das Jackett zurückbringen – oder tatsächlich die Kosten dafür begleichen, dachte Vivian. Es wäre der Lohn eines ganzen Arbeitstags. Schmerzensgeld für Claire Holloway, falls diese das Jackett behalten wollte.

Vivian schwang sich auf ihr Fahrrad. Während sie so schnell wie möglich zum Krankenhaus radelte, dachte sie die ganze

Zeit an das Kleidungsstück, das sie sorgsam gefaltet in einer Papiertüte auf ihrem Gepäckträger befestigt hatte. Wie würde Claire darauf reagieren?

Als sie kurz darauf am Besuchereingang des Krankenhauses stand und nach Mrs. Holloways Zimmernummer fragte, pochte Vivians Herz – und das nicht nur, weil sie so kräftig in die Pedale getreten hatte. Würde Claire Holloway sie überhaupt noch einmal sehen wollen? Und was, wenn wieder jemand Vivian fragte, in welcher Verbindung sie zu der Patientin stand? Vielleicht durften ja auch nur Angehörige den Kranken Besuche abstatten? In Filmen war das manchmal so, und dann war es immer sehr dramatisch für den Besucher, der aus irgendeinem Grund unbedingt in das Zimmer musste.

Im wahren Leben schaute allerdings nur eine schlecht gelaunte und sicher unterbezahlte Tresenkraft auf ihren Monitor und bellte: »C 242.«

Vivian konnte nur vermuten, dass es sich dabei um die Zimmernummer handelte. Auf ihr Zögern hin seufzte die andere Frau, bevor sie sich doch noch eine Auskunft abrang. »Geradeaus, dann ist links der Fahrstuhl. Zweiter Stock, Station C. Dann einfach den Schildern folgen.«

»Danke«, sagte Vivian zu dem Scheitel der Frau, da diese sich nicht noch einmal die Mühe machte, den Blick zu heben.

Schließlich stand sie vor der verschlossenen Tür von Zimmer 242. Claire Holloway musste verheiratet gewesen sein, schoss es Vivian plötzlich durch den Kopf. Die Ärztin hatte sie »Mrs.« genannt und nicht »Ms.«. Wenn man die erste und letzte Zahl der Zimmernummer addierte, ergab das die mittlere Zahl, überlegte Vivian. Dann fiel ihr nichts mehr ein, um das Unvermeidliche hinauszuzögern, und sie beschloss, anzuklopfen.

Hoffentlich würde Claire sie nicht gleich hochkant hinauswerfen. Das wäre sehr peinlich. Vor allem wenn es unter den

Augen von Mitpatientinnen geschah, die eventuell ebenfalls im Zimmer lagen und an die Vivian bis eben gerade gar nicht gedacht hatte. Aber vielleicht ist sie am Ende ja doch nur eine einsame alte Frau, versuchte sie sich schließlich selbst zu beruhigen.

Niemand antwortete auf ihr Klopfen, was Vivian vollends aus dem Konzept brachte. Dass vielleicht gar keiner da sein könnte, daran hatte sie nicht gedacht.

5. Kapitel

Claire 2017

Claire zögerte, als sie das Klopfen hörte. Sie wollte niemanden sehen und zog deshalb in Erwägung, sich schlafend zu stellen.

Seit dem Unfall herrschte in ihrem Kopf ein Durcheinander, das sie nicht ordnen, sondern lieber vergessen wollte. Vielleicht war das auch der Grund, warum sie schließlich doch laut »Herein!« rief. Eine willkommene Möglichkeit zur Zerstreuung.

Gleich darauf hätte sie ihre Einladung am liebsten widerrufen. Die Verkäuferin aus dem miefigen Laden steckte ihren Kopf herein. Warum nur hatte sie nicht ihre Augen geschlossen und sich schlafend gestellt?

Abschätzig musterte sie Vivians T-Shirt-Kleid in einem unauffälligen Schlamm-Ton, der sie fahl aussehen ließ. Was wollte sie hier?

Zwei Meter vom Bett entfernt blieb die junge Frau stehen.

»Ich wollte sehen, wie es Ihnen geht«, sagte sie. Damit, dass sie ihre Augen nicht senkte, sondern Claires bohrendem Blick standhielt, errang sie einen winzigen Pluspunkt. Scheu, aber zumindest nicht unterwürfig, dachte Claire.

»Warum?«, fragte sie.

Sie dachte gar nicht daran, Vivian den Stuhl neben ihrem Bett anzubieten.

»Der Unfall sah schlimm aus. Und er ist direkt vor dem Laden passiert. Irgendwie fühle ich mich verantwortlich.«

Claire ging nicht auf die Erklärung ein. »Und wo ist Ihr Sohn? Schleudert er draußen im Gang mit Keimen um sich und lyncht damit ein paar Bettlägerige?«

»Nein, er ist bei meinem Vater.«

»Aha.«

Mit einem Anflug von boshafter Freude beobachtete Claire, wie Vivian unruhig wurde. Doch dann spürte sie wieder das Jucken der Haut unter den Verbänden und die Schmerzen, und sie entschied, dass sie wirklich Ablenkung gebrauchen konnte.

»Na, dann setzen Sie sich doch«, presste sie schließlich hervor und deutete auf den Stuhl neben sich.

»Und wie geht es Ihnen?«, fragte Vivian, nachdem sie sich vorsichtig in dem Plastikstuhl niedergelassen hatte.

»Bestens natürlich«, sagte Claire, und ihre Stimme triefte vor Ironie.

»Entschuldigung.« Vivian lächelte. »Das war eine dumme Frage.«

Claire schwieg.

»Sie sind berühmt«, stellte Vivian fest, um die peinliche Stille zu füllen.

»Ja. Ich war es. Kennen Sie meine Arbeit?«

Noch einmal maß sie mit ihrem Blick Vivians Körper, angefangen bei den Turnschuhen bis zu dem schmucklosen Haar.

Vivian ging nicht auf die Provokation ein. »Nein, ich kenne mich mit Mode nicht sehr gut aus. Aber die Ärztin hat es mir erzählt.«

Kill them with kindness, dachte Claire. Sie wusste, dass ihre eigene Sprödheit wie ein undurchdringlicher Panzer wirken konnte, doch sie bezweifelte, dass Vivian bewusst war, dass dies auch auf ihre beharrliche Freundlichkeit zutraf.

Vielleicht war sie doch nicht so langweilig, wie es zunächst den Anschein hatte. Claires Blick fiel auf Vivians Tüte.

»Wollten Sie mir nicht noch Geld geben? Oder schleppen Sie jetzt stattdessen das Kleid wieder mit?«

Vivian errötete, doch ihre Stimme blieb fest. »Das ist nicht das Kleid. Und das Geld bekommen Sie natürlich wieder. Ich wollte etwas mitbringen. Aber ich wusste nicht, ob Sie Blumen oder Schokolade mögen. Mir ist aufgefallen, dass Sie dieses Teil interessiert hat, und deshalb …« Sie reichte Claire die Tüte.

Gegen ihren Willen packte Claire die Neugierde. Sie lugte hinein, und für einen Moment hielt sie den Atem an. Es war das Jackett aus dem Laden. Damit hatte sie nicht gerechnet. Sie zog es aus der Tüte, nahm es in beide Hände und hielt es sich näher vor das Gesicht.

Die Enttäuschung tat beinahe weh. Es war, als würde man eine Schokoladencreme erwarten und plötzlich auf eine Schuhsohle beißen. Die Jacke roch ganz falsch. Wie eines dieser Rasierwasser, die während der gesamten Neunzigerjahre die Luft verpestet hatten. Der süßlich-moderige Geruch sollte wohl eine Ozeanbrise nachstellen. Claire schüttelte sich. Das Meer roch ganz anders. Sie wusste es. Sie war dort aufgewachsen.

»Warum haben Sie das getan?«, fragte Claire beinahe erzürnt.

»Ich hatte das Gefühl, die Jacke gefällt Ihnen. Und dass Sie sie vielleicht haben wollen, weil sie so gut zu Ihrer Tasche passt.«

Verblüfft sah Claire ihre Tasche an. Dann brach sie in Gelächter aus. »Entweder haben Sie ein sehr gutes oder ein sehr schlechtes Auge«, sagte sie dann. »Es stammt vom selben Weber, und von Weitem ähneln sich die Grüntöne vielleicht. Aber sehen Sie denn nicht den hauchdünnen dunkelblauen Faden, der hier hindurchläuft? Ganz anders als die hellblaue Linie in dieser Jacke. Und das ist nur einer der Unterschiede, die vielleicht sogar *Sie* erkennen könnten.«

Es war Vivian anzusehen, dass sie ohnehin nur das Grün gesehen hatte. Dafür musste Claires eigener Kopf plötzlich mit einer Bilderflut umgehen, die zu überwältigend für ihren geschwächten Zustand war. Damit ihr Schädel nicht barst, musste sie die Eindrücke loswerden, auch wenn die junge Frau sie nicht verstehen würde und es sie auch wirklich nichts anging.

»Es erinnert mich an zu Hause«, sagte Claire. »Ich bin dort aufgewachsen, in der Heimat des Tweeds, auf den Äußeren Hebriden.« Und so kam es, dass Claire zum ersten Mal einer Fremden von ihrem Großvater erzählte.

6. Kapitel

Claire 1948

»Schau hin, Claire. Schau, wie stark das Gewebe nun ist.«

Ich wusste, was das hieß. Mein Großvater hatte gerade den Kettfaden mit dem Schussfaden verwoben. Nun war der Stoff beinahe unzerstörbar. Gebannt, als hätte ich es nicht schon hundertmal gesehen, näherte ich mich seinem Webstuhl.

Wie sehr mich dieses wuchtige Gerät faszinierte! Auf den ersten Blick erinnerte es an ein düsteres Monstrum. Eines aus schwerem Gusseisen und dunklem Holz. Einen ganzen Tag dauerte es, bis Großvater die Maschine so eingerichtet hatte, dass sie bereit für ein neues Muster war. Doch dann schien sie unter seinem Kommando ein Eigenleben zu führen. Das rhythmische Schnauben und Rasseln waren Musik aus einer fantastischen Welt der Maschinen. Für heute war ihr letzter Akkord schon verklungen.

Ich sog den Duft des Schmieröls ein. Er war mir nicht unangenehm, im Gegenteil, ich liebte ihn. So rochen die Hände meines Großvaters. Vertrauenerweckend. Während er arbeitete, konnte ich mir nie vorstellen, dass aus diesem Chaos der Garnstränge ein Gewebe entstehen würde. Doch am Ende war es vollbracht. Nur selten unterlief Großvater einer der groben Fehler, die den Weber einen Teil seines Lohns kosten konnten. Und auch dieser Stoff erschien mir perfekt. Das goldene Braun der Flechten auf den Steinen am Wasser wurde durch grasgrüne Einsprengsel aufgefrischt. Nun stand dem Material nur noch eine Tortur bevor: das Waschen. Je härter der Stoff dabei in die Mangel genommen wurde, desto widerstandsfähiger wurde er. Er würde später Sturm, Wasser und sogar schlechter Behandlung trotzen.

Ich habe das Gewebe stets als etwas Lebendiges gesehen, dem mein Großvater eine Seele verliehen hatte. Ich war mir sicher, dass seine Farben ihre Leuchtkraft verlieren würden, an den fernen Orten, an die es gebracht wurde, nach England oder noch fernere Länder. Ausgelaugt von *Cianalas*. So nannten die Gälen die Sehnsucht, die sie fernab der Heimat empfanden. Und nirgendwo war man gälischer als auf den abgeschotteten Inseln.

Mein Vater hatte vor nicht allzu langer Zeit in der Normandie das Ende des Zweiten Weltkriegs eingeläutet – im Kilt. So hatte er es mir zumindest in jener Zeit beschrieben, als er sich noch die Mühe gemacht hatte, Geschichten zu erzählen.

»Claire, kommst du?« Eine zaghafte Stimme riss mich aus meinen Gedanken. Ich erkannte und ignorierte sie. Erst als sie die Worte wiederholte, drehte ich mich widerwillig zur Tür um. Dort stand meine Mutter Shona. Ich ertrug es kaum, sie anzusehen. In ihrem blassen Gesicht schien immer ein stiller Vorwurf zu liegen, der wohl nicht mir galt, aber mich dennoch mit Ablehnung und Scham erfüllte. In dieser Hinsicht war ich meinem Vater sehr ähnlich – die Wehrlosigkeit der Schwachen erfüllte mich mit Ärger, der sich rasch in ein schlechtes Gewissen verwandelte, das einen nur noch heftigeren Zorn hervorbrachte.

Meine Mutter kam von der Arbeit und trug noch ihre »gute« Kleidung, die dennoch längst fadenscheinig war. Sie war in der Fabrik auf Harris als Näherin angestellt und holte mich nun auf dem Heimweg zum Abendessen ab.

»Dein Auge ist ja immer noch so blau. Vielleicht läufst du heute besser nirgendwo gegen«, stellte ich gereizt fest.

Shona zuckte zusammen.

»Claire«, ermahnte mich mein Großvater. »Versuch nicht immer, wie Duncan zu klingen.«

Seine ungewohnt schneidende Stimme ließ mich tatsächlich verstummen. Mein Vater Duncan war einer der wenigen Punkte, in denen ich mir mit Großvater nicht einig war. Ich vergötterte meinen Vater, weil er lebendig und stark war. Niemandem außer meinem Großvater hätte ich es zu diesem Zeitpunkt durchgehen lassen, dass er sich in Duncans Anwesenheit Wörter wie »Großmaul« und »Suffkopf« in seinen weißen Bart nuschelte.

Es war unmöglich, mit ihm darüber zu reden, dass mich das störte. Solche Gespräche führten wir nicht. Ich musste mich also damit abfinden, dass die Männer, die mir am wichtigsten waren, einander ablehnten. Sie waren zu verschieden, um sich zu verstehen. Mein Vater redete zwar gerne über sich selbst, doch es wurde einem dabei nicht eine Sekunde langweilig. Meinem Großvater hingegen wäre es nie eingefallen, sich in den Vordergrund zu stellen. »Ein Faden im Tweed, das ist es, was wir sind, wir Menschen«, brummte er manchmal. Und niemals hätte der alte Mann bezweifelt, dass Gott der Weber des großen Tuchs war, das man unser Universum nannte. Er war Katholik durch und durch. Hier auf den äußeren Inseln hatte sich der Katholizismus erhalten und war nicht wie in weiten Teilen Schottlands dem Presbyterianismus gewichen.

Mein Vater hatte für die Kirche nur Spott übrig und für seine eigenen Familienmitglieder auch nicht viel mehr – mit Ausnahme von mir, was mir natürlich gefiel. Wer fühlt sich nicht gerne einzigartig?

»Hast du nicht langsam die Nase voll davon, immer gegen den Küchenschrank zu laufen?«, hatte er Shona an diesem Morgen mit boshafter Miene gefragt und dabei mir, seiner Tochter, ein verschwörerisches Grinsen zugeworfen.

Natürlich hatte ich gesehen, wie meine Mutter unter der Frage zusammengezuckt war, und irgendwo in mir wusste ich auch, wie grausam es von mir war, sie jetzt auf das blaue Auge anzusprechen. Mein Großvater hätte es sicher gerne gesehen, wenn ich meine Mutter mehr unterstützt hätte. Vielleicht hätte ich es sogar gekonnt, weil mein Vater auf meine Meinung seltsamerweise Wert zu legen schien. Doch ich wollte unsere Komplizenschaft nicht gefährden. Es schmeichelte mir zu sehr, die Einzige zu sein, die von seinen bissigen Kommentaren verschont blieb. Ich dachte, als Kriegsheld hätte er ein Recht darauf, nicht allzu zimperlich zu sein. Abgesehen davon stimmte es ja, dass meine Mutter ungeschickt war.

Als ich ihrer gebeugten Gestalt jetzt durch den Sturm zur kleinen Kate folgte, konnte ich nicht anders, als mich zu fragen, wie jemand so tollpatschig sein konnte wie sie. Ständig hatte sie neue blaue Flecken. Wenn ich recht darüber nachdachte, fiel mir das erst so sehr auf, seit mein Vater aus dem Krieg heimgekehrt war. Vielleicht lag das daran, dass er nicht müde wurde, darauf hinzuweisen.

In der ersten Zeit nach seiner Rückkehr hatten sich die beiden noch gestritten. Die Wand zwischen dem Schlafzimmer unserer Eltern und dem winzigen Raum, den ich mir mit meinem kleinen Bruder Logan teilte, war dünn. Fast ungedämpft waren die erregten Stimmen dann zu uns herübergedrungen und manchmal so laut geworden, dass Logan zu weinen begann. Er war noch ein Baby, nur ein paar Monate alt. Sein Schreien brachte meine Mutter meist dazu, die Stimme zu senken – meinen Vater nicht.

Einmal war es um das Verschwinden meines jüngsten Onkels gegangen. Shonas Bruder hatte im selben Regiment wie Duncan gekämpft. Unschöne Gerüchte im Dorf behaupteten, den jungen Mann hätte eine feige Entscheidung meines Vaters das Leben gekostet – und dieser hätte ihn verscharrt, damit niemand ihm auf die Schliche kam. Ich schob das Gerede auf den Neid der anderen. Schließlich war mein Vater nach Hause gekommen und viele ihrer Männer nicht. Deshalb ärgerte es mich besonders, dass sogar meine Mutter Zweifel zu haben schien. Sie hätte sich freuen sollen, dass er zurückgekehrt war, dass unsere Familie wieder komplett war.

Kein Wunder, dass er sie an jenem Abend so angebrüllt hatte. Er hatte geschrien, sie solle nicht auf die Märchen ihres Vaters und ihres älteren Bruders hören. Wenn überhaupt, dann hätte nur er einen Grund, wütend zu sein. »Der Junge«, hatte er laut gerufen. »Hast du ihn dir mal angeschaut?« Was das eine mit dem anderen zu tun hatte, verstand ich damals nicht. Danach war meine Mutter verstummt. Nur Logan hatte sich nicht beruhigt.

Als sich kurz darauf die Tür öffnete, erwartete ich deshalb meine Mutter, die kam, um ihn zu trösten. Stattdessen betrat mein Vater unsere Kammer.

»Hörst du endlich mit dem Plärren auf, du Balg«, schrie er meinen Bruder an. Logan weinte noch verzweifelter, bis mein Vater ihn hochnahm und schüttelte, während er ihm weiter Grobheiten ins Gesicht schrie. Ich war hin- und hergerissen. Ich wollte auch, dass Logan endlich still war. Trotzdem musste ich weinen, als das Baby tatsächlich verstummte. Ich wusste nicht, warum.

In jener Nacht konnte ich nicht schlafen. Ich lauschte in die beklemmende Stille hinein. Nach meinem Bruder zu sehen, wagte ich nicht, versuchte nur, mich auf seinen unregelmäßigen Atem zu konzentrieren.

Am nächsten Tag schien ihm nichts zu fehlen. Womöglich war er noch etwas blasser als sonst, und ein paar Mal übergab er sich, aber das konnte bei einem Baby schon einmal vorkommen. Mein Vater hatte ihm nichts allzu Schlimmes getan. Er hatte ihn nicht einmal geschlagen, sagte ich mir und verdrängte bald mein ungutes Gefühl. Erst viel später würde ich wieder an diesen Moment zurückdenken, und dann würde er mir nicht mehr aus dem Kopf gehen. Doch vorerst schien alles in Ordnung zu sein. Nur meine Mutter hatte der Streit so verwirrt, dass sie danach die Treppe zur Stube hinuntergestürzt war. Gedankenverloren gestolpert sei sie, hatte sie gemurmelt. Das war das erste Mal gewesen, dass so etwas passiert war, und nach dieser Nacht hatte ihre Ungeschicktheit kein Ende mehr genommen.

»Komm, beeil dich bitte, Claire«, drängte mich meine Mutter und drehte sich auf dem Klippenpfad zu mir um. »Dein Vater ist allein mit Logan.«

»Na und?«, fragte ich. Ich genoss den Wind, der an meinem Kleid zerrte und meine Haare verwirbelte. Ich war ein echtes Kind der Insel, behauptete mein Großvater immer mit unüberhörbarem Stolz. Er hatte recht. Ich hatte mich nicht einfach mit der Witterung, den heftigen Winden und dem Regen abgefunden, sondern gab mich ihnen mit großer Lust hin. Nichts zog mich zurück in die Enge unserer Hütte.

Zunächst antwortete meine Mutter nicht auf meine gleichgültige Frage. Dann sagte sie: »Die beiden werden Hunger haben. Komm jetzt, bitte.«

Widerwillig beschleunigte ich meine Schritte, bis wir das Haus erreichten, in dem mein Bruder allein vor sich hin wimmerte.

Mein Vater hatte sicher einen guten Grund, ihn allein zu lassen, sagte ich mir. Ein Mann hatte dringendere Aufgaben, als ein Baby zu bemuttern. Doch etwas an Logans kläglichem Anblick brachte mich dazu, keine Widerworte zu geben, als meine Mutter mich bat, ihm eine Milch zuzubereiten, weil mein Vater es gewiss vergessen hatte, ihn zu füttern.

7. Kapitel

Vivian 2017

Vivian betrachtete Claire gebannt. Ob die ältere Frau wusste, wie sehr der Ausdruck in ihren Augen ihrer spröden Haltung und dem fast gelangweilten Tonfall ihrer Stimme widersprach? Bis eben hatte Vivian die Augenfarbe für Eisblau gehalten. Während Claire die Farben eines Stoffs beschrieb, den sie vor beinahe siebzig Jahren gesehen hatte, erinnerte der Ton ihrer Augen allerdings eher an die flackernde transparente Bläue brennenden Gases. Und als sie ihren Bruder erwähnt hatte, hatten sie sich beinahe schwarz gefärbt.

Doch jetzt hielt sie ihre Augen geschlossen, und Vivian fragte sich, was passieren würde, sobald Claire sie wieder ansah. Vielleicht hatte sie das Gefühl, zu viel preisgegeben zu haben. Dann würde Claire sie als unwillkommene Zuhörerin vermutlich mit harscher Zurückweisung bestrafen, um jedes Gefühl der Vertrautheit im Keim zu ersticken.

Doch Claire war nicht zu berechnen, das hatte Vivian in der kurzen Zeit ihrer Bekanntschaft bereits erkannt. Die alte Dame öffnete die Augen. Sie lächelte. Der Spott, der in diesem Lächeln lag, schien am ehesten gegen sie selbst gerichtet zu sein. Vivian sagte nichts und schien damit irgendetwas richtig zu machen.

»Müssen Sie nicht zu Ihrem Kind?«, fragte Claire. Es klang nicht unfreundlich, eher gleichmütig.

»Stimmt«, sagte Vivian und schaute auf ihr Handgelenk.

Claire schnaubte: »Und das können Sie von Ihrem nackten Arm ablesen? Respekt, junge Frau.«

Vivian errötete. Eigentlich trug sie schon lange keine Armbanduhr mehr. Schließlich konnte man jederzeit auf das Handy schauen. Trotzdem glitt ihr Blick noch regelmäßig auf ihr Handgelenk, vor allem, wenn sie verlegen war.

»Gehen Sie schon. Ich würde jetzt sowieso gerne schlafen.«

Ohne Vivians Reaktion abzuwarten, schloss Claire die Augen. Vivian wollte den Raum nach diesem Gespräch aber nicht einfach ohne Gruß verlassen, und so tippte sie vorsichtig gegen die Hand der Frau und sagte leise: »Auf Wiedersehen.«

Claires rechter Mundwinkel zuckte so kurz nach oben, dass Vivian sich nicht sicher war, ob sie es sich nicht eingebildet hatte. Aber auch, wenn man dies nicht direkt als Einladung deuten konnte, wusste Vivian dennoch, dass sie am nächsten Tag wiederkommen würde. Nur für ein Stündchen.

Auf dem ganzen Weg bis zur Haustür ihres Vaters versuchte Vivian, sich Claire als das Mädchen aus der Erzählung vorzustellen. Es gelang ihr nicht. Wie hatte aus dem impulsiven Kind von damals dieser Drache werden können?

Obwohl Vivian einen Schlüssel zur Wohnung ihres Vaters besaß, klingelte sie, wenn er zu Hause war. Es schien ihr höflicher, ihren Vater Bertie seine Wohnungstür selbst öffnen zu lassen. Sie hörte ihn lachen, und auch ihr Sohn kicherte, dann wurde die Tür geöffnet. Ihr Vater stolperte fast über Ethan, der begeistert um seine Beine herumwuselte und sich dann seiner Mutter in die Arme warf. Vivian drückte ihren Sohn so fest an sich, dass er quietschend protestierte.

Obwohl sich seine Erkältung gebessert hatte und er sich pudelwohl zu fühlen schien, hatte sie ein schlechtes Gewissen. Sie hatte bei einer fremden Frau am Krankenbett gesessen, statt ihn selbst aus dem Kindergarten abzuholen.

»Hattet ihr Spaß?«

»Wir waren eine Waffel essen«, erzählte Ethan. »Mit Apfelmus.«

Vivian warf ihrem Vater einen vorwurfsvollen Blick zu.

»Ach komm, Vivian, ein bisschen Zucker wird ihm wohl nicht schaden. Er ist doch so dünn. Ich habe die Frau auch extra wenig Puderzucker darauf machen lassen.«

Ethan schaute ihn verdutzt an und wollte etwas sagen, doch sein Großvater legte sich den Zeigefinger auf die Lippen.

Ethan kicherte wieder.

Unschlüssig runzelte Vivian die Stirn, während sie den beiden ins Wohnzimmer folgte.

»Vivian, lass es dir von einem Vater versichern: Eine Waffel besteht aus Obst und Getreide. Beides braucht man, um ein Kind großzuziehen, nicht wahr?« Er drehte den Kopf und blickte sie spitzbübisch über seine Schulter hinweg an – ganz so, als hätte er ihren kritischen Blick in seinem Rücken gespürt. Vivian beschloss, an diesem Tag keine Spielverderberin zu sein.

Es wäre Heuchelei gewesen, vorzugeben, dass sie nicht damit gerechnet hatte, dass ihr Vater ihrem Sohn Süßigkeiten geben würde. Das war ihr schon klar gewesen, als sie ihn um diesen Gefallen gebeten hatte.

Seufzend gab sie ihrem Vater einen Kuss auf die Wange. »Danke, dass du auf ihn aufgepasst hast.«

»Ich passe aber doch auf Opa auf«, sagte Ethan stolz.

Ertappt zuckte Bertie zusammen. »Ich bin ein wenig gestürzt«, gab er unter Vivians strengem Blick zögernd zu.

Wie man denn »ein wenig« stürzen konnte, fragte sich Vivian besorgt.

»Und ich habe ihm hochgeholfen«, sagte Ethan stolz.

Dann schlug er sich erschrocken die Hand vor den Mund. »Entschuldigung, Grandpa. Die Waffel ist aber schon weg, die kannst du nicht wiederbekommen.« Er zeigte auf seinen Bauch.

Vivian schaute verwirrt von einem zum anderen, dann begriff sie. »Holst du schon mal deine Jacke, Ethan?«

Ethan verschränkte die Arme.

»Wir müssen jetzt wirklich los«, ergänzte Vivian streng.

Mit missmutiger Miene stapfte ihr Sohn in den Flur. »Aber nicht mit Opa schimpfen«, rief er.

»Nein, tue ich nicht«, sagte Vivian lächelnd.

Nachdem er im Flur verschwunden war, wandte sie sich ihrem Vater zu. »Du hast ihn mit einer Waffel bestochen, damit er mir nichts von deinem Sturz erzählt?«

»Ich wollte nicht, dass du dir Sorgen machst, nur weil ich etwas gestolpert bin.«

»Das hätte besser geklappt, wenn du ihn nicht bestochen hättest. War das wirklich nötig?«

Abwehrend hob Bertie die Hände.

»Ihr Psychologen bohrt doch immer, bis wir endlich sagen, was ihr hören wollt. Du wärst auch eine gute Anwältin geworden. ›Wenn Sie sagen, Sie haben den Diebstahl nicht begangen, dann müssen Sie ihn wohl begangen haben, sonst müssten Sie ihn ja nicht abstreiten.‹«

Er äffte eine zickige Frauenstimme so gut nach, dass Vivian lachen musste.

»Die Gabe muss ich von dir haben«, gab sie dann nach.

Bertie lächelte.

»Aber bitte sag, ist wirklich alles in Ordnung bei dir?« Bei aller Liebe zur Harmonie – wenn es um das Wohl ihrer beiden Männer ging, blieb Vivian beharrlich. Und irgendetwas am

Verhalten ihres Vaters schien an diesem Tag merkwürdig zu sein. Sonst war er die Ruhe selbst, aber heute hatte er einen fahrigen Blick, als verberge er etwas.

»Ich hab's mit Brief und Siegel, direkt vom Arzt. Ich habe Werte wie ein vierzehnjähriges Mädchen.« Er lachte. »Der Arzt meinte sogar, man merke, dass ich nie in meinem Leben getrunken habe.«

Vivian, die wusste, dass er sich jeden Abend zwei Pint Guinness gönnte, grinste ihn an.

Dann kehrte ihr Misstrauen zurück. »Du warst beim Arzt?«

»Jetzt hör aber auf.«

»Schimpfst du doch?«, fragte Ethan, der plötzlich mit seiner Jacke in der Tür stand.

»Nein«, sagte Vivian, »dein Großvater hat ja nichts falsch gemacht.« Dabei fixierte sie Bertie streng, als wollte sie eigentlich sagen: »Aber denk nicht, dass ich dir das wirklich abnehme. Ich behalte dich im Auge.«

»Ist das eine Drohung oder eine Feststellung?«, fragte ihr Vater, dem das nicht entgangen war.

Vivian seufzte und fand sich schließlich damit ab, dass es mit ihrer Autorität nicht weit her war. »Ist es in Ordnung, wenn wir das morgen wiederholen?«

»Sicher, von mir aus jeden Tag. Ich bin überzeugt, die haben noch mehr Waffeln.«

Wie immer hatte ihr Vater rasch wieder Oberwasser gewonnen. Sie knuffte ihn leicht in die Seite und umarmte ihn dann zum Abschied. Dann schaute sie zu ihrem Sohn. »Und, magst du morgen noch mal von Opa abgeholt werden?«

»Au ja«, rief er.

»Auch wenn es keine Waffeln gibt?« Bei dieser Frage sah sie ihren Vater mahnend an, der unschuldig an die Decke blickte, bevor sie sich wieder ihrem Sohn zuwandte.

Er schien mit sich zu ringen, doch dann zuckte er die Achseln. »Na gut.«

Seine ernsthafte Miene bei dieser Überlegung brachte Vivian und ihren Vater gleichzeitig zum Lachen. Dann hielt Bertie dem Jungen die ausgestreckte Hand hin. »Bis morgen, Kumpel.«

Ethan schlug kraftvoll ein.

Vivian ging mit Ethan durch den Vorgarten, der kaum größer war als ein Handtuch. Sie genoss das Gefühl der kleinen warmen Hand ihres Sohnes in ihrer. Es war noch gar nicht lange her, dass er ihr verboten hatte, sie zu halten.

»Ich bin jetzt ein großer Junge«, hatte er gesagt. Gerade einmal zwei Jahre war er alt gewesen, als er sie mit diesen Worten abgewimmelt hatte. Sie hatte sich über die Worte aus dem Mund dieses winzigen Menschen amüsiert und fühlte sich zugleich getroffen. Sosehr sie sich über seine zunehmende Selbstständigkeit freute, konnte sie mit aller Vernunft nicht die sehnsüchtigen Gedanken an die erste innige Phase unterbinden. Damals war sie der Fixstern eines Universums gewesen, über das er noch nichts wusste, außer dass seine Mama ihm darin Halt gab. Nach jener ersten Zurückweisung hatte Vivian umso mehr die kurzen und seltenen Momente genossen, in denen er seine Arme um ihren Hals geschlungen und sie »meine liebe Mama« genannt hatte.

In letzter Zeit aber schien er sich seiner Eigenschaft als großer Junge so gewiss zu sein, dass er wieder mehr Zärtlichkeit zuließ, ohne seine neu erworbene Unabhängigkeit gefährdet zu sehen.

Während sie so im Schneckentempo durch den Vorgarten schlenderten, fiel Vivians Blick auf die Sträucher und die kleine Rasenfläche, die sie einschlossen. Falls sie sich gerade noch Sorgen um ihren Vater gemacht hatte, verschwanden diese beim Anblick der präzise gestutzten Grashalme und Büsche. Solange jedes Blatt makellos aussah, war alles in Ordnung. Noch immer verrichtete Bertie alle Hausmeister- und Gärtner-Tätigkeiten, die in diesem sowie im Nachbarhaus anfielen, und zahlte im Gegenzug weniger Miete. Und auch wenn er alle seine Aufgaben mit Sorgfalt verrichtete, hatte sie am Zustand seiner Pflanzen immer ablesen können, wie es ihm wirklich ging.

Auf dem Balkon der Wohnung, die sie als kleines Kind mit ihm vor dieser bewohnt hatte, waren die Blätter der Hortensien plötzlich braun verfärbt gewesen, und die Blüten hatten einen fahlen Rosaton gezeigt, nachdem ihre Mutter sie beide verlassen hatte. Beklagt hatte er sich über den Verlust in Vivians Gegenwart nie. Männer seiner Generation und einfachen Herkunft jammerten nicht. Aber er hatte vergessen, dem Gießwasser für seine Blumen Alaun beizufügen, das dafür gesorgt hätte, dass sich die Blüten blau färbten. Für Vivian war dies ein deutliches Zeichen gewesen, dass es ihm schlecht ging. Heute hier im Garten waren die Blätter saftig grün, und die Blüten zeigten ein sattes Violett. Hinter den Hortensien erkannte sie die Blätter des Blaubeerstrauchs, den ihr Vater einmal extra für sie gepflanzt hatte. Mit den Früchten hatte er für sie kleine Kuchen gebacken, als könnten die Leckereien ihr darüber hinweghelfen, dass in ihrem Leben etwas fehlte. Nun pflegte er den Strauch für Ethan weiter, der Blaubeer-Muffins über alles liebte.

Diese eigens gezogenen und gepflückten Früchte selbst zuzubereiten war für ihren Vater eine Art, seine Zuneigung zu zeigen. Das gehörte zu den Dingen, die Vivian an ihm liebte. Er setzte seine wenige Zeit für sie so großzügig ein, wie wohlhabendere Eltern nicht einmal ihr Geld. Die Kinder, die anfangs noch über ihre Klamotten gespottet hatten, waren verstummt, sobald sie Bertie kennengelernt hatten. Manche hatten sie hinterher sogar beneidet. Natürlich nur die klügeren unter ihnen, die bereits eine Ahnung von dem Wert seiner überwältigenden Liebe zu seiner Tochter hatten.

Vivian zeigte auf den Strauch. »Bald gibt es wieder Blaubeeren«, sagte sie dann lächelnd zu ihrem Sohn.

»Morgen?«

»Nein, nicht so bald«, gab sie lachend zu. »Nicht jetzt im Mai. Wohl eher in zwei Monaten.«

»Können wir vorher keine Muffins machen?«

»Doch, Schokoladen-Muffins«, sagte Vivian, die diese Eigenheit ihres Vaters übernommen hatte. Blaubeeren gab es nur in ihrer Saison. Jede Jahreszeit sollte ihre eigenen Freuden haben.

»Au ja«, rief Ethan.

Da ertönte die Titelmelodie von »Thomas, die kleine Lokomotive«.

Hastig begann Vivian, in ihrer Handtasche zu wühlen. Sie hatte am Abend zuvor diese Melodie als Klingelton für ihr Handy gewählt, weil Ethan die Serie so sehr mochte. Unzählige Male hatte sie danach auf sein Drängen vom Festnetz aus ihr Handy angerufen.

Mit einer Hand hielt sie Ethan fest, mit der anderen hielt sie das Telefon an ihr Ohr. »Vivian Green?«

»Das hoffe ich doch«, sagte eine freundliche Männerstimme. »Das würde nämlich bedeuten, dass ich die richtige Nummer gewählt habe. Hier ist Aidan Scott von ›Helpline National‹.«

Vivian schluckte und ärgerte sich, dass sie rangegangen war, ohne zuvor auf ihr Display zu schauen. Es war kein Vergnügen, das erste Mal mit seinem neuen Chef sprechen müssen, wenn gerade das Kind nach Aufmerksamkeit verlangte, der Bus jeden Moment um die Ecke kommen würde und jeder an der Haltestelle mithörte, wie ungeschickt sie sich in solchen Momenten anstellte. Lieber hätte sie ihn von zu Hause aus zurückgerufen. Ihm war sogar aufgefallen, dass sie ihren Namen am Telefon immer wie eine Frage klingen ließ, als wäre sie sich ihrer selbst nicht gewiss. Wieso hatte sie sich das nicht längst abgewöhnt?

Sie atmete tief durch und hoffte, dass ihre Stimme danach souveräner klingen würde »Sie sind absolut richtig, Mr. Scott.«

Sie lächelte, obwohl er das gar nicht sehen konnte. Doch auf keinen Fall sollte er hören, wie mulmig ihr zumute war. Neuerungen führten fast immer zu Entlassungen, in jedem Fall aber zu Veränderungen. Sollten ihre neuen Chefs sich überlegt haben, sie nicht mehr von zu Hause aus arbeiten zu lassen, käme das einer Kündigung gleich. Auch wenn sie immer gewusst hatte, dass es nur eine Frage der Zeit war, bis das geschah. Wenn Menschenleben von den Fähigkeiten eines Mitarbeiters abhingen, war es sinnvoll, die Gespräche kontrollieren zu können. Und bei den Gesprächen, die Vivian in ihrer Wohnung führte, sobald die Rufumleitung ihrer Arbeitsnummer eingeschaltet war, konnten ihre Chefs sich ihres Wissens nach nicht einklinken. Ein kaum zu vertretender Nachteil.

»Ich würde Sie gerne zu einem Gespräch in die Zentrale einladen. Möglichst in dieser Woche noch. Wie sieht es bei Ihnen morgen aus?«, fragte der Neue.

Vivian wusste, dass er einen Doktortitel trug. Offenbar war er nicht so eitel, ihn auch nennen zu müssen. Vielleicht hätte sie das ein wenig für ihn eingenommen, wenn sie nicht bereits geschlussfolgert hätte, dass dieses Gespräch das Ende ihrer nicht weiter erwähnenswerten Karriere bedeuten würde.

»Wie lange wird das Gespräch ungefähr dauern?«, fragte sie.

»Es kommt darauf an. Nicht länger als eine halbe Stunde, denke ich.«

Vivian hätte gern gewusst, worauf es denn ankam. Dennoch sagte sie knapp und mit fester Stimme: »Das wird sich machen lassen.«

Sie hörte ein Rascheln. »Die Woche ist ziemlich voll«, sagte er dann. »Eigentlich bleiben nur die Mittagspausen. Wäre es denkbar, dass Sie sich morgen um dreizehn Uhr ein Stündchen freihalten? Wir könnten das mit einem Essen verbinden. Kennen Sie das Deli direkt gegenüber der Zentrale?«

»Ja. Das passt. Ich bin um dreizehn Uhr da«, sagte Vivian, und sie beendeten das Gespräch mit einem knappen, aber freundlichen Abschiedsgruß auf beiden Seiten.

Es passte Vivian tatsächlich gut: Am nächsten Tag würde sie nur bis zwölf Uhr dreißig im »Vintage Rose« sein. So konnte sie den Termin mit Dr. Scott einhalten und dennoch um fünfzehn Uhr Claire besuchen. Das Krankenhaus lag nicht weit von der Zentrale von »Helpline National« entfernt. Sie hätte also keinerlei Zeitdruck.

»Mama, der Bus kommt«, rief Ethan und zerrte an ihrer Hand.

Erschrocken sah Vivian hoch. Ihr Sohn hatte recht. Rasch ließ sie das Handy in ihre Manteltasche gleiten, um mit der freien Hand im Geldbeutel nach ihrer Monatskarte zu wühlen, während sie sich an der anderen von Ethan in den Bus ziehen ließ.

»Das ist noch mal gut gegangen«, sagte Ethan zufrieden und stolz wie ein Großer. »Gut, dass ich den Bus gesehen habe, oder, Mama?«

Er kletterte auf ihren Schoß, weil nur noch ein einzelner Sitzplatz frei war.

Vivian lächelte und gab ihm einen Kuss auf die Wange. »Ja, mein Schatz. Du hast wirklich gut aufgepasst.«

Ein unangenehmer Geruch stieg ihr in die Nase. Erst jetzt

bemerkte sie den Mann neben sich. Wäre er ihr vorher aufgefallen, hätte sie entschieden, dass Ethan und sie gut ein paar Stationen stehen konnten.

Die Fahne des Mannes war nicht zu ignorieren. Er stank nach Tabak, Alkohol und anstehenden Peinlichkeiten. Breit grinste er Ethan an und machte Anstalten, dem Jungen in die Wange zu kneifen. Vivian schwankte zwischen Ekel, dem Drang, Ethan zu beschützen, und dem Wunsch, einen Fremden nicht vor den Kopf zu stoßen. Selbst wenn dieser Fremde es mit seiner Körperhygiene nicht so genau zu nehmen schien. Sie atmete durch den Mund, und Ethan wandte sein Gesicht ab.

Der Mann lachte, nahm aber die Hand zurück.

»Guter Junge, auf seine Mama muss man immer gut aufpassen.« Er hatte das Schauspiel an der Bushaltestelle offenbar mitverfolgt. Ein Wunder, dass er überhaupt etwas mitbekam. Ethan lächelte. »Das mache ich.«

Ein lautes, fröhliches Lachen drang zu ihnen durch. Es kam von einem Männergrüppchen, das versuchte, stehend das Gleichgewicht zu wahren – der Busfahrer ging nicht gerade zimperlich in die Kurven.

»Können die nicht zu Hause lachen, alles voll mit dem Pack. Nimmt uns die Jobs weg und lacht darüber. Und wir?«

Der Mann neben Claire zeigte auf sich selbst, und sie folgte seiner Geste mit dem Blick. Sie unterdrückte den Würgereiz, als sie den Fleck in seinem Schritt wahrnahm.

»Trauen Sie sich nachts noch auf die Straße bei all dem Polacken-Pack?«, rief der Mann laut.

Das Lachen der anderen Männer verstummte. Claire sah zu ihnen hinüber. Sie kamen offenbar gerade von der Arbeit, ihre Overalls waren mit Farbe beschmiert. Ihre Sprache hatte in Vivians Ohren eher rumänisch geklungen, aber sie glaubte nicht, dass ihr Nachbar da große Unterschiede machte.

Vivian wand sich. Der anstehende Brexit hatte Kerlen wie ihrem Sitznachbarn Auftrieb gegeben. Eigentlich durfte sie eine fremdenfeindliche Bemerkung wie diese nicht einfach stehen lassen, aber sie wollte auch nicht noch mehr Aufmerksamkeit auf sich ziehen, indem sie mit dem Kerl stritt. Warum passierte so etwas immer ihr? Sie seufzte.

»Was für ein sonniger Tag!«, rief Vivian so unpassend fröhlich, dass sogar der alte Mann verdutzt zurückzuckte. Sie verfluchte sich für ihren Hang zu Übersprunghandlungen in peinlichen Situationen. Aus dem Augenwinkel glaubte sie zu sehen, dass mindestens einer der drei Männer den anderen einen Vogel zeigte, bevor sie sich diskret abwandten. Sie spürte, wie ihre Wangen warm wurden.

»Mama, du wirst ja ganz rot«, rief Ethan.

»Muss dir doch nicht peinlich sein, Süße«, klinkte sich sofort wieder der Fremde neben ihr ein.

Jetzt blieb ihr nichts mehr übrig, als für ein schnelles Ende dieser Fahrt zu beten. Sie schaltete auf Durchzug, gab dem Mann, ohne ihm zuzuhören, nichtssagende Antworten und versuchte nicht zu atmen. Vor ihrem geistigen Auge sah sie Claires boshaftes Grinsen. Denn wie sonst würde eine Frau, die hysterische Laufsteg-Models dirigiert und mit Millionen-Etats jongliert hatte, wohl auf eine Mutter reagieren, die schon eine Busfahrt überforderte?

8. Kapitel

Auch an diesem Abend konnte Vivian sich kaum auf die eingehenden Anrufe konzentrieren. Es gab nicht viele Abendjobs, die sich mit einem kleinen Kind vereinbaren ließen, deshalb war sie so froh gewesen, dass sie diesen hatte ergattern können. Nach Telefonaten, die ihr das Gefühl gaben, jemandem durch ihr Zuhören wirklich geholfen zu haben, empfand sie sogar eine leichte Euphorie. Und die Anrufer, die keine Hilfe, sondern einen Müllschlucker suchten, bei dem sie einfach ihre Wut oder ihre Trauer loswerden konnten, waren so leicht zufriedenzustellen, dass Vivian sich auch darüber nicht beklagen konnte.

Falls sie nach Gesprächen mit diesen Menschen ein etwas unbehagliches Gefühl der Leere empfand, so wurde dies durch das Geld gemildert, das sie damit verdiente. Und zwar ohne Ethan verlassen und ihr Einkommen gleich wieder einem Babysitter in die Hand drücken zu müssen. Aus diesen Gründen konnte Vivian nur hoffen, dass sich nichts änderte und sie weiterhin bei »Helpline National« arbeiten durfte wie bisher.

Das Telefon klingelte erneut. »Helpline National, Green am Apparat?«

»Hier ist Mrs. Smith.«

Vivian erkannte die Frau nicht gleich, auch wenn ihr die Stimme bekannt vorkam. Sie hatte die Erfahrung gemacht, dass eine Mrs. Smith oder ein Mr. Brown meistens echte Probleme hatten. Diejenigen, die nur ein wenig Druck ablassen und Aufmerksamkeit wollten, kannten oft keine Scheu, ihren echten

Namen zu nennen, weil sie sich mehr als alle anderen im Recht fühlten.

»Es geht um meinen Sohn.«

»Hallo«, sagte Vivian. Jetzt wusste sie, wer die Anruferin war: Es war Leos Mutter. Leo würde sie nicht vergessen. Er war gerade einmal zwei Jahre älter als Ethan und an Blutkrebs erkrankt.

Bei ihrem ersten Anruf hatte Mrs. Smith noch nicht so verzweifelt wie jetzt, sondern zornig geklungen. Vivian hatte damals in den bösen Worten die übermächtige Wut der Hilflosen erkannt, die ganz unvermittelt hervorbrechen konnte. Sie machte alles dem Erdboden gleich und wunderte sich erst hinterher über den Grad der Zerstörung, den sie hinterließ. Mittlerweile klang Mrs. Smith jedoch vor allem müde.

Vivian dachte an die fünf Phasen des Sterbens. Sie hatten diese Theorie im Studium besprochen. Seit sie hin und wieder mit Leos Mutter telefonierte, überlegte sie, ob die Angehörigen diese nicht in ähnlicher Weise durchlitten: das Nicht-wahrhaben-Wollen, den Zorn, das Verhandeln, die Depression und letztendlich die Zustimmung. Leos Mutter schien sich nun in der vierten Phase zu befinden. Die letzte konnte wohl nur der Sterbende selbst erreichen. Denn wie sollte eine Mutter jemals dem Tod ihres Kindes zustimmen?

Vivian hatte den Eindruck erhalten, dass die Lage der Familie hoffnungslos war. Der Gedanke machte sie traurig. Es kostete sie Anstrengung, sich nicht allzu sehr mit der Frau zu identifizieren. Täte sie es, wäre sie keine Hilfe mehr. Bei ihrem allerersten Gespräch hatte Vivian dieser Schrecken ganz unvorbereitet getroffen. Es war ihr gelungen, ihre Stimme ruhig zu halten, trotz der Tränen, die ihr am Ende über die Wange gelaufen waren. Erst nachdem das Gespräch beendet gewesen war, hatte sie so laut geschluchzt, dass sie Sorge gehabt hatte, ihren Sohn zu wecken. Doch mittlerweile war sie vorbereitet.

»Wie geht es Leo?«, fragte sie also ruhig.

»Sie haben mich erkannt?«

»Ihre Stimme«, erwiderte Vivian.

»Dann habe ich Sie wohl schon zu oft angerufen.«

»Nein, gar nicht«, erwiderte Vivian etwas zu hastig, etwas zu bemüht. Sie drosselte ihr Sprechtempo. »Nein. Genau deswegen sitze ich hier. Und Sie können so oft anrufen, wie Sie möchten.«

Die Frau verunsicherte sie ein wenig. Es waren ihr Tonfall und ihre Selbstsicherheit. Vor ihren Augen sah sie eine gepflegte Blondine in einem eleganten Kostüm, der man keine andere Sorge zutraute als die, dass ihrer Nageldesignerin der Chanel-Lack »N° 505 Particulière« ausgegangen war.

Dennoch: Irgendetwas an Vivians Art musste die Frau zufriedengestellt haben. Nicht dass sie Vivian ihre Spitzen erspart hätte, aber sie entschied sich doch immer wieder dafür, gerade sie zu kontaktieren. Dieser Umstand verlieh ihr etwas mehr Selbstvertrauen im Umgang mit der Anruferin. Und war es nicht deren gutes Recht, wütend auf die ganze Welt zu sein?

Leukämie. In Großbritannien stand die Chance, daran zu erkranken, eins zu 400. Das wusste Vivian, seit sie versucht hatte, sich nach dem ersten Gespräch mit nüchternen Zahlen zu beruhigen. Der Anruf hatte ihren vielen Sorgen um Ethan nämlich eine neue hinzugefügt. Doch selbst wenn es einen traf, standen die Chancen gar nicht schlecht, den Krebs zu überwinden: Fünf Jahre nach einer Diagnose der Krankheit lebten von den betroffenen Kindern noch 80 Prozent. Allerdings bedeutete dies zugleich, dass 20 Prozent es nicht überstanden. Und bislang sah es so aus, als würde Leo diesen unbarmherzigen Teil der Quote erfüllen.

»Wir haben vielleicht einen Stammzellenspender«, sagte die Frau mit zittriger Stimme.

Also hatte Leo vielleicht doch eine Chance, dachte Vivian überrascht und erfreut. »Das ist wunderbar«, erwiderte sie ehrlich.

»Trotzdem …«, fuhr die andere fort. »Ich habe mehr Angst denn je – ist das nicht verrückt?«

»Was macht Ihnen denn so viel Angst?«

»Ich habe Angst vor der Hoffnung.«

Mrs. Smith fing an zu weinen, das hatte sie während ihrer Telefonate noch nie getan. Vivian schluckte. Sie verstand ihre Anruferin besser, als ihr lieb war. Die Furcht vor enttäuschter Hoffnung war auch in ihren Augen die schlimmste aller Ängste, die es zu meiden galt. Denn was blieb noch, wenn die Hoffnung endgültig schwand? Nichts, was man Leben nennen konnte, oder?

»Entschuldigen Sie«, sagte die Anruferin etwas gefasster. »Ich bin nicht verrückt, wissen Sie? Auch wenn ich schon wieder diese Psycho-Nummer gewählt habe.«

»Sie erscheinen mir ganz und gar nicht verrückt«, versicherte Vivian. »Ihr Gefühl ist nachvollziehbar. Was geschieht denn als Nächstes?« So wie sie die Frau einschätzte, diente sie ihr am meisten, wenn sie in einem Moment wie diesem formell blieb.

»Der potenzielle Spender muss noch genauer untersucht werden.« Für einen kurzen Moment klang die Stimme ebenfalls sehr sachlich, doch dann schluchzte die Frau erneut auf. »Wissen Sie, was das Schlimmste ist? Tag für Tag auf der Station diesen Geruch einzuatmen. Ich dachte immer, der Tod ist dunkel und riecht süß, nach Verwesung. Dabei riecht er steril, nach Desinfektionsmitteln, und findet im grellen Neonlicht statt.«

»Aber vielleicht wird es gar keinen Tod geben, nicht für Ihr Kind. Darum ging es doch gerade, oder?« Vivian versuchte weiter, vernünftig und zugleich ein wenig aufmunternd zu klingen.

Doch die andere Frau überging ihre Worte vollständig. »Dann frage ich mich, was mich hierhergebracht hat. Das kann doch nicht mein Leben sein! Diese bleichen Gesichter hinter den Bettvorhängen. Kinder, angeschlossen an Maschinen. Wie kann es denn sein, dass ich Urin zum Wiegen trage, statt am Rande eines Fußballfeldes zu stehen und mit anderen Müttern um den besten Kuchen zu wetteifern? Ich fühle mich so allein, weil ich mit keiner von ihnen darüber sprechen und doch an nichts anderes denken kann.«

Vivian kannte das Gefühl der Isolation, wenngleich zum Glück nicht auf diese Weise. »Niemand ist eine Insel«, hatte der englische Dichter John Donne einst behauptet. Doch Vivian dachte an Claire und an sich selbst und fragte sich, ob nicht jeder eine Insel war und man sich etwas vormachte, wenn man etwas anderes glaubte. »Wenn Sie nicht wissen, mit wem Sie reden sollen, reden Sie einfach weiter mit mir«, sagte sie.

»Stimmt, Sie werden dafür bezahlt.«

Vivian war nicht gekränkt über diese Bitterkeit, von der sie wusste, dass sie eigentlich nicht ihr galt.

»Wenn ein bekanntes Gesicht fehlt, weine ich. Weil das Kind gesund und zu Hause sein könnte und unser Sohn nicht – oder weil es gestorben sein könnte. Ich zucke jedes Mal zusammen, wenn die Glocke zu hören ist.«

»Welche Glocke?«

Die Frau gab einen irritierten Laut von sich, als könne sie sich keine Wirklichkeit mehr vorstellen, in der diese Glocke keine Rolle spielte. »Die Glocke, die ein geheiltes Kind läuten darf, wenn es entlassen wird. Es sollte ein Fest sein, und trotzdem kommt es mir wie eine Totenglocke vor. Das heißt doch nur, dass jemand anderes es nicht schafft. Ich kann mich einfach nicht für die Geheilten freuen, verstehen Sie das?«

»Ja«, sagte Vivian schlicht.

»Nein«, entgegnete die Anruferin müde. »Aber ich glaube wirklich, Sie versuchen es zumindest. Sie haben auch Kinder?«

Vivian zögerte. Verstieß es nicht eigentlich schon gegen die Regeln, die Frage ehrlich zu beantworten?

»Ja, einen Sohn«, sagte sie dennoch nach einer kurzen Pause.

»Und? Sind Sie Knochenmarkspenderin?«

In Vivians Innerem zog sich etwas schamvoll zusammen. Nachdem sie im Internet so viel über die Krankheit gelesen hatte, war sie wirklich entschlossen gewesen, sich in eine Spenderdatei aufnehmen zu lassen. Doch als sie dann auf den Hinweis gestoßen war, dass Knochenmark manchmal dem Beckenkamm entnommen wird, hatte sie einen Rückzieher gemacht. Die Angst vor einem Eingriff wog schwerer als die Fürsorge für einen Unbekannten.

»Also nicht«, kam die Frau Vivians Antwort zuvor. »Angst vor einem Piks?«

Es war falsch, sich vor einer Anruferin zu rechtfertigen, deswegen versuchte Vivian die Antwort so allgemein wie möglich zu halten. »Nicht alle Menschen sind mutig.«

»Mir wird immer gesagt, ich sei so unglaublich stark«, sagte die Frau. »Als hätte ich eine andere Wahl, als diese Sache auf die eine oder andere Art durchzustehen.«

Erleichtert darüber, dass sie selbst nicht mehr als Angriffsfläche diente, machte Vivian ein zustimmendes Geräusch. Das Gespräch war zu Ende. Doch bevor beide auflegten, entfuhr es ihr: »Sagen Sie mir Bescheid, sobald Sie die Glocke geläutet haben?«

Stille am anderen Ende. Vivian dachte schon, die Frau hätte

aufgelegt. Doch dann hörte sie nicht nur die Stimme, sondern auch, dass die Frau lächelte. »Ja, das mache ich.« Ein weiteres Zögern. »Danke.«

»Wofür? Dafür werde ich doch bezahlt«, sagte Vivian in dem Gefühl, dass die Frau diese kleine Retourkutsche vertragen würde.

»Am Ende danke ich Ihnen wohl dafür, dass Sie so unprofessionell sind, echten Anteil zu nehmen«, sagte die Frau. Kurz lachten beide. Etwas verzweifelt, aber doch auch erleichtert, dass sie es noch konnten.

Beim nächsten Telefonat bekam Vivian die Gelegenheit, sich zu entspannen. Das war genau die Art von einsamem Miesepeter, die sie jetzt brauchte. Jemand, der kein ernsthaftes Problem hatte, sondern nur niemanden fand, bei dem er seine ganze Abscheu gegen die Welt ausschütten konnte. Solche Typen waren nach Vivians Erfahrung harmlos. Im schlimmsten Fall vergifteten sie ein paar Tauben oder verscheuchten spielende Nachbarskinder vom Gehweg vor dem Haus – zum Glück nicht umgekehrt.

Natürlich hatte sie im Studium gelernt, wie man unglückliche Menschen alternative Möglichkeiten erkennen ließ, die Welt zu betrachten. Aber das wäre bei Anrufern dieser Art vergebliche Liebesmüh. Schuld würden in deren Augen immer die anderen sein, und sie beharrten auf ihrem Elend, als sei es ihr wertvollster Besitz. Deshalb fand sie nichts dabei, ihnen all die Bestätigung zu geben, nach der sie gierten.

»Das gibt es doch gar nicht«, entfuhr es ihr. (Seine Schwiegertochter wollte erstaunlicherweise nicht, dass er bei der Familie einzog.) »Das kenne ich gut, haben Sie es mal mit Zitronensaft probiert?« (Heutzutage war alles so schnell verkalkt. Die Hersteller taten doch etwas ins Wasser, damit man bald wieder neue Geräte kaufen musste.)

Danach gingen noch ein paar Anrufe ein, aber keine mehr, die ihr so nahegingen wie der von Leos Mutter. Um Punkt Mitternacht wurde die Rufumleitung abgestellt, und Vivian hatte Feierabend. Sie setzte sich vor die vorhanglosen Fenster und starrte ein Weilchen hinaus auf die Lichter der Stadt. Das Glas müsste mal wieder geputzt werden, dachte sie. Man vernachlässigte solche Dinge, wenn man nie wusste, wie lange man diese Räume noch ein Zuhause nennen durfte. Geputzte Fenster, eine gemütliche Einrichtung – warum viel Energie hineinstecken, wenn man die Wohnung vielleicht über Nacht würde verlassen müssen? Nur in Ethans kleinem Zimmer hatte sie sich Mühe gegeben und ihm eine echte Piratenhöhle eingerichtet. Sie hatte eine niedliche Anker-Bordüre an die Wand tapeziert und ein Fischernetz voller Schätze, die sie bei einem Ausflug nach Brighton selbst am Strand gesammelt hatten, an die Decke gehängt. Doch all die Muscheln, Schneckenhäuser und Steine konnten nicht darüber hinwegtäuschen, dass dieses Zimmer nur als Schlafkajüte taugte, auch wenn er es zum Glück noch sehr liebte. Aber niemals würde dort der Schreibtisch reinpassen, den er benötigte, sobald er in die Schule kam, und das war sehr bald schon der Fall.

Irgendwann werden wir dies alles hinter uns lassen, versprach sie sich selbst zum wiederholten Mal und betrat noch einmal das winzige Zimmer, wie sie es jeden Abend tat, bevor sie selbst zu Bett ging.

Ethan atmete gleichmäßig. Die Arme lagen leicht angewinkelt neben seinem Kopf. So hatte er schon als Baby immer geschlafen, und Vivian hatte daran erkannt, dass es ihm rundum gut ging. Kranke und unglückliche Kinder vermieden es, sich so schutzlos der Welt zuzuwenden. Sie rollten sich zusammen oder zogen sich die Decke über den Kopf. Das wusste sie aus Erfahrung.

9. Kapitel

Am nächsten Tag hatte Vivian ausreichend Zeit, ihren Feierabend im »Vintage Rose« zugleich herbeizusehnen und zu fürchten. Weil es keine Ablenkung gab, die den Wirrwarr ihrer Gedanken hätte unterbrechen können, fühlte sie sich bereits am späten Vormittag so matt wie nach einer schlaflosen Nacht.

Es war lächerlich, dass sie sich vor dem Treffen mit ihrem neuen Chef so fürchtete. Andererseits war sie dringend auf den Job angewiesen. Noch unerklärlicher war, wieso sie zugleich das Treffen mit Claire herbeisehnte. Sie konnte dieses Gefühl natürlich auf die Tatsache schieben, dass der noch unangenehmere Teil des Tages zu dem Zeitpunkt schon hinter ihr läge. Aber da war noch mehr. Sie fühlte eine gewisse Zuneigung zu der Frau, auch wenn die schrullige Modeschöpferin doch eigentlich Vivians fleischgewordener Albtraum sein müsste. Vivian war nie schlagfertig gewesen und hatte es aufgegeben, daran etwas ändern zu wollen. Wenn es darauf ankam, grübelte sie zu lange und scheute sich davor, die Gefühle ihres Gegenübers zu verletzen. Deshalb fühlte sie sich Menschen mit spitzer schneller Zunge, die diese Zurückhaltung nicht kannten, unterlegen.

Und dann war da noch Claires Unberechenbarkeit. Das war keine Eigenschaft, die Vivian schätzte. Sie erinnerte sie an ihre Mutter. Was manche mit Charme verwechselt hatten, war nur der Ausdruck ihrer fehlenden inneren Balance gewesen. Darin wiederum unterschied Claire sich von Vivians Mutter. Sie hatte stets nach Aufmerksamkeit gegiert. Claires Unberechenbarkeit schien dem genauen Gegenteil zu entspringen: einer atemberaubenden Gleichgültigkeit gegenüber der Meinung anderer. Diese Eigenschaft fesselte Vivian – wie es auch der Einblick in die Welt von Claires Großvater getan hatte. Eine Welt der Einfachheit und Hingabe, die so gar nicht zu ihrer Erzählerin zu passen schien.

Vivian wusste nicht mehr, wann sie das letzte Mal verreist war. Sie hatte sich immer gesagt, dass es nur rausgeworfenes Geld war und mit einem Kleinkind ohnehin zu kompliziert. Doch nach dem Besuch bei Claire hatte sie sich gefühlt, als hätte sie eine Reise unternommen und wäre für einen Moment Teil von einer anderen Welt gewesen.

Vergleichsmöglichkeiten hatte Vivien keine, deswegen konnte sie nicht sagen, ob ihre starke Reaktion auf die Frau nicht doch etwas mit Claires Berühmtheit zu tun hatte. Sie schien von dieser besonderen Aura umgeben, die einen zwingen wollte, sich zu verneigen. Oder es war umgekehrt. Nicht der Ruhm ließ Menschen wie sie Funken sprühen, sondern der Ruhm hatte sie gefunden, weil es ihr immer schon gelungen war, die Atmosphäre eines Raums zu verändern, sobald sie ihn betrat – allein dadurch, dass sie sich in ihm aufhielt.

Vor lauter Grübeln über Claire vergaß Vivian schließlich das Essen mit ihrem Chef. Erst als Rose zur Übergabe hereinkam und sie ihrer Chefin den Schlüssel übergab, fiel es ihr wieder ein, und sie bedauerte, die Leere in ihrem Magen bloß mit Kaffee gefüllt zu haben.

»Ist alles in Ordnung?«, fragte Rose. »Du wirkst so aufgeregt.«

»Alles bestens«, antwortete Vivian. »Ich muss nur schnell los, weil ich noch einen Termin habe.«

Um weiteren Fragen auszuweichen, eilte sie davon. Mist,

dachte sie. Ausgerechnet jetzt, wo sie auf keinen Fall fahrig oder unsicher wirken wollte, hatte sie ihre Anspannung noch zusätzlich befeuert: Die typische Koffein-Nervosität würde ihr im Gespräch sicher nicht helfen, sondern bloß zitternde Hände bewirken. Man hätte erwarten können, jemand mit ihrer Ausbildung würde sich vernünftiger verhalten. Doch der einzige Effekt ihres Studiums schien zu sein, dass sie ihr Verhalten im Nachhinein noch besser analysieren und verdammen konnte.

Am liebsten wäre sie umgekehrt. Zu allem Überfluss bestand die Gefahr, dass sie Dr. Scott gar nicht erkennen würde. Sie hatte sich nicht einmal seine Handynummer geben lassen. Was, wenn er nicht kam? Was, wenn er sie auch nicht erkannte? Die Ungewissheit bestärkte ihr Gefühl, keine Kontrolle über die Situation zu haben. Sie entschied sich, vor dem Bistro auf ihn zu warten und auf eine Eingebung zu hoffen. Wenn sie draußen stand, musste sie auch vorerst keine Bestellung aufgeben.

Der irreführende Name »the little bistro« hatte in ihren Ohren nach Sandwiches oder vielleicht einem Stück Flammkuchen für drei Pfund geklungen. Doch man hatte nur an den Großbuchstaben gespart. Statt des Erwarteten gab es »grüne Bowls«, und zwar nicht unter zehn Pfund. Sie trugen die Namen hinduistischer Gottheiten, und Vivian hoffte, dass die Zutaten bei dem Preis zumindest vegan, »clean«, »raw«, bio und fair gehandelt waren. Allerdings verpflichtete das Etikett »grün« zu nichts, außer vielleicht dazu, auf alles zumindest ein Salatblatt zu klatschen. Der Höhepunkt schien die Protein-Bowl zu sein – mit Ameisen darauf – und als Getränk dazu ein Glas Kamelmilch. Vivian erinnerte sich daran, dass beim letzten Londoner Porridge-Wettbewerb die Variante mit den Ameisen gewonnen hatte.

Vivians kulinarische Welt bestand immer noch aus Pasta, viel Gemüse vor allem für Ethan und gelegentlich Fish & Chips für sich selbst, die sie aber meist heimlich in sich hineinstopfte. Ihren Salat-Kreationen reichte als exotische Komponente eine Avocado oder Mango.

Hier im Bistro saßen die Menschen eng nebeneinander an durchgehenden Tischen, als wären sie eine große erleuchtete Familie, die nicht viel von Geheimnissen vor einander hielt. Vivian bevorzugte separate Tische, an denen nicht jeder alles mitverfolgen konnte, was sie sagte.

»Vivian Green?«

Vivian schrak zusammen und drehte sich so schnell um, dass der Mann hinter ihr keine Gelegenheit hatte, einen Schritt zurückzuweichen. Dadurch stand sie ihm so nahe, dass sie nicht gleich seine ganze Erscheinung, sondern nur ein paar Details erfassen konnte: ein freundliches Lächeln, rund um die Augen ein paar kleine Fältchen. Fast zeitgleich traten sie beide ein Stück zurück, und Vivian hoffte, dass ihre Wangen nicht so rot aussahen, wie sie sich anfühlten.

»Entschuldigung«, sagte der Mann. »Ich wollte Sie wirklich nicht erschrecken.«

Nun konnte sie sehen, dass er wohl ein paar Jahre älter war als sie. Doch sein genaues Alter war schwer zu schätzen, weil er eines dieser alterslosen, jungenhaften Gesichter hatte, die sie bei Männern mochte, aber nicht anziehend fand.

»Ich war wohl eindeutig im Vorteil«, sagte er lachend. »Sie sind auf der Homepage abgebildet – zusammen mit allen anderen Team-Mitgliedern. Deswegen habe ich Sie erkannt.«

Er berührte kurz ihren Arm – ein Zeichen der Macht, die typische Dominanzgeste eines männlichen Vorgesetzten, der sich in seinem Bürostuhl mit hinter dem Kopf verschränkten Armen weit zurücklehnte, während er einer weiblichen Mitarbeiterin erklärte, wie der Hase lief. Vivian ärgerte sich, dass sie schon wieder analysierte – und auch, dass ihr nicht ebenfalls der Gedanke gekommen war, ihn im Internet zu suchen. Er hielt ihr die Tür auf, und sie folgte seiner Aufforderung.

»Interessante Karte«, murmelte er mit einem Blick auf die Aushänge. »Finden Sie hier etwas zu essen, was Sie mögen?« Er sah sie aufmerksam an. Bis in die Fingerspitzen souverän. Es passte, dass er hier aß, er achtete auf seine Figur – ein weiteres Zeichen von Kontrolle. Auch wenn Vivian es gewollt hätte, sie konnte nicht anders. Sobald sie einen anderen Menschen traf, deutete sie jede seiner Gesten und klopfte sie auf dessen Potenzial ab, ihr Unannehmlichkeiten zu bereiten. »Ich weiß ehrlich gesagt nicht, was ich essen soll«, sagte ihr neuer Vorgesetzter. »Bei den meisten Dingen weiß ich nicht einmal, worum es sich handelt. Ich esse in der Mittagspause meistens einfach eine Kleinigkeit im Pub. Also geben Sie mir einen Tipp: Nimmt man eher ›vivacious vishnu‹ oder ›sassy shiwa‹?«

Er klang ernsthaft überfordert, was Vivians Anspannung ein wenig löste. Vielleicht öffnete sie doch immer ein wenig zu vorschnell eine Schublade für andere Menschen.

»Um ehrlich zu sein, habe ich auch keine Ahnung, was man hier am besten isst. Wir können also gerne in den Pub an der Ecke wechseln«, sagte sie fröhlich.

»Wirklich?«, fragte er mit besorgt gerunzelter Stirn. »Ich fürchte aber, dort gibt es nur Fritten, Burger und Pies.«

»Das ist perfekt für mich«, sagte Vivian ehrlich. Und ihr Geldbeutel würde es ihr auch danken.

»Na dann! Nichts wie weg, lassen wir diesen Nirwana-Nonsens hinter uns.« Schwungvoll machte er auf dem Absatz kehrt.

Vivian lachte und folgte ihm. Der Weg zum Pub war eigentlich nicht weit. Doch weil sie ihn in gemeinsamem Schweigen mit einem Fremden zurücklegte, zog er sich in die Länge. Dennoch unterdrückte Vivian jeden Drang, die Stille mit peinlichem Geplapper über das Wetter zu füllen – sie war nicht gut im lockeren Plaudern, und es würde sie auch nicht sehr souverän aussehen lassen. Deshalb hielt sie den Blick geradeaus gerichtet und versuchte, mit ihm Schritt zu halten. Zum Glück hatte sie sich nicht zur Feier des Tages ihr einziges Paar hohe Schuhe angezogen. Er ging sehr schnell.

Im Pub angekommen zeigte er auf eine gemütliche Nische. »Wollen wir uns dorthin setzen? Ich bin froh, dass wir den Laden gewechselt haben. An den anderen Tischen hätte man sich ja kaum unterhalten können. Ich bin einem Tipp weiblicher Kollegen gefolgt und dachte, das sei dann wohl so ein Restaurant, das Frauen gefällt.«

Vivian lächelte. »Ich vermute, das hat nicht viel mit dem Geschlecht zu tun, sondern eher mit der Einstellung. Vielleicht sind wir nicht aufgeschlossen genug?«

»Wie bitte? Ich, nicht aufgeschlossen? Wir gehen sofort zurück und lassen uns ein paar knusprige Kakerlaken auf der Zunge zergehen.« Seine beleidigte Miene hätte nicht einmal ihren Sohn getäuscht. Sie lachte. »Na gut, wenn Sie unbedingt hierbleiben möchten«, fuhr er seufzend fort, »dann sagen Sie mir doch einfach, was Sie möchten, setzen sich schon einmal gemütlich hin, und ich bestelle für Sie mit.«

Sie schaute ihn unsicher an.

»Natürlich nur, wenn das nicht irgendwelchen feministischen Prinzipien widerspricht«, fuhr er rasch fort. »Ich bekomme immer Ärger von meiner großen Schwester, weil ich angeblich entscheidende Dinge nicht verstanden habe – also, sind Sie einverstanden, wenn ich Ihnen etwas mitbringe, wenn ich versichere, dass ich das Gleiche für einen Mann täte, oder finde ich dann später ein Foto von mir im Internet unter dem Hashtag MeToo?«

Jetzt lachte Vivian laut und musste zugeben, dass er entweder ungeheuer geschickt mit Menschen umging oder trotz seines Erfolgs ein netter Kerl war.

»Meine Handy-Kamera ist heute leider außer Dienst, deshalb dürfen Sie mir getrost ein Steak & Guiness-Pie, die kleine Portion, mitbringen und ein Irn-Bru, bitte. Ich wusste nur nicht gleich, was ich essen möchte, deswegen mein Zögern.«

»Im Ernst? Sie trinken Irn-Bru?« Nun schaute er sie beinahe fasziniert an.

Sie nickte und verschwand in die Nische.

Kurz darauf kehrte er mit zwei Gläsern voll orangefarbener Flüssigkeit wieder und stellte eines vor ihr ab und das andere auf dem Platz gegenüber, dann ließ er sich mit einem behaglichen Seufzer auf die gepolsterte Bank sinken. Die Brandlöcher in dem Stoff erinnerten an eine Zeit, in der noch drinnen geraucht werden durfte.

»Bislang war ich der einzige Mensch in meinem Bekanntenkreis, der das Zeug trinkt«, erzählte er. »Und ich habe das auf meine schottische Mutter geschoben. Welche Ausrede haben Sie?«

Wieder lächelte sie. »Es hat in meiner Studienzeit zuverlässig jeden Kater kuriert«, sagte Vivian, ohne zu überlegen. Sofort fragte sie sich, ob es schlau war, gegenüber seinem Chef Alkohol-Exzesse anzudeuten. Sie hatte eigentlich immer zu den braven Mädchen gehört, doch erstaunlicherweise hatte ihr das Gefühl gefallen, betrunken zu sein. Es fühlte sich an, wie Fesseln zu sprengen und eine andere Welt zu sehen. Das Aufwachen war dann meist umso ernüchternder und stets von der Erinnerung an die schlechten Tage ihrer Mutter begleitet gewesen.

Seit sie schwanger geworden war, hatte sie keinen Tropfen mehr angerührt. Niemals sollte Ethan an ihr eine Fahne riechen müssen, wie sie es bei ihrer Mutter so oft getan hatte.

Mr. Scott lachte. »Es war auch immer mein Katergetränk. Vermutlich ist es deswegen in Schottland das beliebteste Getränk – nach dem Whisky natürlich.«

Nun wusste Vivian, dass sie sich hüten musste. Er wirkte so unkompliziert, dass sie verführt war, nicht jedes Wort auf die Goldwaage zu legen. Aber vielleicht war genau das seine Masche.

»Ich habe das Gefühl, ich kenne Sie irgendwoher. Vielleicht aus dem Studium?«, fragte er dann und sah sie nachdenklich an. Da er ihr nicht wie der Typ für billige Anmachsprüche vorkam, dachte Vivian ernsthaft darüber nach, konnte ihn aber nirgends einordnen.

»Wo haben Sie denn studiert?«, fragte Vivian und ging auf seinen Plauderton ein. Doch sie konnte nicht verdrängen, was der Anlass für dieses Treffen war – ihre berufliche Zukunft –, und so wünschte sie sich insgeheim, sie würden endlich zur Sache kommen.

»Am King's College«, erwiderte er und sah fast ein wenig verlegen aus.

Über diese Verlegenheit hätte Vivian verärgert sein können. Sie zeigte, dass er davon ausging, dass sie nicht Teil des »Goldenen Dreiecks« der angesehensten Universitäten Europas gewesen war, zu denen neben dem King's College noch Oxford und Cambridge gehörten. Doch natürlich lag er damit richtig. Absolventinnen dieser Einrichtungen endeten nicht als alleinerziehende Mütter, die sich mit zwei minderbezahlten Jobs durchs Leben hangelten. Vivian und ihre Kommilitonen hatten diese Unis immer das »Bermuda-Dreieck« genannt. Es verschlang nette Jungs auf Nimmerwiedersehen und spuckte Snobs aus, für die die üblichen gesellschaftlichen Regeln nicht zu gelten schienen. Nicht dass sie jemals viel Kontakt zu Vertretern dieser Spezies gehabt hätte. Vivian wandte sich wieder ihrem Gesprächspartner zu und hob eine ihrer Augenbrauen. »Ich war an der London Southbank.« Die hatte nie einen der vorderen Plätze in den Rankings belegt.

Ihre Noten waren sehr gut gewesen, doch am Ende kam es dann doch immer auf die Vorab-Gespräche an. Und wenn sie schon nicht hochbegabt darin war, Roses Klamotten mit angemessener Euphorie zu verkaufen, so versagte sie vollends, wenn sie selbst die Ware war, die es anzupreisen galt. Nie gelang es ihr, im Verlauf solcher Gespräche ihre Befangenheit abzulegen. Stets blieb sie sich unangenehm ihrer selbst bewusst. Und sobald sie versuchte, sich aus den Perspektiven der anderen zu betrachten, verlor sie ihre eigene. Folglich trudelte sie wie ein Kreisel. In dem Bedürfnis, es allen recht zu machen, spiegelte sie dann mal den einen und mal den anderen und kannte nicht einmal mehr die Antwort, die sie gegeben hätte, wenn sie ganz bei sich gewesen wäre.

»Sei einfach du selbst«, hatte ihr Vater immer gesagt. Das klang überzeugend, so, als gäbe es nichts Leichteres. Aber wem gelang es schon, das umzusetzen? Vivians Mutter hatte nichts für sie getan, außer ihr ein paar ihrer zynischen Ansichten zu überlassen, die Vivian für erstaunlich scharfsinnig hielt. »Das Leben ist eine Bühne, auf der nur die besten Schauspieler bestehen«, war die Überzeugung ihrer Mutter gewesen, war es womöglich immer noch, wo auch immer sie sich rumtrieb. Leider besaß Vivian dafür kein Talent. Sie würde niemals die Regeln beherrschen, die andere zum Erfolg führten. Nachdenklich stocherte sie in ihrem Essen herum. Es überraschte sie zu diesem Zeitpunkt nicht mehr, dass Mr. Scott auch diesen Stimmungsumschwung bemerkte und darauf einging.

»Sie fragen sich vermutlich, warum ich Sie zu einem Gespräch gebeten habe?«, fragte er ruhig und ernsthaft.

Vivian nickte beklommen.

»Nun, ich wollte Sie fragen, ob es für Sie infrage käme, mehr Stunden zu arbeiten. Bei uns im Haus.«

Unruhig wippte Vivian mit dem Fuß und ließ ihren Blick über sämtliche Spirituosenflaschen hinter der Bar wandern, ohne sie wirklich zu betrachten.

»Jetzt schauen Sie ganz erschrocken drein.« Er lachte. »Dabei sollten Sie sich freuen. Wir haben viele positive Rückmeldungen, was Sie betrifft. Viele Anrufer fragen direkt nach Ihnen. Ich würde Sie gerne häufiger einsetzen.«

Vivian wand sich. Es störte sie, dass er in ihr eine ambitionslose junge Frau sehen könnte, die es zu ihrem Hauptberuf gemacht hätte, perfekte Torten für Komitees voller gelangweilter Mütter zu backen, falls sie ihm jetzt wegen ihres Sohnes eine Abfuhr erteilte. Noch weniger Behagen bereitete ihr allerdings die Anerkennung in seinen Worten. Lobende Worte ließen sie glauben, sie hätte versehentlich einen Standard gesetzt, dem sie nie wieder gerecht werden konnte.

»Ich werde es mir überlegen«, sagte sie ausweichend. Sie wusste, dass sie die Absage nur verzögerte.

Er lächelte freundlich. »Tut mir leid, wenn das so gar keine erfreuliche Nachricht für Sie ist. Aber denken Sie noch einmal darüber nach, ob Sie es nicht doch einrichten können. Ich würde mich jedenfalls sehr freuen. Und es würde Ihre Stelle sichern. Sobald es um Geld geht, darf ich leider nicht mehr allein entscheiden, und die Geschäftsführung mag keine Sonderregelungen.«

»Das klingt nach Erpressung«, murmelte Vivian unbehaglich.

»Nein«, sagte Mr. Scott sanft. »Das soll es ganz und gar nicht sein. Ich weiß nur von meinem Vorgänger, der Sie offenbar ganz gut kannte, dass Sie einen kleinen Sohn haben und er Ihnen deshalb diese Ausnahme gewährt hat. Ehrlich gesagt, hätte ich kein Problem damit, alles beim Alten zu belassen, wenn es Ihnen so lieber ist. Aber auch wenn ich die Abteilung inhaltlich leite, treffen andere die betriebswirtschaftlichen Entscheidungen. Das ist sehr frustrierend. Ich will nicht, dass Sie irgendwann unerwartet ein Kündigungsschreiben in der Hand halten. Es ist immer besser, eine Wahl zu haben, oder?«

War es das? Vivian war sich nicht sicher, doch sie spürte, dass das Gespräch damit vorerst beendet war.

»Ich fürchte, ich muss jetzt los«, sagte sie nach einem verstohlenen Blick auf ihr Handy, also bezahlten sie und verabschiedeten sich vor dem Pub voneinander.

10. Kapitel

»Warum nehmen Sie denn das Angebot nicht einfach an?«, fragte Claire verständnislos, nachdem sie Vivian die Geschichte entlockt hatte. »Kindchen«, hatte sie gesagt. »Sie sind nicht der Typ, dem ein Pokerface gelingt. Also spucken Sie schon aus, was Ihnen auf der Seele brennt.«

Auch wenn sie nun nicht mehr wusste, was sie dazu verleitet hatte, hatte Vivian in ihrer Aufregung genau das getan. Sie seufzte. Jemand wie Claire konnte ihre Sorgen nicht nachvollziehen.

»Aber was ist denn dann mit Ethan? Ich möchte nicht noch weniger Zeit mit ihm verbringen. Und was wird aus dem Geschäft?«

Claire winkte schroff ab. »Jetzt mal im Ernst: Warum hängen Sie denn an dem Job in der stinkenden Rose?«

»Vintage Rose«, korrigierte Vivian.

»Wie auch immer. Ich kann nicht sagen, dass Sie mir durch bedingungslosen Enthusiasmus für Ihre Aufgabe aufgefallen wären. Aber vielleicht sind Sie auch nur sehr geschickt darin, ihn zu verstecken«, sagte Claire trocken.

Vivian spürte Ärger in sich aufwallen. Doch wie immer verschwamm das kraftvolle Gefühl auf dem Weg aus der Tiefe bis über ihre Lippen, und heraus kam am Ende nur ein »Aber …«!

»Schon gut. Sie kümmern sich wirklich nett um die Kunden, aber die Dinge, die Sie da über den Ladentisch schieben, sind Ihnen doch vollkommen schnuppe. Sehen Sie sich an. Mode ist nicht Ihre Welt. Oder werden Sie womöglich so gut bezahlt, dass alles andere egal ist?«

»Ich …« Vivian fühlte sich schuldlos einem Kreuzverhör ausgesetzt.

»Quatsch, Mädchen, werden Sie nicht. Sie sind ein Angsthase. Sie haben Angst, einen unsicheren Job zu kündigen, den Sie nicht wirklich mögen, und zugleich Angst, einen anzunehmen, der Ihnen mehr Freude bereiten würde.«

»Woher wollen Sie das wissen?«, fragte Vivian empört. »Warum bilden sich immer alle ein, sie würden andere Menschen besser kennen als diese sich selbst?«

»Weil es manchmal so ist. Ich analysiere vielleicht nicht so viel herum wie sie und kenne keine Fachbegriffe für Seelenzustände, aber meine Intuition trügt mich selten. Überhaupt versteht man andere oft besser als sie sich selbst. Das müssten Sie doch besser wissen als ich. Daran sind die blinden Flecken schuld, und Sie kennen Ihre noch nicht. Warum haben Sie mir die Jacke mitgebracht? Weil der abgewetzte Stoff so schön war? Weil Sie dachten, die Farbe würde mir stehen? Weil ich Sie darum gebeten habe?«

Die blinden Flecken … Eine ungute Erinnerung stieg in Vivian hoch.

»Ich hatte das Gefühl, sie hätte eine Bedeutung für Sie«, gab Vivian verlegen zu.

»Na also.« Claire stieß mit gespielter Erleichterung ihren Atem aus, als wäre Vivian so minderbemittelt, dass sie nicht einmal offensichtliche Zusammenhänge erkannte, bis man sie mit Gewalt darauf stieß. »Aus irgendeinem mir unerfindlichen Grund mögen Sie Menschen. Also kündigen Sie der Polyesterhölle, und kümmern Sie sich um die ernsthaft Gestörten.«

»Aber Rose ist … so etwas wie meine Freundin. Sie hat mir eine Chance gegeben, als es gerade schwierig für mich war.«

»Sehen Sie? Sie arbeiten dort, weil Sie Rose mögen. Aber meinen Sie nicht, dass Rose davon mehr profitiert als Sie?«

Darin irrte sich Claire. Aber Vivian fühlte sich zu geschmeichelt und verwirrt, um sie zu korrigieren. Zweimal an einem Tag hatte man ihr das Gefühl gegeben, von Wert für ein Unternehmen zu sein. Bisher war sie eigentlich davon ausgegangen, für andere weitgehend unsichtbar zu sein. Nun sah sie den Vorteil, der darin gelegen hatte: Es bewahrte vor Verwicklungen.

»Machen Sie, was Sie wollen«, fuhr Claire fort, als Vivian nicht antwortete. »Doch falls es stimmt, dass man später nur bedauert, was man *nicht* getan hat, dann habe ich mir selbst wenig vorzuwerfen. Können Sie das auch von sich sagen?«

»Wenn das stimmt, dann müssten Sie ein glücklicher Mensch sein, nicht wahr?« Vivian kniff die Augen zusammen. Sie erinnerte sich nicht, wann sie zuletzt jemand so erfolgreich zu echter Gegenwehr angestachelt hatte.

Claire sah Vivian nachdenklich an. »Sie sind viel weniger dumm, als es nette Menschen üblicherweise sind.«

So entwaffnend Claires Unverschämtheit auch wirkte, stürzten ihre Worte Vivian in einen Zwiespalt: Sie mochte diese zynische Sicht auf die Welt nicht, in der die Freundlichen nicht mehr als leichte Beute waren. Und doch war diese brutale Welt, in der Claire und die anderen Alpha-Männer und -Frauen lebten, eine Welt, in der auch Vivian bestehen musste. Dieses eine Mal schien sich ihre Unsicherheit allerdings auszuzahlen, denn so entdeckte sie versehentlich die Macht des Schweigens. Es brachte den anderen dazu, weiterzureden, wenn man selbst es nicht konnte oder wollte.

»Was verstehen Sie unter Glück?«, fragte Claire. »Wenn Sie damit einen Zustand meinen, in dem man mit glasigen Augen mit rosafarbenen Elefanten auf Wattewolken tanzt, mögen Sie recht haben. Aber nichts zu bereuen heißt, dass ich alle meine

Entscheidungen selbst getroffen habe, auch wenn sie vielleicht nur in einem kurzen Moment die richtigen waren. Ich bin zufrieden. Manch einer würde das wohl Erfüllung nennen. Und Sie? Hoffen Sie immer noch, dass das große Glück irgendwann in Ihrem stillen Kämmerlein ganz einfach über Sie stolpert?«

»Ich weiß nicht«, sagte Vivian bedrückt. Dieses Gefühl, das sie in Claires Gegenwart früher oder später immer wieder packte, war ihr vertraut. Es war dieselbe Anspannung, die sie als Kind in der Nähe ihrer Lieblingslehrerin empfunden hatte. Sie hatte sich so sehr gewünscht, dass sie sie für gewitzt und der Mühe wert hielt, sich mit ihr auseinanderzusetzen. Auch die Lehrerin hatte einen scharfen Verstand besessen – allerdings war ihrer mit patenter Warmherzigkeit gepaart gewesen. Sie hatte auf Wunden gepustet, bevor sie sie verband. Claire hingegen bohrte beinahe genüsslich in ihnen herum.

Doch nun winkte sie ab. »Ich denke, zu diesem Thema ist alles gesagt. Endlos abwägen, ohne voranzukommen, können Sie sicher hervorragend allein.«

Wieder einmal wusste Vivian nicht, ob sie über Claires Grobheit verärgert oder von ihrer Direktheit beeindruckt war.

»Verraten Sie mir, was aus Ihrem Großvater geworden ist?«, fragte Vivian deshalb lieber. Es lockte sie bei allem Ärger zu sehr, für eine Weile in ein anderes Leben abzutauchen.

»Denken Sie, Sie tun einer alten Schachtel einen Gefallen, wenn Sie sie endlos über die Vergangenheit palavern lassen?« Claire sah sie misstrauisch an, als würde sie Vivian beim kleinsten Anzeichen von Mitleid sofort hinausbefördern.

»Nein«, sagte Vivian ehrlich. »Ganz im Gegenteil. Sie würden mir einen Gefallen tun. Ich möchte es wirklich wissen.«

Claire lehnte sich zurück. »Hat man Ihnen nicht gesagt, dass man sich mit seinen Wünschen vorsehen sollte? Diese Geschichte zu erzählen könnte Zeit beanspruchen.«

11. Kapitel

Claire 1947

Seit zwei Tagen hatte mein Großvater nicht an seiner Maschine gesessen. Nichts hätte für mich beängstigender sein können als das – nicht seine fahle Haut, nicht der übel riechende Schweiß und nicht einmal die trüben Augen, die ins Leere blickten.

Sein ältester Sohn Harry saß bereits an seinem Bett, als ich die Tür aufstieß.

»Er ist heiß. Vermutlich ist es die Grippe«, erklärte Harry.

Grippe war gut, an der Grippe starb man nicht. Nur die ganz Schwachen, die Babys und die ganz Alten. Nicht mein Großvater.

»Ich habe Holunderschnaps mitgebracht«, sagte ich ein wenig munterer.

»Ich glaube nicht, dass ihm das jetzt hilft.« Harry sah mich an. In seinem Blick lag ein Bedauern, das so aufgesetzt wirkte wie alles, was er tat. Er hatte mir einmal eine kräftige Ohrfeige verpasst, als ich ganz klein gewesen war, weil ich nicht still sitzen konnte. Danach hatte er mir ganz sanft und mit dem gleichen Bedauern wie jetzt versichert, dass er das sehr ungern getan habe, der Herrgott aber nun einmal Zucht und Ordnung verlange. Ich hasste den Heuchler und hätte ihm das Überlegenheitsgefühl am liebsten aus seinen aufgedunsenen Gesichtszügen gekratzt. Jetzt wollte ich meinem Großvater helfen, und Harry ließ mich nicht. Er würdigte meine kleine Geste herab, und ich hätte wetten mögen, dass es ihm Freude bereitete.

»Aber es hilft ihm, wenn andere einfach nur rumsitzen und dabei zusehen, wie es ihm immer schlechter geht?«, fauchte ich und wartete darauf, dass Harry ausholen würde.

Mein Großvater murmelte etwas. Unruhig warf er sich von einer Seite auf die andere. »Nicht«, murmelte er.

Zu meinem Glück gehörte Respekt vor seinem Vater zu dem Bild, das Harry von sich selbst vermitteln wollte. Deshalb folgte keine Strafe. Noch nicht.

»Claire«, sagte er unerträglich ruhig, »ich werde dich an Vaters Krankenbett nicht schelten, weil du wieder einmal aufbrausend reagierst. Aber bevor du ihn noch mehr aufregst, verschwindest du lieber von hier.«

Mein Stolz rang mit dem Wunsch, bei Großvater bleiben zu dürfen. Mir blieb keine andere Wahl. »Entschuldigung, Onkel Harry«, sagte ich mit gesenktem Blick, die Finger fest in meinem Kleid verkrallt. »Es wird nicht wieder vorkommen. Bitte lass mich bleiben.«

Ich denke, es waren wohl die niedergeschlagenen Augen, die ihn beschwichtigten, dabei wollte ich nur, dass er von dem wenig gottesfürchtigen Toben in meinem Innern nichts mitbekam.

»Braves Mädchen«, sagte er schließlich und kniff in meine Wange. »Du darfst bleiben. Eigentlich passt es mir ganz gut, denn ich würde ihn ungern allein lassen, doch macht sich meine Arbeit nicht von selbst.«

Er war Weber wie mein Großvater, wobei gemunkelt wurde, dass in Wahrheit seine Frau und seine beiden Töchter das für ihn übernahmen. Es gab für mich keinen Grund, diesen Gerüchten nicht zu glauben. Es war mir aber auch egal. Hauptsache, er verschwand.

»Bitte reg ihn nicht allzu sehr auf«, sagte Harry noch, bevor er die Tür hinter sich zufallen ließ. Ich tunkte meinen Ärmel in den Krug Wasser, der neben Großvaters Bett stand, und rieb mir damit die Wange ab, die mein Onkel berührt hatte.

Dann setzte ich mich zu meinem Großvater ans Bett und sah ihn an. Seine Augen blieben geschlossen, und er sagte nichts. Dass er wenig redete, war ich gewohnt, aber dies wäre doch der richtige Zeitpunkt für einen seiner Einwortsätze gewesen.

»Firlefanz«, hörte ich mich an seiner statt sagen und stellte mir seine Stimme dazu vor. Er reagierte nicht darauf. Ich konnte nicht einmal ein kleines, unbewusstes Zucken seiner Augen oder Mundwinkel ausmachen.

»Firlefanz«, wiederholte ich, mittlerweile ein wenig verzweifelt. Schließlich beugte ich mich vor, sodass meine Stirn seine schweißnasse berührte. Ich flüsterte dasselbe Wort immer wieder in sein Ohr, bis es zum unverständlichen Murmeln einer Beschwörung wurde. Ich wollte es durch sein Ohr in seinen Geist drängen, wie man einem Ertrunkenen den Atem in den Mund presste. »Firlefanz« – ich wählte dieses Wort, weil er pathetische Ausdrücke abgelehnt hätte. Nur kein Aufhebens machen, nicht um sich selbst oder andere. Es schwang darin die Aufforderung mit, sich nicht selbst zu bemitleiden, sondern wie gewohnt seine Aufgaben zu erfüllen. Was machte es denn schon, wenn ein wenig Fieberschweiß auf die bunten Fäden tropfte, wo man sie ohnehin schon in Urin gebadet hatte? So unpassend es in diesem Moment auch war, musste ich grinsen, wenn ich daran dachte, wie mein Cousin Peter und ich einmal ins Becken gepinkelt hatten, in dem der Stoff gerade sein Urinbad nahm. Ich war erst zehn Jahre alt gewesen. Natürlich fand ich es lustig, auch wenn ich damals schon wusste, dass diese Behandlung einen Sinn hatte. Das Ammoniak löste das Wollfett, machte den Stoff weicher und fixierte seine Farbe. Trotzdem stellte ich mir vor, wie die eleganten englischen Herren, denen ich ein oder zwei Mal in der Fabrik begegnet war, in der meine Mutter arbeitete, nach einem Regenschauer stinken mussten.

Schnell hörte ich wieder auf zu lächeln. Großvater röchelte. Auch wenn es nur die Grippe war, zitterten meine Hände furchtsam, während ich mit ihnen mühsam die Flasche mit dem Holunderschnaps entkorkte. Die Flecken, die ich dabei auf dem Laken hinterließ, würden ihm nicht gefallen. Doch ich hoffte, dass das Getränk gegen das Röcheln half. Und selbst wenn Harry recht behielt und das Gesöff nichts bewirkte – schlimmer konnte es wohl auch nicht werden, dachte ich. Bis ich sah, wie die Flüssigkeit meinem Großvater mit einem schrecklichen Gurgeln wieder aus dem Mund lief. Im schwachen Licht der Kerze sah es aus wie ein Schwall Blut. Strom gab es auf Barra nicht, vielleicht hätte es ohne das Flackern und die Schatten an der Wand weniger gruselig gewirkt. So konnte ich meine Beklemmung nur überspielen, indem ich anfing, ihm Geschichten zu erzählen. Alte schottische Legenden, mit denen er mich in seltenen redseligen Momenten unterhalten hatte. Ich redete und redete, ohne genau zu wissen, was, als ich plötzlich eine Veränderung an ihm wahrnahm. Ich betrachtete ihn und sah, dass sein Blick starr auf mich gerichtet war.

»Es tut mir leid, Claire«, sagte er. »Deine Mutter ... dein Bruder ... du musst ...«

Noch war das Band zwischen uns nicht zerstört. In seinem Stammeln erkannte ich meinen Auftrag. Es würde meine Aufgabe sein, mich um die beiden zu kümmern. Es war schmeichelhaft und beunruhigend zugleich, dass er mich für die Stärkste zu halten schien. Wofür entschuldigte er sich? Wenn ein Mensch keinen einzigen Grund hatte, sich bei irgendjemandem zu entschuldigen, war es Großvater. Nervös redete ich weiter, als ich merkte, dass er nichts weiter sagen würde. Am Ende fiel mir nur noch eine Geschichte ein, und es war keine aufmunternde. Es war die der Nornen. Die drei Schwestern spannen und verwebten die Schicksalsfäden der Menschen und der Götter. Die Geschichte hatte sich mir eingebrannt, weil sie mich an meinen Großvater erinnerte. Für mich war er der Herr aller meiner Fäden gewesen, der Vergangenheit, der Gegenwart und der Zukunft. Deswegen hatte es mir nicht mal vor Skuld gegruselt, der bösen Schicksalsschwester, die dem Menschen unerbittlich am Ende den Lebensfaden durchschnitt. Mir konnte nichts passieren, solange Großvater die Fäden in der Hand hielt.

Als das Gurgeln in Großvaters Kehle lauter wurde, verstummte ich. Seine Hand ließ ich dennoch nicht los. Ich wollte tapfer sein und ihn begleiten, wohin auch immer diese Reise führte. Doch dann, als er erneut die Augen aufriss, fand ich ihn nicht mehr. In der dunklen Hütte, eingewoben in dunkle Legenden, war sein fahles eingefallenes Gesicht mit den tiefen Schatten nicht mehr das eines gütigen alten Mannes, sondern jenes eines Nachtalbs, der sich auf mich stürzen würde. Ich ließ seine Hand los und lief davon. Später bedauerte ich das, denn niemand hat ihn mehr lebend gesehen, und ich werde nie erfahren, ob er noch einmal zu Bewusstsein gekommen war und sich womöglich einsam gefühlt hatte.

Aber noch war ich nicht so weit. Als ich nicht lange nach seiner Beerdigung auf der Fähre zum Festland stand, verfluchte ich ihn als denjenigen, der uns im Stich gelassen hatte. Und als ich spürte, wie der Zorn in der Lage war, Schmerz und Scham zu verdrängen, nahm ich ihn dankbar an und hüllte mich darin ein, bis er zu meinem ständigen Begleiter wurde. Mal spürte ich ihn in mir kochen, mal schien er alles zu Eis zu gefrieren, was sich in meiner Nähe befand, aber er verließ mich lange Zeit nicht mehr.

Noch stärker als die Wut auf Großvater war die auf meinen Onkel Harry. Sie war rein, ohne jeden Zwiespalt. Er hatte uns gesagt, dass wir nicht in dem Haus bleiben könnten, das nun ihm gehörte.

»Wenn es nur um dich ginge …«, hatte er meiner Mutter gegenüber behauptet. Aber es ging ja nicht nur um sie. Es ging ja auch um meinen Vater, Logan und mich, die er nur allzu gerne loswerden wollte.

»Es ist doch großzügig, dass er uns sogar die Fahrkarte nach London gezahlt hat«, sagte Mutter noch, als wir nicht mehr auf der Fähre standen, sondern schon in der Eisenbahn saßen, die uns durch eine Landschaft schaukelte, die uns immer fremder wurde.

Wir sahen die Berge und das Heidekraut verschwinden. Dafür traten sanfte grüne Hügel ins Blickfeld, deren gefällige Lieblichkeit mich kaltließ. Und dennoch beschloss ich in dem Moment, an dem wir schließlich in London einfuhren und schlagartig von rußigen Mauern verschluckt wurden, dass ich nicht noch einmal auf meine Insel zurückkehren würde.

»Du denkst, es sei nett, dass er uns Geld gegeben hat?«, fragte ich meine Mutter, als wir die winzigen zwei Zimmer ansahen, die wir fortan bewohnen würden – in einem Haus mit Löchern im Putz, die der Krieg geschlagen hatte. »Er wollte uns einfach nur dringend loswerden, das war alles.«

Mein Vater klopfte mir anerkennend auf die Schulter und lachte so derbe, dass Logan weinte. Mama sah verletzt aus wie immer. Mir fiel die Ermahnung meines Großvaters ein, mich um Mama und Logan zu kümmern und nicht meinem Vater nachzueifern. Aber dann hätte er besser selbst auf seine Tochter und seinen Enkel aufgepasst. Alles was uns verband, auch mein Glaube an ihn, war zunichtegemacht durch Rattenpisse.

Es war nämlich gar keine Grippe gewesen, die den alten Mann getötet hatte, sondern Leptospirose. Eine seltene Krankheit, die zum Beispiel durch Rattenurin übertragen wurde. Pisse hatte ihn am Leben erhalten und ihn getötet, dachte ich und fand eine seltsame Befriedigung darin, abfällig über ihn zu denken. Mir ging der Anfang eines Gedichts durch den Kopf, das ich einmal beim Blättern in einem der Bücher meines Großvaters entdeckt hatte. Ich weiß nicht mehr, wie es weiterging oder von wem es stammte. Nur der Anfang hat sich eingebrannt: »Die Kindheit ist das Königreich, in dem niemand dir stirbt«, zumindest niemand von Bedeutung. Nun verstand ich diesen Satz. Und da ich noch nicht bereit war, mein Königreich aufzugeben, entschied ich, dass niemand von Bedeutung gestorben war.

12. Kapitel

Claire 2017

Nachdem Vivian fort war, dachte Claire an den Gesichtsausdruck der jungen Frau wenige Minuten zuvor. Sie hatte schockiert gewirkt. Und zugleich so beflissen, Claires boshafte Äußerungen abzumildern.

»Sie waren ein kleines Kind«, hatte Vivian gemurmelt. »Sie haben sich allein gefühlt. Natürlich waren Sie wütend.«

Claire hatte in Vivians große grüne Augen geblickt und gedacht: Vivian an ihrer Stelle hätte auch geglaubt, dass Harry Claires Familie die Tickets nach London aus reiner Großherzigkeit spendiert hatte.

Sie war sich sicher, dass Vivian sie wieder besuchen würde, und diese Gewissheit war ihr nicht einmal unangenehm. Widerwillig wandte sie sich dem Stapel Briefe auf dem Tisch neben ihrem Bett zu. Gleich nachdem ihr klar geworden war, dass sie noch eine Weile im Krankenhaus verbringen musste, hatte sie einen Nachsendeantrag für ihre Post gestellt. Jetzt, nachdem eine Krankenschwester ihr den ersten Stapel übergeben hatte, fragte sie sich, warum sie dafür über dreißig Pfund ausgegeben hatte. Der Grund war natürlich, dass ihr die Vorstellung zuwider war, in ein mit Papier verstopftes Zuhause zurückzukehren. Doch die Briefe selbst waren ganz sicher keinen einzigen Pence wert. Was für eine Verschwendung von Zeit und Papier! Eine Versicherung wollte ihr eine weitere Versicherung verkaufen, ihr Brillenhändler bot ihr einen Rabatt auf Kontaktlinsenpflegemittel an, obwohl sie noch nie Kontaktlinsen getragen hatte, und so zog es sich in einem fort.

Zwei Briefe fielen aus der Reihe, allein schon, weil man sie altmodisch mit richtigen Briefmarken versehen hatte. Diese Briefe verdienten womöglich einen zweiten Blick, entschied Claire. Die Absender und Handschriften waren ihr unbekannt, deswegen traf sie ihre Wahl, welchen Brief sie zuerst öffnen würde, anhand der Briefmarke – Ernest Shackleton gewann. Das andere Bild zeigte die Queen neben Nelson Mandela in einer Kutsche. Das Porto war zudem viel höher, als es nötig gewesen wäre, und das missfiel ihr.

Also öffnete sie das ausgewählte Kuvert, schlitzte es an der Seite auf und entnahm ihm einen handgeschriebenen Brief. Während sie las, kniff sie immer wieder die Augen zusammen. Noch so einer! Es war merkwürdig, aber ihre Zurückgezogenheit schien eine Herausforderung für Biografen zu sein. Jeder von ihnen wollte über sie schreiben und sich mit ihr treffen, um die Person Claire Holloway kennenzulernen. Dabei gab es die Person Claire Holloway nicht einmal. Weder ihr Geburtsname lautete so noch der, den sie bei ihrer Hochzeit erhalten hatte. Bislang hatte sie all diese Bitten nach Zusammenarbeit ignoriert. Sie war nicht so uneitel, dass es ihr nicht für einen kleinen Moment geschmeichelt hätte, aber sie scheute den Aufwand, den es bedeutete, sich selbst auf diese Weise zu erklären. Und dann war da die Scheu, es anderen zu überlassen, ihr Leben zu deuten. Vielleicht machte es ihr schon deswegen diebische Freude einer wildfremden jungen Frau, die ganz sicher kein Kapital daraus schlagen würde, eine Geschichte zu erzählen, die andere gerne gehört hätten.

Doch der Brief, den sie jetzt in ihrer Hand hielt, ließ sich nicht so leicht weglegen und vergessen. Er unterschied sich von den E-Mails, mit denen der Konzern, der immer noch ihren

Namen trug, überhäuft wurde und die man ihr weiterleitete. Woher hatte – sie schaute auf den Absender – Peter Cochrane ihre Privatadresse? Und als wäre das nicht dreist genug, sollte das Buch dort beginnen, wo tatsächlich alles angefangen hatte: auf Barra.

Dabei hatte Claire nie über Barra gesprochen, sondern immer nur von ihrer Jugend im East End berichtet. Das hatte den Journalisten gereicht. Das East End machte sich gut – rau, bunt und ein wenig verrufen. War es nicht bemerkenswert, dass ein Mädchen aus dieser Gegend, die für Frauenmörder, Suff und Armut stand, über so viele Jahre das Erscheinungsbild der Privilegierten beeinflusst hatte?

Nun wollte dieser Peter Cochrane noch weiter vorn beginnen. Was versprach er sich davon? Selbstverständlich würde sein Verlag für alles aufkommen, wenn sie nur bereit wäre, sich auf der Insel mit ihm zu treffen, schrieb er. Eine aufdringliche Bitte, die eines gewissen Charmes nicht entbehrte: Er war der erste Schreiber, der nicht sofort über all die Berühmten reden wollte, die sie eingekleidet hatte. Er interessierte sich für den Tweed, der sich »wie ein bunter Faden durch Ihre Kollektionen zog«. Kein geniales Wortspiel für einen Autor, dennoch reichte es, um seinen Verfasser von den bisherigen abzuheben.

War es nicht merkwürdig? Erst die Sache mit dem Jackett und nun dieser Brief. Die Vergangenheit war also aufgetaucht aus der Versenkung der vorangeschrittenen Zeit. Von allen Seiten schienen sich ihre Gestalten an Claire heranzupirschen und sie an unerledigte Aufgaben erinnern zu wollen. Zurück nach Barra? Claire runzelte die Stirn. Vielleicht war es ja wirklich an der Zeit. Sie würde Mr. Cochrane schreiben, beschloss sie. Sie musste nur vorher entscheiden, was sie ihm gefahrlos erzählen konnte. Sicher würde sie ihren Bruder nicht erwähnen, nicht vor ihm. Vielleicht würde aber sein Name doch noch einmal fallen. Vielleicht, wenn Vivian sie tatsächlich noch einmal besuchte. Dann ließe es sich nicht vermeiden, auch auf Logan zu sprechen zu kommen. Schließlich hatte sie ihn bereits zu oft erwähnt, und er war bei der Hochzeit dabei gewesen, von der sie Vivian erzählen wollte. Nette Mädchen mochten so etwas.

13. Kapitel

Claire 1947

Kaum ein halbes Jahr nachdem meine Familie Barra verlassen hatte, stand ich tatsächlich vor dem Buckingham Palace. Solche Bauwerke hatte man sich auf unserer Insel nicht einmal vorgestellt, und dort gab es ja auch keine Fernseher, die einen mit Eindrücken auch aus den entlegensten Winkeln der Erde versorgt hätten. Zu dieser Zeit waren sie sogar noch in London eine Rarität. Und da wir noch nicht von den Verheißungen der bewegten Bilder verdorben waren, schien mir der Buckingham Palace exotisch genug. Trotzdem war ich gerade in diesem Moment ein wenig enttäuscht – wenn auch nicht von dem Gebäude.

»In Hosen hat sie mir besser gefallen«, murmelte ich.

»Hä?«, schrie Arthur, einer der wenigen Spielgefährten, die ich gefunden hatte, so laut in mein Ohr, dass es wehtat. Es war nicht wirklich seine Schuld, dass er beinahe mein Trommelfell platzen ließ. Um uns herum war es einfach zu laut.

»Ist egal«, brüllte ich zurück. Und das war es tatsächlich. Wir hatten es geschafft. Wir hatten uns wirklich einen Platz mit Blick auf den Balkon des Buckingham Palace ergattert – und dann hatte es auch noch aufgehört zu regnen. Mehr konnte sich kein Brite am Tag der Hochzeit seiner Prinzessin Elizabeth wünschen. Mittlerweile hatte mich das gleiche Fieber wie die anderen ergriffen. Die meisten, die wie wir schon am Abend zuvor eine Matratze ausgerollt hatten, waren Erwachsene.

Doch hier und da saßen auch einige Kinder. Ursprünglich war ich nur mitgegangen, weil die Straße vor den Toren des Palastes eben nicht unser tristes Haus war und ich den Gedanken aufregend fand, unter freiem Himmel mitten in der Stadt zu schlafen. Dass am Ende noch ein paar Aristokraten von einem Balkon winken würden, war mir im Grunde egal gewesen.

Aber nun war ich nicht mehr ich selbst. Nachdem wir, all die Menschen hier, eine Nacht miteinander ausgeharrt hatten, waren wir zu einer einzigen Masse verschmolzen. Mit jeder Stunde hatte ich mich mehr von dieser allgemeinen Erregung anstecken lassen und empfand sie inzwischen als meine eigene. Wie sehr die feuchte Wolle meiner Schuluniform kratzte und dass sich auch die Bluse aus nicht mehr benötigter Fallschirmseide alles andere als seidig anfühlte, fiel mir kaum noch auf. Es waren meine besten Kleidungsstücke, und doch hätte ich sie mir in der Nacht während des Regens am liebsten vom Körper gerissen, weil es so gejuckt hatte. Schon bei der Verarbeitung des grässlichen Nylons war mein Fluchen bis in den Innenhof zu hören gewesen. Unsere billige Nähmaschine konnte diesen ausfransenden, rutschigen Stoff kaum meistern. Schon deshalb war ich beinahe froh, dass Kleidung auch nach dem Krieg immer noch rationiert wurde. Auch wer mehr Geld hatte als wir, erhielt nur mit Glück bessere Qualität.

Vielleicht war ich die einzige Bewohnerin des ganzen Königreichs, die ihr Buch mit den Rationierungs-Coupons liebte. Ein Stück weit machte dieses Heft uns alle gleich. Wie sollte es mir wehtun, dass zum Beispiel Schokolade kaum zu haben war, wo wir uns ohnehin keine leisten konnten? So musste ich zumindest nicht dabei zusehen, wie alle anderen Dinge genossen, die ich entbehren musste.

War das egoistisch? Vielleicht! Aber welches Kind ist das nicht? Ich war froh, dass in diesen Tagen unser Mangel nicht auf den ersten Blick offenkundig wurde. Ganz im Gegenteil, auch viele Wohlhabende zelebrierten nun ihre Sparsamkeit, als sei es die edelste aller Tugenden. Sogar das Königshaus tat es.

Logan fiel sein Lolli aus den Händen. Schnell hob ich ihn auf. Zum Glück ließ sich der Dreck wegrubbeln und -pusten. Mein kleiner Bruder lächelte, als ich ihm seine Süßigkeit wieder reichte: eine Möhre auf einem Holzspieß. Man bekam sie in diesen Tagen überall in der Stadt. An Straßenständen wurden sie für nur einen Pence das Stück verkauft. Möhren waren zu dieser Zeit ein beliebter Zuckerersatz und wurden sogar statt Aprikosen in Kuchen verbacken. Diesen Lolli hatte Arthurs Mutter mir für Logan überreicht, als wir am Abend zuvor mit Arthurs jüngerem Bruder, der so alt war wie ich, und seiner erwachsenen Schwester Edith als Aufpasserin losgezogen waren. Ich war ihr dankbar, weil sich herausgestellt hatte, dass mein kleiner Bruder sich von der kleinen Leckerei immer schnell trösten ließ.

Doch nun, wo die Menschen sich so eng aneinanderpressten, wimmerte er wieder. Das Gedränge schien ihm Angst zu machen. Die Matratzen, auf denen wir die Nacht verbracht hatten, lagen mittlerweile am Wegrand. Die Menschen hatten sie aus ihren Kellern geholt, wo sie in Zeiten des Blitzkrieges als schnelle Bettstatt gedient hatten und jetzt nicht mehr gebraucht wurden.

Früh am Morgen hatte mich ein unangenehmer Geruch geweckt. Plötzlich hatte der Gestank nach versengten Haaren in der Luft gehangen und ich mich erschrocken umgesehen. Schließlich entdeckte ich einen Mann, der seine Unterlage angezündet und dazu gejohlt hatte: »Die brauchen wir nicht mehr. Nie wieder Bomben über London.« Wir Jüngeren und auch ein paar der Älteren feuerten ihn an und lachten, bis Edith uns ermahnte, dass es sich immer noch um Brandstiftung handelte.

Doch was scherte uns das? Ausgelassen sprangen wir herum, solange wir noch Platz dafür hatten. Es war schulfrei an diesem Tag, ein Geschenk der königlichen Familie. Das genügte, um sie zumindest an diesem Tage gernzuhaben.

Die Angehörigen der Königsfamilie selbst waren womöglich nur erleichtert, dass der Wirbel für sie bald vorbei war. In den Straßen hatte man darüber gewitzelt, dass wohl manch ein funkelndes Diadem noch in eine bescheidene Brosche umgewandelt worden war.

Nachdem ich herausgefunden hatte, was ein Diadem war, kam mir das königliche Streben nach Bescheidenheit albern vor. Wem wollte König George VI. etwas vormachen? Nahm ihm irgendjemand ab, dass die Kameradschaft zwischen den Klassen, die es im Krieg möglicherweise gegeben hatte, immer noch den Alltag bestimmte oder dass er selbst einer von uns war, nur weil er sich ein paar der Entbehrungen auferlegte, denen sein Volk zwangsweise ausgesetzt war?

Von mir aus hätte er den Hofball nicht absagen müssen. Doch er fand so viel Feierlichkeit offenbar unschicklich, solange große Teile der britischen Bevölkerung noch in zerstörten Häusern saßen. Dabei hatte er allerdings übersehen, was ich intuitiv begriff, auch wenn ich es noch nicht in Worte hätte fassen können: Das Volk wollte den Prunk, und es konnte gar nicht genug davon bekommen. In dieser Zeit war die Sehnsucht nach etwas überirdischem Glanz stärker als jede Missgunst. Ein wenig Prunk musste her, um den schalen Beigeschmack eines Krieges zu vertreiben, bei dem am Ende die Sieger von schmalen Coupons leben mussten, während die Besiegten schon kurz vor ihrem Wirtschaftswunder standen.

Andererseits hätte es mir auch gefallen, wenn Prinzessin Elizabeth tatsächlich in Straßenkleidung vor den Traualtar getreten wäre. Nie wieder kam mir die Prinzessin so hübsch vor wie auf den Bildern von ihr, die in Kriegszeiten entstanden waren. Sie zeigten sie in Hosen als eine von den Jungs. Und sie strahlte, als wäre sie in dieser Rolle eins mit sich.

Plötzlich brach weiter vorn in der Menge ein Tumult los, als es ein paar Männern gelang, auf den Vorhof des Palastes vorzudringen. Auf allen Hebriden-Inseln zusammen hatten nicht so viele Menschen gelebt, wie hier versammelt waren. Deswegen wurde langsam auch mir mulmig, als das Gedränge immer stärker wurde.

Ein Mann hinter mir schnaubte. »Sieht aus wie während der Französischen Revolution.«

Sein Nachbar entgegnete: »Ja, nur dass keiner geköpft wird. Höchstens zu Tode geliebt.« Beide Männer lachten.

Ich hielt meinen Bruder fest an mich gedrückt und stellte meine Ellbogen aus, um ihm einen kleinen Puffer zu verschaffen. Die Leute waren zu entfesselt, um Rücksicht zu nehmen.

»Gib mir mal den Kleinen, ich bin größer.« Edith, die für eine Frau wirklich sehr groß war, nahm mir Logan sanft aus dem Arm und kitzelte sein Bäuchlein, bis er wieder lachte. Erleichtert schnappte ich nach Luft – jetzt, wo sein Beinchen nicht mehr meinen Bauch und die Fäuste nicht mehr meinen Brustkorb quetschten.

Mit ihren siebzehn Jahren war Edith schon sehr vernünftig. Sie hatte Arthur heute früh davon abgehalten, die Matratze, die er sich mit Charlie geteilt hatte, ebenfalls anzuzünden.

Und weil Ediths Zuverlässigkeit überhaupt nur der Grund war, aus dem wir hier sein durften, hatte sogar Arthur auf sie gehört. Arthur war gerade dreizehn Jahre alt geworden. Ich war stolz, dass er sich mit mir abgab. Er war zwei Klassen über mir und einer von denen, die auf dem Schulhof das Sagen hatten. So hatte er auch dafür gesorgt, dass die anderen Schüler mich in Ruhe ließen. Zuerst hatten sie ein wenig gelästert – wegen meiner Kleidung und meines Akzents. Da hatte ich mich noch um ihre Sympathie bemüht, ohne genau zu wissen, wie man so etwas anstellte. Doch irgendetwas an mir schien andere auf Abstand zu halten. Vielleicht spürten die Mädchen, dass ich sie so albern fand wie sie mich sonderbar. Aber dennoch sucht man als Kind ja immer Verbündete. Am Ende gab ich es trotzdem auf und verhielt mich noch widerborstiger als sonst. Sollten sich doch die anderen abstrampeln, wenn sie etwas wollten. Natürlich taten das nur wenige – höchstens ein oder zwei Mädchen, die über mich Arthur besser kennenlernen wollten.

Bei Charlie, neben Arthur mein einziger Freund, war ich mir gar nicht so sicher, wie er wirklich zu mir stand. Er war ganz anders als sein Bruder – still, schwer zu deuten. Manchmal war ich überzeugt, dass er mich mochte, dann wieder sah er mich an, als wäre ich ein Käfer unterm Schulmikroskop. Deshalb wusste ich auch nicht genau, was ich von ihm hielt. Ich hasste es, beobachtet und bewertet zu werden, zugleich konnte ich es mir nicht leisten, bei der Suche meiner Kameraden wählerisch zu sein.

»Oh, schaut nur, sieht er nicht gut aus?«, quietschte Victoria, Ediths beste Freundin, neben uns. »Er ist Grieche, oder?«

Mit dramatischer Geste fasste sie sich ans Herz und erinnerte mich an die Gründe, aus denen ich die meisten Mädchen doof fand. Arthur ahmte Victoria nach und gab vor, ohnmächtig zu Boden zu sinken. Ich kicherte.

»Zamknij się!, Arek«, sagte Edith ruhig. Arthur salutierte wie ein Soldat, stand nach ihrer Ermahnung aber tatsächlich wieder aufrecht und still da. Außer Edith kannte ich niemanden, der diese Wirkung auf meinen Freund hatte – abgesehen von seiner Mutter.

Wie unserem sah man auch dem Haus der Browns noch die Spuren des Bombenhagels an. Der Vater der drei war nach dem

Krieg zur britischen Luftwaffe gewechselt und bemühte sich sehr, in seinem neuen Land anzukommen, indem er auch dessen Sprache immer besser beherrschte. Nur seine Frau sprach noch überwiegend Polnisch. Wenn ich sie besuchte, ließ sie sich meistens dazu herab, ein wenig Englisch zu reden, oft ließ sie aber auch einfach ihre Kinder übersetzen.

»Mit schlechtem Englisch respektiert dich keiner. Besser man zeigt Stolz und spricht es gar nicht«, hatte sie erklärt. Ich mochte diese Einstellung, und ich mochte auch, wie sie das R rollte. Überhaupt beneidete ich Arthur und Charlie um ihre Mutter. In ihrer Gegenwart wechselten alle Familienmitglieder ganz selbstverständlich ins Polnische. Deshalb wusste ich, auch wenn ich sonst nichts verstand, dass »Arek« Arthurs Name gewesen war, bevor sie sich alle auf Wunsch des Vaters neue Namen gegeben hatten. So hießen Czeslaw, Arek und Edyta Broz nun Charlie, Arthur und Edith Brown.

Wie Hunderttausende andere Polen, die im Krieg Seite an Seite mit den Briten gekämpft hatten, durften sie bleiben. Sie hatten das Angebot dankbar angenommen. Sie wollten nicht zurück in die alte Heimat, in der plötzlich ein Mann namens Stalin regierte. Vom Regen in die Traufe, hatte Arthurs Vater es genannt.

Es konnte nicht leicht sein, wenn der eine ankommen und die andere nicht vergessen wollte. Die Änderung ihrer Namen war einer der wenigen Punkte, in denen sich ihr Vater gegen die Mutter durchgesetzt hatte. Bei den Jungs schien der väterliche Versuch der Integration gefruchtet zu haben. Sie sprachen nur noch mit leichtem Akzent, obwohl sie auch noch nicht lange hier lebten. Genau wie ich waren sie Neuankömmlinge. Natürlich war Schottland Teil des Königreichs, und doch konnte der Unterschied zwischen Polen und London kaum größer sein als der zwischen Barra und dieser irren Stadt.

In der vergangenen Nacht, während wir vor dem Palast ausharrten, hatten Arthur und Charlie mir erzählt, dass ihr Vater mal wieder mit der britischen Armee unterwegs war. Diesmal in Palästina. So richtig hatte ich nie verstanden, was die Briten dort überhaupt zu suchen hatten, aber es interessierte mich auch nicht genug, um es herauszufinden. Palästina war ein exotischer, weit entfernter Ort, der für mich außerhalb der Bibel meines Großvaters nicht wirklich existierte.

»Er kommt wahrscheinlich bald wieder«, hatte Arthur fröhlich gesagt. »Die britische Armee will sich zurückziehen.«

»Warum kommt er denn nicht gleich?«

»Der Schiffsraum wird noch anderweitig gebraucht – Export von Südfrüchten.«

Ich hatte gekichert. »Dann bekommst du jetzt statt deines Vaters eine Ananas?«

Das war die einzige Südfrucht, die ich kannte. Ich hatte sie mal auf einem Reklameschild gesehen.

»Willst du eine? Ich kann eine besorgen«, sagte Arthur lässig und betrachtete seine schwarz geränderten Fingernägel. Sie täuschten darüber hinweg, dass er sich selten die Finger schmutzig machte. Er besaß bereits jetzt so viel Einfluss auf andere Kinder, dass er diese für sich in brenzlige Situationen schicken konnte – außer Charlie, der das Treiben seines Bruders missbilligte.

Ein lautes Weinen brachte mich zurück in die Gegenwart. Besorgt schaute ich zu dem Bündel in Ediths Armen. Obwohl er bereits anderthalb Jahre alt war, wirkte Logan noch wie ein Baby. Er konnte kaum laufen und fing auch noch nicht an, einzelne Wörter zu brabbeln, wie es andere Kinder in seinem Alter taten. Ich streckte meine Hände nach ihm aus, doch Edith übersah mich. Sie machte beruhigende Laute und wiegte ihn, bis er wieder zufrieden lächelte. Erleichtert ließ ich meine Arme wieder sinken.

»Wieso gibst du dich eigentlich mit einem Baby ab?«, fragte Arthur abfällig.

Ich zuckte nur ganz kurz zusammen. Ich hatte gelernt, dass man bei Arthur besser keine Verlegenheit zeigte. »Es ging nicht anders, sonst hätte ich nicht kommen dürfen«, entgegnete ich knapp. Er sollte in mir kein Mädchen sehen, das versessen auf Teddys, Puppen und Kleinkinder war. Lieber sollte er denken, dass man mit mir frisch Verstorbenen die Coupons aus der Tasche ziehen konnte, um sie gewinnbringend zu verschachern. Das war ein gut laufendes Geschäft, denn viele Menschen fragten nicht, woher die Hefte kamen, wenn sie ihnen eine Portion Tee oder Kleidung extra einbrachten.

Ich selbst hatte noch nie eines geklaut. Aber oft stand ich mit Arthur Schmiere, wenn kleinere, wendigere Jungs in schlecht gesicherte Häuser eindrangen. Sie machten es für kaum mehr als einen Pence. Für sie war es ein Abenteuer. Kinder, die während des »Blitz« in London gewesen waren, schreckte der Anblick einer Leiche weniger als uns, die wir erst nach dem Krieg in die Stadt gekommen waren.

Ich knuffte Arthur in die Seite. »Aber deine Schwester macht sich doch gut als Mama, oder? Meinst du, sie heiratet bald Paul?«

»Ich fürchte schon«, brummelte Arthur. »Aber ich werde ganz sicher nicht auf ihre Gören aufpassen.«

»Ach, es ist fast wie bei Georgette Heyer«, schmachtete Sabrina, Ediths andere Freundin. »Ist er nicht wirklich unfassbar attraktiv?«

Die Prinzessin und ihr Gemahl standen nun auf dem Balkon und winkten. Die Menge johlte.

»Wer ist Georgette Heyer?«, fragte ich.

»Dafür bist du noch zu klein«, antwortete Sabrina kokett.

»Die schreibt lächerliche Bücher, in denen immer geschmachtet wird«, sagte Arthur verächtlich. »Außerdem ist der werte Herr Prinz gar nicht Grieche. Das würde ihm vielleicht so passen. Nein, er ist Deutscher. Ich weiß also gar nicht, warum sich alle so freuen.«

Edith zog finster die Augenbrauen zusammen. »Erzähl nicht so einen Mist, Arthur. Das ist ja fast schon Landesverrat. Wenn es dir hier nicht gefällt, verstehe ich nicht, warum du mitgekommen bist.«

Arthur senkte reumütig seinen Blick. »Schon gut, Edith.«

Als sie wegsah, grinste er mir zu. »Ich habe meine Gründe, hier zu sein.« Er griff in seine Tasche und zeigte einen Geldbeutel, der nicht seiner war.

Charlie schaute ihn erschrocken an. »Hast du etwa …? Arthur, du wirst ihn zurückgeben.«

Arthur zuckte die Achseln. »Schwer möglich, der Mann, dem er gehört, ist nicht mehr in Reichweite, und ich habe mir leider seinen Namen nicht notiert. Er sah aber aus, als hätte er genug davon, mach dir mal keine Sorgen, Kleiner.«

»Aber, Arthur, darum geht es doch gar nicht«, zischte Charlie. Unbehaglich schaute ich von einem zum anderen. Ich wusste nicht, auf wessen Seite ich mich schlagen sollte.

Die Jungs stritten noch eine Weile weiter, doch als Edith wissen wollte, was los war, antwortete Charlie nicht. Sosehr er sich immer wieder bemühte, Arthur von krummen Dingern abzuhalten, verpfiff er seinen Bruder doch nie.

Am Ende wandten wir uns alle wieder dem Balkon zu, und ich ließ mich erneut mitreißen. Dieses Ereignis war der Gipfel des Taumels, in dem ich mich seit unserer Ankunft befand. Einerseits waren meine Sinne permanent überfordert, zugleich fühlte ich mich von ihnen abgeschnitten.

Die Weite Barras gab es nicht mehr. Dort, wo ich jetzt lebte, endete mein Blick bei den rußverfärbten Steinmauern auf der anderen Straßenseite. Man atmete auch keine frische Luft ein, sondern roch das Gemeinschaftsklo im Innenhof, deftige Speisen und Qualm. Zudem lebten die Familien so eng beieinander, dass es nie still genug war, um die eigenen Gedanken zu hören. Radiolärm, kreischende Kinder und lautstarker Ehekrach bildeten die übliche Geräuschkulisse.

Auch noch zwei Jahre nach dem Krieg fanden viele Paare nur mühsam zueinander. Manchen gelang es gar nicht. In wieder anderen Wohnungen gab es keinen Mann mehr, mit dem man hätte streiten können, sondern nur eine verhärmte Mutter mit ihren kleinen Kindern. Nichts zog mich dorthin zurück. Doch zum Glück zwang mich auch keiner, am Ende der Show vor dem Palast gleich wieder heimzukehren. Arthur und seine Geschwister nahmen Logan und mich mit zu sich nach Hause. Die Wohnung war kaum größer als unsere, obwohl noch mehr Menschen darin lebten. Trotzdem empfand ich die Enge hier nicht als beklemmend, sondern als behaglich. Sogar der strenge Geruch des Kohlenfeuers, der so in den Lungen brannte, kam mir hier anheimelnd vor.

Arthurs Mutter Patrycja hatte Sandwiches für uns vorbereitet, als wir nach der Zeremonie bei ihr einfielen. Sie waren nur mit etwas Schinkenersatz belegt, und doch waren sie köstlich, nachdem wir die ganze Nacht und den ganzen Tag draußen verbracht und unsere mitgebrachten Brote bereits am frühen Morgen verspeist hatten.

»Wie sah sie aus?«, seufzte Patrycja. Sie hatte die eigentliche Hochzeit im Radio verfolgt, weil sie Gedränge nicht aushielt, hatte sie gesagt. So konnten wir uns austauschen – wir berichteten von unserem Abenteuer, und sie erzählte von der Audioübertragung der Trauung in der Kirche und wie die bezaubernde Braut ihrem Mann Gehorsam gelobt hatte. Gehorsam? Wieder musste ich an die Prinzessin denken, wie sie in einem Overall vor einer geöffneten Motorhaube stand und lachte.

»Sie sah sehr schön aus«, sagte ich freundlich, weil ich wusste, dass Patrycja zwar viele britische Gepflogenheiten verweigerte, aber in die Königsfamilie ganz vernarrt war.

»Und er?«, fragte die Mutter gespannt.

»Wie ein Deutscher«, beharrte Arthur. »Schließlich ist er ja auch einer.«

»Unsinn!« Patrycja runzelte die Stirn.

Was sie noch loswerden wollte, musste Charlie übersetzen: »Sagt man nicht, seine Familie hätte in Athen Juden Unterschlupf gewährt, obwohl es von den Nazis besetzt war?«

Arthur schnaubte. »Es weiß doch wohl jeder, dass seine Schwestern bei der Hochzeit nicht erscheinen durften, weil sie allesamt mit Nazis verheiratet sind.«

»Aber deshalb sind sie selbst ja noch keine Deutschen, oder? Der Herzog ist sicher kein Nazi«, behauptete ich schnell, ohne wirklich eine Ahnung zu haben. Aber ich wollte Patrycja nicht enttäuschen. Alle starrten mich an. Erst jetzt fiel mir auf, dass ich die Worte in meinem Eifer beinahe geschrien hatte. Doch ich dachte gar nicht daran, mich von diesem Anflug von Verlegenheit übermannen zu lassen. Ich hatte ja noch einen echten Trumpf auszuspielen: »Wusstet ihr, dass die Seide für das Hochzeitskleid aus China stammte? Sie haben absichtlich keine japanische Seide gewählt. Das ist doch wohl der Beweis, oder?«

Ich war froh, dass meine Mutter davon erzählt und ich ihr ausnahmsweise einmal zugehört hatte.

Nun war es Charlie, der schallend lachte. »Claire, du hast recht. Wenn die Seide nicht von bösen Nazifreunden-Raupen stammt, sondern von unseren braven Verbündeten, kann Philip ja gar kein Deutscher sein«, sagte er.

Ich runzelte die Stirn. Er machte sich über mich lustig, so viel war klar. »Aber es stimmt doch. Der Herzog ist ganz sicher kein Deutscher«, fauchte ich ärgerlich.

Der sanfte Charlie konnte mich viel mehr aus der Fassung bringen als sein Bruder Arthur, obwohl der es pausenlos auf Provokationen anlegte.

»Wieso sollte sie ihren Mann weniger sorgfältig wählen als den Stoff für ihr Kleid?«

Ich fand, das klang ziemlich überzeugend. Es war aber nicht auf meinem Mist gewachsen. Es war das, was der Metzger zu einer Kundin gesagt hatte – zwischen zwei Flüchen darüber, dass es schwer war, die winzigen Stücke vom Fleisch abzuschneiden, die derzeit nur erlaubt waren. »Man braucht keine Waage mehr, sondern ein Maßband«, hatte er geschimpft.

»Du bist aber gut informiert, Claire. Woher weißt du so etwas?«, fragte Edith interessiert.

Ich machte eine lässige Handbewegung. »Norman Hartnell hat sich ein paar Mädchen aus der Fabrik ausgeliehen, in der meine Mutter arbeitet.«

»Nein«, entfuhr es Arthurs Mutter. Aufgeregt schlug sie die Hände zusammen, und ich war froh, ihr eine Freude machen zu können, indem ich ein bisschen aus dem Nähkästchen meiner Mutter plauderte.

Der Designer von Elizabeths Hochzeitskleid hatte Mutters Chef um Unterstützung gebeten. Über dreihundert Näherinnen hatte es für das Prunkstück gebraucht. »So sieht eben königliche Bescheidenheit aus«, hatte mein Vater verächtlich gesagt. Wie auch immer: Auf diese Weise gelang es einer Handvoll junger Frauen, für den Zeitraum der Hochzeitsvorbereitungen der Fabrik zu entkommen. Zuerst hatten die Zurückgebliebenen neidisch gestichelt. Doch die entliehenen Mädchen hatten ihre Kolleginnen anschließend mit viel Tratsch wieder gnädig gestimmt.

Mir war zu Ohren gekommen, dass die Prinzessin extra für ihre Hochzeit von der Regierung gerade mal zweihundert

Coupons erhalten hatte. Allerdings, so munkelten viele, musste es sich dabei wohl doch um andere Coupons gehandelt haben als jene, die normalerweise den Bräuten des Königreichs zustanden. Man denke nur allein schon an die zehntausend Perlen, mit denen das Kleid bestickt worden war.

»Habt ihr die Sache mit Gandhi gehört?«, fragte Ediths Freundin Sabrina kichernd.

Missbilligend fuhr Edith sie an. »Die Kinder sind da.«

Arthur und ich, »die Kinder«, grinsten uns an. Es hatte sich längst herumgesprochen, wie die Königinwitwe Mary die feine Spitze, die Gandhi gesandt hatte, als einen »unappetitlichen Horror« bezeichnet hatte. Sie hatte nämlich vermutet, der spirituelle Führer des neuen, unabhängigen Indiens habe ihr einen Lendenschurz geschickt, wie er ihn selbst gerne trug. Dass es sich in Wahrheit um einen feinen Schal handelte und Elizabeths Großmutter all das nur missverstanden hatte, das wussten wir zu dem Zeitpunkt noch nicht. Und selbst wenn es uns bekannt gewesen wäre, hätten wir trotzdem der spannenderen Geschichte den Vorzug gegeben.

»Was meint ihr, ob er die Familie absichtlich brüskieren wollte? Wegen der ganzen Indien-Sache?«, fragte Edith.

»Angeblich«, raunte ich mit geheimniskrämerischer Stimme, »hat er das Garn für die Spitze mit eigenen Händen gesponnen.« Ich versuchte, es mir vorzustellen. Den ruhigen dünnen Mann mit der runden Brille, dessen Bild ich einmal in einer Zeitung gesehen hatte, wie er mit seinem Spinnrad auf dem Boden saß, während das elfenbeinfarbene Garn durch seine dunklen abgearbeiteten Finger glitt. Etwas an dem Bild rührte mich.

»So feiert er die junge Unabhängigkeit? Indem er der Tochter des Kolonial-Königs ein Stück feine Spitze anfertigt, über das die Familie dann spottet? Das kann nur Gandhi.« Das war Charlie.

Sobald es um Politik ging, war der ruhige Junge trotz seiner gerade einmal zwölf Jahre nicht zu halten. Viele Jungs in dem Alter traten neunmalklug auf. Charlie aber schien solche Dinge nicht einfach nur nachzuplappern, sondern tief von ihnen überzeugt zu sein. Damit eckte er in der Schule bei den Lehrern an, genau wie sein Bruder. Einige von ihnen schienen Arthurs fragwürdige Machenschaften sogar weniger zu stören als Charlies Kommentare. Mit schlechtem Benehmen war leichter umzugehen als mit unangenehmen Wahrheiten. Ich selbst verstand nur die Hälfte von dem, was Charlie sagte. Doch da Arthur ihn und seine hehren Ansichten nicht für voll zu nehmen schien, entschied ich mich dafür, einfach das Gleiche zu tun.

»Das macht es irgendwie noch unanständiger, oder?«, Sabrina kicherte schon wieder. »Dass seine Finger den Stoff gesponnen haben, der für ... na ja, intime Bereiche bestimmt ist.«

Ich verdrehte reflexartig die Augen, was mir ein Lächeln von Charlie einbrachte.

»Sei nicht albern«, schimpfte Edith.

»Ob sie das Stück tragen wird?«, fragte Arthur neugierig.

Seine Mutter schaute ihn streng an und sagte dann etwas auf Polnisch. Charlie grinste mir zu: »Er darf entweder Kartoffeln schälen oder die Stube fegen.«

Kartoffeln! Ich hoffte so sehr, sie würden uns einladen, ihnen beim Essen Gesellschaft zu leisten. Nicht bloß wegen der warmen Mahlzeit, sondern vor allem wegen des Vergnügens, sie mit ihnen gemeinsam einzunehmen.

Doch an diesem Tag fragte uns keiner, und ich konnte mich ja unmöglich selbst einladen. Also nahm ich bedauernd Logan in die Arme, der schon wieder leise wimmerte.

»Armer Spatz«, sagte Patrycja mit weicher Stimme und streichelte über eine seiner immer blassen Wangen. »Das war ein harter Tag für ihn. Ich verstehe gar nicht, wie eure Mutter euch erlauben konnte, dass er mit dir vor dem Palast übernachtet.« Als sie die spöttische Miene ihres ältesten Sohnes sah, setzte sie streng hinterher: »Schlimm genug, dass wir es euch erlaubt haben. Ich denke, du kümmerst dich jetzt um die Kartoffeln.«

Arthur verdrehte die Augen, fügte sich aber.

Ich zuckte mit den Achseln. »Er wird doch schon zwei im nächsten Jahr. Aber vielleicht bringe ich ihn jetzt wirklich am besten nach Hause.« Auch wenn es für Logan sicher nicht das Beste war. Doch damals dachte ich gar nicht daran, mich jemand anderem anzuvertrauen. Eltern hatten in allem recht, was sie taten, und ihre Kinder hatten das zu akzeptieren. So war es eben.

»Fast zwei?«, fragte Patrycja verdutzt. »Ich hatte gedacht … Er wirkt sehr zart.«

Sie hatte recht. Logan war zu klein für sein Alter und sehr dünn. Manchmal hatte ich den Eindruck, dass er nicht gut hören konnte, doch ich hatte es darauf geschoben, dass er ja auch noch nicht sprechen konnte. Bis vor zwei Tagen hatte ich befürchtet, dass es daran lag, dass unser Vater ihm die wenigen Eier wegaß, die einem kleinen Kind in dieser Zeit zusätzlich zustanden, damit es stark werden konnte. Mein Vater bekam Hunger, wenn er zu viel trank, und das tat er ständig.

Dadurch, dass Logan sich so schlecht entwickelte, war er in der Achtung unseres Vaters nicht unbedingt gestiegen. Seit wir hier lebten, hatte mein Vater in meinen Augen all seinen Glanz verloren. Jetzt schweißte mich sein Verhalten enger an meinen Bruder. Im Gegensatz zu meiner Mutter war ich in der Lage, mich um ihn zu kümmern.

»Mit ihm ist alles in Ordnung«, rief ich aufgebracht und verließ das Haus.

14. Kapitel

Ich setzte Logan in den kleinen Handkarren, den uns unsere Nachbarin Mrs. Porter für meinen Bruder geschenkt hatte. Charlie hatte uns das fehlende Rad ersetzt und beschädigte Stellen geflickt. In praktischen Dingen war auf Arthur kein Verlass. Der hilfsbereite Charlie war dafür nicht nur geschickt mit Worten, sondern auch mit den Händen. Die Brüder schienen sich die Eigenschaften aufgeteilt zu haben – Arthur hatte die sorglose Leichtigkeit erhalten, Charlie die nachdenkliche Sorge. Deshalb hatte er außerdem dafür gesorgt, dass in Logans Karren ein kleines Kissen lag, sodass mein Bruder in dem Wagen sogar schlafen konnte, ohne allzu unbequem zu liegen. Seinen neuen Begleiter, einen Teddy, hielt er dicht an sich gepresst. Das Stofftier war ein Geschenk meines Großvaters für mich gewesen – er hatte es aus olivfarbenem Tweed selbst genäht und mit schwarzen Knöpfen als Augen und Nase versehen. Vor zwei Tagen hatte ich ihn Logan geschenkt, und seither hatte er ihn kaum einmal losgelassen.

Es fiel mir nicht leicht, mich von dem Teddy zu trennen. Dass ich es dennoch tat, hing mit dem zusammen, was zwei Tage zuvor passiert war. Seither wusste ich ganz sicher, dass unsere Eltern diese Bezeichnung nicht verdienten. Deshalb hatte ich sie auch gar nicht gefragt, ob ich Logan mit zum Palast nehmen durfte. Ich hatte ihnen erzählt, dass ich eine Nacht mit ihm bei Arthurs Eltern verbringen würde, und niemand hatte es hinterfragt oder mir verboten. Selbst wenn sie es getan hätten, wäre ich nicht ohne Logan gegangen. Niemals wieder würde ich ihn mit diesen Menschen in unserer Wohnung zurücklassen.

Ich war vergangenen Dienstag von der Schule nach Hause gekommen, und obwohl das Wohnzimmer leer war, drang aus dem Radio die Stimme von Anne Shelton mit einem der beliebtesten Lieder des Jahres.

The night has a thousand eyes
I've lived my life walking through a dream
For I knew that I would find this moment supreme
A night of bliss and tender sighs
And the smiling down of a thousand eyes

Nichts hätte weniger in diese Umgebung passen können als dieser kitschige Song. Momente wie dieser waren es, die mir für alle Zeit die Lust auf verlogene Romantik verdarben.

Es waren nicht nur die uralten speckigen Möbel, die überquellende Spüle und das offene Fenster, durch das wieder eine Mischung unangenehmer Gerüche hereinwehte. Es war die Bedrohung, die in der Luft lag.

Ich nahm Witterung auf, doch ich entdeckte meinen Vater nicht, auch wenn sein Gestank nach Schweiß und Alkohol den ganzen Raum verpestete. Stattdessen sah ich meinen kleinen Bruder, der friedlich in der ausgezogenen untersten Kommodenschublade schlief. Sie war schön tief, damit er nicht hinausfiel, und wenn er wach war und nicht darin lag, konnten wir sie in der Kommode versenken und sparten so ein wenig Platz.

In der kleinen Küchenzeile, die sich ebenfalls im Wohnzimmer befand, fiel mir als Erstes auf, dass wieder einmal nichts mehr von dem da war, was zuvor an Essbarem dort gelegen hatte. Ich wusste, dass es im schwammigen Bauch meines

Vaters verschwunden war, der unter dem weißen Hemd hervorblitzte – denn dort lag er. Nicht auf dem Sofa, wo ich nach ihm Ausschau gehalten hatte, sondern auf dem Boden. Er war so aufgedunsen, schon seit einiger Zeit.

Wie einfach war es gewesen, ihn als abwesenden Kriegshelden zu verehren. Und wie bitter, zu erkennen, dass seine Geschichten von Mut und Dreistigkeit gegenüber dem Feind nur gelogen waren. Denn inzwischen war ich mir sicher, dass die Menschen auf unserer Insel in allem recht gehabt hatten, was sie über ihn sagten. Ich stolperte über einen seiner Schuhe, die auf dem Boden herumlagen, und trat damit eine schreckliche Kettenreaktion los.

Das Poltern und mein Fluch rissen Logan aus dem Schlaf. Verschreckt begann er zu schreien und weckte damit meinen Vater. Als er so weit bei Bewusstsein war, dass er die Quelle des Lärms ausmachen konnte, wankte er zur Kommode und trat mit voller Kraft gegen die Schublade, die daraufhin ein Stück in die Kommode hineinfuhr.

Wäre ich nicht schon vor Schreck erstarrt gewesen, hätte Logans Schrei dafür gesorgt. Die Panik darin tat in meinem Bauch weh und quetschte meinen Brustkorb zusammen. Ich bekam kaum noch Luft.

Nie hatte ich einen echten körperlichen Gewaltausbruch meines Vaters gegenüber Logan erlebt. Manchmal, wenn ich ein Zimmer betreten hatte, war es mir vorgekommen, als wäre gerade etwas vorgefallen, was nicht richtig gewesen war – doch mein Vater hatte es jedes Mal mit einem Scherz überspielt. Außerdem fand ich meinen kleinen Bruder ja selbst nervig in seiner Hilflosigkeit und Weinerlichkeit. Deswegen hatte es mich kaum belastet, wenn mein Vater ihn mal ein wenig kniff oder mit Häme überschüttete.

Aber dass hier ein kleiner Junge mit Schmerzen allein im

Dunklen lag, verstörte mich sehr. Das Weinen wurde lauter, und ich überlegte schon, wie ich meinen Vater davon abhalten konnte, ihn noch stärker zu verletzen. Mir musste ein Laut entwichen sein, denn mein Vater sah plötzlich zu mir, dann wieder zur Kommode und verließ fluchend das Haus. »Drecksbastard«, sagte er noch, als er an mir vorbeirauschte.

Sobald die Haustür scheppernd ins Schloss fiel, stolperte ich zur Schublade und zog sie rasch wieder heraus. Dann nahm ich das hysterisch schreiende Bündel auf den Arm. Ich konnte ihn kaum halten, so sehr trat und boxte er mich. Am Ende legte ich mich mit ihm zusammen auf das sauberste Stück des Teppichs und streichelte seinen Bauch in der Hoffnung, er würde sich beruhigen. Seine Ellbogen waren rot und geschwollen. Vielleicht hatte er sie schützend gehoben, als sein Vater sich ihm näherte? Nach dem Tritt mussten sie gegen das Holz gekracht sein.

Nie hatte ich mir Gedanken gemacht, wie es zu Hause aussah, wenn ich in der Schule und Mutter bei der Arbeit war. Ich versuchte diesen Ort zu vergessen, bis ich ihn wieder betreten musste, und das tat ich so selten wie möglich. Oft kam ich nur noch zum Abendessen und zum Schlafen in die Wohnung. War Logan in dieser Zeit häufiger misshandelt worden?

In jedem Fall litt er jetzt. Ich hatte Schuldgefühle, weil meine Ungeschicklichkeit ihn und unseren Vater geweckt hatte. Ich küsste die wunden Stellen an seinen Armen, streichelte hilflos seine Wange und fiel schließlich erschöpft in sein Schluchzen mit ein. Damit beunruhigte ich ihn natürlich nur noch mehr, und er fing wieder an zu zappeln. Ich zwang mich zu atmen und zu lächeln. Vorsichtig kitzelte ich Logan unter dem Kinn. Verrückterweise hörte er kurz darauf tatsächlich mit dem Weinen auf. Als er am Ende sogar lächelte, lächelte ich zurück und diesmal musste ich mich nicht dazu zwingen. Wir lagen einander zugewandt auf der Seite und sahen uns an. Er legte seine Hand auf mein Gesicht und sagte: »Kle lieb.«

Ich lachte darüber, wie er meinen Namen aussprach, dann flüsterte ich, während ich seine Wange streichelte: »Ich hab dich auch lieb, Logan.« Im Radio sang Lizbeth Webb *This is my lovely day*. Sie sang von schönen und glücklichen Tagen, an die man sich später voller Sehnsucht erinnern würde.

Ich weiß nicht, warum, aber plötzlich musste ich lachen. Vielleicht war ein Lied wie dieses in unserer Lage zu viel für mich. Ich lachte, während mir die Tränen die Wangen herunterliefen. Wie sehr schämte ich mich für die billige Genugtuung, die ich empfunden hatte, wenn Vater den weinenden Logan als Memme beschimpft hatte. Ich war so stolz gewesen, aus einem anderen Holz geschnitzt zu sein.

Doch noch nie hatte ich mich einem Menschen so nahe gefühlt wie in diesem Moment diesem kleinen Jungen, der die ganze Zeit bei mir gewesen war und den ich einfach übersehen hatte. Nein, das stimmte nicht. Einmal hatte ich mich einem anderen Menschen sehr nahe gefühlt, erkannte ich, während ich in Logans Augen sah. Bislang war mir nicht aufgefallen, wie sehr sie denen unseres Großvaters glichen. Wehmütig dachte ich an den alten Mann, auf den ich lange Zeit so wütend gewesen war. Ihn in Logans Augen zu sehen erinnerte mich an meinen Auftrag. Von nun an würde ich ihn erfüllen. Ich würde dafür sorgen, dass der kleine Junge neben mir dieser Welt etwas entgegenzusetzen hatte. Und da er so jung war, würde er mir nicht so schnell genommen werden wie mein Großvater, davon war ich überzeugt.

Erschrocken sah Logan mich an. Ich folgte seinem Blick und stellte fest, dass er in die Hose gemacht hatte. Früher hatten mein Vater und ich in solchen Momenten angewidert das Gesicht verzogen und meiner Mutter die Aufgabe überlassen, ihn zu säubern. Doch nun räumte ich die Spüle leer und wischte sie kurz aus, bevor ich Wasser einließ, um Logan darin zu baden. Ich erhitzte ein wenig Wasser in einem Topf, um das kalte, das aus der Leitung kam, etwas anzuwärmen. Dann zog ich Logan aus und setzte ihn hinein. Er gluckste und schien es zu genießen, dass jemand ihn wusch.

Es war merkwürdig, doch für einen Augenblick fühlte ich mich unbesiegbar. Mir war es gelungen, die Welt eines anderen Menschen in Ordnung zu bringen. Dieses Wesen vergalt mir das erbärmliche bisschen Freundlichkeit, das ich ihm gerade entgegengebracht hatte, mit einem Vertrauen, das mich beschämte. Ich hatte es noch nicht verdient, aber das würde ich noch.

Sofort am folgenden Tag war ich zu Mrs. Porter gegangen und hatte sie gebeten, von nun an auf Logan aufzupassen, bis ich ihn nach der Schule abholte. Ich versprach ihr, ab und zu Dinge zu besorgen, die schwer erhältlich waren. Arthur würde mir sicher helfen.

Die kinderlose Witwe war unsere Nachbarin und sofort bereit, mich zu unterstützen. Sie war auf eine raue Art herzlich und würde Logan sicher nicht verhätscheln, doch er würde es bei ihr in jedem Fall besser haben als zu Hause mit meinem Vater. Meine Mutter konnte ihn nicht beschützen. Wenn sie von der Arbeit kam, versorgte sie Logan, das ja. Sie verrichtete Abend für Abend die Arbeiten, die anstanden. Sie brachte eine Mahlzeit zustande, für deren Kargheit sie nichts konnte, und sie fegte auch die Stube. Doch bei all diesen Tätigkeiten wirkte sie immer abwesend. Manchmal hatte ich mich schon gefragt, ob hinter den leeren Augen überhaupt noch ein Geist wohnte. Es gab Momente, in denen mich das so sehr ärgerte, dass ich laut vor ihrem Gesicht schnippte. Wenn sie mich dann wie ein verschrecktes Kaninchen ansah, machte mich das nur noch wütender.

Dass Mutter sich ihre Verletzungen nicht bei Unfällen zuzog, hatte ich mittlerweile begriffen. Was sie anging, verstand ich sogar, warum Vater manchmal die Hand ausrutschte. Ihre Opferhaltung war provozierend. Sie hatte sich aufgegeben. Diese Gleichgültigkeit gegen sich selbst hätte ich ihr vielleicht noch verzeihen können, aber nicht, dass sie ihre Kinder nicht sah.

Als ich am Ende des Tages der königlichen Trauung die Wohnung betrat, fühlte ich mich hier mehr denn je von allem Leben abgeschnitten. Nicht ein einziges Wort wurde über das Ereignis verloren, das ganz London gefeiert hatte.

Doch an diesem Abend ließ ich sie nicht in Ruhe. Ich hatte etwas zu besprechen. Ein Scherz von Arthur hatte mich auf einen seltsamen Gedanken gebracht. Er hatte seinen Bruder Charlie wegen dessen zuvorkommender Art aufgezogen. »Du musst wohl das Kind des Postboten sein. Mit mir bist du jedenfalls nicht verwandt, du Bastard.«

Charlie hatte gelacht, doch ich hatte gestutzt. »Bastard« – dieses Wort verwendete mein Vater, wenn es um Logan ging. Bevor mir klar geworden war, wie brutal er wirklich mit meinem Bruder umging, war mir nie der Gedanke gekommen, es könnte mehr dahinterstecken als der Wunsch, den Kleinen und dessen Mutter wegen ihrer Schwäche zu beleidigen. War es denkbar, dass es mehr bedeutete? Konnte es sein, dass die schlaffe Frau, die jeden Tag durch die Wohnung schlurfte, die Aufmerksamkeit eines anderen Mannes auf sich gezogen hatte? Ich musste es einfach wissen. Und als wir gemeinsam am Abendbrottisch saßen, nutzte ich die Gelegenheit, dass Vater noch nicht zurückgekehrt war.

»Warum nennt Papa Logan einen Bastard?«, fragte ich ruhig.

Es mochte schäbig sein, aber das Entsetzen in den Augen meiner Mutter zu sehen befriedigte mich. Irgendetwas in mir wollte gemein zu ihr sein und sie bestrafen, auch wenn ich nicht genau wusste, für was eigentlich. Sie senkte den Blick und bestätigte mir damit meinen Verdacht.

»Ist er ein Bastard, Mama?«, fragte ich noch einmal. »Ist Papa deshalb so gemein zu ihm?«

Meine Mutter schwieg lange. »Iss deine Suppe«, presste sie dann hervor und streckte ihre Hand aus, um Logan ein abgerissenes Stück Brot in den Mund zu stecken.

Ich hielt ihre Hand fest: »Ich kümmere mich um Logan.«

Ich nahm ihr das Brot aus der Hand, stippte es in meine Suppe und gab es dann Logan. Er lutschte so viel Flüssigkeit wie möglich aus der Krume und biss dann hinein.

»Wenn ich in der Schule bin, wird Mrs. Porter auf ihn aufpassen. Ich habe alles mit ihr abgesprochen«, erklärte ich barsch.

Meine Mutter sah mich an. Sie schien eine Weile zu überlegen. »Das ist eine gute Idee«, sagte sie schließlich leise.

Nicht dass ich mit viel Widerstand gerechnet hätte, aber nun war ich zugleich erleichtert und schockiert, wie einfach es gewesen war, meiner Mutter Logan aus der Hand zu nehmen. Sie sah wieder einmal aus, als habe sie Schmerzen, aber das war mir egal. Sie war eine Erwachsene, und sie musste gewusst haben, was hier vor sich ging, wenn sie nicht zu Hause war. Unternommen hatte sie nichts.

»Wer ist sein Vater?«, fragte ich neugierig. »Mit wem hast du geschlafen, als Papa im Krieg war?«

Meine Mutter sprang auf und hob die Hand, als wolle sie mich schlagen, doch als sie sah, wie ich ihr gleichmütig eine Wange hinhielt, ließ sie den Arm wieder sinken.

»Na los, erzähle es ihr, Shona«, raunte eine fiese Stimme von der Tür her. Diesmal schraken wir alle drei zusammen. Vater war zurückgekehrt. »Was seht ihr denn so betroffen aus?«, fragte er, während er zum Tisch wankte und mir in die Wange kniff. »Mein gutes Mädchen, hol deinem Vater einen Teller und einen Löffel für die Suppe.«

Seine Berührung löste bei mir Würgereiz aus, aber ich folgte seiner Bitte, um die Situation nicht noch zu verschlimmern. Beim Aufstehen fing ich den Blick auf, den er Logan zuwarf. Reflexartig trat ich dazwischen, um meinen Bruder abzuschirmen. Doch als mein Vater erst die Stirn runzelte und dann abfällig grinste, begriff ich intuitiv etwas: Er durfte meine frisch erwachten Gefühle für Logan nicht bemerken. Er sah in mir seine einzige Verbündete. Wenn ich mich von ihm abwandte, würde der Schwächste dafür bezahlen.

Also nahm ich das Brot, nach dem Logan gerade begierig die Finger austreckte, und hielt es meinem Vater hin. »Hier, du kannst schon anfangen zu essen. Die anderen hatten genug.«

Das schien ihn zu besänftigen. In Zukunft würde ich also ein Leben auf dem Drahtseil führen. Logan war zu jung, als dass ich ihm hätte erklären können, warum ich mich so widersprüchlich verhielt. Traurig betrachtete er das Brot in den Händen meines Vaters. In diesem Moment wusste ich nicht, wie es mir gelingen sollte, dass er mir vertraute, ohne dass ich zugleich unseren Vater vergrätzte.

Mein Vater biss herzhaft in das Brot. »Erzähl es ihr, Shona.«

Ich glaube, es war das erste Mal, dass meine Mutter einem Befehl ihres Mannes nicht sofort nachkam. Als hätte sie eine Chance, ihr Geheimnis zu wahren, wenn er ihr diese Zurückhaltung zugestand.

Er lachte abfällig. »Deine Mutter ist eine kleine Schlampe, Claire. Gut, dass wir nicht in London gewohnt haben, während ich gegen die Nazis gekämpft habe, sonst wäre das Kind jetzt ein Neger.«

Seine Worte waren nicht besser als eine Ohrfeige. Mir war

klar, worauf er anspielte. Wie die meisten anderen Bewohner unseres Blocks störte ihn, dass auf einmal so viele Menschen aus den ehemaligen Kolonien nach London zogen. Vor allem Jamaikaner kamen, also echte Schwarze. Ich selbst fand ihren Anblick so spannend wie irritierend.

»Claire, hör mal genau hin. Erkennst du nicht Simon MacAskills Geleier, wenn du Logan jammern hörst?«

Mein Blick fuhr zu meiner Mutter. Sie knetete ihre Hände und blickte uns nicht an. Ausgerechnet Simon MacAskill der presbyterianische Pfarrer. Er war nicht attraktiv, viel älter als mein Vater und hatte vier Kinder. Fünf, korrigierte ich mich. Meine Neugierde war gestillt. Ich war nur noch müde. Am liebsten wäre es mir gewesen, meine Eltern würden einfach verschwinden – und ich könnte mit Logan allein hier sein. Sollten die Erwachsenen doch ihre dämlichen Kämpfe allein ausfechten. Doch sie taten uns nicht den Gefallen, sich in Luft aufzulösen. Stattdessen saßen wir angespannt im Wohnzimmer herum und hörten Radio.

»Ich hänge die Wäsche auf«, sagte ich, weil mir nichts anderes einfiel, um der beklemmenden Atmosphäre zu entkommen. Ich musste einmal durchatmen, und zu dieser Uhrzeit würde niemand im Innenhof sein. Die anderen Familien ließen sich mehr Zeit für ein gesittetes Abendessen, deshalb würde ich meine Ruhe haben. Logan ging mit seinen unsicheren Schritten hinter mir her. Wieder fing ich einen Blick meines Vaters auf und zögerte. »Du bist wirklich ein lästiger Junge«, nuschelte ich in einem Tonfall der weniger ablehnend klang als meine Worte. Ich setzte darauf, dass er sie nicht verstehen und denken würde, ich hätte etwas Aufmunterndes gesagt.

Meine Mutter betrachtete mich. »Nimmst du bitte trotzdem deinen Bruder mit?«

»Komm mit, Bastard, vielleicht setze ich dich aus«, sagte ich sanft und verdrehte die Augen. Dass mein Vater grinste, wunderte mich nicht, doch das Lächeln meiner Mutter stimmte mich nachdenklich. Hatte sie mich durchschaut und mir den Ball absichtlich zugespielt? Doch als ich sie erneut anblickte, war ihr Blick wieder so leer wie eh und je.

In dieser Nacht hockte ich neben Logans Schublade und sprach von Dingen, die ich sonst niemandem anvertraute. Noch nachdem er bereits eingeschlafen war, flüsterte ich in sein Ohr. Ich erzählte ihm die Geschichten unseres Großvaters, aber nur die schönen. Vielleicht gelang es mir, ihm so ein Reich der Träume zu malen, in das er sanft entgleiten konnte. Eines, das ihm eine bessere Wirklichkeit als diese schenkte. Irgendwann rollte ich meine eigene Matratze in einer Zimmerecke aus und legte mich hin. Ich lauschte seinem gleichmäßigen Atem und setzte ihn auf die Liste der Geräusche, die ich liebte: das Rattern der Teufelsmaschine meines Großvaters, Regen, der aufs Dach prasselt, die Meeresbrandung und nun das Atmen meines Bruders.

15. Kapitel

Am nächsten Tag verließ ich nach der Schule mit Logan im Handkarren das Haus. Wir waren noch nicht weit gekommen, da rief eine freundliche Stimme: »Hallo, Logan.«

Charlie war an diesem Tag ohne seinen Bruder unterwegs. Das kam in letzter Zeit so häufig vor, dass ich vermutete, sie hätten mal wieder gestritten. Wir grüßten einander, und dann wandte er sich wieder Logan zu. »Deine Räder eiern ja, ich glaube, ich muss sie noch einmal nachziehen.«

Auch wenn Logan nichts verstand, strahlte er den größeren Jungen an, der ihm freundlich über eines der warm verpackten Ärmchen streichelte. Dann sah er wieder mich an, auf diese intensive Charlie-Art. Es war schwer, damit umzugehen, dass er mich mal zu ignorieren schien und dann wieder so ansah, als würde er mich sehr mögen. Doch an diesem Tag war ich ihm einfach dankbar für die Hilfe, die er anbot. Schließlich würde der Karren in nächster Zeit häufiger im Einsatz sein.

»Das wäre sehr nett«, sagte ich freundlich. »Vielleicht muss ich bald größere Strecken damit laufen.«

»Was hast du denn vor?«

»Ich soll meine Mutter heute aus der Fabrik abholen. Die Frau des Chefs hat ihn gebeten, jemanden für kleine Aufträge zu finden. Eines der Kinder der Arbeiterinnen zum Beispiel. Und der Chef hat zuerst meine Mutter gefragt. Zum Glück. Ich hätte nichts gegen ein wenig Extrageld.«

Charlie lächelte und kitzelte die Innenfläche einer Hand

meines Bruders. »Arlie«, sagte Logan hingebungsvoll glucksend. Diese Berührung schien ihm gut zu gefallen, das musste ich mir merken.

»Dann will ich euch nicht weiter aufhalten«, sagte Charlie. »Ich wünsche dir viel Glück, Claire.«

Wir verabschiedeten uns, und ich ging weiter durch die Straßen bis zur Bushaltestelle. Die Fabrik lag ein wenig außerhalb der Stadt.

Als wir endlich im Bus saßen, blickte ich aus dem Fenster auf die grauen Häuser, Schutthalden und die Krater der Bombeneinschläge, die an manchen Orten noch nicht beseitigt waren.

Charlie hatte recht, dachte ich, wenn er über die Versprechungen unseres Premierministers lachte. Ein »neues Jerusalem« wollte er uns erbauen, eine gelobte Stadt, in der es Aufschwung und Gleichheit für alle gab. Charlie hatte gesagt, nur weil Adel und Bauern im Krieg kurze Zeit im Schützengraben Zigaretten geteilt hätten, heiße das nicht, dass sie nun auch alle Rechte und Privilegien teilen wollten.

Doch was machte das? Ich wollte gar nicht in einem Schloss leben. Ich wollte nur diesen Job – und damit ein Stück von der Freiheit, nach der ich mich sehnte. Womöglich könnte ich mir bald schon Stoff für eine neue Bluse leisten – oder Knöpfe. Mein Onkel hatte seiner Schwester als vorzeitiges Weihnachtsgeschenk zwei Ballen Tweed geschickt. Er hatte einen guten Posten als Buchhalter in der Fabrik ergattert, in der auch meine Mutter gearbeitet hatte und für die seine Frau und seine Töchter in ihrer Kammer webten. Am liebsten hätte ich meine Mutter gebeten, den Kram zurückzuschicken. Doch dann sah ich, dass dieser Stoff noch von meinem Großvater gefertigt worden war. Ein Lob auf Harrys Arroganz – er dachte vermutlich, der alte Plunder sei für uns gerade gut genug. Als könnte seine dumme Familie die Meisterschaft seines Vaters erreichen! Harry mochte ein guter Geschäftsmann sein, doch war er blind für alles, was zählte.

Gut für uns! Ich durfte einen Teil des Stoffes abzweigen, um für Logan und mich Jacken zu nähen. Fehlten nur noch gute Knöpfe, doch auch die würde ich irgendwie auftreiben. Meine Mutter weigerte sich leider, an ihrem Arbeitsplatz Material zu entwenden, so wie andere Näherinnen es taten. Sie hätte Prinzipien, sagte sie – eine Frau, die ihre Kinder vernachlässigte und sich von ihrem Mann schlagen ließ. Es erschien mir wie der blanke Hohn. Trotzdem blieb mir nichts anderes übrig, als mich mit den Umständen zu arrangieren. Stolz war ich zum Beispiel auf die Knickerbocker, die ich aus der alten Armeehose meines Vaters genäht hatte, kurz nachdem wir in London angekommen waren. Er hatte salutiert und gelacht, als er sie sah. Zu der Zeit hatte er noch gute Tage gehabt und sogar manchmal Gelegenheitsjobs auf den Docks ergattert, bis seine Bosse bemerkten, wie viel er soff.

Nachdem der Bus das Ziel erreicht hatte, warteten wir vor dem Haupteingang der Fabrik auf unsere Mutter, die mich dem Chef vorstellen wollte. Ich konnte nur hoffen, es würde sich nicht als Nachteil erweisen, dass ich Logan im Schlepptau hatte. Mrs. Porter hatte an diesem Tag etwas anderes vorgehabt. Weil ich mich um ihn kümmern musste, hatte ich es nicht mehr geschafft, meine Schuluniform auszuwaschen, die ich bekleckert hatte. Mir blieben nur besagte Knickerbocker und die Bluse aus Fallschirmseide, die natürlich nicht so anständig aussahen wie die Uniform. Mit etwas Glück würde der Chef meiner Mutter in meiner Bekleidung den Einfallsreichtum eines Kriegskinds sehen und anerkennen. Und eigentlich war es mir recht, denn ich wollte ja gar nicht als kleines Mädchen in Schulkleidung gesehen werden, sondern als jemand, der zupacken konnte.

Während wir warteten, öffnete sich neben uns in der Mauer eine Tür, und eine Frau trat heraus. Sie schien in Gedanken versunken zu sein, denn sie stolperte beinahe über uns und griff sich vor Schreck mit einer Hand an die Brust.

Wir musterten uns gegenseitig. Die Fremde trug ein rotbraunes Kleid mit sehr schmaler Taille und vorteilhaft platzierten Abnähern. Ihr Haar war in goldene Wellen gelegt. Der orangerote Lippenstift ließ ihren Teint leuchten.

»Hallo«, sagte die Frau verdutzt. »Wer seid ihr denn?«

»Ich komme wegen eines Jobs«, sagte ich förmlich und mit erhobenem Kinn, weil ich dachte, dass solche Leute auf diese Art miteinander redeten und sie auf keinen Fall denken sollte, dass ich mich unterlegen fühlte. »Mir wurde aufgetragen, um diese Uhrzeit vor der Fabrik zu erscheinen.«

Kurz glitt mein Blick zu meinem Bruder, der die Frau mit offenem Mund ansah. »Man starrt andere Menschen nicht an, Logan«, forderte ich streng. Ich hatte bei Großvater gelernt, dass Kinder eine Mischung aus Zuneigung und Strenge brauchten. Ich durfte ihn bei aller Liebe nicht zu sehr verhätscheln, sonst würde er nie stark werden.

»Ach, lass ihn doch«, sagte die Frau und lachte. »Wozu hätte ich sonst all den Aufwand betrieben?«

Ihr Lächeln war entwaffnend – auch dass sie zugab, Arbeit in ihr Aussehen gesteckt zu haben, war ungewöhnlich. Edith und ihre Freundinnen standen stundenlang vor dem Spiegel und behaupteten hinterher, gar nichts gemacht zu haben.

»Dann willst du also zu mir«, stellte die Frau fest.

»Ich bin hier mit meiner Mutter verabredet, und die wollte mich Mr. Pearson vorstellen«, entgegnete ich. Die Frau kam mir vor wie ein Filmstar. Ich hatte noch nie einen getroffen und wusste plötzlich nicht mehr, wie ich mich verhalten sollte. Im East End hatte ich mir angewöhnt, forsch aufzutreten, doch ich war mir nicht sicher, ob mir das hier Punkte einbringen würde.

»Wie heißt du denn, Kleine?«

»Ich bin nicht klein, sondern Claire«, antwortete ich impulsiv und bereute sofort meinen unangemessenen Ton. So sehr ich es auch hasste, nicht ernst genommen zu werden, war es mir doch wichtiger, diesen Job zu erhalten.

»Oh, ich sehe es. Du bist wirklich gar nicht mehr klein. Entschuldigung«, sagte die Frau lächelnd. Sie machte sich ganz offensichtlich über mich lustig, doch diesmal ließ ich es schweigend über mich ergehen. Meinen Blick senkte ich allerdings nicht.

»Wie alt bist du denn, Claire?«, fragte sie.

»Ich bin vor Kurzem elf geworden.«

»Das ist etwas zu jung. Und ich hatte eigentlich auch gar nicht an ein Mädchen gedacht.«

»Warum haben Sie mich dann hierhergebeten?«

Sie wollte mich nicht. Warum also sollte ich mich zusammenreißen? Dachte sie, wer seine Haare in goldenen Wellen trug, dürfe gedankenlos über die Zeit der anderen verfügen? Die Frau blinzelte. Offenbar hatte sie nicht damit gerechnet, sich vor einem »Mädchen« rechtfertigen zu müssen. Ich fixierte sie, wohl wissend, dass es mir meistens gelang, dass sogar Erwachsene meinem Blick auswichen. Einmal hatte ich nämlich ein Gespräch im Innenhof mit angehört, in dem zwei Frauen mich als unheimlich bezeichneten, weil ich alle so ansähe, dass einem unwohl würde. Auch wenn eine der Frauen immerhin festgestellt hatte, dass ich ohne diesen Makel ein hübsches Mädchen wäre, weinte ich.

Natürlich war mir nicht entgangen, dass andere sich von mir abgestoßen fühlten, doch nie zuvor hatte ich es ausgesprochen gehört. Danach hatte ich für kurze Zeit die Mädchen nachgeahmt, die als »so hübsch«, »so nett«, »so wohlerzogen« galten. Ich hatte den Blick gesenkt, meine Haare jeden Abend mit hundert Bürstenstrichen bearbeitet und gelächelt, bis der Kiefer schmerzte, weil ich dabei aus Versehen meine Zähne zu fest zusammenbiss. Und anfangs sah es wirklich so aus, als würde mein Leben einfacher. Doch bald hatte ich das Gefühl, zu bersten. So als müsste alles, was ich verbarg, bald schon mit einer Gewalt aus mir herausbrechen, dic alles um mich herum zerstören würde. Es bereitete mir Schmerzen. Und was nützte es, wenn Leute, die ich verachtete, mir wohlgesinnt waren, wenn es mich krank machte?

Es scherte mich nicht mehr, was die anderen dachten, und deshalb starrte ich jetzt diese Frau an, auch wenn ich es Logan gerade eben erst verboten hatte. Für einen Jungen wie ihn war es besser, sich an Regeln zu halten.

Mrs. Pearson wich meinem Blick nicht aus. »Es gab wohl ein Missverständnis«, erklärte sie, klang aber nicht mehr ganz so munter. »Ich hatte meinen Mann gebeten, seine Mädchen zu fragen, ob eines ihrer Kinder kleine Aufträge übernehmen könnte. Offenbar mag er deine Mutter. Deshalb hat er sie vielleicht zuerst gefragt, ohne viel nachzudenken.«

Sie rollte leicht mit den Augen, als wolle sie sagen: »Männer.« Dass der Chef meine Mutter mögen sollte, verblüffte mich so sehr, dass ich mich in diesem Moment weder an dem billigen Verbündungsversuch noch an der Formulierung »seine Mädchen« störte. Wenn ich meine Mutter ansah, konnte ich mir nicht vorstellen, dass Männer mehr in ihr sahen als ein Opfer – trotz der Sache mit unserem Pfarrer. Wobei der Chef meine Mutter wohl kaum auf jene Art mochte – nicht, wenn er diese Ehefrau mit dem cremefarbenen Teint haben konnte.

»Ich dachte natürlich, meinem Mann wäre klar, dass Mädchen schlecht mit Gepäck durch London rennen können«, sagte sie.

»Was ist denn in dem Gepäck?«, fragte ich neugierig. Mit geheimnisvollen Dingen beladen durch London zu ziehen, der Gedanke gefiel mir. Vielleicht gelang es mir ja doch noch, Mrs. Pearson zu überreden, mir eine Chance zu geben.

»Meistens handelt es sich um Muster unserer Stoffe. Ich kümmere mich um den Vertrieb bei den exklusiven Schneidern. Mein Mann hat ein sehr gutes Händchen fürs Geschäft, aber versteht sich nicht auf den Umgang mit Künstlern.« Sie lächelte wieder.

»Aber das kann ich ganz bestimmt übernehmen«, beharrte ich. »Wenn es nur darum geht, ihnen Stoffe zu bringen …«

Statt mir zu antworten, wühlte die Frau in ihrer Handtasche. Als sie die Hand wieder hinauszog, lag ein kleines goldfarbenes Päckchen darin. Sie hielt es mir hin.

»Was ist das?«, fragte ich misstrauisch, ohne meine Hand danach auszustrecken.

»Schokolade«, sagte sie. Flüsternd fuhr sie fort: »Sie stammt aus Belgien. Es ist die beste.« Ihre Stimme wurde wieder lauter: »Nichts für ungut, Mädchen. Es tut mir leid, dass du ganz umsonst gekommen bist. Aber ich glaube, es wäre keine gute Idee, dich einzuspannen. Sicher wäre auch deine Mutter nicht damit einverstanden.«

Ich sah das goldfarbene Papier an. Ich gierte danach, die Hülle abzureißen und den Inhalt zu verschlingen. Ich würde ihn mir gerne mit Logan teilen, nachdem ich vor Arthur damit angegeben hatte. Doch ich verdrängte diesen Wunsch, um der Frau zu beweisen, dass sie sich irrte. Ich war kein kleines Mädchen mehr. Ich nahm ihr die kostbare Schokolade aus der Hand, riss die Hülle ab und warf sie achtlos in den Karren.

Dann reichte ich meinem Bruder den ganzen Riegel, ohne diesen Schatz noch einmal anzusehen. Logan lächelte und schob sich die Schokolade so gierig in den Mund, dass ich fürchtete, er würde sich später erbrechen.

Mit meinem Taschentuch wischte ich ihm die Finger ab, während ich weiter die Frau ansah. »Danke. Wie nett von Ihnen. Darüber würde sich jedes kleine Kind freuen. Aber ich möchte mir meine Süßigkeiten lieber selbst kaufen.«

Sie sah mich daraufhin für einen Moment an, als wäre ich ein Monster. Doch dann zog sie die Augenbrauen hoch und lachte so ungehörig laut, dass sie mir gleich ein wenig sympathischer wurde. »Also gut, große Claire. Du kommst am Montag nach der Schule zu mir und bekommst deine Chance. Aber wenn du nicht pünktlich bei den Kunden bist oder diese sich über dich beschweren, lassen wir es sein. Und du wirst das dann nicht weiter infrage stellen, einverstanden?«

Ich nickte bedächtig und hielt der Frau meine Hand hin. Sie ergriff sie nach einem kurzen Zögern.

»Hallo, Claire. Ich bin Grace Pearson. Ich bin einverstanden, weil ich weiß, dass diese Kunden … sagen wir mal … Unkonventionelles mögen. Aber meinst du, du könntest dennoch einmal lächeln? Nur damit ich sehe, dass du es kannst? Denn bei aller Extravaganz mögen unsere Kunden keinen Griesgram, der ihre Besucher verscheucht.«

An diesem Punkt unserer Verhandlung war ich bereit einzulenken. Sobald man dafür bezahlt wurde, tat es weniger weh, sich zu verstellen. Wo ich mir einst erhofft hatte, von anderen gemocht zu werden, interessierte mich nun nur noch deren Respekt. Und ich hatte das Gefühl, diese Frau respektierte mich, sonst hätte sie mir wohl keine Chance gegeben. Ich zeigte ihr ein breites Lächeln.

»Nun gut«, sagte die Frau lachend und tippte in Wangenhöhe auf meinen immer noch hochgezogenen Mundwinkel. »Das wird wohl reichen.«

Ich ließ die Mundwinkel absichtlich so schlagartig sinken, dass es Mrs. Pearson zum Lachen brachte. Jetzt, da ich ihr Lachen verstand, konnte ich es beherrschen. Nun bedeutete es nicht mehr, verspottet zu werden, sondern Macht zu besitzen. Es hatte sie dazu gebracht, mir den Job zu geben.

Plötzlich trat eine weitere Frau durch das Hoftor und gesellte sich zu uns. Sie war ähnlich gut gekleidet wie meine neue Chefin, wirkte aber weniger hübsch, auch wenn sie sich stärker aufgetakelt hatte.

Sie begrüßte Mrs. Pearson mit zwei Wangenküssen, dann blieb ihr Blick an mir hängen. Er schweifte von meinen ausgelatschten Schuhen, über die Knickerbocker und die Bluse bis zu meinem immerhin ordentlich gekämmten kinnlangen Haar. Offenbar sah die Fremde nichts, was ihr beachtenswert erschien, denn sie wandte sich wieder an ihre Freundin, ohne mich zu grüßen.

»Bereit für einen kleinen Einkaufsbummel?«, fragte sie Mrs. Pearson.

Die schüttelte den Kopf. »Ich begleite dich gerne. Aber ich spare mir meine Coupons auf. Hoffentlich wird der Winter nicht allzu kalt. Ich brauche die Coupons nämlich, damit ich im Frühling im New Look wieder auferstehen kann.« Sie zwinkerte erst ihrer Freundin und dann mir zu. Es gefiel mir, dass sie mich mit einbezog. Und noch mehr gefiel mir, wie sehr die andere Frau das zu missbilligen schien. Gerne hätte ich ihr die Zunge rausgestreckt.

»Ich glaube nicht, dass das arme Mädchen weiß, worüber du redest, Grace«, sagte die Frau abfällig. Sie tat, als rügte sie eine Unhöflichkeit seitens ihrer Freundin, wo sie doch in Wahrheit mich damit beleidigte.

Doch ich durfte nicht aus der Haut fahren. Ich hatte gerade einen Job ergattert. Und immerhin hatte mich eine Grace Pearson zur Kenntnis genommen. Der Rest würde folgen, bis mich keiner mehr über- oder auf mich herabsah. Großvater hatte mir immer Geduld gepredigt, mich angehalten, kleine Schritte zu machen, bei allem, was ich tat. Vielleicht war dies der passende Augenblick, seinen Ratschlag umzusetzen, auch wenn es mir eigentlich nicht passte.

Ein großer, hagerer Mann war nun ebenfalls durch das Tor getreten und tippte Mrs. Pearson jetzt auf die Schulter. Sie wirbelte schwungvoll herum. Als sie den Mann erkannte, legte sie ihm strahlend ihre Arme um seinen Hals. »Hallo, mein Schatz«, rief sie.

Ihr Überschwang ließ ihn so verlegen wie erfreut über seinen Schnurrbart streichen. Hinter ihm entdeckte ich eine geduckt stehende Frau – es war meine Mutter. Mr. Pearson stellte sie seiner Frau vor. »Grace, dies ist Shona Macbain. Ich habe dir von ihr erzählt, und ihre Tochter hast du offenbar schon kennengelernt.«

Grace Pearson nickte freundlich zurück. »Ihr seid ganz und gar überflüssig, wir haben alles schon geklärt, oder, Claire?«

Ich errötete selten, doch in diesem Moment spürte ich, wie meine Wangen warm wurden. Es gefiel mir, mit dieser Frau einen Augenblick lang eine verschworene Gemeinschaft zu bilden.

»Ja«, bestätigte ich und nickte erst Mr. Pearson und dann meiner Mutter zu. »Es stimmt. Ich fange Montag an.«

»Bestens«, sagte Mr. Pearson. Damit war die Sache – das Treffen mit meiner Mutter und mir – abgehakt, und er wandte sich wieder den eleganten Damen zu. »Geht ihr Mädchen euch etwas Hübsches kaufen?«, fragte er.

Seine Frau lächelte. »Ich habe Elizabeth bereits erklärt, dass ich meine Coupons aufhebe.«

»So sparsam kenne ich dich gar nicht«, sagte ihr Mann – mit erhobenen Augenbrauen zwar, aber mit liebevoller Stimme.

»Du hast recht, Schatz. In Wahrheit bereite ich nur sorgfältig die große Verschwendung vor. Im Frühling werde ich mir ein wunderhübsches Kleid samt einem dieser taillierten Mäntel kaufen – so wie Dior sie in Paris gezeigt hat.«

Er lachte und küsste sie auf die Wange.

Es war mir unangenehm, wie offen sie ihre Zuneigung zeigten. Die Reichen konnten es sich anscheinend leisten, weniger konservativ als die Armen zu sein.

Meine Mutter hingegen klammerte sich beharrlich an ihr gutes Benehmen, auch wenn ihre Würde ihr nichts wert zu sein schien. Deswegen gingen wir nicht weiter, obwohl niemand mehr an unserer Anwesenheit interessiert war. Ergeben wartete sie darauf, dass man sie noch einmal beachtete, um sich höflich verabschieden zu können. Dabei hätten es die anderen nicht einmal bemerkt, wenn wir uns in Luft aufgelöst hätten, wie Schnecken, auf die man Salz streute. Ich nutzte die Gelegenheit, um aus den Augenwinkeln weiter die Pearsons zu studieren, und erkannte wieder einmal, dass ich die Enkelin meines Großvaters war. Es widersprach aller Vernunft, im Winter freiwillig zu frieren, um sich dann ein albernes Kleid zu kaufen, nur weil es auf der Titelseite einer Zeitschrift abgebildet war. Hieß das nicht, dass es am Ende alle tragen würden? Alle, die es sich leisten konnten, versteht sich. Dabei war es Unsinn, sich an solchen Bildern zu orientieren. Die Frauen selbst, die vor mir standen, bewiesen es doch. Sie trugen modische Farben – und doch hätten sie andere wählen sollen. Das Rotbraun, in das Mrs. Pearson sich gekleidet hatte, wirkte zweifellos elegant, aber es verbarg ihre Lebendigkeit. Sie hätte Indigoblau tragen sollen, der Kontrast hätte sie leuchten lassen. Natürlich wusste ich mit meinen elf Jahren von vielen Dingen nichts, und einige Gedanken waren nur Ahnungen, die ich zu dem Zeitpunkt noch nicht richtig fassen konnte, doch was Farben anging, machte mir niemand etwas vor.

Andererseits bewunderte ich meine neue Chefin auch irgendwie in ihrem derzeit unpopulären Drang nach Verschwendung. »To make do and mend« war das angesagte Motto: sich mit wenig behelfen zu wissen. Meiner Familie blieb nichts anderes übrig, als es zu beherzigen. Doch Grace Pearsons Leichtigkeit öffnete mir für einen Moment die Tür in eine Welt, in der dies kein unabwendbares Schicksal war. Sie würde sich gleich wieder schließen, aber ich würde fortan nach ihr Ausschau halten, um irgendwann durch sie hindurchzutreten – wenn einmal nicht meine Mutter neben mir stand, deren Elend meine Schritte wie Blei beschwerte.

Als Mr. Pearson uns wieder bemerkte, wirkte er peinlich berührt. Er stieß seine Frau an. »Du und deine Späßchen.«

Sie schien nicht zu wissen, worauf er sich bezog, weswegen sie mir gleich noch besser gefiel, denn mir war vollkommen klar, was durch *seinen* Kopf ging. *Liebling, doch nicht in Anwesenheit der Untergebenen.* Es war sicher nicht angemessen, vor uns über Dior und teure feine Kleider zu reden, wo doch selbst der König vorgab, noch sparsamer zu sein als das Volk. An dem zerknirschten Blick, mit dem er meine Mutter bedachte, erkannte ich, auf welche Art ihr Chef sie mochte. Er hatte Mitleid mit ihr, vielleicht mehr als mit jeder anderen Mitarbeiterin. Nur deswegen hatte er ihrer Familie ein Zubrot angeboten. Etwas Bösem in mir, das ich wohl von meinem Vater geerbt hatte, kam der Gedanke, dass der Pfarrer das Gleiche getan hatte. Auf seine Art hatte er sich ebenfalls des erbarmungswürdigsten Schäfchens angenommen. Schade, dass er außer seiner Männlichkeit und Gottes Segen nicht viel zu geben gehabt hatte.

Ich vermutete, dass meine Mutter höchstens ein paar Jahre älter war als Mrs. Pearson. Dennoch hätte man meinen können, es läge ein Zeitalter zwischen ihnen. Mehr noch als die dunklen Ringe unter den eingefallenen Augen meiner Mutter schien es die Kleidung zu sein, die ihre Träger zeigte, statt sie zu verhüllen. »Elegant, sorglos, schön«, rief das Kleid von Mrs. Pearson. Das zerschlissene Grau meiner Mutter flüsterte: »Ordentlich, unterwürfig, unsichtbar.« Das Kleid von Mrs. Pearsons Freundin kreischte: »Aufmerksamkeitsbedürftig, affektiert, verzweifelt.«

Mir war nicht gleich klar, woran es lag, dass die ähnlichen Kleider der beiden eleganten Frauen so verschiedene Dinge zu sagen schienen. Doch ich begriff etwas, was mir bislang entgangen war. Kleidung konnte mehr als den Körper bedecken und wärmen. Und wenn diese Kleidung aus den Farben und Fäden gesponnen war, die ich liebte und für die ich ein Händchen hatte – vielleicht war dies meine Möglichkeit, irgendwann Einfluss zu nehmen.

Ich hörte den Namen Dior nicht zum ersten Mal. Er wurde ehrfürchtig ausgesprochen, obwohl dieser Mensch nur Kleider machte. Offenbar entschieden nicht mehr irgendwelche Obrigkeiten, wie die Menschen sich zu zeigen hatten und wie sie gesehen werden sollten, sondern diejenigen, die ihnen Textilien gaben – und das Versprechen: In diesem Kleid wirst du von Männern in Pariser Cafés ausgeführt werden. Die Leute auf der Straße werden Spalier stehen, um dir zu huldigen. Ein Blick auf Mrs. Pearsons Freundin genügte mir, um zu wissen, dass diese Versprechen nicht gehalten werden konnten. Vielleicht war das aber auch gar nicht entscheidend, um Erfolg zu haben. Vielleicht reichte es aus, die Leute glauben zu machen, dass der Stoff sie verwandelte. Modemacher waren die neuen Zauberkünstler, die den Menschen Illusionen verkauften. Der

Gedanke gefiel mir. Mir fehlte nur noch der Hut, aus dem ich das rosa Kaninchen zaubern konnte.

Das Murmeln um mich herum brachte mich zurück aus meinem Gedankenreich in die Außenwelt. »Auf Wiedersehen«, wünschte man sich endlich.

Ich sah dabei nur meine neue Chefin an, denn ich hatte noch etwas begriffen. Es genügte, den richtigen Leuten zu gefallen, dann konnten einem die anderen gestohlen bleiben. »Auf Wiedersehen«, sagte ich zu ihr mit ernster Stimme. Dann setzte ich noch einmal das breite künstliche Lächeln auf, das ich ihr vorhin gezeigt hatte. Sie lachte.

Zufrieden wandte ich mich ab und folgte beschwingt meiner Mutter nach Hause. Logans Handkarren zog ich hinter mir her und pfiff fröhlich ein beliebtes Marschlied britischer Soldaten. *We're Gonna Hang Out The Washing On The Siegfried Line.* Wenn man Nazi-Deutschland in die Knie zwingen konnte, war es doch sicher ein Leichtes, den Schützengraben der Reichen und Schönen zu unterwandern. *Cause the washing day is here. Whether the weather may be wet or fine. We'll just rub along without a care.*

16. Kapitel

Vivian 2017

Auf dem Weg vom Krankenhaus zum Kindergarten ihres Sohnes wurde Vivian noch einmal bewusst, welch große Strecke ihres Lebens Claire bereits zurückgelegt hatte. Die Hochzeit der Queen lag genau siebzig Jahre zurück. Soweit es Vivian betraf, war es ein Ereignis, das nur auf Schwarz-Weiß-Bildern stattgefunden hatte. Mittlerweile saß Elizabeth II. ja sogar schon seit fünfundsechzig Jahren auf ihrem Thron. Unvorstellbar, dass sie es einmal nicht getan und jemals etwas anderes getragen hatte als knallbunte Kostüme. Und Philip, der aparte Grieche oder Deutsche – oder was auch immer er nun eigentlich war, konnte als ein alter Mann auf eine lange Geschichte verbaler Entgleisungen zurückblicken, von denen Vivian einige köstlich, andere beschämend fand. Mit ihrem Vater an der Seite und Baby Ethan im Bauch hatte sie vor fünf Jahren beim *Diamond Jubilee* der Queen lachend Fahnen geschwungen und der Schiffsparade zugesehen, bei der die blumengeschmückte *Spirit of Chartwell* die Mitglieder der Königsfamilie auf roten Polstern über die Themse trug.

Vivians Telefon klingelte, sie hob ab und legte es sich ans Ohr.

»Hallo?«

»Hallo. Hier ist Aidan Scott. Haben Sie schon über unser Angebot nachgedacht?«

Wie schon bei seinem ersten Anruf bereute Vivian, das Telefon nicht ignoriert zu haben. Nicht direkt seinetwegen. Seine Stimme war so angenehm wie seine ganze Erscheinung. Doch sie erinnerte Vivian daran, dass in ihrem Leben wohl Veränderungen anstanden, die ihr nicht gelegen kamen. Gerade hatte ihr Leben mit Ethan einen gleichmäßigen Rhythmus gefunden. Sie war fast immer zur selben Zeit mit ihm zu Hause, das Abendessen stand immer um achtzehn Uhr auf dem Tisch – oft ein Curry oder Nudeln, weil dies die besten Verstecke für gesundes Gemüse waren –, dann durfte er eine halbe Stunde fernsehen, wenn er nicht bei seinem Großvater gewesen war und dort schon reichlich geschaut hatte, und später las sie ihm immer zur selben Zeit aus denselben fünf Büchern, die er liebte, vor. Ihr brauchte man nichts über die Kraft von Ritualen zu erzählen, sie liebte dieses Leben im Gleichmaß und den Komfort, nicht pausenlos aus Dutzenden von Möglichkeiten wählen zu müssen.

Niemals würde man sie bei einer Partnerbörse wie Tinder finden, wo unzählige Männer per *Wisch-und-weg* zur Verfügung standen. Vermutlich würde man sie überhaupt nie bei einer Partnerbörse antreffen. Schon der Gedanke, sich mit einem Mann zu treffen, sich ihm erklären, einander umtänzeln und gefallen zu müssen, stimmte sie müde. Ein Mann im Haus genügte.

Das großzügige Job-Angebot bedrohte ihre Gewohnheiten. Wollte sie täglich unter Neonlicht mit einem Grüppchen Fremder eingepfercht sein? Und was sollte sie Rose sagen, die ihr ein Einkommen geboten hatte, als andere sie nicht einstellen wollten – während ihrer zu dem Zeitpunkt offensichtlichen Schwangerschaft. Wie war das mit den Schichtdiensten bei »Health International«? Zu Hause konnte sie telefonieren, während ihr Sohn in ihrer Reichweite schlief. Sollte er fortan bei ihrem Vater übernachten, damit sie bis spätabends im Büro sitzen konnte? Sie stellte es sich vor, in eine leere Wohnung zu kommen, ohne vor dem Einschlafen noch einen letzten Blick in sein zartes Kindergesicht zu werfen, dessen ruhiger Anblick ihr versicherte, dass sie etwas richtig oder zumindest nicht ganz verkehrt machte.

»Wenn Sie sich Sorgen um die Betreuung Ihres Sohnes machen, ist das vielleicht gar nicht nötig. Wir würden bei der Verteilung der Arbeitszeiten darauf Rücksicht nehmen«, sagte Aidan. Konnte er Gedanken lesen?

»Oder sind Sie womöglich so ruhig, weil Sie das Angebot gar nicht in Erwägung ziehen?«, fragte er dann sanft.

»Nein, das ist es nicht«, krächzte Vivian.

»In Ordnung, ich will Sie nicht drängen«, entgegnete Aidan. Er klang enttäuscht, stellte sie überrascht fest.

Er räusperte sich. »Darf ich Sie noch mit einer privaten Frage behelligen?«

Nein, dachte Vivian. »Sicher«, antwortete sie trotzdem.

»Ihre Unterlagen haben mir verraten, dass wir nicht weit voneinander entfernt wohnen. Ich bin neu in der Stadt und …«

Mit einem nervösen Lachen unterbrach Vivian ihn. Er wollte sich doch wohl nicht mit ihr verabreden? »Das haben Ihnen Ihre Unterlagen verraten, ohne dass Sie sie danach gefragt hätten?«

»Ich habe mir natürlich alle Unterlagen angesehen«, sagte er. »Was ich eigentlich fragen wollte: Wo kann man mit einem kleinen Kind den Sonntagmorgen verbringen, ohne es mit der U-Bahn quer durch die ganze Stadt zu schleifen?«

»Sie haben ein Kind?«, fragte sie überrascht.

Er hatte nicht wie ein Vater auf Vivian gewirkt, auch wenn ihre Erfahrungen mit Vätern begrenzt waren. Im Kindergarten und auf Spielplätzen sah sie vor allem zwei Sorten. Es gab auf der einen Seite die fast schon zu netten, die alles pädagogisch korrekt mit ihrem Kind ausdiskutierten. Auf der anderen Seite liefen dort Anzugträger herum, die es als moderne

Männer schafften, ihr Kind in den Kindergarten zu bringen, während sie mit dem Handy am Ohr signalisierten, dass dies nur ein ganz unbedeutender Stopp zwischen Kaffee-Bar und Börsen-Geschehen war.

Selbst mit einem Handy am Ohr hätte Vivian ihr Muttersein nicht verheimlichen können. Selten schaffte sie es, dass ihre Kleidung ganz frei von Rotzflecken war. Auch andere gute Vorsätze hatte sie längst über Bord geworfen. Sei es den, ihr Kind niemals mit Süßigkeiten zu bestechen, oder den, es niemals mit dem Entzug von Vergünstigungen zu erpressen.

»Nein, ich selbst hatte leider noch keine Gelegenheit …«, erklärte ihr Chef gerade. Wusste ich es doch, dachte Vivian. »Aber ich habe einen Neffen. Meine Schwester, ihr Sohn und ich sind zeitgleich nach London gezogen. Wir haben beschlossen, uns eine Wohnung zu teilen. Die Preise in dieser Stadt sind verrückt, und ich verbringe gerne Zeit mit Jacob. Meinem Neffen.«

Aus dem Redeschwall ihres Vorgesetzten schloss Vivian, dass er nervös war, aber welchen Grund sollte er dafür haben? Hoffentlich hatte er nicht gemerkt, dass sie für einen Moment geglaubt hatte, er wolle sich mit *ihr* treffen, und dadurch in Panik geraten war.

»Am Sonntagvormittag hat meine Schwester einen Termin, sodass wir auf uns allein gestellt sind. Ich dachte, ich könnte mit Jacob die Umgebung erkunden, und da fiel mir ein … vielleicht kennen Sie einen schönen Spielplatz, den Sie uns empfehlen können.« Vivian nannte ihm die Adresse eines Abenteuerspielplatzes um die Ecke. Noch während sie überlegte, ob es schlau gewesen war, ihm die Adresse von Ethans Lieblingsplatz zu verraten, fuhr Aidan Scott fort: »Sie sind nicht zufällig auch da mit Ihrem Jungen? Verzeihen Sie, vielleicht gehe ich jetzt etwas zu weit, aber Jacob kennt hier noch nicht viele andere Jungs.«

»Und die Jungs in seinem Kindergarten?«

Wenn seine Schwester es sich leisten konnte, ihren Teil zu einer Miete im Zentrum beizutragen, musste sie ebenfalls berufstätig und auf eine Kinderbetreuung angewiesen sein.

Er räusperte sich. »Die wohnen sehr weit weg, und man kann sich nicht ohne Terminkalender und lange Anfahrtswege verabreden. Meine Schwester ist wirklich kein Snob, aber sie hat sehr genaue Vorstellungen für ein passendes Umfeld für ihren Sohn. Weil sie ihm unbedingt alles ermöglichen möchte.« Wieder räusperte er sich verlegen. »Wie die anderen Eltern dort auch, weswegen sie alle einen langen Weg in Kauf nehmen.«

Vivian lachte müde. »Und Sie dachten, Vivian Green ist eine Mutter, die nicht nach einem Terminkalender, geschweige denn nach einem gut gefüllten aussieht?«

»Nein, so ist es nicht. Verflixt, ich wusste, dass diese Frage aufdringlich von mir ist, aber ich dachte … Ich dachte tatsächlich, dass Sie nicht nach der Art von Terminkalender aussehen, und es stimmt auch, dass ich mich genau deswegen bei Ihnen melde. Aber doch nur, weil ich es genauso sehe wie Sie – falls ich Sie richtig eingeschätzt habe. Kinder in diesem Alter brauchen nicht unbedingt Oboenunterricht oder Mandarin-Chinesisch-Stunden, sondern Spaß, Zuwendung und Zeit, meinen Sie nicht auch?«

Vivian dachte nach. Es gab eigentlich keinen Grund, beleidigt zu sein, nur weil er ihr zu Recht unterstellte, dass sie sich für das Leben ihres Jungen hauptsächlich Glück und Wärme wünschte. »Mandarin-Chinesisch? Ihr Jacob lernt Mandarin-Chinesisch?« Sie lachte.

Man hörte die Erleichterung, mit der er in ihr Lachen einfiel. »Nein, noch nicht, und ich hoffe auch, dass wir damit warten, bis er mindestens fünfeinhalb ist.«

»Aber haben Sie keine Angst, dass der Zug für ihn bis dahin bereits abgefahren ist?«, näselte Vivian.

»Nicht, wenn er bis dahin mindestens zehn der fünfhundertvierundvierzig indischen Dialekte spricht«, entgegnete Aidan mit hochmütiger Stimme.

Genau genommen verbrachte Vivian fast jeden Sonntagvormittag auf dem Spielplatz. Aber wäre es nicht etwas zu seltsam, mit ihrem Vorgesetzten so was wie ein »Mütter-Playdate« zu veranstalten? Vermutlich hätte sie gar nicht den Lieblingsplatz ihres Sohnes preisgeben sollen. Nun mussten sie womöglich einen neuen finden, falls Mr. Scott öfter dort auftauchen wollte.

»Entschuldigung«, sagte er und klang wirklich zerknirscht. »Erst bedränge ich Sie wegen des Jobs, und nun fühlen Sie sich genötigt, mit mir auf einen Spielplatz zu gehen. Also: Den Job sollen Sie übernehmen, weil Sie ihn offensichtlich gut beherrschen. Bitte fühlen Sie sich nicht dazu gezwungen. Ich verspreche, dass Ihre berufliche Zukunft nicht von Ihrem Mitgefühl gegenüber zwei armen frauenlosen Knaben abhängt.«

Die Formulierung brachte Vivian zum Lachen. Dennoch scheute sie sich davor, ihr Leben mit dem ihres Chefs zu verweben, und sei es auf die geringstmögliche Weise. Sah er denn nicht, was sich daraus für Unannehmlichkeiten entwickeln konnten? Was, wenn er sie tatsächlich feuern musste? Das wäre dann doch erheblich schwieriger – und sie wollte das Leben anderer Menschen so wenig verkomplizieren wie ihr eigenes.

Andererseits war ein kleiner Junge ohne Spielkameraden der perfekte Köder für jemanden wie Vivian. Und am Ende schluckte sie ihn. »Also gut«, sagte sie lachend. Doch sie wollte die Bedingungen festlegen. Er sollte nicht denken, dass man sie einfach so überrumpeln konnte, auch wenn dies natürlich der Fall war. »Wir sind am Sonntag nach dem Frühstück gegen zehn Uhr da. Vielleicht passt es Ihnen dann ja auch.«

17. Kapitel

Während ihres Telefonats mit Aidan Scott hatte Vivian den größten Teil ihres Weges zurückgelegt, sodass nun bereits das Gebäude des Kindergartens vor ihr lag. Nachdem sie sich von ihrem zukünftigen Chef verabschiedet hatte, verstaute Vivian ihr Handy im Rucksack und schaute hoch.

An einem der Fenster erblickte sie zu ihrem Schrecken Mrs. Goodwin, in deren Gegenwart sie sich immer fühlte wie ein gefallenes Mädchen in einem katholischen Heim der unbarmherzigen Schwestern. Die Leiterin des Kindergartens wirkte auf eine Weise altmodisch, die Vivian zugleich amüsierte und nervös machte. Man hatte immer Angst, sie würde nach schwarzen Rändern unter den Fingernägeln Ausschau halten und schließlich einen Holzstock zücken, um die ungepflegten Hände zu züchtigen. Doch Vivian hatte gehört, dass die Frau nur zu den Eltern auf diese Art streng war und den Kindern zwar Grenzen aufwies, dabei aber dennoch liebevoll war. Man konnte ihr kaum vorwerfen, dass sie die Eltern genauer im Auge behielt. Vivian waren hier ebenfalls Kindern begegnet, an denen sie Spuren von Verwahrlosung festgestellt hatte. Vielleicht sollte sie Aidan Scott den Tipp geben, Jacob hierherzubringen, dachte Vivian mit ironischem Lächeln. An Mandarin-Chinesisch litt hier niemand. Doch insgesamt waren die Kindergruppen so durchmischt, dass sie das wirkliche Leben widerspiegelten. Und den Zauber der Normalität sollte man nicht unterschätzen, dachte Vivian.

Offenbar hatte Mrs. Goodwin sie auch bemerkt, denn sie

fing Vivian ab, sobald diese durch die Eingangstür getreten war.

Die Leiterin des Kindergartens schaute demonstrativ auf die Uhr an der Wand. Vivian ärgerte sich, denn die Zeit lief erst in einer Minute ab, und dennoch fühlte sie sich schuldig und wie eine Rabenmutter, die ihr Kind vernachlässigte und anderen Überstunden zumutete.

»Hat es wieder etwas länger gedauert, Ms. Green?«

Vivian nickte widerwillig, denn sie wollte jede Diskussion vermeiden.

»Leider müssen Sie sich nun ein wenig beeilen, weil wir so gut wie geschlossen haben.«

»Ich bin schon fast wieder weg«, erklärte Vivian mit aufgesetztem Lächeln und flitzte den Gang hinunter, wo Ethan mit seiner Lieblingserzieherin Ms. Garland auf einer Bank saß. Sie war noch ganz jung, Vivian schätzte sie auf Anfang zwanzig, und sie war immer gut gelaunt. Sie spielten mit ihren Fingern ein Spiel und kicherten. Vivian war froh, dass Ethan bei ihr so gut aufgehoben war, und versuchte deshalb, den Stich der Eifersucht zu ignorieren, eine andere Frau so vertraut mit ihrem Sohn zu sehen.

»Schau mal, Ethan, da kommt deine Mama.«

Vivians Herz schlug schneller, als sie beobachtete, wie die Miene ihres Sohnes noch etwas heller wurde. Er rannte auf sie zu. Sie streckte ihre Arme aus, während ihr die altmodische Melodie von *When you're smilin' keep on smilin'. The whole world smiles with you* durch den Kopf ging. Sie ging in die Knie, damit er seine Arme um sie schlingen konnte. »Hattest du einen schönen Tag, mein Schatz?«, fragte sie.

Ethan antwortete nicht gleich, sondern starrte an die Wand hinter Vivian.

»Auf Wiedersehen«, rief Ms. Garland und zog sich ihre Jacke an.

Ethan und Vivian riefen gleichzeitig ebenfalls: »Auf Wiedersehen.«

Als sie am Ende des Gangs um die Ecke bog, fragte Vivian noch einmal: »Verrätst du mir jetzt, was du heute erlebt hast?«

Ethan reagierte wieder nicht darauf. Seine Fröhlichkeit schien verflogen zu sein. Schweigend schlüpfte er umständlich in die Schuhe, schloss die Klettverschlüsse nur halb und bekam auch den Reißverschluss seiner Jacke kaum zu.

»Ethan, ist alles in Ordnung?«, fragte Vivian besorgt, während sie für ihn den Rest erledigte, um möglichst schnell gehen zu können und Mrs. Goodwin nicht noch länger warten zu lassen.

Ethan schüttelte betrübt den Kopf. »Timothy sagt, ich bin ein Mädchen.«

Vivian überlegte. »Dabei bist du ganz sicher keines. Das kann ich felsenfest beschwören«, sagte sie dann ganz ernsthaft.

»Aber er hat zu den anderen Kindern gesagt, dass ich nicht mitspielen soll, weil nur Jungs mitspielen dürfen.«

»Zu wem hat er das gesagt?«

»Zu Liza, Bella und Billy.«

Nun hätte Vivian doch beinahe gelacht. »Na, da kann er wohl Junge und Mädchen nicht sehr gut unterscheiden.«

Ihr Sohn sah sie verwirrt an.

»Na, Liza und Bella sind doch ganz eindeutig Mädchen. Haben die anderen denn auf Timothy gehört?«, hakte Vivian nach.

»Nur Liza. Bella und Billy aber nicht. Deswegen hat er Bella gehauen.«

Auch wenn das nicht schön war, lächelte Vivian erleichtert. Sie wusste, dass Ethan die Zwillinge Bella und Billy besonders gerne mochte und ihr Verhalten deshalb schwerer wog als das von Liza oder Timothy.

»Na, siehst du. Bella, Billy und du – ihr seid eben schlau. Und gebt nichts darauf, was andere Jungs sagen.«

Ethan schaute wieder zu Boden.

»Ist noch etwas passiert?«, fragte Vivian besorgt.

»Er darf Bella nicht hauen, oder?«

Vivian schüttelte den Kopf. »Nein, das darf er nicht.«

»Gut«, sagte Ethan. »Ich habe ihn nämlich deswegen umgeschubst.«

»Das ist aber auch nicht in Ordnung«, sagte Vivian fest. »Es ist nett von dir, dass du deine Freundin verteidigen willst, aber das nächste Mal lässt du das die Erzieherin klären, einverstanden?«

Ethan nickte wenig überzeugend. »Gehen wir jetzt zu Opa?«, wechselte er dann schnell das Thema.

Vivian nickte ebenfalls.

»Schön.« Zufrieden nahm Ethan ihre Hand, und so verließen sie das alte Gemäuer.

Vivian hatte die atemberaubenden Stimmungsschwankungen von Kindern schon immer bewundert. Nichts galt über den Moment hinaus, heute war man ein Wikinger, morgen ein Pirat. Eben noch die Memme, jetzt der Macher. Vivian seufzte. Zum Glück würde es noch eine Weile dauern, bis Ethan mit den festen Rollen konfrontiert würde, die einem im Verlauf des Lebens zugewiesen wurden. Spätestens an der Schule konnte man ihnen allerdings nicht mehr so leicht entrinnen.

Vivian selbst war zwischen all den Anführern, Mitläufern und Außenseitern immer unter dem Radar geflogen, war weder umworben noch gehänselt worden. Weder hatte sie sich mehr als alle anderen verbogen, um zu gefallen, noch war sie geradeaus für ihre Meinungen eingetreten wie die Mitschülerinnen, die sie insgeheim bewundert hatte. Nicht aufzufallen war angenehm. Sie hatte es sich zu Hause angewöhnt, weil sie gelernt hatte, dass es nicht gut war, Aufmerksamkeit auf sich zu ziehen. Es gab Tage, an denen ihre Mutter sie anlachte, wenn sie sie bemerkte, oder ihr sogar anbot, ihr einen Zopf zu flechten. Doch viel häufiger machte sie sich über ihre Ernsthaftigkeit lustig, mit der sie von neuen Entdeckungen berichtete. Vivian war ein wissbegieriges Kind gewesen, das vor Freude hüpfte, wenn es etwas Neues erfuhr oder einen bislang unbekannten Zusammenhang begriff.

»Keiner mag Streber«, hatte ihre Mutter mit einem boshaften Lächeln gesagt, als Vivian ihr zeigen wollte, dass sie sogar die schwierigen Dinosauriernamen noch wusste, die sie kurz vorher gelernt hatte. Während eines Schauers hatte sie mit ihrem Vater Unterschlupf in einem Museum gefunden und dort die Knochen und Bilder der Urzeitwesen bestaunt: Velociraptor, Parasaurolophus, Tyrannosaurus Rex. Sie war vier Jahre alt und mächtig stolz gewesen. Sie hatte nicht gewusst, was ein Streber war, aber begriffen, dass es nicht gut ankam, wenn man mit seinem Wissen hausieren ging. Auch der Eifer, mit dem sie den Tisch deckte, weil sie helfen wollte, für ein Abendessen in guter Stimmung zu sorgen, bewirkte immer wieder das Gegenteil. Das kleine Mädchen, das sie damals gewesen war, hatte nicht gewusst, wie es sich anders hätte verhalten können, um seiner Mutter zu gefallen. War es nicht genau das, was Eltern sich wünschten? Ein braves Kind. Das hatten zumindest die meisten Erwachsenen behauptet. Wie hätte sie darauf kommen sollen, dass dies für ihre Mutter die reinste Provokation gewesen sein musste?

Vivian hätte wohl versuchen sollen, unberechenbar, verrückt und wild zu sein. Doch zum einen wäre auch das keine Garantie für das Wohlwollen ihrer Mutter gewesen, zum anderen war sie sich nicht sicher, ob man überzeugend Widerborstigkeit heucheln konnte, nur um dem anderen einen Gefallen zu tun. Damals war sie davon ausgegangen, dass ihre bloße Existenz schon eine Plage war. Besser, sie schwieg. Besser, sie versuchte nicht zu helfen, wenn sie aus dem Badezimmer würgende Geräusche hörte. Besser, sie versteckte sich, denn was dann passierte, war berechenbar. Wenn niemand sie sah, würde einfach nichts geschehen, und das war gut.

Deswegen hatte sie sich auch nicht um Aufnahme in den angesagten Cliquen bemüht. Lieber war sie locker mit der Handvoll Mitschüler befreundet, die ihre Nähe freiwillig suchte. Vivians Noten waren sehr gut, doch sie war immer nur die Nummer zwei gewesen. Hatte nicht wie die Klassenbeste mit den Fingern geschnipst, wenn sie sich meldete. Deshalb war sie auch um die Papierkugeln herumgekommen, die man der anderen Streberin ins Haar gespuckt hatte. Vivian hatte sich stets leise gemeldet, unauffällig.

Wenn sie jetzt so darüber nachdachte, fiel ihr auf, dass sie wohl schon immer ein friedliches Leben geschätzt hatte. Sie hatte sich auch nicht verändert, als ihre Mutter fortgegangen war. Vermutlich hatte ihr Vater nie infrage gestellt, dass diese Zurückhaltung zu Vivians Persönlichkeit gehörte, und womöglich traf das zu diesem Zeitpunkt tatsächlich auch schon ein Stück weit zu. Doch sie selbst hatte gewusst, dass sie vor allem deshalb weiterhin brav und unsichtbar sein wollte, um dem einen Menschen, der ihr geblieben war, das Leben leichter zu machen.

Ethan war ganz anders als sie. Er ging mit einem offenen Wesen durch die Welt, das andere Menschen meistens für ihn einnahm, ihn aber offensichtlich auch mit ihnen aneinandergeraten ließ. So, wie es ihrer Meinung nach sein sollte.

Sie hielt ihrem Sohn die Hand hin, um mit ihm den Kindergarten zu verlassen.

»Ärgerst du dich immer noch so über Timothy?«, fragte sie, als sie bemerkte, dass ihr Sohn das Gesicht schon wieder angestrengt verzogen hatte.

Verdutzt schaute Ethan seine Mutter an. »Nein, der ist doch mein Freund.«

Vivian schmunzelte. »Ach so, natürlich. Warum schaust du dann so finster, mein Schatz?«

»Weil Opa mir heiße Schokolade macht, wenn er merkt, dass es mir nicht gut geht«, entgegnete der Junge, ohne mit der Wimper zu zucken.

Vivian wusste nicht, ob sie laut lachen oder ihn ermahnen sollte, dass es nicht in Ordnung war, wenn er seinen Großvater so manipulierte. Andererseits ging es ja nur um heiße Schokolade, nach der sie selbst als Kind verrückt gewesen war. Das Allheilmittel ihres Vaters hatte sich oft als wirksam erwiesen. Egal, ob Vivian eine Platzwunde oder Seelenqualen davongetragen hatte – Bertie gab einen Riegel Schokolade in heiße Milch und eine Prise Zimt und einen Tropfen Vanille dazu. Nicht die teure echte Vanille, nur etwas Aroma, aber das tat dem Genuss keinen Abbruch. Der süße Duft war für sie seither untrennbar mit dem Gefühl verbunden, liebevoll umsorgt zu werden. Es hatte sie deshalb auch nie gestört, wie unbeholfen ihr Vater wurde, wenn er bei Vivian Kummer gewittert hatte. Sie versuchte zu vermeiden, dass er ihn bemerkte, und falls ihr das einmal nicht gelang, ließ sie sich gerne von dem dampfenden süßen Getränk trösten. Sollte Ethan es doch auch genießen, ein wenig umhegt zu werden. Schließlich gönnte sie sich an diesem Tag ja auch etwas.

»Ich gehe heute Abend mit meinen Freundinnen weg. Deswegen schläfst du heute auch bei Opa, ist das in Ordnung? Und wenn du morgen aufwachst, bin ich schon da.«

»In Ordnung«, sagte er gleichmütig.

»Und du hörst auch auf Opa, wenn er etwas sagt, was du nicht hören möchtest? Etwa, dass Bettgehzeit ist.«

»Na klar.«

»Dann ist ja gut.«

»Mama?«

»Ja, mein Schatz?«

»Ich möchte auch bald wieder Freunde einladen. Wenn ich fünf werde. Wann werde ich fünf?«

»In drei Monaten.«

»Ist das lange?«

»Nein«, behauptete sie, obwohl es in seiner Zeitrechnung eine Ewigkeit sein musste.

»Laden wir dann ganz viele Freunde ein?«, fragte Ethan eifrig.

Vivian dachte nach. Vor einem Jahr hatten sie seinen Geburtstag zum ersten Mal groß gefeiert. In der Wohnung ihres Vaters, weil es dort den kleinen Garten gab, wo die Jungs draußen spielen konnten. Im September gab es noch genügend schöne Tage. Schon in all den Jahren davor hatte sie sich die schönsten Feiern für ihn ausgemalt. Im Grunde waren es die gleichen, die sie sich als kleines Kind erträumt hatte, bis ihr immer wieder eingefallen war, dass es da noch die Frau auf dem Sofa gab, weshalb sie am Ende doch nie jemanden eingeladen hatte – und entsprechend selten eingeladen wurde –, bis sie acht Jahre alt und ihre Mutter fort gewesen war.

Für Ethan hatte sie Rezepte für Ritterburg-Kuchen aus Zeitschriften gerissen und Bastelanleitungen für Pinatas aus Pappmaschee studiert, die die Kinder mit Stöcken würden zerschlagen können, bis es Süßigkeiten auf sie regnete. Sie hatte sich Lagerfeuer und leuchtende Kinderaugen vorgestellt. Und im letzten Jahr war es dann so weit gewesen. Sie hatte bunte Tüten mit kleinen Geschenken für die kleinen Gäste gebastelt, die zum Ritter-Thema der Feier passten. Doch am Ende war sie von einem Haufen weinender Kinder umringt gewesen. Sie hatten nicht verstanden, warum sie ihre Schätze teilweise wieder hergeben mussten. Die Eltern hatten ihr Bestes gegeben, es ihren Sprösslingen zu erklären. Erst mit sanfter Stimme, dann zunehmend gereizt. Es gab nun einmal Weingummidrachen-Intoleranzen und Bedenken gegen die Farben in den kleinen abwaschbaren Tattoos. Vivian glaubte unterschwellig in jeder Erklärung einen Vorwurf gegen sich selbst herauszuhören. Sie hatte auch das Gefühl, dass die Mütter noch eine Nuance kühler wurden, sobald ihnen dämmerte, dass es abgesehen von Vivians Vater keinen Mann im Haus gab. Sogar heute noch wurde man als Alleinerziehende oft misstrauisch beäugt. Vivian versuchte, alles mit überschwänglicher Fröhlichkeit auszugleichen, hatte aber selbst schon das Gefühl, es dabei ein wenig zu übertreiben. Obwohl sie nicht sicher sagen konnte, ob die anderen es ebenso empfunden hatten, fühlte sie sich am Ende unbehaglich in ihrer Haut.

Doch den Kindern immerhin hatte es bis zu dem unruhigen Ende viel Spaß gemacht, und Ethan war sogar danach noch zufrieden und glücklich gewesen.

»Darf ich dann alles haben?«, hatte er gefragt und auf die Dinge gezeigt, die andere Kinder wieder ausgepackt hatten.

Vivian hatte müde genickt.

Ihr Sohn hatte ihre Hand genommen, sein Gesicht hineingeschmiegt und wohlig geseufzt. »So ein schönes Fest haben wir noch nie gehabt, oder?«

Es war einer dieser Momente gewesen, in denen Vivian wieder mit einem kleinen Stechen spürte, wie sehr sie diesen kleinen Mann liebte. Und offenbar waren die anderen Eltern nicht allzu sehr abgeschreckt worden, oder vielleicht hatte Vivian sich deren Missbilligung ohnehin nur eingebildet – auf jeden Fall war

Ethan danach mehrmals zu Feiern eingeladen worden. Und darauf kam es an. Dass er glücklich war, war das Wichtigste.

»Natürlich, Ethan«, antwortete Vivian also auf seine Frage. »Natürlich feiern wir. Du kannst dir ja schon mal überlegen, was für ein Fest es dieses Mal werden soll.«

Er klatschte in die Hände, und Vivian lachte.

18. Kapitel

Nur ein paar Stunden später öffnete Vivian abgehetzt die Türen zu der Bar, in der sie mit ihren Freundinnen verabredet war.

»Dann sind wir ja tatsächlich mal vollzählig«, rief Betty, als Vivian sich in die roten Samtpolster sinken ließ. Die anderen hatten schon ein Getränk für sie mitbestellt, und Vivian nippte dankbar daran: Gin Tonic – ein Schluck genügte, und sie fühlte sich in Studentenzeiten zurückversetzt. Sie merkte, dass sie lange nichts mehr getrunken hatte. Wenn Ethan in der Nähe war, rührte sie keinen Tropfen an. Nicht einmal, wenn er friedlich schlief. Doch nun genoss sie es, das feurige Kitzeln des Alkohols im Hals zu spüren und zu wissen, dass gleich die lockernde Wirkung einsetzen würde. Sie war dieser Runde so lange ferngeblieben, dass sie sich anfangs noch etwas fremd und verkrampft fühlte. Vielleicht war es die Aufbruchsstimmung der ersten warmen Maitage dort draußen gewesen, die sie gepackt hatte, als sie für sich selbst unerwartet eingewilligt hatte, an diesem Abend mitzukommen.

Ihr war nicht entgangen, dass Helen ihre unerwartete Zusage mit mehr Überraschung und weniger Begeisterung quittiert hatte, als es schmeichelhaft war. Aber sie konnte sich kaum beklagen. Schließlich war sie diejenige gewesen, die sich abgeschottet hatte. Also war es auch an ihr, zu belegen, dass sie immer noch eine von ihnen war.

Deshalb lächelte sie, als Betty ihre Handtasche öffnete und einen Haufen teurer Kosmetikprodukte auf den Tisch packte. Betty arbeitete in einer Zeitschriftenredaktion, wo sie ständig die neuesten Produkte zugesandt bekam, damit sie sie testete und wohlwollend in einem Artikel erwähnte. Die Geschenke gab sie großzügig weiter: Es gab meist rote Lippenstifte für Helen, Grundierungen für Betty selbst, weil sie in ihrem Teint unerträgliche Rötungen zu erkennen glaubte, Eyeliner und Wimperntusche für Sallys geheimnisvollen Blick und etwas Praktisches für Vivian. In ihr steckte immerhin genug von einem Mädchen, um sich über das Rosmarin-Zitronen-Duschgel in der hübschen Retro-Optik wirklich zu freuen. Sie schnupperte am Inhalt. Er roch so herb und frisch wie ein Kräutergarten in Italien.

Es erinnerte sie an einen Urlaub, den sie mit ihrem Vater einmal am Gardasee gemacht hatte, kurz nachdem ihre Mutter sie verlassen hatte. Sie hatten gezeltet, die Sonne genossen und im See gebadet. Es war so heiß gewesen, dass er ihr sogar ein neues hauchdünnes Sommerkleid gekauft hatte, das herrlich gewesen war, weil es sich fast so anfühlte, als wäre sie nackt, wenn sie es trug.

Außerhalb der gewohnten vier Wände und weit weg von den bedrückenden Erlebnissen darin, die Teil der Atmosphäre geworden waren, hatte sie plötzlich aufgehört, die Luft anzuhalten. Sie war juchzend ins Wasser gesprungen, hatte sich barfuß auf heißem Pflaster eine dicke Hornhaut an den Fußsohlen erlaufen und Eis gegessen, bis sie sich übergab. Bald danach waren sie umgezogen – in die Wohnung, in der ihr Vater heute noch lebte. Sie hatten alles hinter sich gelassen, doch schon bald hatte Vivian gelernt, dass ein Tapetenwechsel nicht dauerhaft half. Bald ging sie wieder auf Zehenspitzen, versuchte nicht zu stören. Gerade weil ihr Vater es gar nicht von ihr verlangte, wollte sie besonders entgegenkommend sein.

Vivian schloss den Deckel des Duschgels und tauchte wieder in das wilde Geschnatter um sich herum ein. Sie lächelte weiter und schwieg.

Anders als die anderen konnte sie nicht verschiedene Persönlichkeiten anknipsen. In Zweiergesprächen konnte sie glänzen, weil sie gut zuhörte und deshalb alles über Helens andauernde Müdigkeit, über Sallys Affären und Bettys Probleme mit ihren Kolleginnen erfuhr. Doch im Pub waren diese Probleme plötzlich nur noch selbstironische Scherze, es wurden Haare geworfen, beim vorgeblichen Zuhören die Menschen am Nachbartisch beäugt und laut gelacht, auch wenn ein Witz nicht gut oder sogar gar keiner gewesen war. Alles im Dienste des Publikums.

An diesem Abend machte Vivian all dies plötzlich wütend, dieser endlose Kreislauf der gegenseitigen Bestätigung, großartig zu sein – und alle anderen auf der Welt nicht der Mühe wert. Sie wusste, dass Gruppen nun einmal so funktionierten. Ein Wir konnte es nur geben, wenn es andere gab, die nicht dazugehörten. Es bedeutete aber auch, dass ihre Freundinnen oft genug übereinander zu lästern begannen, sobald eine von ihnen abwesend war. Helen verurteilte Sally dafür, dass sie eine Affäre mit einem verheirateten Familienvater hatte, Sally hielt Betty für ein Weichei.

Sicher gab es auch Dinge, die man in ihrer Abwesenheit über Vivian sagte. Sie hatte all das nicht hören wollen, wollte kein Teil von diesen Lästereien hinter dem Rücken anderer sein. Auf einmal ärgerte es sie, dass man sie ihr dennoch erzählt hatte und sie nun so tun sollte, als hätten alle einander lieb.

Vivian hatte zu wenige Vergleichsmöglichkeiten, um zu wissen, ob alle Freundschaften unter Frauen so abliefen. Doch vermutlich war es so, und mit ihr stimmte etwas nicht. Wie wäre es sonst zu erklären, dass sie ihre ersten echten Freundschaften erst im College geschlossen hatte? Und selbst da war es noch wie eine Fremdsprache für sie gewesen, die erste lässige Annäherung, die Vertiefung des Kontakts in Form von kleinen Geständnissen und der Überprüfung der jeweiligen Gesinnung, dann die durchkicherten Nächte. Aber sie war motiviert gewesen, das alles zu lernen, und hatte es immerhin so weit gebracht, dass Helen, Sally und Betty sie mitspielen ließen, auch wenn sie niemals etwas Tiefgehendes »beichtete«. Man ließ sie ihre Stärke ausspielen, also blieb sie bei diesen Mädchen.

»Du kannst so gut zuhören«, bekam sie am häufigsten zu hören, nachdem sie nicht mehr den Fehler gemacht hatte, alles ernst zu nehmen. Zuerst hatte sie die Probleme der anderen unter die Lupe genommen wie Insekten, um eine Lösung zu finden. Aber da hatte sie auch noch geglaubt, ein Wort, das am Tag zuvor unter vier Augen gefallen war, wäre am nächsten Tag in einer anderen Runde immer noch wahr. Nachdem sie so einige spöttische Bemerkungen einkassiert hatte, hatte sie gelernt, dass Menschen wankelmütige Gestalten waren und sogar die stärksten dazu neigten, in verschiedenen Gruppen unterschiedliche Identitäten einzunehmen.

»Typisch Psychologin«, hatten die anderen gesagt, wenn Vivian versucht hatte sie zu begreifen. Doch schließlich begriff Vivian wirklich: Die anderen wollten nicht verstanden werden. Sie hatten viel zu viel Angst, was dann von ihrem bezaubernden Wesen übrig bliebe. Vivian musste also nur darauf achten, wie die anderen gesehen werden wollten, und dieses Bild stärken. Das störte sie nicht.

Es hatte ihr nie etwas ausgemacht, eine Randfigur zu sein. Es war, als würde sie einem Theaterstück zusehen, und es gab ihr einen Grund, nicht allein zu Hause zu sein.

Der Kellner brachte eine neue Runde Gin Tonics. Vivian suchte nach einer kleinen Anekdote, die sie zum Gespräch beitragen konnte. Zuerst wollte sie von Claire erzählen. Doch was sollte sie sagen? Dass eine alte Frau in den Laden gekommen war, die ein Jackett angesehen hatte? Langweilig. Dass ihretwegen eine alte Frau vom Auto angefahren worden war? Schrecklich! Dass sie eine berühmte Modeschöpferin kennengelernt hatte? Das würde ihren Freundinnen vermutlich gefallen, doch es war nicht wirklich das, was ihr Aufeinandertreffen zu einem besonderen Erlebnis gemacht hatte. Diese Variante zu berichten wäre, wie ein Selfie im Netz zu posten – reine Effekthascherei.

»Ich mache mir Sorgen um meinen Job«, sagte sie schließlich. »Die möchten mir verbieten, von zu Hause aus zu arbeiten.« Sie rollte genervt mit den Augen.

Betty nickte mitleidig: »Das muss echt schwer sein, allein mit deinem Kind.«

Vivian hatte ein schlechtes Gewissen Ethan gegenüber, weil sie nicht sofort die Unterstellung korrigierte, Ethan sei in irgendeiner Form ein Handicap. Sie korrigierte sie nicht, weil sie nicht erklären wollte, was ihre Karriere damals wirklich beendet hatte, bevor diese überhaupt hatte beginnen können. Stattdessen antwortete sie mit einer Gegenfrage: »Was machen denn deine Kollegen?«

Am Ende des Abends beschlossen ihre Freundinnen, noch in einen Club zu gehen. Sie waren sehr betrunken. Vivian nicht, sie hatte darauf geachtet, eine gewisse Grenze nicht zu überschreiten, schließlich wollte sie keine Fahne haben, falls Ethan früh am nächsten Morgen in ihr Bett hüpfen würde.

Als sie sich verabschiedeten, hatte Vivian einen Kloß im Hals. Ihr wurde bewusst, dass ihre gemeinsame Zeit beendet war. Es gab eigentlich nichts mehr, was sie verband. Sie dachte an Claire und ihre Kompromisslosigkeit. Warum sollte sie mit den anderen weiterziehen, wenn sie lieber allein durch die gerade erst angebrochene Nacht schlenderte. Sie nahm ein paar neugierige Blicke von Menschen wahr, die vor den Bars rauchten. Betrachtet zu werden bereitete ihr meist Unbehagen. An diesem Abend hatte es eine stimulierende Wirkung.

Vielleicht hatte sie ja doch einen Schwips. Sie hielt sich plötzlich aufrechter, brachte ihr Mienenspiel unter Kontrolle – und hoffte, dass die Leute Dinge in ihr sahen, die interessanter waren als sie selbst. Musik- und Gesprächsfetzen drangen aus den Gebäuden. Die Ahnung eines prallen Lebens, das aus der Distanz vielleicht noch berauschender wirkte, als wenn man daran teilhatte. Die Menschen, die sie traf, witterten in dieser Nacht offenbar genügend Verheißungen, um noch nicht nach Hause zu gehen. In dieser Umgebung fühlte Vivian sich ganz nah an etwas, was sie nicht greifen konnte – dem Hauch eines Lebens, das ihres sein sollte.

Doch in der U-Bahn waren die Menschen schlagartig verändert. Die Gesichter der Heimkehrer wirkten in dem grellen Licht fahl oder clownartig geschminkt. Sie setzte sich weit weg von den Betrunkenen, entschied sich für den Platz gegenüber von einem Mädchen mit langen schwarzen Haaren, das ein Buch las. Die beiden Frauen lächelten einander kurz zu, als Vivian sich niederließ, dann vertiefte das Mädchen sich wieder in sein Buch. Vivian betrachtete die schwache Spiegelung ihres Gesichts im Fenster. Sie hatte nur Wimperntusche aufgetragen, und die war nun unter den Augen verwischt. Eine Nachtschwärmerin, die Dunkelheit genoss wie eine Motte, die sich trotzdem zugleich von Lichtquellen angezogen fühlte. Von den Straßenlaternen und Neonreklamen. Dann fiel Vivian ein, dass Motten eigentlich den Mond suchten und die verlockenden Lichter nichts weiter waren als tödliche Fallen.

In Pimlico verließ Vivian die Bahn. Ihr Vater wohnte in der Rampayne Street kaum fünfhundert Meter von der Station entfernt. Als niemand sonst in die Straße einbog, verflog Vivians letzter Übermut. Eigentlich war dies keine besonders verrufene Gegend, doch in diesem Moment wirkte sie so verlassen, dass ein paar dunkle Gestalten weniger beängstigend gewesen wären als die Schattenwesen, die plötzlich in Vivians Kopf spukten. Irrationale Befürchtungen und reißerische Artikel in Boulevard-Zeitungen nährten sie. Mit schnellen Schritten und erhobenem Kopf, bemüht, selbstsicher zu wirken, zog Vivian an ihnen vorbei.

Doch sie verdarb die Show, für die es wohl ohnehin kein Publikum gab, indem sie an der Haustür vor Nervosität drei Mal den Schlüssel fallen ließ, bis es ihr gelang, ihn mit zitternden Händen ins Schloss zu stecken. Sie schlüpfte ins Haus und schloss schnell die Nacht hinter sich aus. Nachdem sie ihre Schuhe ausgezogen hatte, schlich sie auf Zehenspitzen zu ihrem alten Zimmer. Ein Geräusch, das durch die nur einen Spaltbreit geöffnete Wohnzimmertür drang, ließ sie innehalten. Sie öffnete die Tür und sah dahinter ihren Vater stehen. In der Hand hielt er einen Telefonhörer.

»Du bist ja noch wach?«, sagte Vivian.

»Hallo«, entgegnete er. Er blinzelte ein paar Mal und schaute dann auf die alte Wanduhr. »Du bist früher wieder da, als ich dachte. War es denn schön mit den Mädels?«

Vivian folgte seinem Blick. »So früh ist es gar nicht mehr. Wieso schläfst du noch gar nicht?«

Er zuckte mit den Achseln. »Der Film war so spannend.«

»Ich dachte gerade noch, ich hätte deine Stimme gehört.« Sie deutete auf den Hörer.

»Ach ja … in der Werbepause gab es ein Gewinnspiel. Man konnte einen Thermomix gewinnen. Dafür sollte man bloß sagen, wie die Hauptstadt von Frankreich heißt. Ich habe ihnen natürlich gesagt, dass es Amsterdam ist.« Er kicherte. Alberne

Scherze waren sein liebstes Ablenkungsmanöver, das wusste Vivian. Aber wovon wollte er ablenken?

Ganz sicher hatte er nicht an einem Gewinnspiel teilgenommen. Er schimpfte immer über die allzu dämlichen Fragen und die hohen Gebühren für die Teilnehmer. Außerdem lebte er glücklich auf der Grundlage von Rühreiern, Bohnen, Speck und Fleischgerichten für die Mikrowelle. Deshalb staunte sie darüber, dass er ein Gerät wie den Thermomix überhaupt kannte. Dass er es darüber hinaus auch noch besitzen wollte, bezweifelte sie stark.

»Papa, gibt es irgendetwas, was ich wissen sollte?«

Er sah so ertappt aus, dass sie sich innerlich für schreckliche Nachrichten wappnete. Sie dachte daran, wie Ethan erzählt hatte, dass sein Opa gestürzt sei. Ihm fehlte doch wohl nichts?

»Quatsch. Gar nichts ist los. Und hör auf, mit Gegenfragen zu antworten. Das ist sehr unhöflich. Ich habe zuerst gefragt. Hattest du einen schönen Abend mit deinen Mädchen?«

»Papa«, sagte sie streng.

»Vivian«, imitierte er sie. Sie knetete ihre Finger, und als er bemerkte, wie ernst es ihr war, lenkte ihr Vater ein. »Es ist wirklich alles in bester Ordnung, Liebes. Nur vielleicht habe ich nicht gewonnen. Was soll's! Nicht jeder kann ein guter Geograf sein – und nun hopp, hopp ins Bett, meine Kleine.«

Sie war viel zu müde, um noch etwas zu erwidern. Also schlich sie weiter ins Bad, um sich zu waschen und die Zähne zu putzen. Danach legte sie sich in ihrem alten Zimmer auf ihr Bett und lächelte, als sie Ethan schnarchen hörte. Offenbar war sein Schnupfen doch noch nicht ganz abgeklungen.

Was bedeutete die leichte Unruhe, die sie in letzter Zeit empfand, im Vergleich zu dem Glück, in Ethans Nähe zu sein? Nichts! Was immer auch nach ihr zu rufen schien, sie würde sich die Ohren zuhalten. Sie würde nicht nachgeben und riskieren, dass sich etwas an ihrer Beziehung zu Ethan änderte. Mochte ihr Leben auch nicht perfekt sein, der kleine Junge dort war es.

Während des Frühstücks am nächsten Morgen verflog auch ihr Misstrauen gegenüber ihrem Vater. Er wirkte vergnügt wie immer, nicht wie jemand, der eine schlimme Diagnose oder etwas Ähnliches erhalten hatte.

»Was macht ihr denn heute Schönes, meine zwei Hübschen?«, fragte er Ethan.

Ethan kicherte. »Jungs sind doch nicht hübsch. Wir treffen heute meinen neuen Freund.«

Vivian amüsierte seine Formulierung. Schließlich hatte er Jacob noch nie gesehen.

»Das klingt gut«, sagte ihr Vater, während er auf die Uhr schielte. »Wie heißt denn dein neuer Freund?«

»Mama, wie heißt mein neuer Freund?«

»Jacob«, erklärte Vivian.

»Na, wie gut, dass du nicht Esau heißt«, sagte ihr Vater. »Dann müsst ihr nicht um Linseneintopf streiten.«

Ethan kicherte wieder. »Opa, du redest ja Quatsch. Er kann meine ganze Linsensuppe haben. Ich mag die gar nicht.«

Vivian verdrehte lächelnd die Augen in die Richtung ihres Vaters. Sie wusste, worauf er anspielte, denn er hatte ihr früher Bibelgeschichten erzählt, aber Ethan hatte natürlich keine Ahnung. »Du hast recht, Ethan, dein Opa ist ein Quatschkopf.«

Woraufhin besagter Opa ihr den letzten der Pfannkuchen, die er für sie zubereitet hatte, vom Teller klaute und ihn in seinen Mund schob.

Vivian schaute ihn halb belustigt, halb fassungslos an.

Er hob entschuldigend die Schultern. »Ich habe doch nun einen Ruf zu verlieren, den du selbst mir verpasst hast, Schätzchen. Aber ich kann nicht nur gut Quatsch machen, ich kann auch hervorragend essen. So, wenn ihr nun fertig seid, müsst ihr dann nicht langsam mal los?«

»Willst du uns loswerden?« Vivians Misstrauen kehrte zurück.

»Ein alter Mann braucht seine Ruhezeiten«, entgegnete ihr Vater fest. »Und nun los, ihr Lieben. Grüßt mir den Jacob, und bringt ihm das nächste Mal ein Schaffell mit.«

19. Kapitel

Als Vivian und Ethan den Spielplatz erreichten, entdeckte sie auf einer der Bänke Aidan Scott. Zwischen all den Müttern und wenigen Sonntagsvätern fiel der große, schlanke Mann sofort auf. Er selbst war abgelenkt von einem kleinen Jungen, der von dem hölzernen Piratenschiff aus wüste Drohungen ins Leere brüllte.

Vivian ging auf Mr. Scott zu und begrüßte ihn.

»Guten Tag.« Er sprang auf und reichte ihr die Hand. Danach kniete er sich hin, um auch Ethan die Hand zu schütteln. »Hallo, Ethan, ich bin Aidan.«

»Ist das mein neuer Freund?«, fragte Ethan ein wenig vorwurfsvoll seine Mutter. »Du hast gesagt, er ist so groß wie ich.«

Vivian errötete. »Nein, Ethan. Mr. Scott hat noch jemanden mitgebracht.«

Auch wenn ihr Chef Ethan gerade seinen Vornamen angeboten hatte, blieb Vivian erst mal bei der förmlichen Anrede. Ihr Sohn schaute fragend von einem zum anderen.

»Mr. Scott bin ich. Das ist mein Erwachsenenname«, flüsterte Aidan dem Jungen geheimniskrämerisch zu.

Jetzt grinste Ethan. »Ach so.«

»Und das ist Jacob.« Aidan deutete auf den Jungen, der jetzt vom Schiff heruntergeklettert war und auf sie zugerannt kam. Die Sommersprossen passten perfekt zu seinem frechen Lächeln. Sein Haar hatte einen dunklen Kupferton.

»Hallo«, sagte Vivian, nachdem sie ihrerseits in die Knie gegangen war. »Du bist doch der gefährliche Pirat, der gerade noch das Schiff verteidigt hat.«

»Ja«, sagte der Junge mit verstellt dunkler Stimme. Dann wandte er sich an Ethan. »Willst du mit auf mein Schiff?«

Ethan nickte. Mehr schien nicht nötig zu sein. Die beiden Jungs rannten davon, und Vivian beneidete sie um ihre Unbefangenheit.

»Die wären wir los«, sagte Aidan lachend und streckte ihr die Hand entgegen. Sie ergriff sie zögernd und ließ sich von ihm wieder auf die Beine helfen. Dann ließ sie schnell los und zeigte auf die Bank. »Wollen wir uns hinsetzen?«

Sie taten es, ließen dabei aber eine recht große Lücke zwischen sich.

»Ihr Junge ist ja wirklich zauberhaft«, sagte Aidan lächelnd.

Genau in diesem Moment stieß Ethan seinen markerschütternden Kampfschrei aus, und Jacob stimmte begeistert ein.

»Ja, wirklich süß«, sagte Vivian trocken. »Ihrer aber auch.«

Sie lachten.

»Danke, dass Sie sich unser angenommen haben. Um mich zu revanchieren, habe ich ein kleines Picknick vorbereitet«, sagte er.

Nervös beobachtete Vivian, wie er in einem kleinen Laptop-Rucksack wühlte. Es war ihr unangenehm, dass er sich so viel Mühe gemacht hatte. Doch als sie sah, was er zum Vorschein brachte, lachte sie. Er füllte die Lücke zwischen ihnen mit zwei Dosen Irn-Bru und einer pinkfarbenen Plastikdose, die so gar nicht zu einem wilden Jungen wie Jacob zu passen schien.

»Zuckerfreie Müslikekse gefällig? Und ich bitte Sie, die aufgeschlossene Farbe der Verpackung zu beachten. Wir erziehen unser Kind zu hundert Prozent organisch und geschlechtsneutral. Schließlich wollen wir ihn nicht in eine Rolle zwingen.« Er ahmte die Stimme einer hochnäsigen Mutter wieder einmal so gut nach, dass Vivian noch lauter lachte.

»Versteht sich von selbst«, sagte sie munter und griff sich einen Keks. Dann wühlte sie in ihrem eigenen Rucksack. »Ich könnte mich mit ein paar Hirse-Würmern revanchieren. Wirklich nur mit einer Prise Salz abgeschmeckt, nicht mehr.«

Er fischte sich einen der blassen Kringel heraus und betrachtete ihn angewidert. Dann steckte er ihn in den Mund. »Mh, Styropor, köstlich.« Er hielt ihr seine geöffnete Irn-Bru-Dose entgegen und sagte: »Cheers.«

Sie öffnete ihre Dose ebenfalls und erhob sie. »Cheers.«

Vielleicht sollte sie einfach aufhören, sich Sorgen darüber zu machen, dass der Umgang mit ihm so leicht war, obwohl ihr berufliches Schicksal in seiner Hand lag, und einfach versuchen, einen herrlichen Frühlingstag zu genießen.

Versonnen sah sie ihn von der Seite an. »Aber sagen Sie mal, finden Sie es nicht ein wenig abartig, ein Kind mit Ihrer Schwester zu haben?«

Er fuhr entsetzt hoch. »Wie bitte?«

»Sie haben ›unser Kind‹ gesagt«, sagte Vivian hastig. »Und er sieht Ihnen wirklich ähnlich. Aber eigentlich habe ich nur versucht, einen Scherz zu machen.«

»Ach so.« Erleichtert atmete er aus. »In meiner Familie sehen wir alle so aus. Und ja, ich unternehme so viel mit ihm, dass er mir manchmal wie mein eigenes Kind vorkommt.«

»Da hat Ihre Schwester aber Glück«, sagte sie leise.

»Und ich erst, es macht mir Spaß. Ohne Kinder fängt man an, den eigenen Alltag und die eigenen Belange zu ernst zu nehmen, oder?«

Vivian nickte zustimmend.

Ein lautes Wehklagen erklang. Schnell versuchte Vivian die Ursache auszumachen und entdeckte schließlich ein kleines, schwarz gelocktes Mädchen, das gerade von der Schaukel gestürzt sein musste. Sie schwang noch hin und her, während das

Kind schluchzend auf dem Boden saß. Als niemand Anstalten machte, dem Kind zu helfen, sprang Vivian auf. Aidan war schneller an der Schaukel. Er legte dem Mädchen eine Hand auf die Schulter und lobte es dafür, wie gut es gesprungen und wie tapfer es gewesen war. Unter seinem sanften Murmeln ebbte das Schluchzen ab.

Da fauchte auf einmal eine Stimme: »Was machen Sie mit meinem Kind?«

Die Kleine fing vor Schreck wieder zu weinen an, und Aidan sah empört zu der Frau hoch. Deren schwarze Locken wiesen sie recht eindeutig als die Mutter des Mädchens aus. Sie stand dort mit verschränkten Armen, und alle schauten zu ihnen hinüber. Als Vivian klar wurde, was die Frau dachte, biss sie sich auf die Lippen. Beinahe hätte sie unpassend gekichert, aber eher vor Schreck als aus Freude. Der arme Aidan. Andersherum zuckte wohl jede Mutter zusammen, wenn ein fremder Mann ihr Kind anfasste. Schnell ging Vivian auf die beiden zu, um notfalls eingreifen zu können.

»Schon gut«, sagte Aidan gerade ruhig. »Die Kleine ist gestürzt, und ich wusste nicht, ob gerade jemand in der Nähe ist, der sie trösten kann.«

»Wollen Sie sagen, dass ich nicht gut genug auf mein Kind aufpasse?«

»Keinesfalls, ich wollte wirklich nur sehen, ob alles in Ordnung ist.«

»Das kann ja jeder sagen.«

Die Frau riss das weinende Mädchen hoch und stapfte mit ihm davon.

Die Umstehenden bedachten Aidan mit misstrauischen Blicken.

Als sie wieder saßen, fuhr er sich verwirrt durchs Haar.

»Halten mich nun alle für pädophil?«

»Nein«, sagte Vivian sanft. »Höchstens für sehr nett.«

Verdutzt sah er sie an, und sie errötete. Für einen Moment hatte sie in seinem verwirrten Gesichtsausdruck eher einen Hilfesuchenden als den Chef gesehen.

»Wissen Sie was?«, sagte Aidan schließlich betroffen. »Ich kann sie ja sogar verstehen. Aber ist es nicht traurig, dass man es inzwischen für wahrscheinlicher hält, jemand wolle ein Kind belästigen, als dass er ihm helfen wolle.«

Ein Telefon klingelte, und Aidan griff in seine Hosentasche, um es herauszuholen. Er schaute aufs Display. »Verzeihen Sie, da muss ich kurz rangehen. Würden Sie …?«

»Ich habe die Jungs fest im Blick und lasse sie nicht eine Sekunde aus den Augen«, sagte Vivian.

Er nickte ihr kurz zu und verschwand mit dem Telefon in der Hand.

Die beiden Jungs jagten sich immer noch entlang der Reling des Schiffes, und zwar so wild, dass Vivian für einen Moment fürchtete, ihre Begeisterung würde einem von beiden das Genick brechen.

Als Aidan Scott zurückkehrte, sah er aus wie einer von ihnen. In seinem Gesicht sah sie den gleichen Triumph und die erweiterten Pupillen, die sie bei Ethan sah, wenn er hundert Meter mit dem Fahrrad gefahren war, ohne umzufallen – oder wenn er wie jetzt gerade feindliche Piraten besiegte.

Doch Vivian fragte sich, was bei einem erwachsenen Mann diese Begeisterung auslösen konnte, die das Gesicht, ja, die ganze Erscheinung glühen ließ. Vermutlich war es eine Frau. Oder er hatte einen beruflichen Konkurrenten ausgeschaltet. Sie sah ihn von der Seite an. Plötzlich war sie sich sicher. Es musste eine Frau sein. Er wirkte nicht wie einer dieser Alpha-Männer, die es nötig hatten, andere wegzubeißen, um ihren Platz im Rudel zu bestätigen.

Sie empfand Eifersucht, musste Vivian zugeben. Nicht etwa auf die Frau, versicherte sie sich selbst. Nein, vielleicht war es ja doch eher Neid. Der Neid darauf, dass alle Menschen in ihrer Umgebung etwas hatten, was sie fiebern ließ.

Rose, die für einen Stapel alter Kleidung alles stehen und liegen ließ, ihr Vater, der nach immer neuen Informationen gierte, die seine Hortensien noch besser gedeihen lassen würden. Claire, die an einem einzigen Faden die Herkunft eines Jacketts erkannte. Und Ethan, der Dinge überhaupt nur anging, wenn ihn die Begeisterung packte, sei es in Form eines kurios geformten Steins oder eines hölzernen Piratenschiffs, das es zu erobern galt. Bei ihnen allen hatte sie diesen hitzigen Blick schon gesehen. Es war Leidenschaft, und deshalb gab es keinen Grund, neidisch zu sein. Denn war es nicht so, dass die Leidenschaft tatsächlich oft Leiden schaffte?

»Entschuldigung«, sagte Aidan Scott, der ihren Blick offenbar missverstand. »Ich mag diese Väter auch nicht, die selbst auf dem Spielplatz noch auf ihrem Telefon rumspielen müssen. Aber ich habe auf eine wichtige Nachricht gewartet.«

»Soweit ich weiß, sind Sie noch immer kein Vater«, erinnerte sie ihn, milderte die spitze Bemerkung aber mit einem Lächeln ab. Er würde gleich platzen vor lauter mühsam gezügelter Freude. Vermutlich sollte sie ihm den Gefallen tun und ihn danach fragen. Menschen hatten ihr schließlich immer schon Dinge anvertraut, die sie nichts angingen. Doch sie war sich nicht sicher, ob dies durch eine echte Gabe ihrerseits zu erklären war oder ob es nicht einfach daran lag, dass zurückhaltende Menschen auf andere wie ein Gefäß wirkten, das es zu füllen galt.

»Ich habe eine wichtige E-Mail übersehen«, erklärte er schließlich ganz von selbst. »Ein Kollege hat sich gerade eben beschwert, dass ich nicht reagiert habe.«

Also ging es doch um seinen Job. Aus irgendeinem Grund machte es ihr das leichter, ihn zum Reden zu ermuntern. »Und? Ist nun wieder alles in Ordnung?«

»Mehr als das«, sagte er, und sein Gesicht war wieder ganz hell vor Leichtigkeit und Freude.

»Wir haben Fördergelder für ein großes Projekt beantragt, und gerade habe ich erfahren, dass wir die Zusage bekommen haben. Natürlich habe ich zuerst unserem Arbeitgeber angeboten, es unter seinem Dach zu verwirklichen, doch er war nicht sehr interessiert. Nun können wir es allein durchziehen, was heißt, dass ich kündigen werde. Wir wollen ein großes multimediales Therapiezentrum errichten, bei dem Menschen über alle Kanäle geholfen werden kann. Sie sollen maßgeschneiderte Hilfe erhalten, und zwar über das Medium, das für sie die geringste Hemmschwelle darstellt – sei es eine Handy-App, Online oder persönlich. Am Ende soll der National Health Service die Leistungen anerkennen, sodass sie für jedermann zugänglich sind und jeder sie sich leisten kann. Dass wir nun gute Fördergelder erhalten, zeigt, dass man an unsere Idee glaubt. Das wird auch bei der Anerkennung helfen.«

»Oh«, sagte Vivian und ließ die Informationen erst mal sacken. »Da haben Sie sich wirklich viel vorgenommen.«

»Ja.« Er lächelte. »Aber wir sind auf einem guten Weg.«

»Ist es denn gut, wenn all die Technologie die persönlichen Gespräche ersetzt?«, fragte Vivian. Viele Professoren, die sie an der Uni getroffen hatte, hätten dies verneint.

»Ehrliche Antwort? Ich bin mir nicht sicher. Aber ich bin mir sicher, dass es nicht gut ist, dass viele Menschen so lange auf einen Therapieplatz warten müssen, dass es für schwerwiegende Fälle zu spät sein kann. Ich weiß auch, dass sich gerade diejenigen davor scheuen, sich Hilfe zu suchen, die sie am dringendsten benötigen.«

Vivian nickte. »Sie haben recht. Sogar mein Vater dachte zuerst, bei einem Nervenklempner, so nennt er unseren Schlag, sei es wie in den amerikanischen Filmen. Er dachte, man würde von Typen à la Woody Allen oder Sigmund Freud gezwungen, auf einer Ledercouch herumzuliegen und schmutzige Fantasien über die eigene Mutter preiszugeben.«

Er lachte laut. »Genau. Und ich denke, für diese Menschen ist es wichtig, erst mal im stillen Kämmerlein über ein paar Klicks die Fühler ausstrecken zu können, ohne gleich ein Gegenüber zu haben. Das nimmt ihnen die Angst, bewertet zu werden.«

Vivian hatte mal gehört, dass nirgendwo sonst in Europa die Wartezeiten für einen Therapieplatz so lang waren wie in Großbritannien. Ausgerechnet hier, in der Heimat berühmter Therapeuten wie Sigmund Freud oder John Bowlby. Außerdem trieben sich viele Scharlatane herum, weil der Ausbildungsweg zum Psychotherapeuten anders als in anderen Ländern nicht genau vorgegeben war. Ob Rechtsanwalt, Lehrer oder Krankenschwester – im Prinzip konnte hier fast jeder an den Seelen anderer herumdoktern. Auch dass das britische Gesundheitssystem recht knauserig war, wenn es um die Kostenübernahme für Therapien ging, vereinfachte es für die Betroffenen nicht, professionelle Hilfe zu erhalten. Aidan Scott konnte hier einige Punkte für sich verbuchen. Es gab zwar schon einige Online-Angebote in diesem Bereich, doch seine Idee schien weit über das hinauszugehen, was es schon gab.

»Die Idee gefällt mir«, sagte Vivian schließlich. »Es ist letztendlich eine gewaltige Fehlerquelle, wenn sich zwei Menschen gegenübersitzen, oder nicht? Wer weiß schon, ob der Patient nicht auf unsere Reaktionen abstimmt, was er zu erzählen wagt? Ja, wir versuchen immer neutral zu sein, aber es wäre doch anmaßend zu glauben, dass wir nur aufgrund unserer Ausbildung immer erkennen, wenn uns jemand etwas vorspielt. Oder zu behaupten, wir würden jemanden nicht sofort in eine Schublade stecken, der beispielsweise abgewetzte Kleidung trägt und dessen Haare ungewaschen wirken.«

»Aber die äußere Erscheinung transportiert doch auch wichtige Informationen.«

»Sicher, aber ich habe das Gefühl, dass das Sehen viel zu oft den Blick verzerrt.«

Würde sie jemals eine Therapie benötigen, wäre es ihr sehr lieb, von dem Therapeuten durch ein neutrales Gerät getrennt zu sein, gestand sie sich selbst ein. Es würde ihr leichter fallen, sich zu öffnen, dachte sie. Und wenn man an die vielen ungefilterten, fragwürdigen Ergüsse im Netz dachte, schien das vielen Menschen so zu gehen. Sie ließ sich seinen Plan in allen Einzelheiten erklären und hörte gebannt zu, bis er sich schließlich selbst unterbrach.

»Entschuldigung, ich rede die ganze Zeit über den Job«, sagte er.

»Das macht doch nichts. Es ist wirklich spannend.« Sie lächelte aufmunternd. »Und ohne den Job säßen wir jetzt schließlich nicht hier.« Dann kam ihr ein Gedanke. »Sie werden dann gar nicht mehr mein Chef sein, oder? Es wird ein neuer kommen müssen, wenn Sie mit Ihrem Projekt beschäftigt sind.«

Er sah sie an. »Ja, da haben Sie recht. Deswegen würde ich ja gerne noch so schnell wie möglich Ihre Stellung sichern, falls mir das möglich ist.«

Vivian biss sich auf die Lippen. Genau dieses Thema hatte sie zu vermeiden versucht, und nun hatte sie es selbst angeschnitten. Man konnte wohl nicht davon ausgehen, dass Scotts Nachfolger noch verständnisvoller sein würde und sich gegen den Willen der Geschäftsführung für ihre freie Mitarbeit aussprach. Es war also tatsächlich an der Zeit, eine Entscheidung zu treffen.

Sie sprang auf. »Darf ich den Kindern ein Eis ausgeben?«

Er lächelte. »Das war eigentlich mein Text.«

»Lassen Sie mich das machen«, bat sie ihn.

»Also schön«, gab er nach.

Vivian ging zu dem Eiswagen, der so geschickt am Rande des Spielplatzes platziert war, dass garantiert kein Kind vergaß, um eine Portion zu betteln. *Zweimal Vanille, unbedingt mit einem Schoko-Flake.* Als Vivian mit der Eiscreme vor dem Schiff stand, drängelten sich Ethan und Jacob gegenseitig aus dem Weg, um als Erstes unten bei Vivian anzulangen. Dabei kreischten sie ausgelassen, rissen ihr am Ende fast zeitgleich ihre Waffel aus der Hand und rannten weiter. Sie schaute den beiden nach und dann auf ihre leeren Hände. Sie lachte.

»Hier kommt Nachschub«, sagte eine vertraute dunkle Stimme hinter ihr. Sie fuhr herum und erblickte die beiden Portionen Eis in Aidan Scotts Händen. Sie runzelte ihre Stirn.

Ihr Gegenüber lächelte. »Nun kommen Sie, eine Frau ist nicht weniger emanzipiert, wenn sie einem Mann die Chance für eine Revanche gibt, oder?«

Seufzend nahm Vivian ihm das Eis aus der Hand und schleckte daran. »Sie haben ja wirklich alle Tricks auf Lager.«

Sie setzten sich wieder hin, und nach einer Weile fragte Aidan. »Ich hoffe, die Frage ist nicht zu aufdringlich. Aber haben Sie vor, irgendwann Ihren Master nachzuholen? Vielleicht, wenn Ethan größer ist?«

Mit zusammengekniffenen Augen betrachtete sie ihn. Eben noch war es so leicht gewesen, mit ihm zusammen zu sein, und nun überrumpelte er sie mit einer Frage, die zwar ihren gemeinsamen Beruf streifte, aber zugleich tief in ihr Privatleben eindrang. Sie senkte ihren Blick, um ihn aus ihrem Innenleben auszuschließen – nur falls die Augen wirklich der Spiegel zur Seele sein sollten. Im Grunde wusste sie natürlich, dass es nicht so war und dass das Gehirn alle Arbeit erledigte. Aber es fühlte sich dennoch so an, als würde im Aufeinandertreffen zweier Blicke viel mehr passieren, als es Worte oder körperliche Berührungen bewirken konnten.

Als wolle er sie davon abhalten, ihren Schutzwall hochzufahren, hob Aidan beschwichtigend seine geöffneten Hände. Keine Waffen darin, kein Grund zur Besorgnis. Doch ihre gute Stimmung war endgültig verflogen.

»Ich dachte nur, Sie müssten es vorgehabt haben«, erklärte er. »Sie haben Ihren Bachelor mit einer Top-Note abgeschlossen und danach noch einige Semester weiterstudiert. Man hat Sie an Forschungsprojekten beteiligt. Es klang, als hätte damals eine vielversprechende Karriere ihren Anfang genommen. Ich dachte, Sie hätten sie vielleicht für Ihre Schwangerschaft unterbrochen. Falls mehr dahintersteckt und Sie nicht darüber reden wollen, entschuldige ich mich für meine Aufdringlichkeit.«

Warum nur dachten alle, es wäre Ethans Schuld gewesen, dass sie es beruflich nicht weit gebracht hatte?

»Es hatte gar nichts mit Ethan zu tun, ich habe schon kurz vor der Schwangerschaft aufgehört zu studieren«, sagte sie ruhig.

Er seufzte. »Was ist es nur an Ihnen, dass ich dauernd das Gefühl habe, in unsichtbare Fettnäpfchen zu treten?«

Vivian war überrascht. Sie war es nicht gewohnt, dass jemand ihren Gefühlen so viel Beachtung schenkte, dass er glaubte, sich ihr gegenüber rechtfertigen zu müssen.

»Es ist schon in Ordnung«, sagte Vivian beschwichtigend. »Vielleicht habe ich nur nie wirklich zu den Ehrgeizigen gehört, trotz guter Noten.«

»Das braucht Ihnen nicht peinlich zu sein. Ich glaube nicht, dass sich Erfolg an einer Position oder am Gehalt festmachen lässt. Ein glückliches Kind oder ein schöner Garten können auch ein großartiger Erfolg sein, viel wichtiger als ...« Er schlug sich an die Stirn. »Was rede ich hier eigentlich?«

Nun lachten sie beide. Seine Verlegenheit löste Vivians Anspannung. »Entschuldigen Sie sich gleich wieder bei mir?«, fragte sie.

»Nein, auf keinen Fall«, sagte er. »Ich schaue jetzt auch nicht nach rechts unten oder nach links oben.«

Sie lachte, genau wie er kannte sie natürlich diese verräterischen Signale der Lügner. »Tun Sie sich keinen Zwang an, ich verspreche Ihnen, nicht so genau hinzusehen, Mr. Scott.«

»Dabei meinte ich das, was ich gesagt habe, genau so, Ms. Green. Ich habe nur nicht die passenden Worte gefunden, um es auszudrücken.«

»Aber bei Ihnen zeigt sich der Erfolg dann doch eher auf die klassische Weise, oder?«, fragte Vivian leise.

Er schwieg eine Weile. Dann sagte er zögernd: »Sie meinen ein gutes Gehalt und ein vielversprechendes Projekt in Aussicht? Ich werde Sie nicht anlügen und Ihnen sagen, dass es keine echte Bedeutung für mich hat. Aber was ich am meisten daran mag, ist, dass ich auf diese Weise Dinge tun kann, an die ich glaube. Das meinte ich, verstehen Sie? Jeder, der etwas hat, was ihn ausfüllt, ist in meinen Augen erfolgreich.«

Sie schwiegen eine Weile, bis Vivian auf die Uhr sah und feststellte, wie spät es schon war. Sie sollten aufbrechen, damit Ethan etwas zu essen bekam.

»Das hat Spaß gemacht«, sagte Aidan Scott.

»Ja«, entgegnete Vivian. »Zumindest die meiste Zeit.«

Er lächelte wieder. »Macht Ihnen Ihre Ehrlichkeit eigentlich manchmal Schwierigkeiten?«

Sie blinzelte. Dann stellte sie überrascht fest, dass sie sich in seiner Gegenwart tatsächlich freier äußerte, als sie es sonst tat. Was angesichts seiner Position vielleicht sogar ein wenig bedenklich war. Noch überraschter war sie deshalb darüber, dass es sich trotzdem nicht unangenehm anfühlte.

»Wir sind fast jeden Sonntag hier«, sagte sie und lächelte.

»Gut zu wissen«, antwortete er ernsthaft. Bis sie ihre beiden wilden Piraten endlich eingefangen hatten, vergingen weitere zwanzig Minuten, doch schließlich verabschiedeten sie sich voneinander und verschwanden in verschiedene Richtungen.

»Mama, du gehst zu schnell«, rief Ethan erbost, kaum dass sie ein paar Schritte zurückgelegt hatten.

Ethan hatte recht. Vivian schleifte ihn geradezu über den Gehweg. Sie hatte es nicht bemerkt, weil sie in Gedanken immer noch bei Scotts Ideen war. Es hatte eine Zeit gegeben, da war es ihr Traum gewesen, an solchen Projekten teilzuhaben. Sie hatte neue Therapien entwickeln wollen, um Menschen zu helfen, in sich selbst zu Hause zu sein. Ja, sie war immer schon scheu gewesen und deshalb vielleicht nie die typische Kandidatin für einen Beruf, in dem man sich so sehr mit anderen Menschen auseinandersetzte. Doch während des Studiums, sobald es um die Arbeit ging, war sie eine andere gewesen. Sie hatte für das gebrannt, was sie tat, auch wenn sie das niemandem auf die Nase gebunden hatte. Es war ihre Leidenschaft gewesen, das, wofür sie fieberte, aber es war eine stille Leidenschaft, die irgendwann in verzweifelter Resignation geendet hatte.

Erfolg macht sich nicht an der beruflichen Position fest, hatte Aidan Scott behauptet. Da hatte er recht, dachte Vivian. Aber ob ihm bewusst gewesen war, dass seine Wortwahl noch etwas verraten hatte? Seine Vorstellung von Erfolg mochte vielschichtiger sein als die anderer Menschen – doch es stand außer Frage, dass man nach ihm zu streben hatte.

Nachdenklich betrachtete sie Ethans Schopf, der sich im rasanten Wechsel mal nach links und nach rechts wendete, immer dorthin, wo etwas seine Aufmerksamkeit auf sich zog. Ein Feuerwehrauto, ein Vogel, eine laute Fahrradklingel, ächzende Bustüren. In die üblichen Klänge der Stadt mischte sich ein anderer Laut, der Vivian bis eben gar nicht aufgefallen war. Doch nun überlagerte er den vertrauten und kaum zu entwirrenden Klangteppich. Kirchenglocken. Wann hatte Vivian zuletzt bewusst Kirchenglocken gehört, außer an Weihnachten? Ihr kam Leos Mutter in den Sinn, die so verzweifelt darauf wartete, dass ihr Sohn eine Glocke läuten durfte. Eine Glocke, die ein neues Leben verhieß. Komisch, dachte Vivian. Kamen die Glocken sonst nicht erst am Ende? So wie in dem Gedicht von John Donne: »Frage nicht, wem die Stunde schlägt, sie schlägt für dich.«

Sie versuchte den Gedanken loszuwerden – und weil er so fest haftete, schüttelte sie am Ende tatsächlich ihren Kopf, als würde das helfen. Wieso schien jeder Mensch, den sie traf, und jeder Gegenstand, über den sie stolperte, sie in dem beruhigenden Einerlei ihrer Tage stören zu wollen. Warum gingen alle davon aus, den Tag zu nutzen hieße, den Lauf der Welt zu verändern – oder dies zumindest andere per Internet glauben zu machen. War es denn nicht genug, diesem ganzen Kuddelmuddel, das unser Leben war, ausreichend glückliche Momente abzutrotzen, dass es sich nicht wie ein totaler Fehlschlag anfühlte?

Und dennoch hatte ihr der Ausflug auf den Spielplatz gefallen. Dadurch, dass sie in Scotts Gegenwart die meiste Zeit über vergessen hatte, sich zu beobachten und zu kontrollieren, hatte sie sich leicht und lebendig gefühlt. Oder nein, es war ihr in dem Moment ja gar nicht bewusst gewesen. Sie fühlte sich jetzt leichter und lebendiger als sonst. Und unruhiger. Zwischen ihnen war etwas entstanden, das hatte sie gespürt. Eine seltsame Mischung aus Wohlwollen, fragloser Annahme und Zwanglosigkeit – vielleicht konnte man es am ehesten Kameradschaft nennen.

»Kleine Miss Over-Analyser«, hörte sie die spöttische Stimme ihrer Mutter im Kopf. »Suchst du immer noch nach einem Sinn?« Vivian mochte diese Stimme nicht, aber sie musste ihr recht geben. Sie analysierte wirklich zu viel. Das pausenlose Geschnatter in ihrem Kopf funktionierte nicht so wie bei den anderen. Die meiste Zeit gab es kein unbewusstes Durcheinander von *Wohin hatte ich meinen Schlüssel gelegt? – Liebt er mich überhaupt noch? – Molly ist wieder fett geworden.*

Vivians Gehirn war immer schon seriell monogam gewesen. Es griff sich einen Gedanken, nahm ihn in die Mangel und wrang ihn bis zur Erschöpfung aus, bis sie nicht mehr sicher war, ob am Ende von allen Fragen noch etwas blieb oder dort nur der bodenlose Abgrund des Nichts lauerte. Und wenn sie anderen Menschen begegnete, so befand sie sich gefühlt oft außerhalb dieser Begegnung, gefangen in ihrem Kopf, während der Rest ihres Körpers das abspielte, was für ihr Gegenüber angemessen zu sein schien, ohne dass etwas davon bei ihr ankam.

Doch in letzter Zeit war sie gleich zwei Menschen begegnet, bei denen es anders war. Bei Claire und Aidan, ausgerechnet, war sie bei sich. Zugleich hatte sie Menschen hinter sich gelassen, die sie dem Gefühl der Leere näher brachten. Oder konnten die einen gar nichts dafür, dass sie in ihrer Gegenwart abwesend war, und die anderen bewirkten gar nicht, dass sie sich eins mit sich fühlte? War am Ende sie es, die sich bewegte und veränderte?

20. Kapitel

Ein paar Tage später saß Vivian wieder bei Claire im Krankenhaus, ohne eine Antwort auf diese Frage gefunden zu haben. Doch für einen Moment war sie von ihr so abgelenkt gewesen, dass sie Claire von ihrem Treffen mit Aidan erzählt hatte.

»Sie hatten eine Verabredung mit Ihrem Chef?« Interessiert sah Claire sie an.

Vivian errötete leicht. »Genau genommen war ich mit seinem Neffen verabredet.«

»Und der ist wie alt?«

»Fünf. Eigentlich waren Ethan und Jacob miteinander verabredet. Mr. Scott und ich saßen nur daneben. Jacob ist neu in der Stadt und kennt noch keinen.«

»Und ohne Sie hätte das arme Kind niemanden kennengelernt? Zum Beispiel wenn sein Onkel mit ihm allein auf den Spielplatz gegangen wäre? Armer, armer Junge.«

»Oh, hören Sie schon auf«, sagte Vivian halb erbost, halb lachend. »Wir sind ganz sicher nicht auf diese Art aneinander interessiert.«

»Warum nicht?«

»Warum nicht? Warum sind Sie nicht an Ihrem Pfleger oder dem Chefarzt interessiert, obwohl Sie Ihnen regelmäßig begegnen und beide eindeutig Männer sind?«, entfuhr es Vivian.

Claire sah sie an.

Vivian seufzte: »Er hält mich für absolut ambitionslos. Und Menschen ohne Ambitionen werden im Allgemeinen als langweilig betrachtet.«

»Hat er damit nicht recht?«

Vermutlich hatte er das. Aber es traf sie doch, es so harsch von Claire bestätigt zu bekommen.

»Meine Ambition ist es, ein glückliches Kind großzuziehen und mich nicht sinnlos zu verausgaben oder mich in Unterfangen zu stürzen, die dann doch zum Scheitern verurteilt sind«, behauptete sie und ärgerte sich zugleich, dass es so geklungen hatte, als sei Ethan ein Projekt.

»Gewiss ist das in Ordnung«, sagte Claire ruhig. »Aber warum regen Sie sich dann so auf? Vielleicht ist es ja doch nicht genau das, was Sie wollen, und Sie fühlen sich ertappt?«

Vivian stöhnte. Wieso nur dachte jeder, er sei ein begnadeter Psychologe, nur weil er zu derselben Gattung gehörte, mit denen sich Psychologen üblicherweise beschäftigen – dem Menschen?

»Nein. Vielleicht. Ich habe ein Ziel, wissen Sie, ich möchte niemandem schaden. Es gibt genügend Menschen, die nur ihr Ziel sehen – und nicht die Ameisen, die sie auf ihrem Weg zertreten, ohne sie auch nur wahrzunehmen. Ich mache das nicht. Wenn das heißt, dass ich auch keine Spuren hinterlasse, ist das in Ordnung für mich.«

»Wer tut das? Meinen Sie etwa mich?«

Verblüfft sah Vivian sie an. »Nein«, sagte sie ehrlich.

»Aber Sie haben an jemanden gedacht.«

Meine Mutter. Doch diese Antwort würde sie nicht aussprechen. Weil sie keine gute Lügnerin war, griff sie zum zweiten Namen, der ihr durch den Kopf ging. Diese Antwort war fast genauso wahr wie die andere, und auch wenn sie ihr leichter fiel, war es doch immer noch so schwer, dass sie ihre Stimme senkte.

»An Professor Peabody«, sagte Vivian.

Noch jemand, der sie im Stich gelassen hatte.

Claire schaute sie mit ihrem intensiven Blick an, bis Vivian sie schließlich einmal in ihre Vergangenheit mitnahm. Sie erzählte von Mr. Peabody. Er war launisch gewesen und hatte andere gerne um seine Anerkennung buhlen lassen. Vivian wusste, dass man immer wieder die gleichen Rollen einnahm, bis die Konflikte, die mit ihnen zusammenhingen, gelöst waren. Und vielleicht hatte dieser Mann sie tatsächlich an ihre Mutter erinnert. Ja, sie hatte sogar regelmäßig eine Fahne an ihm gerochen.

Bis zu diesem Moment hatte sie Mr. Peabody nie bewusst mit ihrer Mutter in Verbindung gebracht, doch nun, da sie über ihn reden und die Ereignisse in Worte kleiden sollte, fand sie auf der Suche nach Erklärungen einen Zusammenhang.

»Meine Kleine, du bist ja wirklich so schlau«, hatte ihre Mutter anfangs manchmal gesagt. Und solange Vivian noch zu jung gewesen war, um die Häme darin zu erkennen, waren dies gute Tage. »Warum musst du immer da sein und mir auf die Nerven gehen?« Ein dunkler Tag, den Vivian allein in ihrem Zimmer verbracht hatte. Mit Büchern, die ihr das Verhalten der anderen erklären sollten.

Mr. Peabody verstand es ebenfalls, mit wenigen Sätzen zu loben und zu zerfetzen. Er konnte einen Studenten aus dem Nichts vor den anderen bloßstellen und ihm jegliche Kompetenz absprechen, um ihn wenig später zum talentiertesten Kopf des ganzen Jahrgangs zu erklären.

Sie hatte viel bei ihm gelernt. Alles, worauf er seine Aufmerksamkeit richtete, wurde zum Objekt. Liebe, Wut oder Angst waren nichts weiter als Konstrukte, die man vermessen und dann einordnen konnte. Dieser Gedanke erschien Vivian tröstlich.

Vivian atmete tief aus und sah Claire an. »Meine Mutter hat mich immer Little Miss Over-Analyser genannt, manchmal auch Little Miss Over-Achiever. Vielleicht war ich ja wirklich eine langweilige Streberin. Aber immerhin … ich strebte.« Ihre Stimme nahm vor Anspannung einen Bogen, wurde lauter und schneller und sackte am Ende zu einem lahmen leisen Laut ab.

Claires Finger klapperten auf dem Tablett auf ihrem Schoß, als würde sie ein besonders schnelles Klavierstück spielen. »Reden wir denn nun eigentlich über Ihre Mutter oder über Mr. Peabody?«

»Über Mr. Peabody natürlich«, schoss es aus Vivian heraus.

»Na, dann lassen Sie sich doch nicht alles aus der Nase ziehen. Sie wollen es erzählen, also tun Sie es.«

Überrascht sah Vivian sie an. Wollte sie das wirklich, oder war sie gerade dazu gedrängt worden? Sie war plötzlich so verwirrt, dass sie nicht wusste, wie sie fortfahren sollte. Sie hielt sich die Hände an die Ohren, als könnte sie damit auch das Wirrwarr der inneren Stimmen zum Verstummen bringen. Dann fiel ihr ein, dass sie beobachtet wurde. Sie ließ die Hände fallen und ihre Stimme ruhig klingen.

»Ich wollte nur sagen, dass ich nicht immer so … bequem war. Ich weiß nur genau, wie sich Scheitern anfühlt, vor allem, wenn man andere mitreißt.«

Dann erzählte sie von dem Forschungsvorhaben. Es ging um die Entwicklung von Kindern in Pflegefamilien. Es hatte in Großbritannien einmal ein aufsehenerregendes Projekt gegeben: Damals waren viele Kinder aus rumänischen Waisenhäusern von englischen Paaren adoptiert und anschließend in ihrer Entwicklung beobachtet worden. In Vivians Augen war das Ergebnis eine Katastrophe gewesen.

Alle Kinder, die zuvor länger als ein halbes Jahr unter schrecklichen Bedingungen in dem Waisenhaus gelebt hatten, konnten diese Zeit nie wieder ganz abschütteln. Sie litten ihr Leben lang unter Defiziten. Doch es war wichtig, zu untersuchen, wie man den positiven Einfluss von Pflegefamilien und Adoptionen auf die weitere Entwicklung der Kinder womöglich erhöhen konnte.

Im Rahmen des Forschungsvorhabens von Mr. Peabody hatte Vivian mehrere Pflegefamilien in deren Alltag begleitet. Sie hatte sich regelmäßig mit den Familien getroffen, Fragen gestellt und sich Notizen gemacht. Ein Junge hatte sie besonders berührt.

Patrick war sechs Jahre alt gewesen, als sie ihn kennengelernt hatte. Er war auffallend still und hatte die größten blauen Augen, die sie je gesehen hatte. Glockenblumenblau, dachte sie damals. Manchmal tat sein Blick weh, so unpassend ernsthaft war er für einen kleinen Jungen. Sein Pflegevater war auf eine Art bemüht, die sie unangenehm berührte. Doch sie war nicht dafür zuständig, seine Qualität als Pflegevater zu beurteilen. Sie sollte nur Patricks Entwicklung beobachten. Und schließlich nahm der Mann ja freiwillig an dieser Untersuchung teil. Das sprach dafür, dass er nichts zu verbergen hatte. Ganz im Gegenteil – er gab sich sehr offen und interessiert an dem Jungen und Vivians Forschung.

Vivian hatte nicht in Worte fassen können, warum sie sich in seiner Anwesenheit so unwohl fühlte. Es hatte etwas damit zu tun, dass der Junge in seiner Gegenwart furchtbar nervös wirkte, als hätte er Angst, etwas Falsches zu tun oder zu sagen. Er duckte sich, wenn der Mann aufstand.

Einmal sprach Vivian dieses Verhalten bei Mr. Peabody an, doch er reagierte beinahe höhnisch. Er zeigte sich überzeugt, dass es sich wohl eher um die Folgen der Zeit bei Patricks alkoholkranker leiblicher Mutter handelte. Gegen solche Erfahrungen komme auch der einfühlsamste Pflegevater der Welt nicht über Nacht an, antwortete er ihr. Vielleicht würde ein Junge wie Patrick sogar sein Leben lang Probleme haben, die auf diese jahrelange Vernachlässigung zurückzuführen waren. Leider bestätigte die Studienlage diese Möglichkeit.

Mr. Peabody betonte das Ausmaß des Schnapskonsums der alleinerziehenden Mutter und dessen Konsequenzen. Im Nachhinein erkannte Vivian, dass er sie so manipuliert hatte. In einem vertraulichen Moment hatte sie Mr. Peabody einmal von ihrer Mutter erzählt. Er hatte sie gedrängt, sich mit allen eigenen Erfahrungen auseinanderzusetzen, die ihr Urteil beeinflussen könnten. Für einen Psychologen sei nichts gefährlicher als die eigenen blinden Flecken, die die Sicht beeinträchtigten.

Niemals hätte Vivian geglaubt, dass er sein Wissen nutzen würde, um sie bloßzustellen. Außerdem war sie der Ansicht, dass er sich an dieser Stelle widersprach. Seinen früheren Aussagen zufolge hätte diese Gemeinsamkeit zwischen dem Jungen und ihr selbst sie vorsichtig stimmen müssen. Es hätte sie dazu anhalten müssen, sich eben nicht damit zu identifizieren. Und nun forderte er sie gerade dazu auf?

Anschließend erklärte Mr. Peabody, dass er mit dem Pflegevater bekannt war und dieser von ihm persönlich zur Teilnahme an dem Projekt ermutigt worden war. Ein angesehener Anwalt. Wenn diese zwei Faktoren nicht Leumundszeugnis genug waren …

Vivian wagte es nicht, noch etwas einzuwenden. Wieso sollte sie sich seinen spöttischen Kommentaren aussetzen, wo er als ihr renommierter Professor höchstwahrscheinlich recht hatte.

Die Nachricht, dass der Junge in ein Krankenhaus eingeliefert worden war, erreichte sie, als sie gerade bei ihrem Vater Kuchen gegessen und munter über ihre Erfolg versprechende Arbeit geplaudert hatte.

Patrick wies mehrere Verletzungen auf, unter anderem eine heftig blutende Platzwunde am Kopf. Der angesehene Anwalt hatte sein Pflegekind offenbar regelmäßig geschlagen, war aber so arrogant gewesen zu glauben, niemand würde ihm auf die Schliche kommen. Vor Gericht stellte sich heraus, dass er schon häufiger seine sadistische Ader an Pflegekindern ausgelebt hatte.

Vivian war am Boden zerstört und überzeugt gewesen, eine Mitschuld zu tragen. Der Gedanke, dass sie für den eigenen Komfort alle Warnzeichen ignoriert hatte, war für sie kaum auszuhalten.

Sie wollte sich bei dem Jungen entschuldigen. Doch man ließ sie im Krankenhaus nicht zu ihm. Das genügte, um in ihrem Kopf ein Horrorszenario zu entfesseln, das sie in ihren Träumen heimsuchte.

Sie sah ihn, wie er mit geschlossenen Augen vor ihr lag. Leichenblass auf weißem Laken, aber friedlich. Doch sobald sie direkt vor ihm stand, öffnete er seine großen blauen Augen, und zugleich schoss eine Blutfontäne aus seiner Stirn. Egal, was sie tat, sie bekam diese Bilder nicht mehr aus ihrem Kopf.

Zu aufgelöst, um sich um die Konsequenzen zu scheren, konfrontierte sie Mr. Peabody mit den Ereignissen. Es war offensichtlich, dass er tatsächlich nichts von dem Missbrauch gewusst hatte. Diese Tatsache schien seinen Ärger allerdings eher noch zu verstärken. Er entschuldigte sich nicht dafür, dass er Vivian manipuliert hatte wie eine Variable in einem Experiment, indem er ihre »blinden Flecken« ausgenutzt hatte. Stattdessen würdigte er sie – die einzige Zeugin seines Versagens – bei jeder Gelegenheit herab, bis sie es nicht mehr ertragen konnte, als Objekt seiner Sticheleien herhalten zu müssen, und der Wissenschaft den Rücken kehrte.

Sie redete sich ein, dass sie nicht aus Feigheit so handelte. Nein, sie wollte nur nicht mehr in einem Umfeld sein, in dem Menschen wie Insekten beobachtet oder mit Formeln vermessen und bewertet wurden.

Nachdem Vivian ihren Vorgesetzten von ihrem Entschluss unterrichtet und sich beim Fachbereich abgemeldet hatte, hatte sie für einen kurzen Moment etwas in seinen Augen aufblitzen sehen, was man für Reumütigkeit hätte halten können. Doch dann hatte er sich geräuspert und ihr noch den Ratschlag gegeben, die Krise als Chance zu nutzen. Er hatte keinen Zweifel daran gelassen, dass ihre Krise in seinen Augen ausschließlich mit ihrer unzulänglichen Persönlichkeit und nicht etwa mit Fehlern seinerseits zusammenhing.

»Wäre ich mutiger gewesen, hätte ich ihm geraten, sich einmal auf die Suche nach seinen eigenen blinden Flecken zu machen. Ich hätte ihm sagen können, dass seine Fehlurteile mit seiner übergroßen Eitelkeit zusammenhingen.« Claire lachte an dieser Stelle laut auf, und Vivian fuhr verärgert fort: »Er war sich doch tatsächlich nicht zu schade, abgestandene Weisheiten auszupacken, wie man sie sonst nur in von Laien verfassten Motivations-Ratgebern findet. Dass sich Krise und Chance im Chinesischen das gleiche Schriftzeichen teilen. Und dass das Wort »Krise« ohnehin aus dem Griechischen komme. Angeblich stehe es für den Wendepunkt am Ende einer schwierigen Entwicklung, und ich solle die Erfahrung nutzen, um daran zu wachsen.«

»Wenigstens ist Ihr wundervoller Mr. Peabody ein echter Gelehrter«, sagte Claire spöttisch. »Er hätte ja auch sagen können: ›Kopf hoch, altes Mädchen‹ oder ›Das Leben geht weiter‹ – finden Sie nicht?«

»Er hatte unrecht«, sagte Vivian. »Die beiden Wörter teilen sich gerade mal ein Schriftzeichen unter mehreren. Als wären Scheitern und Siegen das Gleiche, nur weil dieselben Vokale darin vorkommen.«

Claire pfiff durch die Zähne. »Und da haben Sie sich vorgenommen, die Krise *nicht* als Chance zu nutzen. Glückwunsch, das zumindest haben Sie offenbar recht erfolgreich umgesetzt.«

Vivian ignorierte die Beleidigung. »Dabei war nicht nur die Sache mit den Schriftzeichen absoluter Quatsch. Und ich habe auch nachgeschaut, was es bei den alten Griechen mit der Krise als Wendepunkt auf sich hatte. Tja, der Wendepunkt konnte durchaus der Tod des Betroffenen sein.«

Claire lachte wieder. »Herzchen, Sie sind ja richtig witzig.«

Vivian sackte nach diesem für ihre Verhältnisse ausschweifenden Monolog erschöpft in sich zusammen. Doch als sie danach erneut einatmete, spürte sie, dass der Druck auf ihrer Brust nachgelassen hatte. Beschämt erinnerte sie sich daran, wie sie all diese Informationen während einer durchwachten Nacht voller Selbstmitleid recherchiert hatte.

»Geht es Ihnen jetzt besser?«, fragte Claire.

»Aber ja, Madame Freud«, antwortete Vivian mit zaghaftem Lächeln.

Claire machte eine wegwischende Handbewegung und sah beinahe ärgerlich aus. »Na, dann ist ja gut. Dann reißen Sie sich jetzt ein bisschen zusammen. Mag ja sein, dass Sie wirklich grandiosen Mist gebaut haben. Aber selbst wenn alles Ihre Schuld ist, können Sie das nun nicht dauernd als Ausrede für Ihre Faulheit nutzen.«

Vivian fuhr hoch.

»Setzen Sie sich wieder hin«, verlangte Claire. »Ich weiß, dass Sie nicht den ganzen Tag Däumchen drehen. Das bessere Wort wäre wohl ›Feigheit‹.«

»Ich glaube, ich gehe jetzt.«

»Aber ja doch, verkriechen Sie sich wieder in Ihre Höhle. Aber ich verrate Ihnen etwas. Auch dort werden Sie am Ende von all den Dingen gefunden, die einem Menschen zustoßen können. Wollen Sie bis dahin nicht lieber ein wenig das Tageslicht genießen?«

Vivian stand immer noch unschlüssig neben dem Bett.

»Ist Ihnen mal der Gedanke gekommen, dass Sie sich vielleicht – statt sich selbst zu bestrafen und mit Mr. Peabody zu schmollen – lieber mit der Ursache beschäftigen sollten, die Sie überhaupt erst so manipulierbar gemacht hat? Denn mir scheint, dass alle Ihre Probleme irgendwie mir Ihrer Mutter zusammenhängen.«

Vivian öffnete erneut den Mund, um etwas zu sagen. Ihre Finger zitterten vor Ärger.

»Schon gut. Vielleicht sollten Sie lieber mit einem anderen reden«, sagte Claire sanfter. »Ich meine, mit jemandem, der genauso gerne in Gehirne guckt wie Sie. Ich finde die Einblicke in die Köpfe anderer Menschen fast immer enttäuschend.«

Vivian zuckte zusammen.

»So habe ich das nicht gemeint, mein Kind. Was ist denn mit Ihrem neuen Freund? Oder Ihrem Vater? Dinge zu verbergen kann einsam machen. Allein durch die Welt zu gehen war der richtige, vielleicht sogar der einzige Weg für mich, aber ich glaube nicht, dass es auch Ihr Weg ist. Sie gehen ein, glauben Sie mir.«

21. Kapitel

Claire 1952

Es war endlich so weit. Ich war sechzehn Jahre alt und würde die Schule bald verlassen. Ein halbes Jahr warten, das sollte auszuhalten sein. Die Lehrer waren sich uneins, was mich betraf. Die einen bescheinigten mir eine Zukunft auf der Straße, die anderen hielten mich für so schlau, dass sie mir rieten, ich solle einen höheren Schulabschluss anstreben. Meine Leistungen hingen direkt mit der Persönlichkeit meiner Lehrer zusammen, die ich entweder sehr schätzte oder zutiefst verachtete. Vermutlich kannten deshalb auch ihre Bewertungen kein Mittelmaß.

Doch niemand konnte mir die Aussicht auf einen besseren Abschluss schmackhaft machen. Wie sahen die Perspektiven für findige junge Frauen schon aus? Sekretärin, Krankenschwester, Verkäuferin – dies waren die Berufe, nach denen Frauen streben durften –, und das, nachdem sie im Krieg auch locker alle anderen Arbeiten gestemmt hatten. War es da ein Wunder, dass ich lieber meine eigenen Ziele ansteuerte?

Ich hatte mich bereits auf den Weg gemacht. Mein Job bei Grace Pearson, die ich mittlerweile unter vier Augen »Grace« nennen durfte, brachte mich durch die ganze Stadt. Mir war es gelungen, mich zu einer Marke zu machen, die auch Logan einschloss, sodass keiner sich beschwerte, wenn ich mit meinem Bruder im Schlepptau auftauchte. Ich hatte ihm einen kleinen Matrosenanzug genäht, während ich meist Knickerbocker und Blusen trug. Jetzt im Dezember warfen wir dicke Wollmäntel über unsere Uniformen, die ich aus einem Ballen moosgrünen Tweeds mit cremefarbenen Einsprengseln genäht hatte. Das alljährliche Weihnachtsgeschenk unseres Onkels. Es war eine Herausforderung gewesen, ihn zu verarbeiten. Vermutlich wäre es mir nie gelungen, wenn Grace mir nicht gestattet hätte, nach Feierabend eine der guten Nähmaschinen in der Fabrik ihres Mannes zu nutzen. Sie hatte mir sogar noch etwas dunkelroten Satin für das Futter geschenkt sowie ein paar Knöpfe, die nicht zueinanderpassten, aber immerhin fast die gleiche Größe aufwiesen. Hätte nur einer aus der Reihe getanzt, hätte es schäbig gewirkt, doch da alle verschieden waren, konnte man dahinter eine exzentrische Absicht vermuten, befand ich. Beim Schnitt war ich nicht der Mode gefolgt. Die beliebten stark taillierten Mäntel schmeichelten weiblichen Körpern, nicht so klapperdürren Gestellen wie mir. Also schneiderte ich für Logan und mich kastenförmige Exemplare und versah sie bloß mit einem kleinen Aufschlag statt des beliebten Riesenrevers.

Grace hatte anerkennend gepfiffen: »Anders, aber um ehrlich zu sein, sieht es an dir ziemlich eindrucksvoll aus.«

Ich hatte huldvoll genickt, als hätte ich nichts anderes als ein Kompliment erwartet. Gut, dass sie nicht sah, dass ich danach den ganzen Nachmittag mit einem breiten Grinsen durch die Gegend lief. Unsere Kleidung hatte die erwünschte Wirkung. Sie lenkte von unserer Herkunft ab, indem sie es unmöglich machte, uns zuzuordnen. Die Menschen, die uns auf der erlesenen Savile Row sahen, erblickten einen engelsgleichen Jungen und ein eigenwilliges Mädchen.

Da die Besitzer der Modehäuser und die Schneider einen Hauch Extravaganz zu schätzen wussten, ließen sie das merkwürdige Duo gewähren. Alles, was Aufmerksamkeit auf sich zog, war nur von Vorteil. Und schließlich verfügten wir beide über eine so tadellose Haltung, dass ich selbst bei uns zu Hause mittlerweile den Beinamen »Kaiserin des East Ends« trug. Natürlich entging mir nicht, dass in unserem eigenen Revier eine gehörige Portion Spott mitschwang, wenn man mich so bezeichnete.

Es war mir egal, denn ich spürte dahinter den Respekt für meine Beharrlichkeit.

Der Mittwoch war mein freier Tag, so hatte meine Bedingung gelautet. Mittwochs versammelten mein Bruder und ich uns mit zahlreichen anderen Familien auf dem Welfare Place in Hackney.

Logan erhielt dort seine wöchentliche Ration Orangensaft und sein Virol Malt, das ihn gesund halten sollte. Beides gestand der neue Wohlfahrtsstaat seinen Kindern zu. Der National Health Service war noch eine junge Einrichtung, er wurde erst gegründet, als meine Familie schon in London lebte. Dass plötzlich jeder kostenfrei einen Arzt aufsuchen konnte, hatte für überfüllte Sprechzimmer und lange Warteschlangen gesorgt. Oft überlegte ich, ob mein Großvater noch leben würde, wenn diese Errungenschaft früher gekommen wäre. Andererseits musste es erst mal Ärzte geben, damit man sie kostenlos aufsuchen konnte, und das war während des Krieges und noch dazu auf Barra sicher nicht der Fall gewesen.

»Von der Wiege bis zur Bahre« wollte man uns Bürger nun versorgen.

Und zumindest, was die Gesundheitsversorgung betraf, hatte der ehemalige Premierminister Attlee seine Versprechungen erfüllt. Aber wenn London, so wie es jetzt aussah, wirklich das von ihm verkündete »neue Jerusalem« sein sollte, taten mir die Bewohner des alten Jerusalems mächtig leid.

Das hieß aber nicht, dass ich mich sonderlich für Politik interessierte, es sei denn, es ging darum, »das System« nach seinen Schlupflöchern abzusuchen, wie es insbesondere Arthur tat.

Mittlerweile waren wir zu alt, um miteinander zu spielen. Stattdessen saßen wir an diesem Mittwochnachmittag, nachdem ich Logan versorgt hatte, warm eingepackt auf der Kai-Mauer an der Themse – es war bereits Anfang Dezember. Arthur hatte eine Thermoskanne mit Tee dabei. In diesem Jahr hatte man aufgehört, Tee zu rationieren. Das meiste war nun wieder frei erhältlich, Fleisch und Käse ausgenommen.

Arthur hatte sich den Teddy-Boys angeschlossen.

»Aber vielleicht muss ich das noch mal überdenken«, erklärte er Charlie und mir. »Habt ihr euch mal umgesehen? Selbst brave Bürger kopieren plötzlich unsere Kleidung.« Sein Tonfall war selbstgefällig. Er trug eine kanariengelbe schmale Hose, ein überlanges Jackett aus dunkelgrünem Samt und schwarze Lackschuhe mit auffälligen Silberschnallen. Seine Haare waren auf dem Kopf zu einer Tolle geformt.

Charlie verdrehte die Augen. »Na und? Ihr großartigen Rebellen habt doch auch nichts anderes getan, als von den alten, edwardianischen Edelmännern abzukupfern.«

Dies war das erste Mal in der Geschichte, dass Jugendliche begannen, die Mode zu prägen. Der »Teenager« war geboren. Bis jetzt hatten Kinder Abbilder ihrer Eltern zu sein, bis sie selbst Arbeit fanden und Eltern wurden. Doch nun hatten wir plötzlich eigenes Geld, das man für herrlich unnütze Dinge verschwenden konnte. Die Teddys fühlten sich unbesiegbar und hatten das Gefühl, die Einzigen zu sein, die wirklich verstanden hatten, wie der Hase lief. Weshalb sie so ziemlich alle anderen Gruppen verachteten.

Kein Wunder, dass Arthur auf Charlies Provokation so sauer reagierte. Ich hatte gar nicht genau verstanden, wovon er gesprochen hatte. Woher sollte ich die Mode kennen, die man unter König Edward getragen hatte? Dennoch war mir klar, dass Charlie recht haben musste, einfach weil er in solchen Dingen immer recht hatte.

»Das ist Ironie, kapierst du das vielleicht, du Idiot?«, fluchte Arthur. »Damit lassen wir den verdammten Mittelstand wie die wahren Proletarier dastehen. Wir machen jetzt unsere eigenen Regeln.« Sein lässiger Tonfall konnte nicht darüber hinwegtäuschen, wie verärgert er wirklich war. Seine angespannte Körperhaltung verriet ihn. Ich konnte mir ein Grinsen nicht verkneifen. Ab und zu tat Arthur ein Dämpfer mal ganz gut.

In diesem Moment legte er plötzlich seinen Arm um mich und drückte mir einen Kuss auf die Lippen. »Dass der klugscheißende Spielverderber nicht mitmacht, verstehe ich ja noch. Aber du wärst ein bezauberndes Teddy-Girl, kleine Claire.«

Ich wischte über meine Lippen und lachte. Er hatte mich nicht zum ersten Mal geküsst. Ich ließ ihn gewähren, weil ich es aufregend fand, ohne seinen Küssen viel Bedeutung beizumessen.

Charlie wandte seinen Blick von uns ab, als sei ihm unser Körperkontakt peinlich. »Lass sie in Ruhe, Arthur. Sie ist ein bisschen jung, oder?«

»Das war doch rein kameradschaftlich«, sagte Arthur und küsste mich noch einmal, ohne den Blick von Charlie abzuwenden.

Ich schubste ihn spielerisch, sodass er sich nur gerade so auf der Mauer halten konnte. »Schon gut, Charlie. Ich kann mich allein wehren. Arthur, wenn du nicht brav bist, sage ich es deiner Mama.«

Arthurs gespielt ängstliches Jaulen brachte selbst Charlie wieder zum Lächeln.

»Oh, ich muss los. Ich habe noch eine Verabredung.« Arthur sprang auf. Ich war nicht in ihn verliebt, sonst wäre ich nun verärgert gewesen, denn mir war klar, dass er uns für eines seiner Mädchen sitzen ließ. Er warf mir einen letzten Luftkuss zu. »Eine holde Schöne wartet, aber nimm es mir nicht übel, kleine Claire. Irgendwie muss ich mir ja die Zeit vertreiben, bis du groß bist. Ciao, Charlie.«

Im Weggehen summte er »Puttin' on the style«. Ich wusste, dass das Lied von der neuen Tony-Donegan-Jazzband stammte, die Arthur vor Kurzem entdeckt hatte.

Ich blickte zu Charlie, um mit ihm gemeinsam die Augen zu verdrehen, doch zu meiner Überraschung sah er wütend aus.

Mittlerweile waren wir ebenso gute Freunde wie Arthur und ich. Logan hatte uns einander nähergebracht. Mir gefiel, dass Charlie Logans Anwesenheit nicht einfach nur hinnahm, wie es Arthur tat, sondern den Jungen mit kleinen Spielereien und Witzen in sein herrliches Kinderlachen ausbrechen ließ. Ich mochte ihn, weil Logan in ihn vernarrt war und Charlie es zu erwidern schien. War Arthur nicht bei uns, blieb ich in seiner Nähe trotzdem immer in einer Art Alarmbereitschaft, ohne mir diesen Umstand erklären zu können. Als unser Schweigen begann, mir Unbehagen zu bereiten, sah ich mich schnell nach Logan um. Er saß friedlich im Wagen und spielte mit ein paar Murmeln, die Charlie ihm geschenkt hatte.

»Wie läuft es bei euch zu Haus?«, wollte Charlie unvermittelt wissen.

»Wie kommst du denn darauf?«, fragte ich überrascht.

Er lächelte. »Du kaust nervös auf deiner Lippe herum, irgendetwas beschäftigt dich.«

Du machst mich nervös, dachte ich, sprach es aber nicht aus. Ich versuchte dahinterzukommen, woran es lag, und ich hatte immerhin eine Vermutung. Die meisten Menschen verunsicherte eher die provozierende Art Arthurs. Doch über dessen Waffen verfügte auch ich. Sie konnten mir nichts anhaben. Charlies Anständigkeit forderte mich auf eine ganz andere Weise heraus. Mal bewunderte ich diese Eigenschaft, mal machte sie mich wütend. Man traf sie in unserem Umfeld und in diesen Zeiten so selten an, dass es schwer war, einen passenden Abwehrmechanismus zu entwickeln. Ich wusste, dass er sich wirklich für uns interessierte, deshalb hatte er keinen bissigen Kommentar verdient. Dennoch rang ich mich nur mühsam zu einer ehrlichen Antwort durch.

»Die Stimmung ist nicht wirklich gut. Es ist etwas zwischen meinem Vater und Logan.«

Ungläubig betrachtete Charlie meinen Bruder. Wie sollte man sich auch vorstellen können, dass dieser brave Junge der Auslöser für eine Schlacht war, der wir uns jeden Tag neu stellten.

»Möchtest du es mir erzählen?«, fragte Charlie besorgt.

»Ich glaube nicht.« Es reichte voll und ganz, es täglich zu erleben.

»Wie geht es Logan denn in seiner neuen Schule?«

»Oh, sehr gut.« Erleichtert lächelte ich. Seine neue Schule hatte sich tatsächlich als Glücksgriff entpuppt. Zunächst hatte man meinen mittlerweile sechs Jahre alten Bruder einer normalen Schule zugewiesen, trotz seiner Schwierigkeiten beim Hören und Sehen. Man machte nicht viel Aufhebens um die Bedürfnisse von Kindern. Der Gedanke an eine »individuelle Förderung« lag in dieser Zeit noch so fern wie der, auf den Mond zu fliegen. Die anderen Kinder hatten natürlich sofort bemerkt, dass Logan anders war, und ihn gepiesackt. Selbst einer der Lehrer hatte ihn einmal als Idioten beschimpft, woraufhin ich seine Reifen zerstach, alle vier.

Als ich es nicht mehr aushielt, dass mein Bruder jeden Nachmittag weinend nach Hause kam, fand ich heraus, dass es eine von Nonnen geleitete Einrichtung gab, in der Kindern wie ihm geholfen wurde, eine schulische Ausbildung zu erhalten. Egal wie sehr ich mir etwas anderes für ihn wünschte, ich hatte eingesehen, dass man ihm keinen Gefallen tat, indem man seine Schwächen ignorierte.

Unerwartet hatte mir Mutter sogar mit dem Papierkram geholfen. Wenn ich ihn nun abholte, empfingen mich Frauen, die sein freundliches Wesen lobten, und auch mein Bruder wirkte in ihrer Gegenwart so zufrieden, dass mir ganz egal war, wen oder was sie anbeteten. Hauptsache, sie taten Logan gut.

»Mein Vater sagt, der ganze Kirchenkram sei im Grunde Teufelszeug. Aber diese Nonnen sind prima, ganz ehrlich«, berichtete ich. Vielleicht wären sowohl mein Vater als auch ich weniger voreingenommen gegen kirchliche Einrichtungen gewesen, wenn es Simon MacAskill nicht gegeben hätte.

»Und offenbar sind sie auch nicht so streng, ihm das Toben zu verbieten.« Charlie zeigte lächelnd auf die lilafarbenen Jodflecken, die an Logans Knien durch den Stoff hindurch sichtbar wurden. »Logan, was ist denn da passiert?«

Mein Bruder sah fragend hoch. Charlie tippte sanft gegen das fleckige Hosenbein, und Logan strahlte ihn stolz an, als wären die Flecken Auszeichnungen. »Bin auf'n Baum geklettert. Zwei Äste hab ich geschafft.«

»Zwei Äste? Dann kannst du aber stolz auf deine Kriegswunden sein«, sagte Charlie und verbeugte sich vor Logan.

Logan kicherte, und ich seufzte zufrieden. Wenn er in letzter Zeit Wunden hatte, dann stammten sie ausschließlich von wilden Spielen. Das Einzige, was mein Vater ihm noch an den Kopf warf, waren Schimpfwörter. Man sagt, diese könnten noch mehr verletzten als Taten. Ich aber möchte behaupten, das hängt doch sehr von den Taten ab.

22. Kapitel

»Der Himmel sieht krank aus«, sagte Logan, als wir uns am nächsten Tag auf den Weg zu Grace machten.

Ich betrachtete die trübe Masse über uns. »Du hast recht, Logan. Heute ist er nicht bloß grau, er sieht aus, als hätte er Gelbfieber.«

Logan nieste, und ich bemerkte, dass er zitterte.

»Logan, frierst du?«, fragte ich besorgt. Er hatte doch am Vortag seine Vitamine genommen. Er durfte nicht krank werden, denn dann müsste ich ihn allein zu Hause lassen. Krank würde ihn Mrs. Porter nicht zu sich nehmen.

»Nein, Quatsch«, behauptete er und rieb sich die rote Nasenspitze.

»Ach Logan, Charlie hatte recht. Du bist ein starker Junge, der gut klettern kann, aber lügen kannst du nicht.« Ich seufzte.

»Hä?« Er wusste nicht, was ich von ihm wollte.

Ich lächelte und wickelte zärtlich den Wollschal ein wenig fester um seinen immer noch viel zu zarten Körper. »Willst du ein wenig in den Wagen springen und dich ausruhen? Du musst dann nur ein paar Päckchen auf den Schoß nehmen.«

Lange Strecken erschöpften Logan. Da aber der Bollerwagen immer noch unser ständiger Begleiter war, konnte er sich immer wieder zu den Stoffmustern, Briefen und Päckchen setzen, die ich transportierte.

Logan schüttelte den Kopf. »Ein wenig schaffe ich noch.«

Als wir schließlich bei Grace angekommen waren, öffnete

diese die Tür nur einen Spaltbreit: »Kommt schnell rein, es ist ja bitterkalt heute.«

Logan strahlte sie an. Ich glaube, für ihn war Grace so etwas wie eine Prinzessin und ihr Haus voller erlesenem Porzellan, Kristallglas und Bildern ein wahres Schloss.

»Logan, willst du dir einen Bonbon nehmen?« Grace streichelte ihm lächelnd über das Haar und hielt ihm die kleine Glas-Bonbonniere entgegen, die auf dem Sekretär im Flur stand.

Sie war immer so offensichtlich verzückt von meinem Bruder, dass ich mich fragte, warum sie selbst keine Kinder hatte, aber vielleicht konnte sie ja keine bekommen. Über die Rückenlehne des samtgepolsterten Stuhls, der vor dem Sekretär stand, hing ein cremefarbenes Seidenkleid. Zumindest war ich mir sicher, dass es sich um Seide handelte. Der Stoff schimmerte wie Perlmutt. Grace deutete auf das Kleid.

»Schau nur, Claire, ich habe tatsächlich mein Lieblingskleid ruiniert. Ich wollte es gerade wegwerfen. Aber es fällt mir so schwer. Es war ein Geschenk meines Mannes. Er hat es mir während der Hochzeitsreise in Venedig gekauft. Doch es hat keinen Sinn, Dinge aufzubewahren, die nicht zu retten sind.«

Man durfte einen so teuren Stoff nicht einfach fortwerfen, dachte ich. Als Grace das Kleid hochhielt, begutachtete ich den Schaden aufmerksam. Dunkelrote Spritzer verliefen quer von der Taille bis über die Brust. Viel retten konnte man da wirklich nicht mehr.

»Rotwein«, sagte meine Chefin bedauernd.

»Schade, dass er nicht wenigstens etwas höher spritzen konnte, sonst könnte man einen Rock daraus nähen«, sagte ich betrübt. Das Material war wunderschön. Doch ohne den Taillenbereich würde der Rock zu kurz sein, um ihn tragen zu können.

Grace zögerte, dann reichte sie mir das Kleid. »Nimm du es. Vielleicht fällt dir noch etwas ein, was du daraus machen kannst.«

Ich wusste, dass ich ablehnen sollte. »Das geht doch nicht«, lag es mir schon auf der Zunge. Doch warum sollte ich meine Zeit mit Zieren und Höflichkeitsfloskeln vertun, wenn ich den Stoff unbedingt haben wollte? Ich konnte meinen Stolz genauso gut gleich runterschlucken. »Danke«, sagte ich ruhig.

Grace lachte. »Könntest du nicht ein wenig beeindruckter wirken?«

»Wie?« Ich blinzelte. Egal, wie sehr ich das Kleid wollte, würde ich sicher keine Männchen machen.

»Du könntest dir an die Brust greifen und rufen: ›Wirklich? Für mich?‹«, sagte Grace. »Schau nicht so sauertöpfisch drein, das war doch nur Spaß.«

Sie hielt mir das Kleid entgegen. Ich griff sehr bedächtig danach, um nicht gierig zu wirken. Grace ließ es nicht gleich los. Für einen Moment dachte ich, nun würde ein würdeloses Gerangel um das Kleid entstehen. Dann spürte ich, wie der Zug nachließ und nur noch ich den Stoff in der Hand hielt. Mir fiel nicht zum ersten Mal auf, dass viele Menschen lieber wegwarfen oder vernichteten, was ihnen einmal viel bedeutet hatte, als es anderen zu überlassen.

Doch Grace war letztendlich ein großzügiger Mensch und zuckte mit den Schultern. »Warte, ich gebe dir etwas Seidenpapier, in das du es einschlagen kannst, damit der Stoff draußen nicht ruiniert wird.«

Sie verschwand für eine Weile und kehrte schließlich mit rosafarbenem Papier wieder, das beinahe so kostbar wirkte wie der Stoff selbst. Ich sah zu, wie sie das Kleid ganz vorsichtig darin einschlug, und wusste, dass ich genauso ehrfürchtig damit umgehen würde. Daraus ließen sich herrliche Blumen basteln. Ich hatte fest vor, nach meinem Schulabschluss irgendwo eine Schneiderlehre zu beginnen und mir ein eigenes Zimmer zu nehmen, in dem auch Logan Platz hätte. Es konnte nicht schaden, schon einmal ein paar Schmuckstücke für unser Reich zu sammeln.

»Psst.« Grace legte sich den Zeigefinger auf die Lippen, als sie mir das Bündel überreichte. »Wir verraten meinem Mann nichts, in Ordnung? Er hat das Kleid geliebt. Er meinte, ich sähe darin aus wie Grace Kelly.«

Ich schwieg.

»Du stimmst ihm also nicht zu? Dabei tragen wir doch sogar den gleichen Vornamen.« Grace stemmte die Hände in die Hüften und tat beleidigt, hörte aber nicht auf zu lächeln.

»Ich weiß es nicht. Der Name sagt mir nichts«, gab ich zu.

»Oh, natürlich. Woher solltest du sie auch kennen. Die Schauspielerin ist noch ganz jung. Amerikanerin. Wir haben sie in ›High Noon‹ gesehen. Vorher war sie wohl nur bei irgendeinem unbedeutenden Film dabei, den niemand gesehen hat. Aber jetzt war sie in allen Zeitungen. Die Kritiker mochten den Film. Uns hat er auch gefallen. Du gehst wohl nicht oft ins Kino?«

Ich zögerte.

»Entschuldigung, das war taktlos. Kino kostet Zeit und Geld.« Grace verzog verlegen das Gesicht.

»Nein, keine Sorge, das ist es gar nicht«, sagte ich grinsend. »Natürlich gehe ich ab und zu ins Kino, aber ich vermute, das Programm ist ein etwas anderes als Ihres, und Sie sitzen dabei auf gemütlicheren Sesseln als wir.«

Das Geld, das ich verdiente, sparte ich für unsere Zukunft. Aber gelegentlich luden mich Arthur und seine Freunde in ein berüchtigtes Kino in Stepney ein. Die Polster waren eingerissen, und was den Boden anging, war nicht zu erkennen, ob sein Teppich wild gemustert oder so dreckig war, dass es nur so wirkte. Dafür war der Ton ganz eindeutig verzerrt. Das machte nichts, denn die eigentliche Show spielte sich im Publikum ab. Es kamen viele junge Leute, die sich gerne einmal eine Prügelei lieferten. Manche der Teddy-Boys hatten sogar Rasierklingen dabei, mit denen sie Polster aufschlitzten. Mir machten sie keine Angst. Nicht dass ich viel dafür übriggehabt hätte, Gegenstände zu zerstören, aber manchmal genoss ich einfach das wilde Spektakel im Zuschauerraum. Jungs wie Arthur, der ja mittlerweile eigentlich schon ein Mann war, waren der Grund dafür, dass Mitglieder des Oberhauses die Prügelstrafe zurückforderten. Das amüsierte uns. Es war nicht unwahrscheinlich, dass unter den Befürwortern auch Freunde von Grace und ihrem Mann waren.

»Der letzte Film, den wir gesehen haben, war *13 East Street*«, sagte ich. Natürlich hatte Arthur den Thriller über eine Diebesbande ausgesucht. Er und seine Jungs hatten beinahe gesabbert, als Sandra Dorne auf der Bildfläche erschienen war, eine dämliche Blondine, die alle ihre Argumente im Ausschnitt trug. Es war peinlich gewesen.

»Bist du dafür nicht noch zu jung?«, fragte Grace überrascht.

»Ach, Ma'am, im East End sind wir immer etwas älter, als der Geburtsschein behauptet«, sagte ich in breitem Gossen-Dialekt und tat so, als würde ich an einer Zigarette ziehen.

Grace lachte ihr bisweilen überraschend dreckiges Lachen. Ich wusste, dass es ihr gefiel, Einblicke ins wilde East-End-Leben zu erhalten, so wie es mir gefiel, in einem Haus wie ihrem herumzustöbern. Plötzlich begann Grace, in einem Stapel Zeitungen auf der Anrichte zu wühlen. Dann hielt sie mir eine Seite vor die Nase.

»Das ist sie übrigens. Grace Kelly. Und?«

»Ihr Mann hat recht. Sie sehen ihr sehr ähnlich«, behauptete ich. Es war nicht einmal gelogen. Es waren weniger die Gesichtszüge, als dass beide die typische Anmutung eines reichen sorglosen Mädchens hatten, das von wohlhabenden, jungen Männern umschwärmt wurde. Ab und zu sah ich einige von diesen Burschen, denn bis sie erhört wurden, tummelten sie sich bei einem Mädchen in meiner Nachbarschaft. Einer Prostituierten, die höchstens zwei Jahre älter war als ich und bereits eine kleine Tochter hatte. Manchmal kehrten die Männer sogar zurück, nachdem sie ihre eisblonde Trophäe erobert hatten.

»Claire, ich bin müde.« Logan saß mittlerweile auf dem Fußboden gegen die Wand gelehnt und sah mich erschöpft an.

Bevor ich ihn ermahnen konnte, winkte Grace ab. »Ich will euch nicht aufhalten. Es gibt viel zu tun.«

Kaum zehn Minuten später machten wir uns mit dem vollgepackten Bollerwagen auf den Weg. Ich genoss unsere Tour, auf der wir überall freundlich begrüßt wurden – mittlerweile waren wir einfach fester Bestandteil des Alltags auf der Straße der namhaften Schneider. Niemand wusste, wer wir abseits dieser Welt waren, und auch das gefiel mir. Es schien mir ein Lockruf unserer Zukunft zu sein.

Von allen Kunden war mir Richard Burgess der liebste. Seine Lieferung sparte ich mir immer für den Abschluss der Tour auf. Es schadete schließlich nicht, den Arbeitstag mit einem Lächeln zu beenden.

»Hallo, Claire«, begrüßte er mich, als wir endlich bei ihm ankamen. »Hast du ein paar neue Stoffproben für mich?«

»Ich denke schon, Mr. Burgess. Dieses Paket hat mir Mrs. Pearson für Sie mitgegeben.«

»Möchtet ihr reinkommen? Es ist gerade niemand da, den wir stören könnten.«

Ich fand es nett, dass er »wir« und nicht »ihr« sagte – und

dies sogar überzeugend herausbrachte. Ich hatte darauf gehofft, dass er bereit sein würde, noch ein wenig Zeit mit uns zu verbringen.

Wir gingen über den spiegelglatten Fußboden. Jedes Staubkorn würde darauf sofort auffallen, doch es gab nie eines. Ich liebte diesen Ort. Er war ein Zauberreich der Schönheit, in dem Frauen mit Maßband um den Hals oder einem Döschen mit Stecknadeln in der Hand umherliefen. Es roch nach verschiedenen Stoff-Arten, nach Bohnerwachs und Rasierwasser. Die Treppe, die ins obere Stockwerk führte, wo Mr. Burgess hübsche Mädchen seine Modelle vorführen ließ, war mit violettem Samt bezogen. Leider trieb auch in diesem Märchenreich eine böse Fee ihr Unwesen. Mr. Burgess' Assistentin Miss Dafour mochte uns nicht. Zum Glück für uns hatte sie aber keine Chance gegen den gütigen Regenten, Mr. Burgess. Ich streckte ihr hinter seinem Rücken die Zunge raus, als sie uns auf seinen Wunsch hin widerwillig Tee brachte, und schämte mich kein Stück für mein kindisches Verhalten. Es lohnte sich schon deshalb, weil es Logan zum Lachen brachte. Sein Lachen war so unwiderstehlich, dass auch Mr. Burgess lächelte. Er ging zu einem dunklen Mahagoni-Schrank, griff in eine der Schubladen und brachte ein Spielzeugauto zum Vorschein, das er Logan in die Hand drückte.

»Ich habe es meinem Neffen geklaut. Er ist schon zu groß für so etwas. Ich schenke es dir«, sagte Mr. Burgess und zwinkerte mir zu. Es machte mich stolz. Womöglich weil Mr. Burgess zu diesem Zeitpunkt der Mensch war, den ich am meisten respektierte. Ich wollte, dass er das Gleiche für mich empfand. Er sollte mich nicht hübsch, süß oder nett finden wie ein kleines Mädchen. Ich wollte mehr als das, ich wollte, dass er mich respektierte – denn er sollte mein neuer Chef werden, auch wenn er davon noch nichts wusste.

So wie mein Großvater ein untrügliches Auge für Farben gehabt hatte, war Mr. Burgess ein Meister der Formen. Die Menschen, die bei ihm ein Kleid oder Jackett kauften, lächelten, wenn sie den Laden wieder verließen. Ich wettete, keiner von ihnen hätte sagen können, warum sich seine Stücke so perfekt anfühlten, als wären sie Teil des Menschen, der sie trug. Und gerade dass es keine offensichtliche Erklärung gab, machte die Stücke wirklich perfekt. Ich verstand selbst noch nicht genug von diesem Handwerk, um sein Talent zu erklären. Doch ich vermutete, dass es wie bei den Farben war, dass winzige Nuancen zwischen gewöhnlich und einmalig unterschieden. Ich dachte, wenn ich von ihm lernen könnte und sein Wissen mit dem meines Großvaters verbinden würde, wäre ich in der Lage, Kleidungsstücke zu schaffen, nach denen die Leute sich rissen. Ich gierte nach Erfolg und Anerkennung – und wo hätte ich beides suchen sollen, wenn nicht dort, wo es mich von allein hinzog und jedes Element etwas in mir zum Schwingen brachte?

Logan griff nach dem Auto, ohne Mr. Burgess anzusehen. Er hielt sich sein Geschenk vor das Gesicht und bestaunte es strahlend.

»Logan?«, mahnte ich sanft und formte mit meinen Lippen das Wort, das ich von ihm hören wollte.

»Danke«, sagte Logan kurz zu Mr. Burgess' Taille und untersuchte dann wieder seine neue Errungenschaft.

Mr. Burgess räusperte sich. »Schon gut. Mich freut, wenn dich das Auto so fesselt. Es ist ein Feuerwehrauto. Aber das hast du sicher schon erkannt.«

Mein Blick schweifte über den Tresen, auf dem ein Stoffballen lag. Auf den ersten Blick sah die Wolle einfach nur hellbraun aus, doch beim genauen Hinsehen erkannte ich ein sehr feines zweifarbiges Fischgrätenmuster. Über dem Tresen hing ein Foto von Elizabeth II., der Prinzessin, die ich auf dem Balkon bewundert hatte und die Anfang des Jahres ganz unvermittelt Königin geworden war, nachdem ihren Vater der Krebs dahingerafft hatte. Auf dem Bild trug sie eine rote Schärpe über ihrem Kleid, und das brachte mich auf eine Idee. Ich nahm meinen ganzen Mut zusammen.

»Falls Sie ein Stück von dem Stoff entbehren können, würde ich es Ihnen gerne abkaufen«, sagte ich fest. Ich bat nicht, ich handelte.

Burgess verschluckte sich an seinem Tee.

»Wenn ich ihn mir leisten kann, natürlich nur«, fügte ich etwas bescheidener hinzu.

»Natürlich«, sagte Burgess ernst und nannte mir den Meterpreis. Es war dreimal mehr als das, was ich im Monat verdiente. Seinem spitzbübischen Lächeln war anzusehen, dass er es darauf anlegte, mich zu erschrecken. Ich verzog keine Miene.

»Ach so«, sagte ich.

Er lachte.

»Was hattest du denn mit dem Stoff vor?«, fragte er mich neugierig.

»Ein Experiment«, sagte ich. »Aber es ist nicht weiter wichtig.«

»Doch, es klingt interessant. Erzählst du mir davon?«

Ich hatte nichts zu verlieren, also holte ich das Bündel mit dem cremefarbenen Kleid hervor. Vorsichtig enthüllte ich meinen Schatz und dessen Makel. »Es ist ruiniert. Aber vielleicht kann man es retten.«

Burgess sah verblüfft aus.

»Ich habe es nicht geklaut«, rief ich empört.

»Das habe ich auch nicht angenommen«, sagte er so sanft, dass ich mich für meinen Ausbruch schämte. »Es ist ein sehr schöner Stoff, und es ist wirklich schade darum. Aber ich kann mir nicht vorstellen, was man da noch ausrichten könnte. Wie denkst du, sollte das funktionieren?«, fuhr er nachdenklich fort.

Ich deutete auf das Foto der Queen. »Mir kam der Gedanke, den befleckten Teil herauszutrennen. Ich würde die Taille entfernen und durch den Wollstoff ersetzen und auch noch diagonal ein Stück heraustrennen, eben alles, was befleckt ist. Dann sähe es aus, als hätte das Kleid einen Gürtel und eine Schärpe. Ich denke, die Farben würden gut miteinander harmonieren. Und dass die Materialien so unterschiedlich sind, würde es interessant machen, oder nicht?«

Ständig mühte ich mich ab, keine Fläche für Spott zu bieten, und nun hatte ich das Gefühl, mein Innerstes nach außen gekehrt und ihm vor die Füße gelegt zu haben. Nach außen hin mochte es nur um ein Kleid gegangen sein, doch für mich hing viel mehr davon ab. Deshalb zitterte ich fast ein wenig vor Anspannung, während ich seine Entscheidung abwartete. Daumen hoch, die Löwen bekämen heute nichts zu fressen. Daumen runter, sie würden mich verschlingen.

Er sah mich nachdenklich an: »Zwei so verschiedene Stoffe miteinander zu verbinden ist keine leichte Sache. Meinst du denn, du würdest das hinbekommen?«

Ich nickte ohne falsche Bescheidenheit mit dem Kopf.

»Weißt du, was wir machen? Ich stelle dir so viel von dem Wollstoff zur Verfügung, wie du für dein Experiment benötigst. Du darfst auch einen der Arbeitsplätze im Studio oben benutzen. Gelingt es dir, dein Vorhaben umzusetzen, darfst du alles behalten. Kommt nur Murks dabei heraus, behalte ich alles. Vielleicht lassen sich Reste der Seide noch verwenden.«

Es war eine Sache, von Grace ein Kleid anzunehmen, das sie sonst weggeworfen hätte, aber mir von Mr. Burgess diesen

Stoff schenken zu lassen schien mir unmöglich. Ich schätzte ihn zu sehr, um von ihm Mildtätigkeit empfangen zu können.

»Es ist kein Geschenk«, erklärte Mr. Burgess. »Es ist eine Wette.«

»Und was ist mit Logan in der Zeit?«, wandte ich ein.

Mr. Burgess überlegte. »Hier im Verkaufsbereich kann er nicht spielen, aber ich bringe ihn ins Hinterzimmer. Keine Angst, die Mädchen werden ihn gerne ein bisschen umsorgen.«

»Und mein Wagen?«

Burgess schaute verwundert auf das schäbige Gefährt vor seiner Tür. »Du denkst, jemand könnte ihn stehlen?«

Ich sah ihn fest an. Der Wagen war wichtig für mich.

»Ich werde ihn durchs Fenster im Auge behalten, einverstanden?«, sagte Mr. Burgess.

Ich nickte. Nachdem wir meinen Bruder ins Hinterzimmer gebracht hatten, stiegen wir gemeinsam die Treppe zum Studio hoch. »Also gut, Claire, bist du bereit?«, fragte er, während er mir die Tür öffnete.

Er stellte mich kurz den drei anderen Frauen vor, die dort saßen und nähten. Er erklärte ihnen, dass er mir den Auftrag gegeben habe, ein Stück für ihn zu fertigen. Nachdem er verschwunden und ich mit den Fremden allein war, betrachtete ich sie nervös. Keine von ihnen stellte den Auftrag ihres Chefs infrage, erkannte ich.

»Dort ist ein freies Gerät. Leider sind heute zwei Mädchen krank, deswegen ist genug Platz. Kannst du damit umgehen?«, sagte die älteste der Frauen, deren Namen ich vor Aufregung schon wieder vergessen hatte.

Ich schüttelte den Kopf. »Aber ich habe schon ein ähnliches Gerät bedient.«

»Sie unterscheiden sich alle nicht sehr. Aber ein paar Kleinigkeiten solltest du bei diesem beachten.« Geduldig wies sie mich in die Besonderheiten der Nähmaschine ein. »Was willst du damit anfangen?«, fragte sie am Ende und deutete auf den Stoffballen und das Kleid.

»Das werden Sie sehen, wenn es so weit ist«, sage ich mit erhobenem Kinn.

Sie lachte. »Na, Mr. Burgess weiß schon, was er tut.«

Ich hoffte, sie sah mir meine Aufregung nicht allzu sehr an, und atmete tief durch. Zu versagen und das Kleid endgültig zu ruinieren war keine Option. Mehrmals strich ich über den Stoff. Seide. Aus Venedig. Ich schloss die Augen, dann öffnete ich sie wieder.

Danach schnitt ich aus dem Ballen von Mr. Burgess so sparsam wie möglich die Streifen zurecht, die ich benötigte. Bei meinen Maßen verbrauchte ich nicht allzu viel Stoff. Sosehr ich mich auch konzentrierte, konnte ich anfangs doch nicht ausblenden, wie neugierig mich die beiden jüngeren Frauen beäugten. Nach einer Weile gewöhnte ich mich an sie und fand sie sympathisch. Sie regten sich nämlich genauso über Miss Dafour auf, wie ich es innerlich tat. Immer wieder schneite der Drachen rein, um sie herumzukommandieren. Aber die ältere Näherin hielt die Assistentin des Chefs recht gut im Zaum. Wer hätte gedacht, dass Freundlichkeit und gute Manieren eine solche Autorität verleihen konnten?

Es war seltsam, aber nachdem ich meinen Mut gesammelt hatte, schien mein Material ihn zu honorieren. Es war, als flüsterten mir die Seide und die Wolle zu, was ich zu tun hatte. Meine Hände, die Seide und die Wolle bildeten eine verschworene Gemeinschaft, deren Treiben ich nur zuzuschauen brauchte. Ich tat es mit Begeisterung und Wehmut. War es das, was mein Großvater an seiner Maschine empfunden hatte? Er hatte großartige Stoffe erschaffen, und ich genoss es, sie zu verarbeiten. Was für ein Gespann wir wohl geworden wären!

Etwa zwei Stunden später kam Mr. Burgess herein, um meine Arbeit zu begutachten. Ich schnitt die letzten vernähten Fäden ab, bevor ich ihm mein Werk reichte. Er hielt das Kleid weit von sich, um es als Ganzes zu betrachten, dann schaute er sich die Nähte genauer an.

»Niemand wird so etwas jemals tragen. Aber handwerklich ist es eine sehr gute Arbeit. Was willst du anfangen, wenn du mit der Schule fertig bist?«

Mein Herz raste. »Dann möchte ich bei Ihnen in die Lehre gehen«, sagte ich dreist.

Ich hörte die ältere Frau lachen und sah die erschrockenen Blicke der beiden Mädchen. Nur Mr. Burgess blieb ganz ruhig. »Komisch, genau das wollte ich dir gerade vorschlagen.«

»Danke«, sagte ich ernsthaft und erleichtert. Ich mochte dreist sein, aber ich war nicht undankbar. Ich vergaß Leuten selten etwas – im Guten wie im Schlechten.

23. Kapitel

Auf dem Heimweg versank ich in Tagträumen. Ich sah mich selbst in einem eleganten Kleid hinter einem Tresen wie dem von Mr. Burgess stehen. Nicht hinter seinem, ich wollte ihm nichts wegnehmen und mir erst recht nicht vorstellen, dass er irgendwann einmal nicht mehr selbst in seinem Laden würde stehen können. Doch ebenso wenig wollte ich dauerhaft eine Näherin in einem Hinterzimmer sein. Die Lehre zu machen war der erste Schritt in die richtige Richtung zur Erfüllung meiner Träume.

Ich konnte nicht damit rechnen, dass der Tag meines bislang größten Erfolgs auch der Auftakt zur größten Katastrophe sein sollte. In strahlende Zukunftsvisionen versunken bemerkte ich kaum, dass Logan und ich die elegante Gegend hinter uns gelassen hatten, bis wir an einem zwielichtigen Pub vorbeikamen, von dem es hieß, dass sich dort Männer trafen, um »miteinander intim zu werden«, wie eine Nachbarin gemunkelt hatte. Arthur hatte es drastischer formuliert und erklärt, dass dort Männer »ekelhaft aneinander herumfummelten«.

Dies alles reichte, um mich neugierig durch die Scheiben blicken zu lassen. Niemals hätte ich damit gerechnet, dort ein vertrautes Gesicht zu erblicken. Doch der Kerl, der seinen Arm um einen viel zu jungen Mann gelegt hatte und mir nun direkt in die Augen sah, war mein Vater.

Bevor ich es wirklich begriff, hatten meine Reflexe die Gefahr erkannt und mich in die Flucht geschlagen. Den Griff des Bollerwagens, in dem Logan es sich mittlerweile gemütlich gemacht hatte, fest umklammert rannte ich, bis es in meinen Ohren sauste und ich nur noch verschwommen die Straße vor mir sah.

Als ich wieder etwas Luft geholt hatte und zu mir kam, erkannte ich, dass es mich kaum schockierte, dass ich meinen Vater mit einem Mann gesehen hatte – mir war mittlerweile egal, was er tat, solange er uns nur in Ruhe ließ. Mich erschrak vor allem, dass er uns dabei gesehen hatte, wie wir ihn erwischt hatten. Immerhin war es strafbar, was er tat. Gerade erst Anfang des Jahres hatte es einen schrecklichen Skandal um den Mathematiker Alan Turing gegeben, den man wegen Homosexualität angeklagt hatte. Er war dem Gefängnis entgangen, indem er sich einer merkwürdigen Therapie unterzog.

Es dauerte nicht lange, bis ich erfuhr, wie richtig ich mit meiner Angst lag. An diesem Abend verprügelte er Logan vor meinen Augen, bis dieser schrie. Ich wusste, dass er im Grunde mich bestrafen wollte, deshalb versuchte ich, mich in seine Arme zu werfen, aber sogar betrunken war er mir noch körperlich überlegen. Spielend leicht schleuderte er meine Mutter zur Seite, als auch sie versuchte, seinen Arm festzuhalten. Mein Bruder rief nach mir, und seine verzweifelten Rufe waren das Schlimmste, was ich je gehört hatte. Nun war ich mir sicher, dass ich kein halbes Jahr mehr warten konnte. Ich musste Logan sofort in Sicherheit bringen. In diesem Moment fiel mir nur ein Ort ein, an dem er weit genug weg wäre. Ich würde ihn nach Barra bringen, gleich am nächsten Tag. Sollte doch sein Vater für ihn sorgen, der gute Christenmensch. Nur so lange, bis ich ein Zimmer für uns gefunden hätte.

Nachdem mein Vater endlich auf dem Sofa eingeschlafen war, wiegte ich Logan in meinen Armen, bis er nicht mehr weinte. »Morgen werden wir ein Abenteuer erleben, Logan. Wir verschwinden von hier. Ich bringe dich auf eine Insel. Da kannst du am Meer spielen und Muscheln sammeln.«

»Na gut«, murmelte er müde. »Hauptsache, du bist bei mir.«

»Natürlich, Logan. Ich bin doch immer bei dir. Aber vielleicht kann ich nicht die ganze Zeit deine Hand halten, so wie ich es jetzt gerade tue.«

»Was meinst du?«

»Ich bringe dich zu deinem Vater. Ich meine deinen richtigen Vater, nicht den hässlichen Mann, der dich geschlagen hat. Der ist gar nicht dein Vater. Dein richtiger Vater ist nett«, behauptete ich, ohne es sicher zu wissen.

»Und du kommst mit?«, fragte er eifrig. Wie schnell er bereit war, die Tatsache zu akzeptieren, dass der Mann, den er für seinen Vater gehalten hatte, nicht sein Vater war, wunderte mich nicht.

»Ja, ich komme mit«, sagte ich. »Aber ich kann nicht die ganze Zeit bleiben. Ich muss hier noch etwas erledigen, bevor ich dich zurückhole. Aber das wird ganz bald sein, und dann sorge ich für uns beide. Ich verspreche es dir.«

Seine Augen wurden feucht. Ich küsste ihm die Tränen weg und tröstete ihn. »Du musst keine Angst haben, Barra ist wunderschön.«

Und ich erzählte ihm vom Meer, den Orchideen und seinem gütigen Vater, bis er einschlief und hoffentlich von all den herrlichen Dingen träumte, die ich ihm ausmalte. Während dieser Nacht blieb ich neben ihm liegen und hielt ihn eng umschlungen. Jetzt, wo er es nicht mehr sehen konnte, hielt ich meine Tränen nicht länger zurück. Der Abschied von ihm würde mir schwerfallen. Logan war zu einem Teil von mir geworden. Alles, was ich jetzt noch tun konnte, war, zu hoffen, dass sein echter Vater wirklich gut zu ihm sein würde. Notfalls würde ich ihn mit einer Erpressung dazu bringen.

Sobald ich mich beruhigt hatte, stand ich auf und packte Logans wenige Sachen in eine alte Reisetasche. Ich nahm außerdem Geld aus meinem Versteck unter einer Bodendiele und steckte es ebenfalls in die Tasche. Danach saß ich da und wartete auf das Morgengrauen.

Doch an diesem Sonnabend, dem 6. Dezember 1952, sollte es gar keine Dämmerung geben. Zwei Tage war es jetzt her, dass Logan bemerkt hatte, dass der Himmel krank aussah. Vielleicht lag er jetzt bereits im Sterben, dachte ich, als wir auf die Straße traten. Ich hatte meinen Bruder sanft geweckt, indem ich ihm ein paar Haare aus der Stirn gepustet und mit den Fingerknöcheln sanft über seine blassen Wangen gestrichen hatte. Ich hatte auf die erfrischende Wirkung der Morgenluft gesetzt, um ihn endgültig aufzuwecken. Doch als wir nun mit der Reisetasche in der Hand draußen standen, war da keine frische Luft.

Der Nebel war so dicht, dass man ihn hätte in Gläser abfüllen können. Ich umklammerte fest die Hand meines Bruders, damit ich ihn nicht am Ende in den gelbgrünen Wolken verlor, die uns die Sicht versperrten.

»Was ist das?«, fragte Logan müde und ängstlich. Er tat mir leid, ich hätte mir für ihn einen besseren Start in eine neue Welt gewünscht, doch bald würde alles gut sein.

»Sieht aus wie Erbsensuppe, oder?«, entgegnete ich mit gezwungenem Lachen. Er hustete zuerst, und dann hustete auch ich. Diese Erbsensuppe stank nach verfaulten Eiern. Und der unangenehme Geruch mischte sich unter den der Kohlefeuer, die die Bewohner allerorts entzündet hatten – in diesem kalten Winter.

»Versuch nicht so viel zu atmen, Logan«, sagte ich und zog seinen Schal etwas über seinen Mund nach oben. Wir hatten Glück, es kam tatsächlich ein Bus. Doch kaum waren wir ein paar Meter gefahren, stoppte der Fahrer und bat uns auszusteigen. Er hatte sich verfahren und dachte nicht daran, weiter nach dem richtigen Weg zu suchen, solange die Sicht so schlecht war.

Bang stieg ich mit Logan an der Hand aus. Es war ein weiter Fußmarsch bis zum Bahnhof – und ich konnte meinen eigenen Körper von der Taille abwärts aus kaum mehr erkennen.

Um uns herum fluchten die Menschen. »Was ist das denn für eine gottverdammte Brühe!«

Eine Frau weinte. »Da stimmt etwas nicht.«

»Bestimmt sind die verdammten Deutschen wieder da«, murmelte ein Betrunkener an einer Straßenecke. Es war, als würde London untergehen. Ein Grund mehr, meinen Bruder fortzubringen. Zum Glück waren wir nicht weit von Arthurs Haus entfernt. Er würde eine Idee haben. Und seine Mutter hatte Arbeit als Krankenschwester gefunden, sie konnte Logan sicher helfen. Er sah aus, als würde er gleich umkippen.

Ich kniete mich zu ihm nieder und zupfte an seinem Schal, bis er auch die Nase bedeckte. »Du siehst jetzt aus wie ein richtiger Gangster«, sagte ich lächelnd, bevor ich meinen eigenen Schal ein Stück höher zog. Der Nebel schien mittlerweile eine körperliche Gestalt angenommen zu haben. Er quetschte meine Brust und meinen Hals. Doch ich konnte ihn mir nicht vom Leib reißen, sosehr ich es auch wollte.

Endlich erreichten wir Arthurs Haustür. Ich klopfte mit aller Kraft. Er öffnete uns selbst die Tür. »Ach, ihr seid es«, sagte er überrascht. »Was macht ihr denn da draußen? Kommt rein.«

»Ist eure Mutter da?«, fragte ich. »Logan geht es nicht gut.«

»Nein, sie ist im Krankenhaus. Charlie und ich sind allein.«

Er kommentierte die Schwellungen in Logans Gesicht mit keinem Wort. Er schien sie nicht einmal wahrzunehmen. Irgendetwas versetzte ihn in eine ausgelassene, beinahe fiebrige Stimmung.

Ich folgte ihm in die Küche, wo Charlie gerade die Zeitung beiseitelegte. »Es ist zwecklos; es ist zu finster, um zu lesen. Oh, hallo, Claire. Und hallo, Logan, alter Freund.«

Er runzelte besorgt die Stirn. »Claire, was ist denn mit Logan passiert?«

»Mein Vater … Ich …« Mir fielen keine passenden Worte ein. »Logan muss hier raus. Ich muss unbedingt mit ihm den Bahnhof erreichen. Könnt ihr mir helfen?«

»Keine Zeit, auch wenn ich einem Fräulein in Not gerne beistehen würde.« Arthur zuckte gut gelaunt mit den Achseln.

Ungläubig starrte ich ihn an. »Es ist wichtig. Mein Vater schlägt ihn tot. Und die Luft bekommt ihm nicht. Schau ihn dir doch an.«

Arthur beäugte meinen Bruder. »Der sieht echt nicht gut aus. Aber ein Tag mehr oder weniger macht jetzt auch nichts.«

Logan hustete. Es war ein Bellen, das tief aus seiner Brust kam.

»Bitte, Arthur. Ich kenne niemanden sonst, der ein Auto beschaffen kann.« Mittlerweile war es mir egal, dass ich bettelte. Ich wusste, dass einer der Nachbarsjungen, mit denen er öfter mal loszog, ein Auto besaß, mit dem er auch schon gefahren war. Sollte er von mir halten, was er wollte, und in Zukunft all seine Giftpfeile nur noch auf mich abschießen, solange er mir jetzt half.

»Tut mir leid, Claire«, sagte er ohne echtes Bedauern. »Dies ist nun einmal das perfekte Arbeitswetter.«

»Arbeitswetter?« Ich starrte ihn an.

»Er ist eben ein Schwein«, sagte Charlie resigniert. Für einen Moment hatte ich ihn glatt vergessen, doch nun hatte er meine volle Aufmerksamkeit. So harsch hatte er sich noch nie über seinen Bruder geäußert. Etwas musste vorgefallen sein.

»Was hat er denn vor?« Ich wandte mich nun an Charlie, von dem vernünftigere Antworten zu erwarten waren als von Arthur.

»Ja, erzähl es uns, was hast du vor, Arthur?« Charlies Stimme war so ungewohnt bitter, dass es beinahe schmerzte.

»Versuch doch mich aufzuhalten, du Spießer«, sagte Arthur, der plötzlich zornig wirkte.

Charlie sprang auf. Nach einer kurzen Rangelei vor der Tür, bei der Charlie erstaunliche Kräfte offenbarte, gelang es Arthur, sich loszumachen. »Ciao, Claire, bis später«, rief er. Dann fiel die Tür ins Schloss.

Ich sah auf die Tür, durch die gerade meine letzte Hoffnung verschwunden war. »Was war das?«, fragte ich Charlie verwirrt.

»Arthur und sein elender Freund planen ein paar schöne Taschendiebstähle. Sie hoffen, dass sie im Nebel keiner erkennt.«

Logan hustete wieder. Charlie legte ihm besorgt die Hand auf den Rücken. »Was ist da draußen nur los?«, murmelte er.

»Kannst du uns helfen?«, fragte ich hastig. »Wir wollen zum Bahnhof, und ich schaffe es nicht, ihn und die Tasche zu tragen. Aber laufen kann er auch nicht mehr weit.«

Ich verfluchte mich dafür, dass ich den Handkarren zu Hause gelassen hatte, doch im Bus und im Zug wäre er bloß überflüssiges Sperrgut gewesen. Nun wollte ich keinen Umweg mehr riskieren, um ihn zu holen. Was, wenn die Züge nicht mehr fuhren, wo doch die Busse schon einfach stehen blieben?

»Also gut«, sagte Charlie. »Aber Logan sieht so blass aus, und seine Lippen sind blau. Sollen wir nicht lieber erst mal rasch zu einem Arzt gehen?«

Ich sah meinen Bruder prüfend an. Widerwillig musste ich Charlie zustimmen.

»Was ist das nur für ein Teufelszeug in der Luft?«, fragte ich, als wir das Haus verlassen hatten. »Ob das giftig ist?«

Beklommen sah Charlie mich an. »Ich weiß es nicht, aber vielleicht wissen die Ärzte mehr.«

Als wir endlich ein Krankenhaus erreichten, waren die Flure bereits verstopft: Babys schrien oder hingen schlaff in den Armen ihrer Mutter, alte Menschen waren zusammengebrochen, andere bewegten sich so langsam, als hielte der Nebel sie immer noch fest umschlungen, mit leeren Mienen und Rußspuren im Gesicht.

»Mist«, fluchte Charlie. »Oh, Claire, es tut mir so leid.«

Er strich mit seinem Zeigefinger über meine rechte Wange. Ich hatte gar nicht gemerkt, dass mir Tränen hinunterliefen.

»Also gut«, sagte Charlie. »Versuchen wir es. Versuchen wir, zum Bahnhof zu kommen. Es scheint ohnehin keinen Ort mehr in der Stadt zu geben, an dem man sicher aufgehoben wäre. Wir können also ebenso gut zum Bahnhof gehen. Falls das in der Luft wirklich Gift sein sollte, ist das noch unsere beste Chance, zu entkommen.«

Ich sah auf all die Menschen und empfand die Lage plötzlich als so aussichtslos, dass ich bereit war aufzugeben. Warum nicht loslassen und den Nebel sein vernichtendes Werk verrichten lassen? Ich setzte mich auf die Bordsteinkante und umschloss Logan mit den Armen.

Charlie zog mich fast brutal wieder hoch. »Wir finden einen Weg«, raunte er.

Für einen Moment nahm er meine Hand und drückte sie, und es war, als würde er neue Energie in meinen Körper pumpen.

»In Ordnung«, sagte ich. »Gehen wir.«

Und so bahnten wir uns unseren Weg zum Bahnhof. Wir orientierten uns an bekannten Leuchtschriften und markanten Gebäuden. Er trug meinen Bruder auf dem Arm, der vertrauensvoll sein Köpfchen auf Charlies Schulter gebettet hatte. Ich schleppte meinen Koffer hinter ihm her.

Wir fanden einen Zug, der gleich mit dem Ziel Edinburgh aufbrechen würde, und konnten es kaum glauben, dass wir es geschafft hatten. Charlie brachte Logan und mich in ein Abteil, und als wir uns verabschieden wollten, brachen alle Dämme der

Vernunft. Wir verhielten uns wie Überlebende eines Weltuntergangs, und noch wussten wir ja gar nicht, ob wir nicht genau das waren. Weinend klammerte ich mich an ihn und küsste seine Wange. Vermutlich war mein Gesicht genauso voller Ruß wie seines, und ich sah aus wie eine Irre. Doch falls es so war, schien es ihn nicht zu stören, denn er umklammerte mich genauso fest, und schließlich trafen seine Lippen hart auf meine. Bislang hatte mich nur Arthur geküsst, und das war immer spielerisch gewesen, doch das hier war ernst.

Der Kuss schmeckte nach Kohle und Wahnsinn und dem Ende der Welt, und es war das Einzige, was es wirklich zu tun galt. Dennoch konnten wir uns nicht mehr in die Augen sehen, nachdem wir einander losgelassen hatten. Charlie umarmte Logan kurz und verwuschelte ihm das Haar. »Pass auf deine Schwester auf«, murmelte er.

Dann hob er ihn in den Zug hinein, ich kletterte hinterher, schloss die Tür, und der Zug setzte sich in Bewegung. Schon Sekunden später war Charlie verschwunden. Auch wenn ich ihn in dem Nebel nicht sah, wusste ich, dass er stehen bleiben würde, bis der Zug ganz an ihm vorübergezogen war. In diesem Wissen blickte ich aus dem Fenster und stellte mir sein Gesicht mit dem brennenden Ausdruck von eben vor. Ich zog Logan enger an mich und küsste das Haar, das Charlie eben noch berührt hatte.

Erst als der Zug schon eine ganze Weile unterwegs gewesen war, fiel mir ein, dass wir gar kein Ticket gekauft hatten. Doch am Ende der Welt schien es unsinnig, sich um Fahrkarten zu kümmern, und sollte sie doch jemand sehen wollen, würde mir schon etwas einfallen.

Es dauerte zwei Wochen, bis ich nach London zurückkehren konnte. Niemand machte mir Vorwürfe – weder Grace noch die Kunden, schon gar nicht Mr. Burgess. Er wirkte still und traurig, als ich das erste Mal ohne Logan seinen Laden aufsuchte. Andererseits bildete ich mir das vielleicht auch nur ein, weil ich selbst mich amputiert fühlte. Nun saß ich ohne meinen Verbündeten bei unseren Eltern fest. Sie hatten den gelbgrünen Nebel überstanden. Keiner von beiden sprach mit mir groß über Logan und sein Verschwinden aus ihrem Leben.

»Dann sind wir den Bastard ja los«, das war das Einzige, was meinem Vater einfiel, während meine Mutter lautlos weinte, als ich nach zwei Wochen ohne ihn in die Wohnung zurückkehrte. Das Schlimmste war der sanfte Gesichtsausdruck meines Vaters, während er die Worte aussprach. Es schien fast, als wolle er mich trösten, und dafür hasste ich ihn, wenn überhaupt möglich, noch mehr.

Einen winzigen Moment lang, dachte ich, ich wäre in der Lage, einen Menschen zu töten. Doch dann kam mir Alan Turing in den Sinn und mit ihm eine noch viel bessere Idee.

Es ist komisch, dass Entscheidungen, die im Bruchteil einer Sekunde getroffen werden, das Leben eines anderen Menschen für immer in eine Straße ohne Wiederkehr treiben können.

24. Kapitel

Claire 2017

Claire schaute eine Weile ins Leere, als wäre ihr Blick noch in die Vergangenheit gerichtet, bevor sie Vivian ansah. »Viertausend Menschen sind direkt an der Erbsensuppe gestorben und achttausend weitere an den Folgen, vor allem die Babys und die Alten. Menschen, die schwach waren. Irgendwann später fand man heraus, woran es gelegen hatte: Es war so kalt gewesen, dass in der ganzen Stadt die Kohlefeuer brannten, dazu kam das Zeug, das aus den Schloten der Fabriken entwich, und alles vermischte sich mit dem Nebel, der durch die ungünstige Wetterlage nicht entweichen konnte. Effektiver wurden Londoner im vergangenen Jahrhundert wohl nur noch durch den Blitzkrieg vernichtet.«

»Das ist schrecklich«, sagte Vivian bedrückt. Sie sah sie vor sich, die verzweifelten Mütter, die mit ihren hustenden Kindern über die Straßen irrten. Die Alten und Kranken, die nicht einmal so weit gekommen waren. Wie immer, wenn sie von solchen Dingen hörte, fühlte Vivian sich schuldig, weil sie nicht ihr zugestoßen waren.

»So«, sagte Claire unvermittelt munter. »Und nun begleiten Sie mich bitte in die Cafeteria, ich brauche einen starken Kaffee.«

Sie erhob sich, und erst jetzt, wo sie neben ihr stand, bemerkte Vivian, dass Claire an diesem Tag dezentes Make-up aufgelegt hatte. »Morgen darf ich übrigens das Krankenhaus verlassen.«

»Das ist gut«, sagte Vivian und hielt Claire die Hand hin, damit sie leichter aufstehen konnte. Dann griff sich Claire ihre Krücken. Sie verriet Vivian nicht, dass in der Cafeteria Peter Cochrane auf sie wartete. Ihr war klar, dass Vivian sich sträuben würde, wenn Claire ihr erzählte, dass sie die beiden einander vorstellen wollte.

Claire hatte den Autor in der vergangenen Woche schon einmal kurz getroffen, um einen ersten Eindruck zu gewinnen, und schließlich in seinen Plan eingewilligt. Sie würde ihm einfach nicht mehr erzählen, als sie wollte – und so ihre Geschichte auch für die Nachwelt unter Kontrolle behalten, falls sich diese überhaupt noch für sie interessierte. Außerdem war es ein Anlass, Barra zu sehen. Ihr plötzlicher Drang, die Insel noch einmal zu besuchen, hatte sie selbst überrascht. Ebenso ihr Wunsch, dabei von Vivian begleitet zu werden – und zwar nicht nur, weil sie womöglich noch etwas Hilfe beim Gehen brauchen würde.

Seit sie ihren Entschluss gefasst hatte, hatte sie die Unruhe der Zugvögel gepackt, dieses Vibrieren kurz vor dem Aufbruch. Sie witterte ein Abenteuer. Die waren in ihrem Leben so selten geworden, dass sie sie nicht einmal vermisst hatte. Bis jetzt.

Mr. Cochrane schien ihr ein interessanter Begleiter zu sein, auch wenn sie sich nicht sicher war, ob ihn Begeisterung oder Narzissmus antrieb, wenn er von seiner Arbeit schwärmte. Sollte Letzteres der Fall sein, wäre das von Vorteil. Er würde nach Gelegenheiten und Formulierungen suchen, sein eigenes Können zu zeigen, und womöglich etwas weniger Aufwand betreiben, sie zu entblättern.

Als sie mit Vivian die Cafeteria betrat, eilte er mit raumgreifenden Schritten auf sie zu.

»Guten Tag.« Er schüttelte Claires Hand und lächelte, als hätte er sich noch nie so nach einer Begegnung gesehnt. Claire erwiderte sein Lächeln. Sie hatte nichts gegen charmante Männer einzuwenden.

»Guten Tag.« Sie deutete auf Vivian, die ein Stück hinter ihr stehen geblieben war und nun irritiert von einem zum anderen schaute. »Das ist Vivian Green. Vivian, das hier ist Peter Cochrane. Er hat sich in den Kopf gesetzt, meine Biografie zu schreiben.«

Sie sah, wie Vivian errötete, als Peter Cochrane sich ihr mit dem gleichen Enthusiasmus zuwandte, mit dem er gerade Claire begrüßt hatte. Falls er sich fragte, was die junge Frau hier eigentlich zu suchen hatte, merkte man ihm das nicht an.

Claire schmunzelte. Sie hatte vergessen, wie gut er aussah. Vivian war sicher nicht die Einzige, der bei seinem Anblick kurz der Atem stockte. Fast jeder Frau würde der Puls schneller rasen, wenn seine hellgrauen Augen sie musterten. Es sei denn natürlich, sie wäre besonders abgebrüht oder befände sich bereits jenseits von solchen Verwicklungen. Auf Claire traf beides zu, deswegen genoss sie das Schauspiel.

»Sie sind aber nicht die Tochter, oder?«, fragte Peter neugierig.

Vivian schaute verunsichert zu Claire und formte mit den Lippen das Wort *Tochter?*

»Papperlapapp«, antwortete Claire an ihrer statt trocken. »Sie könnte meine Enkelin sein. Tatsächlich aber ist Vivian Green … nun, früher hätte man gesagt, dass sie meine Gesellschafterin ist.«

Vivian verschluckte sich an ihrem Speichel und hustete.

Peter lachte. »Gesellschafterin? Ich dachte, dabei handelte es sich um unscheinbare Mauerblümchen, die alten Damen aus Zeitungen vorlasen.«

»In etwa haben Sie damit die Situation getroffen«, sagte Claire und übersah Vivians getroffenen Gesichtsausdruck.

Die junge Frau räusperte sich. »Ich denke, ich werde jetzt gehen.«

»Würden Sie noch einen Moment warten? Es hat einen Grund, dass ich Sie gebeten habe mitzukommen, Miss Green. Mr. Cochrane möchte mich nach Barra schleifen. Aber ich weiß nicht, ob ich der Sache so allein mit einem Mann wie diesem gewachsen bin. Würden Sie mich eventuell begleiten und meine Tugend bewachen?« Claire, die mit ihren Überrumpelungstaktiken bislang sehr gut gefahren war, fand keinen Grund, warum es diesmal anders sein sollte. »Außerdem kann es sein, dass ich eine Gehhilfe brauche«, ergänzte sie, als Vivian nichts entgegnete. Claire beobachtete, wie die junge Frau die Informationen verarbeitete. Ihrem Gesicht konnte man wirklich jede Gefühlsregung ablesen. Man sah ihr inneres Ringen, wie ihr Blick hastig umherschweifte, sie ihre Lippen zerbiss, während sie versuchte, ihr spontanes Widerstreben in eine nicht unhöflich klingende Verpackung zu bringen. »Keine Sorge, der Verlag zahlt sicher für Ihre Reise mit, wenn das meine Bedingung ist, oder?« Claire fixierte Peter herausfordernd.

»Sicher«, antwortete er gelassen.

Vivian schwieg immer noch.

»Was hält Sie jetzt noch davon ab?«, fragte Claire. Dann schien ihr etwas einzufallen. »Ach so, Ihr Junge ist selbstverständlich mit von der Partie. Was meinen Sie, wie gut es ihm tun wird, einmal die Stadt hinter sich zu lassen! Wann konnte er zuletzt am Meer Muscheln sammeln und Sandburgen bauen?« Sie setzte das unschuldige Lächeln einer freundlichen Tante auf. Möglicherweise überspannte sie den Bogen damit. Vivian wirkte nun nicht mehr ganz so verwirrt, sondern zog verärgert die Augenbrauen zusammen.

»Würden Sie uns ganz kurz entschuldigen?«, fragte sie an Peter Cochrane gewandt.

»Kein Problem, ich werde schon mal Kaffee bestellen. Zwei Stück Zucker, zwei Teelöffel Milch?«, fragte er Claire.

Die verdrehte ihre Augen. Cochrane hatte zur Vorbereitung also den ganzen Tratsch gelesen. Ein ehemaliger Assistent hatte einmal einer Modezeitschrift »enthüllt«, dass Claire regelmäßig furchtbare Szenen inszenierte, wenn sie den Kaffee nicht so bekam, wie ihn Cochrane gerade beschrieben hatte. Das war natürlich völliger Quatsch. Sie mochte keinen Zucker im Kaffee und hatte den Mann ausschließlich wegen seiner Unfähig- und Wehleidigkeit gefeuert.

»Ja, bitte, Mr. Cochrane. Bestellen Sie den Kaffee so und nicht anders, sonst mache ich vielleicht doch noch einen Rückzieher«, erwiderte sie süß. Sollten die Leute doch denken, was sie wollten.

Kaum hatten sie sich ein paar Schritte von Cochrane entfernt, platzte es aus Vivian heraus. »Was sollte das denn gerade?«

Claire erzählte gelassen die Geschichte mit dem Assistenten.

Vivian sah sie ungläubig an: »Ich meinte doch nicht den Kaffee. Sie können nicht über mich verfügen, wie es Ihnen gerade in den Kram passt. Als wäre ich ein Gegenstand oder von mir aus Ihre Assistentin. Ich habe ein Kind, das in den Kindergarten geht, und zwei Jobs, die ich nicht einfach so aufgeben kann.«

Claire seufzte.

»Sie haben wirklich nicht damit gerechnet, dass ich Einwände vorbringe, oder?«, fragte Vivian verblüfft. »Sie sind unglaublich.«

Claire zuckte mit den Achseln. »Es wäre doch bloß für eine Woche. Nehmen Sie Urlaub, und nutzen Sie die Gelegenheit, mal in Ihrem Kopf aufzuräumen. Sie werden sehen, das geht am Meer besonders gut. Sie wissen schon, die reinigende Wirkung des Wassers. Sie halten sich eine Muschel ans Ohr, schauen auf den Horizont und bekommen eine Erleuchtung. Und was glauben Sie wohl, wie schön das für Ethan wäre?«

»Sie haben sich seinen Namen gemerkt?«, fragte Vivian, statt auf die spöttischen Worte zu reagieren.

Schwand gerade ihr Widerstand? Du meine Güte, dachte Claire, ihr Sohn macht sie aber wirklich zu einer leichten Beute.

»Ich kann zufällig ganz gut hören, wissen Sie?«, sagte sie mit zusammengekniffenen Augen. »Nur das Gehen macht mir Schwierigkeiten, seit eine überforderte junge Frau ein Schild auf mich gehetzt hat.«

Zufrieden verschränkte Claire die Arme.

»Ich habe die ganze Zeit ein schlechtes Gewissen gehabt, weil ich dachte, ich müsste Ihnen gestehen, dass es meine Schuld gewesen ist«, berichtete Vivian, die plötzlich sehr müde aussah. »Ich dachte, dass Sie vermutlich Anspruch auf ein Schmerzensgeld haben, das ich nicht bezahlen kann. Und das war Ihnen die ganze Zeit klar?«

»Natürlich, blöd bin ich nämlich auch nicht. Ein schlechtes Gewissen dürfen Sie trotzdem haben, schließlich macht mir mein Bein wirklich ganz furchtbar zu schaffen. Warum sollte Sie das weniger betrüben, nur weil mir klar war, dass der Unfall allein Ihre Schuld gewesen ist?«

Vivians Finger rangen miteinander, als müssten sie einander davon abhalten, sich um Claires Hals zu schließen und zuzudrücken. Belustigt stellte Claire wieder einmal fest, dass in dem Mädchen viel mehr Leben steckte, als sie anfangs vermutet hatte. War es nicht mühsam, sich immer so zu zügeln? Sie betrachtete Vivians hellen Teint und stellte sie sich auf Barra vor. Der Wind würde ihr Haar zerzausen und das Salz in der feuchten Luft wilde Wellen hineinzaubern. Ihre Wangen wären dort immer so gerötet wie in diesem Moment. Die Natur würde ihr stehen. Claire spürte, dass sie Lust hatte, ein Kleid für Vivian zu entwerfen. Kein aufwendiges, verkopftes Design, das auf dem Laufsteg für Blitzlichtgewitter sorgen sollte. Nein, es würde nichts weiter tun, als den Menschen zu zeigen, den es verhüllte. Claire war lange keinem Menschen begegnet, der sie dazu inspiriert hatte.

Ein Kleid für Vivian musste schlicht sein, mit schmalen Ärmeln, die bis zum Ellbogen reichten, und einem nicht zu tiefen, runden Ausschnitt. Am Oberkörper würde es eng anliegen und unterhalb der Taille aufspringen. Nicht zu ausladend, versteht sich. Aus leichter Wolle, die sich fließend bewegte, ohne zu flattern. Sein schilfgrüner Ton würde die Kupferreflexe auf ihrem mausbraunen Schopf funkeln lassen.

Ja, die junge Frau brauchte unbedingt Sauerstoff. Sie konnte nicht weiter unter dieser Dunstglocke leben. Und dieses Gefühl war einer der Gründe, warum Claire sich für die Reise entschieden hatte. Irgendjemand musste Vivians Leben aufwirbeln, bis sich alles in einer passenderen Ordnung wieder legte. Wie Sandkörner im Wasser.

»Erpressen Sie mich gerade?« Vivian klang ehrlich erschüttert.

»Absolut«, bestätigte Claire ohne Scham. »Können wir uns jetzt bitte zu Mr. Cochrane setzen? Unser Kaffee wird kalt.«

»Vermutlich tut Ihr Bein furchtbar weh, wenn Sie zu lange stehen?«

»Genau«, sagte Claire und humpelte auf Peters Tisch zu. Zuerst dachte sie, Vivian würde tatsächlich stehen bleiben, doch dann erklangen hinter ihr die inzwischen vertrauten leisen Schritte.

Am Tisch angekommen, blieb Claire stehen.

»Ich denke, ich muss noch einmal ins Bad.« Sie musste Vivian nicht ansehen, um zu wissen, dass es ihr nicht passte, mit einem Fremden allein gelassen zu werden. Claire wandte sich ab und verbarg so ihr zufriedenes Lächeln. Wie gerne hätte sie gewusst, ob Peters Charme Vivian knacken könnte und ob er es überhaupt darauf anlegen würde! Claire war fast sicher, dass er es täte. Stille, hübsche Frauen reizten Dichter doch immer, oder? Bei Vivian war sie sich weniger sicher. Manchmal vermutete Claire, dass in dieser zurückhaltenden Frau das unbeugsame Rückgrat verborgen lag, das merkwürdigerweise ausgerechnet schüchternen Menschen oft zu eigen war.

25. Kapitel

Vivian 2017

Vivian fühlte sich von der alten Dame verraten. Gerade hatte sie angefangen, sich in Claires Gegenwart wohlzufühlen, und nun wurde sie von ihr zu etwas gedrängt, was sie nicht wollte. Zugleich schmeichelte es ihr, dass ihre neue Bekannte sie an ihrer Seite wissen wollte, wenn sie einen Ort aufsuchte, der so wichtig für sie gewesen war. Dennoch blieb es ein seltsamer Beweis der Zuneigung. Claire war alt genug, um zu wissen, dass man Menschen nicht zu seinem Vergnügen springen ließ.

Nun saß Vivian hier allein mit diesem wildfremden Mann, der aussah, als könnte er die männliche Hauptrolle in einem Melodrama spielen. Diese Kerbe am Kinn erinnerte sie an einen Schauspieler, dessen Name ihr nicht einfiel. Verlegen mied sie Cochranes Blick und studierte umso neugieriger den Rest seiner Erscheinung. Er war der einzige Besucher in der Cafeteria, der einen Anzug trug. Smaragdfarbener Cordsamt? Als wäre er Oscar Wilde. Er hatte etwas von einem Dandy, aber ohne jeden femininen Zug. Ärgerlicherweise hatte Vivian diese Art selbstbewusster Attraktivität aus der Distanz immer schon anziehend gefunden, ohne jemals eine Annäherung gewagt zu haben. Er erinnerte sie an einen Puma auf einem Baum. Die Augenlider scheinbar träge geschlossen und in Wahrheit doch immer Herr der Lage. Die aparte Fellmusterung verbarg kaum seine Gefährlichkeit.

»Na, dann«, sagte Peter lächelnd, als wäre für ihn nichts an dieser Situation befremdlich. »Was machen wir jetzt?«

Vivian sah ihm direkt in die hellen Augen und versuchte sich nichts anmerken zu lassen. Falls er so aufmerksam war, wie sie ihn einschätzte, würde er allerdings ihre Aufregung anhand ihrer geweiteten Pupillen erkennen.

»Eigentlich geht mich das alles hier gar nichts an«, sagte sie. »Mrs. Holloway und ich … wir kennen uns kaum. Ich weiß nicht, warum sie auf meiner Anwesenheit beharrt.«

Ihre Worte klangen wie eine Entschuldigung, stellte Vivian ärgerlich fest. Als wolle sie Peter Cochrane um Verzeihung bitten dafür, dass er sich mit jemandem wie ihr auseinandersetzen musste.

»Sie haben sie gehört«, sagte er und lächelte freundlich. »Sie könnten doch unmöglich mit der Verantwortung weiterleben, mich an meinem Buch gehindert zu haben.«

»Können Sie denn mit der Verantwortung leben, dass ich vielleicht meinen Job verliere, wenn ich Sie begleite?« Vivian versuchte seinen spielerischen Tonfall zu übernehmen.

»Das würde ich ganz sicher nicht wollen«, brachte er ganz ernsthaft über die Lippen.

Vivian fiel wieder ein, wann sie sich schon einmal so gefühlt hatte. Als Kind hatte sie mit ihrer Schulklasse ein Theaterstück besucht. Sie hatte nie den Augenblick vergessen, in dem sich der Vorhang gehoben hatte. Dieses verheißungsvolle Rascheln und Vibrieren, dem Eintauchen in eine Welt gleich, in der alles eine Nummer größer war als gewohnt.

»Können Sie denn nicht für ein oder zwei Wochen Urlaub nehmen?«, fragte Peter.

»Ich habe einen kleinen Sohn«, wehrte Vivian sich.

Er zuckte nicht mit der Wimper. »Ihm werden die Hebriden gefallen. Mrs. Holloway hat doch am Ende recht: Ist es nicht großartig, einmal Steine ins Meer zu werfen, statt schwimmende Autoreifen in der Themse zu beobachten?«

»Autoreifen schwimmen nicht«, erwiderte Vivian. Dabei hatte sie bereits aufgegeben. Warum eigentlich nicht? Ein oder zwei Wochen auf der anderen Seite des Vorhangs – was sollte das schaden? Sie sah sich und Ethan, wie sie kreischend am Strand entlangliefen und sich mit Schlick bewarfen. Am Abend würden sie Haggis probieren und sich ein wenig bei dem Gedanken gruseln, dass sie gerade Herz, Magen und Lunge eines Schafs aßen. Claire würde spöttische Bemerkungen über verweichlichte Stadtbewohner und verwöhnte Nachkriegsenkel machen, und Peter würde sie ansehen, wie er es gerade jetzt tat. Sie könnte sich einreden, dass dieser Mann in ihr Dinge sah, die sie selbst gerne dort fände. Und das Beste war: Für dieses kurze Was-wäre-wenn-Spiel brauchte es nicht einmal seine Teilnahme. Im Gegenteil, sie konnte es sich nicht leisten, sich Blessuren zuzuziehen.

Sogar noch eine Woche später fragte sich Vivian, wie all das hatte geschehen können. In vierzehn Tagen würden sie bereits auf die Hebrideninsel reisen. Rose und Aidan Scott mitzuteilen, dass sie Urlaub nehmen wollte, war allerdings erstaunlich einfach gewesen.

»Das ist eine gute Idee«, hatte ihr Noch-Chef gesagt, als sie sich am vergangenen Sonntag noch einmal mit Jacob und ihm auf dem Spielplatz getroffen hatte. Sie hatten sogar ein drittes Treffen vereinbart, die Kinder schienen ganz vernarrt ineinander zu sein.

Vivian lächelte, wenn sie daran dachte, wie die beiden Jungs über den Platz getobt waren. Doch nun musste sie erst einmal arbeiten. Das Telefon klingelte. Vivian nahm den Hörer ab und meldete sich.

»Hallo«, hauchte eine unsichere Stimme. Sie klang wie die eines jungen Mädchens.

Vivian setzte sich aufrecht hin. Gespräche mit jüngeren Menschen erforderten mehr Konzentration. Sie waren sensibler und hatten ihre Erwachsenen-Bullshit-Radare immer im Einsatz.

»Ich weiß nicht, ob ich bei Ihnen richtig bin«, sagte das Mädchen.

»Ich denke, das sind Sie. Zumindest, wenn Sie die Durchwahl von Vivian Green gewählt haben«, sagte Vivian ruhig und wartete ab. Doch das Mädchen schwieg. »Sie können ganz offen mit mir reden«, erklärte Vivian sanft. »Ich kann Sie weder sehen, noch weiß ich, wer Sie sind. Das macht es meistens etwas einfacher, Dinge zu erzählen.«

Wieder dauerte es lange, bis das Mädchen fortfuhr. »Bestimmt.«

»Verraten Sie mir dann, was Sie beschäftigt?«

»Meine Mutter.«

»In Ordnung«, entgegnete Vivian. »Wie alt sind Sie denn?«

»Dreizehn.«

Vivian spürte plötzlich eine Anspannung, die bis in die Fußspitzen reichte. Falls es bei diesem Anruf um Misshandlung ging, war es eine heikle Angelegenheit, der viele Schritte und schwierige Entscheidungen folgen würden. Je nachdem, wie schwerwiegend das Problem war, würde sie es an jemanden weiterleiten müssen, der speziell dafür ausgebildet war.

»Sagen Sie etwas von dem weiter, was ich Ihnen erzähle?«

»Wenn du es nicht willst, sage ich es nicht weiter«, behauptete Vivian und hoffte, dass sie es tatsächlich nicht musste. Sie war jetzt zu einem vertraulicheren Du gewechselt. Das machte es Mädchen in diesem Alter in der Regel etwas leichter, Vertrauen aufzubauen.

»Meine Mutter ist verrückt geworden, aber ich will nicht, dass sie jemand abholt. Ich will, dass sie wieder so wie früher ist.«

»Auf welche Art ist sie denn ›verrückt‹?«, fragte Vivian.

»Sie stinkt, und ihre Hände zittern. Sie starrt entweder den ganzen Tag ins Leere oder dreht voll am Rad, tanzt zu lauter Musik und so. Ich mag nicht mehr mit ihr allein sein. Aber einladen kann ich auch keinen.«

Alkohol und affektive Störungen, dachte Vivian mit flauem Gefühl. Gemütsschwankungen, die durch die unterschiedlichsten Dinge beeinflusst werden konnten und gegen die ein Außenstehender nur wenig ausrichten konnte. Durch ihren Kopf flirrten keine greifbaren Bilder, nur blitzartige Eindrücke: ihre Mutter schlafend auf dem Sofa. Der Geruch von Metall und ein durchdringender Gestank nach fauligen Äpfeln, der sich mit kaltem Schweiß mischt. Manchmal noch mit der süß-scharfen Frische eines Mundsprays.

»Das klingt so, als bräuchte deine Mutter unbedingt Hilfe.«

Das Mädchen schluchzte. »Glauben Sie, ich bin dämlich? Natürlich braucht sie meine Hilfe. Ich habe es doch versucht. Ich habe ihre Schwester um Hilfe gebeten und meinen Papa angebettelt, zu uns zurückzukehren. Aber der will nicht.«

»Entschuldigung. Ich wollte dir nicht den Eindruck vermitteln, dass es bei dir liegt, ihr zu helfen. Sie braucht Hilfe, aber dafür bist nicht du zuständig. Du bist ihr Kind. Nicht umgekehrt. Sie ist es, die sich um dich kümmern sollte. Wie sieht es mit deinem Vater aus? Könntest du notfalls eine Weile bei ihm leben?«

»Nein, seine neue Freundin kann mich nicht ausstehen.« Schon besser, jetzt klang sie einfach wie ein ganz normaler, beleidigter Teenager.

»Bist du dir da ganz sicher?«, fragte ich. »Manchmal deutet man das Verhalten anderer falsch. Man denkt, dass sie einen nicht mögen, dabei hatten sie nur einen schlechten Tag und waren in Gedanken woanders.«

»Na ja. Sie hat gesagt, ich solle nicht mehr bei ihnen aufkreuzen.«

»Hast du mit deinem Vater darüber geredet?«

»Er stand daneben.«

Idiot, dachte Vivian wütend. Sie würde wohl niemals verstehen, wie manche Eltern ihre Kinder so verletzen konnten.

»Gibt es sonst jemanden, der euch vielleicht unterstützen kann? Du hast gesagt, deine Mutter hat eine Schwester.«

»Das letzte Mal hat sie Pralinen mitgebracht, uns auf die Schulter geklopft und gesagt, wir sollten es nicht so schwernehmen. Es war Schokolade mit Branntwein darin. Schmecken zum Kotzen. Aber vielleicht ist das ja wirklich die Lösung.«

Ihre Anruferin machte ein resigniertes Geräusch, das Vivian schmerzte. Eine Dreizehnjährige sollte noch das Vertrauen haben dürfen, dass es Menschen gab, die sich um sie bemühten. Doch dieses Mädchen schien niemanden zu haben und sich auch nicht mehr viel von den Erwachsenen um sich herum zu versprechen.

»Ich würde dir gerne die Telefonnummer eines Dienstes geben, der zu euch nach Hause kommen und euch ein wenig unter die Arme greifen kann.« Vivian hoffte, dass das Mädchen sich darauf einließ. Ein paar Telefongespräche allein würden an seiner Situation nichts ändern.

»Nein«, sagte das Mädchen. Und auch wenn sie sich etwas anderes gewünscht hätte, überraschte Vivian die Reaktion nicht. Sie wusste, dass Kinder von nicht funktionierenden Eltern oft ganz besonders loyal waren. Es kam nicht infrage, die Mutter vor anderen bloßzustellen.

»Ich glaube, ich muss jetzt erst mal aufhören. Darf ich wieder anrufen?«

»Natürlich, immer. Ich möchte sehr gerne, dass du mich wieder anrufst, aber es wäre wirklich gut, wenn es noch jemanden gäbe, der dir vor Ort zur Seite stehen kann.«

»Und wenn ich das nicht will?«

»Vielleicht hilft es dir, wenn du dir sagst, dass es nicht einfach nur das Beste für dich ist, wenn du jemanden kommen lässt. Es wäre auch das Beste für deine Mutter.«

Das Mädchen schwieg. Vermutlich würde es gleich auflegen. Es war noch nicht so weit, sich helfen zu lassen, das spürte Vivian. Trotzdem setzte sie noch einmal an: »Vielleicht probierst du erst mal etwas anderes«, schlug Vivian vor. »Sag ihr, wie du dich fühlst. Vielleicht schreibst du ihr einen Brief, den sie ganz in Ruhe lesen kann, wenn du nicht dabei bist. Wenn du persönlich mit ihr sprichst, glaubt sie womöglich, sie müsste sich verteidigen, und reagiert, ohne zu überlegen. Du kannst ihr den Brief aber auch vorlesen. Am Ende sagst du ganz ruhig, dass du so nicht weitermachen möchtest, und verlässt am besten gleich den Raum, damit sie in Ruhe nachdenken kann und zugleich merkt, wie ernst es dir ist.«

Manchmal wünschte sich Vivian, Kinder hätten das gleiche Druckmittel wie Erwachsene. *Ich verlasse dich, wenn du mich nicht respektierst.* Doch solange Kinder diese Möglichkeit nicht hatten, konnte man nur darauf bauen, dass es irgendwo in der Mutter des Mädchens noch einen Funken Vernunft gab, den man entfachen konnte.

»Einen Brief – das könnte ich ja vielleicht machen.« Ihre Gesprächspartnerin klang zweifelnd, aber nicht hoffnungslos, stellte Vivian erleichtert fest. »Was meinen Sie, warum sie so ist?«

»Ich glaube, deine Mutter hat eine Krankheit, zu der gehört, dass sie sich keine Hilfe holen kann. Aber vielleicht kannst du die Krankheit austricksen, indem du ihr klarmachst, dass es nicht nur um sie geht.«

Die Anruferin schwieg und schien darüber nachzudenken.

»Was ist mit dir? Gibt es Dinge, die du nicht mehr tust, seit sie krank ist, die dir aber eigentlich Freude machen?«, fragte Vivian.

»Comics zeichnen«, kam es wie aus der Pistole geschossen.

»Das ist etwas Großartiges. Gib das nicht auf! Versuche weiter Sachen zu tun, die dir Spaß machen. Es darf sich nicht alles in deinem Leben nur um deine Mutter drehen.« Leicht gesagt, dachte Vivian selbstironisch.

»Ich kann aber an nichts anderes denken.«

Vivian kam eine Idee. »Weißt du was? Zeichne doch darüber ein Comic, über jemanden in deiner Situation. Wie es bei dir zu Hause ist und wie es dir damit geht. Vielleicht fällt dir ja sogar ein gutes Ende ein.«

Das Mädchen zögerte wieder. »Eigentlich könnte ich wirklich mal wieder zeichnen«, sagte es dann.

»Verrätst du mir deinen Namen? Damit ich ihn kenne, wenn du das nächste Mal anrufst? Du musst ihn mir nicht sagen, wenn du es nicht möchtest, aber ich würde mich auf jeden Fall freuen, wenn du bald wieder anrufst.«

Diesmal dauerte die Pause so lange, dass Vivian schon dachte, die Leitung wäre tot.

»In Ordnung«, kam es dann. »Majorie.«

Vivian wusste, dass sie Majorie so schnell wie möglich davon überzeugen musste, einen Familienbetreuer einzuschalten, schon damit sie nicht am Ende von der Mutter Ärger bekäme. Die Anrufe bei »Helpline National« waren nicht gerade günstig.

Nachdem sie sich verabschiedet hatten, dachte Vivian wieder an ihre eigene Mutter. War sie möglicherweise auch krank gewesen? Oder einfach nur egoistisch? Manchmal war sie sich nicht einmal sicher, ob ihre Mutter überhaupt noch lebte. Aber vermutlich hätte man sie als ihre Tochter informiert, falls es anders wäre. Die Todesnachricht würde wahrscheinlich sogar die einzige Gelegenheit sein, bei der Vivian noch einmal von ihrer Mutter hörte. Sie verachtete sich selbst dafür, dass sie dieser Gedanke immer noch mit Bitterkeit erfüllte, dass sie immer noch darauf wartete, dass ihre Mutter vor der Tür stand, um ihrer Tochter zu sagen, dass es der größte Fehler ihres Lebens gewesen war, sie zurückzulassen. Dass sie nur Schamgefühle davon abgehalten hätten, sich früher zu melden.

Früher hatte sich Vivian ausgemalt, ihre Mutter käme mit einem Stapel Geschenke und ganz vielen Luftballons angebraust, um ihre Tochter mit in ihr Luftschloss zu nehmen, wo sie gemeinsam all die verpassten Geburtstage nachholen würden. Was für verrückte Ideen angesichts der Tatsache, dass ihr Vivians Geburtstage nicht einmal eine Karte wert waren!

Erneutes Telefonklingeln riss Vivian aus ihren Gedanken. Sie nahm an diesem Abend noch einige weitere Anrufe entgegen, doch während sie mit den Menschen sprach, kam ihr eine Idee, an der ihr Gehirn unermüdlich weiterspann.

Als sie schließlich nach dem letzten Telefonat den Hörer auflegte und ihre Schicht beendete, war sie hundemüde. Das Vernünftigste wäre gewesen, sofort ins Bett zu gehen. Stattdessen holte sie Zettel und Stifte und begann zu schreiben. Sie wusste, sie würde kein Auge zutun, bis sie die Ideen aus ihrem Kopf aufs Papier befördert hätte. Etwas hatte sie gepackt, was sie seit dem Studium nicht mehr gespürt hatte, und insgeheim wusste sie, dass es jenes Feuer war, um das sie Aidan Scott letztens so beneidet hatte.

Sie malte und schrieb, bis am Ende Dutzende von Zetteln mit Klebestreifen befestigt an ihren Wänden hingen. Ihre Notizen füllten eine Lücke in Aidans umfassendem Programm. Er hatte an alles gedacht, außer an die Angehörigen. Dabei brauchten sie oft genauso dringend Hilfe wie die Betroffenen. Kinder von Depressiven wurden zum Beispiel manchmal selbst depressiv. Auch wenn die Eltern an anderen psychischen Erkrankungen litten, bestand ein gewisses Risiko. Wenn man ein Auge darauf haben wollte, beschritt man einen schmalen Grat. Sonst war man als Therapeut am Ende selbst derjenige, der die Angehörigen durch all die Hilfe und Fürsorge erst zu Kranken deklarierte.

Nachdem Vivian all diese Einzelheiten durchdacht hatte, erschien ihr Aidans Programm voller Bytes und Apps als das passende, um gerade die zurückhaltenden und verunsicherten Kinder von Kranken zu erreichen. Sie vertrauten vielleicht Erwachsenen nicht oder scheuten sich davor, mit ihnen zu sprechen. Doch eine ausgefeilte Technik stellte für sie keine Hürde dar. Sie bedienten ihre mobilen Kommunikationsgeräte spielend.

Nicht dass Vivian bereits eine Antwort auf alle Fragen gefunden hätte. Wie gewährleistete man die ideale Mischung aus Abwesenheit und Anwesenheit von erwachsener Unterstützung, und wie könnte man bei einer Art Selbsthilfe-WhatsApp-Gruppe sicherstellen, dass die Kinder und Jugendlichen unter sich blieben und sich nicht die Art von Erwachsenen einklinkte, die wehrlose Kinder als Beute sah? Wie würden sie für die nötige Sicherheit der Kinder sorgen?

26. Kapitel

»Mama, wach auf.«

Vivian versuchte die Augen zu öffnen, aber es gelang ihr nicht gleich – oder war das noch Teil ihres Traums? Nein, die Stimme ihres Sohnes an ihrem Ohr klang sehr real. Mühsam hob sie die Lider und spürte nun die Schmerzen im Nacken, im Rücken, sogar in ihren Handgelenken. Sie musste am Abend zuvor auf dem Sofa zusammengerollt eingeschlafen sein, dabei hatte sie nur kurz eine Pause machen wollen.

»Hallo?«, sagte sie immer noch verwirrt.

»Mama, ist alles okay?«, fragte Ethan besorgt. »Was machst du hier?«

Schlagartig war sie hellwach und sah auf das Zettel-Chaos um sich herum – und auf ihren Sohn, der vor seiner weggetretenen Mutter stand, die wirres Zeug brabbelte. Schnell richtete sie sich auf, hob ihn auf ihren Schoß, küsste ihn und zwang sich zu einem Lachen, das ihm beweisen sollte, dass alles in bester Ordnung war. Was hatte sie sich nur dabei gedacht? Sie konnte sich nicht Hals über Kopf in wenig aussichtsreichen Ideen verlieren, wenn sie einen kleinen Sohn zu versorgen hatte.

»Ich bin eingeschlafen, mein Schatz. Ich habe ein bisschen zu lange gearbeitet, weil ich so viele gute Ideen hatte. Komm, wir machen uns ein Frühstück, in Ordnung?« Liebevoll drückte sie Ethan an sich.

»Mama, du musst dir die Zähne putzen, du riechst nicht gut.« Er drückte sie weg.

Sie hauchte in ihre Hände und bemerkte beschämt, dass er

recht hatte. Die Zähne hatte sie sich am vorherigen Abend auch nicht mehr geputzt. »Oje, ich gehe schnell duschen, und dann mache ich dir ein Frühstück. Wenn du magst, lese ich dir auch noch eine Geschichte vor.«

»Darf ich etwas gucken, bis du wiederkommst?«, fragte er gierig.

Eigentlich erlaubte Vivian ihm kein Fernsehen vor dem Frühstück, und er hatte es längst aufgegeben, danach zu fragen. Nun hatte der schlaue Junge ihr schlechtes Gewissens erkannt und beschlossen, dieses prompt zu nutzen. Wenn sie es ihm einmal erlaubte, würde er wieder danach fragen. Leider war sie an diesem Morgen zu müde, um konsequent zu sein.

»Einverstanden«, sagte sie. »Aber das ist eine absolute Ausnahme, und ich suche aus, was geguckt wird, ist das klar?«

»Klar, Mama.«

Sie zappte durch die Kinderprogramme, bis sie eine altmodisch wirkende Zeichentrickserie fand, die nicht wie ein völlig überdrehter Farbenrausch voller lauter Geräusche und schneller Schnitte wirkte.

Dann ging sie unter die Dusche und gönnte sich ihren einzigen Luxus. Sie hortete eine kleine Auswahl guter Duschbäder mit unterschiedlichsten Düften, und jetzt öffnete sie eine dunkelgrüne Flasche mit nostalgischem Etikett. Diese hatte sie in einem dieser hübschen Concept-Stores gefunden, in denen es alles zu geben schien, außer einem Konzept. Es roch nach Rosmarin und Minze und war von einer Firma hergestellt worden, die auf den Hebriden saß. Sie hatte es entdeckt und ohne nachzudenken zugegriffen, vielleicht noch gebannt von Claires Erzählung. Es roch frisch, süß und herb – alles zugleich –, und Vivian stellte sich vor, dass es auf den Inseln ebenso roch. Nun, da es beschlossene Sache war, freute sie sich sogar auf die Reise.

Nachdem sie geduscht und gründlich die Zähne geputzt

hatte, schlüpfte sie in ihre Lieblingsjeans und in einen Pullover, den sie vergangene Woche neu gekauft hatte. Für ihre Verhältnisse war er sehr modisch – cremefarben und mit kleinen Spitzeneinsätzen am Ausschnitt und an den Schultern versehen. Vivian sah in den Spiegel und fand, dass er ihr gut stand, aber seit wann vergeudete sie Zeit mit Eitelkeiten? Sie streckte ihrem Spiegelbild die Zunge raus und beschloss, es dieses eine Mal mit Claire zu halten. Die hatte nämlich mal behauptet, nicht die Mode sei oberflächlich – wie Vivian behauptet hatte –, sondern nur viele Menschen seien es.

In der winzigen Küchenzeile in dem großen Zimmer schenkte sie zwei Gläser Orangensaft ein und bereitete zwei Portionen Porridge. An diesem Tag mischte sie einen Löffel Erdnussbutter darunter, weil sie wusste, dass Ethan verrückt nach dem Zeug war.

»Mama, das klappert so laut. Ich kann gar nichts verstehen.«

Sie schaltete den Fernseher aus. »Das musst du auch nicht, das Frühstück ist nämlich jetzt fertig.«

Ethan murrte, setzte sich aber schließlich mit ihr an den Klapptisch neben dem Sofa.

»Der Film war noch gar nicht zu Ende«, meckerte er und rührte missmutig in seiner Schüssel herum.

»Tut mir leid, Ethan, aber wir müssen gleich aufbrechen, und ich wollte dir vorher noch etwas Tolles erzählen. Wir fahren in den Urlaub. Willst du wissen, wohin?«

»Auf den Mond?«, fragte er atemlos. Sein Film hatte im Weltall gespielt.

»Leider nein, der ist ein bisschen zu weit weg. Dahin kann man noch nicht in den Urlaub fahren. Aber fast so gut«, sagte sie lächelnd.

»Und wohin fahren wir?«

»Nach Schottland.«

Er runzelte die Stirn. »Ist das toll?«

»Nun, wir fahren auf eine Insel, da ist überall Meer, und wir können Piraten spielen und Muscheln sammeln, wenn du magst.«

»Yay!«, rief er.

»Allerdings sind wir nicht ganz allein. Claire, die Frau, die wir mal im Krankenhaus besucht haben, fährt mit uns.« Eigentlich war es ja genau umgekehrt, aber sie wollte Ethan nicht mit komplizierten Erklärungen überfordern.

»Die war doch gar nicht nett.«

»Sie hatte Schmerzen, eigentlich ist sie sehr nett«, sagte Vivian. Sie konnte nur hoffen, dass Claire sich nicht allzu sehr anstrengen würde, das Gegenteil zu beweisen. »Heute treffen wie uns mit ihr, dann könnt ihr euch besser kennenlernen.«

Vivian hatte darauf bestanden, dass sie einen Nachmittag miteinander verbrachten, bevor sie gemeinsam für eine ganze Woche in eine einsame Gegend fuhren.

»Ich finde es aber doof im Krankenhaus.«

»Der Arzt hat ihr erlaubt, wieder nach Hause zu gehen, und sie hat uns dorthin eingeladen.«

Ethan sah immer noch nicht begeistert aus. »Hat sie denn überhaupt Spielzeug?«

Vivian bezweifelte das. Vermutlich gab es in Claires Wohnung rein gar nichts, was Ethan auch nur berühren durfte, doch sie wollte die alte Dame nicht in ihr eigenes eigenwilliges Zuhause einladen.

»Das weiß ich nicht. Wir können ja sicherheitshalber ein paar von deinen Autos mitnehmen, damit du dort etwas spielen kannst.«

»Na gut.«

Claire lebte in einer der neuen, schicken Wohnungen an den St. Catherine Docks – mit Blick aufs Wasser. Bei ihrem letzten Gespräch hatte es noch so geklungen, als hätte Claire in ihrer Jugend alles darangesetzt, dieser Ecke Londons zu entkommen. Allerdings hatte das East End sich sehr verändert. So passten die Frau und ihre Umgebung wieder ganz gut zueinander. Vielleicht hatte sie sich auch nie endgültig gelöst. »Die Pflanze stirbt, wenn man die Wurzeln kappt«, pflegte Vivians Vater immer zu sagen. Sie selbst hatte sich ja auch nie weit von dem Stadtteil entfernt, in dem sie aufgewachsen war.

Doch wo waren Claires Wurzeln? Steckten sie in der rauen Erde einer einsamen Insel, oder waren es die übervölkerten grauen Straßen, die sie erschaffen hatten? Sie war in vielem so widersprüchlich. Womöglich war man so, wenn man zwei Welten in sich trug.

Vivian klingelte zaghaft. Der gesuchte Name stand auf der obersten Klingel, ein ordentliches Etikett in einem goldenen Rahmen. Sie dachte an die handgeschriebenen, mit Klebeband befestigten Namensschilder an ihrer eigenen Haustür. Als ihre Gastgeberin den Türsummer bediente, trat Vivian zögernd ein.

In ihr Zuhause eingeladen zu werden war etwas anderes, als Claire in einem sterilen Krankenhauszimmer einen Besuch abzustatten. Vivian hatte das Gefühl, hier in fremdes Terrain einzudringen, das es vorsichtig neu zu erkunden galt. Im Fahrstuhl ermahnte sie Ethan, sich gut zu benehmen, obwohl es ihrer Meinung nach beim letzten Treffen eigentlich Claire gewesen war, deren Betragen zu wünschen übrig gelassen hatte.

Claire bewohnte das Penthouse. Oben angekommen standen sie vor einer sperrangelweit geöffneten Tür, aber niemand war zu sehen.

Vivian nahm Ethan an die Hand und führte ihn in einen weitläufigen Flur, der bis auf eine elegante Anrichte leer war. An den Wänden hingen Wollstoffe in verschiedenen Rahmen – goldfarben und barock, puristisch und aus Kupfer oder modern und aus knallbuntem Plastik. Die eigenwillige Galerie faszinierte Vivian. Vielleicht würde sie in einem Stoff nie das Gleiche sehen können wie Claire, aber bloß weil ihr das nicht gelang, wäre sie nie so arrogant zu glauben, dass es nur leeres Getue sein konnte, wenn jemand anderes darin Kunst entdeckte. Die Bilder trugen einfach ein Geheimnis, das Vivian noch nicht ergründet hatte.

Unschlüssig betrachtete sie danach das glänzende Parkett. Sollten sie vielleicht besser ihre Schuhe ausziehen?

In diesem Moment öffnete sich eine Zimmertür. Claire betrat den Flur. Durch die Fenster des Zimmers hinter ihr fiel die Sonne auf ihre Gestalt und verlieh ihr einen leuchtenden Rahmen. Sie wirkte wie eine nicht irdische Erscheinung.

»Willkommen in meinem Reich«, sagte Claire, öffnete die Tür noch ein Stück weiter und gab den Blick auf eine riesengroße Glasfront frei. Sie gehörte zum Wohnzimmer.

Ethan rannte an Claire vorbei. Er presste seine Hände gegen das Glas und brüllte. »Wow, Mama, schau hier, der Hafen. Da sind Boote. Schau doch.«

Vivian flitzte hinter ihm her und zog ihn ein Stück von der Scheibe weg, doch es war zu spät. Er hatte bereits seine Spuren auf dem blitzblanken Glas hinterlassen.

»Hallo, Ethan«, grüßte Claire ihn mit zusammengekniffenen Augen.

Er schaute zu ihr hoch und sagte: »Guten Tag, Mrs. Holloway.«

Danach schaute er wieder Beifall heischend seine Mutter an. *Bin ich nicht brav?*

»Wollen wir uns hinsetzen?« Claire deutete auf das Sofa. Es war sehr schlicht, in einem ungewöhnlichen Grün-Ton gehalten und ungemütlich genug, um sich nicht rüpelhaft hineinsinken zu lassen. Einen Fernseher entdeckte Vivian nicht. Was tat Claire nur den ganzen Tag, wenn sie nicht wie andere ältere Damen Quizz-Shows und »Downton Abbey« schaute? Vielleicht sah sie aus ihrem Fenster und wunderte sich immer noch, wie das dünne kleine Mädchen von damals hier gelandet war.

Vivian war froh, dass sie außer den Autos noch ein Wimmelbuch für Ethan eingepackt hatte, in dem es viel zu schauen gab. Das würde zumindest nicht das makellose Parkett zerkratzen. Die Wohnung wirkte seltsam unbelebt – wie diese durchgestylten Kulissen in den Filmen, denen man ansah, dass sie nur für den Film existierten und in ihnen nie echtes Leben stattgefunden hatte. Andererseits passte dieses Ambiente zu einem Menschen, der niemals etwas sagen würde wie »Fühlen Sie sich ganz wie zu Hause«. Wo andere sich mit all ihren Erinnerungen umgaben, schien die Besitzerin dieser Wohnung alles Persönliche zu meiden. Aber schließlich war dies keine gewöhnliche ältere Dame, sondern Claire.

Ethan schien es hier gut zu gefallen. Er setzte sich zufrieden vor die Glasscheibe und blickte abwechselnd in sein Buch und nach draußen.

»Möchte er etwas trinken? Vielleicht eine Limonade?«, fragt Claire. Vivian sah sie verdutzt an, als wäre ein so normales Gastgeberverhalten das Letzte, womit sie gerechnet hätte.

»Ein Glas Wasser wäre gut«, sagt Vivian.

Claire macht Anstalten, sich zu erheben. »Und Sie trinken einen Kaffee? Oder lieber einen Tee?«

Vivian sprang auf. »Wenn Sie mir sagen, wo ich alles finde, kann ich mich selbst um die Getränke kümmern.«

Claire deutete auf die offene Küche am Ende des Raums. »Wasser steht im Kühlschrank. Wenn ihm das zu kalt ist, muss er Leitungswasser trinken. Den Kaffee macht der Automat. Die Tassen sind in dem oberen Schrank links. Fein, dass Sie das übernehmen. Mein Bein tut leider noch …«

»… ein wenig weh«, beendete Vivian den Satz. Beide lächelten.

Vivian ging in die Küche, schenkte so wenig Wasser in ein Glas, dass Ethan es nicht gleich verschütten konnte, und ließ den schicken Automaten zwei Tassen Kaffee für sich und Claire zubereiten.

Das Glas stellte sie neben Ethan ab und ging mit den beiden Tassen in der Hand zurück zu Claire.

Sie redeten eine Weile über den Ausblick und die Gegend, bis Ethan mit einem altmodischen Koffer vor ihnen stand.

»Was ist da drin?«, fragte er.

Vivian hatte nicht einmal bemerkt, dass er den Raum verlassen hatte. »Woher hast du den?«, fragte sie überrascht.

»Aus dem Schlafzimmer«, erklärte er.

»Ethan«, schimpfte Vivian. »Man durchwühlt nicht einfach die Schlafzimmer anderer Menschen.«

»Ich habe nicht gewühlt«, sagte er empört. »Der lag unter dem Schrank. Was ist da drin?«

Vivian schaute entschuldigend zu Claire. Doch die sah nur den Koffer an. Sie war blass geworden. »Da ist nichts drin«, sagte Claire leise, »was einen kleinen Jungen etwas anginge.«

Enttäuscht sah Ethan seinen großen Fund an.

»Bring ihn bitte wieder dahin zurück, wo du ihn gefunden hast«, forderte Vivian ihn auf.

»Aber weißt du was?«, sagte Claire, die sich wieder gefangen zu haben schien. »Darin war mal ein echter Piratenschatz. Der Inhalt ist verflucht, deswegen darfst du den Koffer leider nicht öffnen. Doch du kannst dich daraufsetzen und ihn bewachen, wenn du magst.«

Vivian zog überrascht eine Augenbraue hoch.

Claire zuckte mit den Achseln. »Sie wissen doch, dass ich einen kleinen Bruder hatte.«

Vivian nippte stumm an ihrem Tee. Ob Claire für sie jemals berechenbar würde?

»Sind Sie immer noch sicher, dass Sie uns mitnehmen wollen?«, fragte Vivian.

Sie wagte nicht, die eigentliche Frage nach dem *Wieso?* zu stellen.

»Ich bin nicht sehr wankelmütig«, entgegnete Claire gleichmütig.

Komisch, gerade eben noch hatte Vivian das Gegenteil gedacht. Vielleicht musste man alle Puzzleteile kennen und nebeneinanderliegen sehen, um am Ende doch eine innere Logik zu erkennen, die Claires Handlungen zusammenhielt.

»Bekomme ich am Ende nicht vielleicht zu tiefe Einblicke in Ihre finstere Vergangenheit?«, fragte Vivian und meinte es nur halb scherzhaft.

Claire betrachtete sie für einen Moment nachdenklich. Dann lachte sie wieder auf diese dreckige Art, die Vivian grinsen ließ.

»Sie kennen doch schon mein finsteres Geheimnis«, sagte Claire. »Ich bin gar nicht aus dem Nichts gekommen, sondern aus einer schäbigen Hütte am Rande des Königreichs.«

Es stimmte, dass Claire mit dieser Geschichte nicht hausieren ging. Vivian hatte, als sie im Internet einmal nach Claire Holloway gesucht hatte, kaum Hinweise auf Barra gefunden.

Vivians Handy vibrierte in ihrer Hosentasche. Ihre Hand zuckte zu der Ausbeulung in ihrer Jeans, aber sie ließ ihr Telefon darin stecken. Es konnte nichts Wichtiges sein.

»Nun schauen Sie schon nach«, sagte Claire lächelnd.

Vivian griff nach ihrem Telefon und schaute auf das Display.

Die Getränke sind kalt gestellt. Ich freue mich.

Es war Aidan. Es würde also wieder Irn-Bru zu trinken geben, bei ihrem nächsten Spielplatztreffen. Sie lächelte.

»Es ist ein Mann«, rief Claire.

»Mein Chef«, sagte Vivian, als würde dies in irgendeiner Form das Mannsein einschränken.

»Mir scheint, dass er relativ häufig den Kontakt zu Ihnen sucht. Kein Grund, rot zu werden, Kindchen. Eigentlich sind Sie doch recht hübsch. Sie machen es einem nur schwer, es zu bemerken. Aber war er nicht auch Psychologe? Für Männer, denen es gefällt, an der Oberfläche zu kratzen, sind Sie sicher ein traumhaftes Ziel.«

Vivian blinzelte. »Haben Sie mir nun gerade ein Kompliment gemacht oder mich beleidigt?«

Claire zwinkerte ihr zu. Da war sie wieder, ihre unausgesprochene Komplizenschaft. Es war einfacher als gedacht, auch in dieser Umgebung wieder dort anzuknüpfen, wo sie im Krankenhaus aufgehört hatten. Schön, dachte Vivian. Dieser Kaffee duftete viel besser als die allgegenwärtigen Desinfektionsmittel in der Klinik.

Ethan hatte sich mittlerweile die Spielzeugautos aus der Tasche seiner Mutter geschnappt. Vivian sah fragend zu Claire, doch die schien nichts dagegen zu haben, dass das Plastik über ihren Fußboden kratzte.

»Nächste Woche geht es also los. Er sieht sehr gut aus, oder?«, fragte sie Vivian munter.

»Ich denke schon«, antwortete Vivian. Sie wusste, dass Claire über Peter sprach, wollte das Thema aber nicht unbedingt vertiefen. »Warum fahren wir mit dem Schiff?«, fragte sie, um abzulenken. »Ich habe nichts dagegen, es wird Ethan gefallen. Aber wäre Fliegen nicht praktischer?«

Claire schaute aus dem Fenster. »Ich fürchte, es gibt für mich nur eine Möglichkeit, mich der Insel noch einmal zu nähern. Ich muss es langsam tun. Es ist eine größere Entfernung, als Sie es sich vorstellen können, es wäre falsch, sie in einer Stunde Flugzeit zu überbrücken«, sagte sie.

Claire rief Ethan zu sich. »Ethan, magst du gerne Schiff fahren?«

»Klar«, antwortete Ethan begeistert.

Vivian wagte endlich, die Frage zu stellen, die ihr schon die ganze Zeit auf der Zunge gelegen hatte. »Werden wir Ihren Bruder treffen?« Sie war aufgeregt bei dem Gedanken, festzustellen, was aus dem kleinen Logan geworden war. Dass Claire ihn all die Jahre nicht besucht haben sollte, hatte sie erschüttert.

Das Gesicht ihrer Gastgeberin verfinsterte sich. »Nein, wohl kaum. Er lebt dort nicht mehr.«

»Oh, aber wo …?«

»Ethan, magst du Bonbons?«, unterbrach Claire barsch Vivians angefangene Frage.

»Klar«, erwiderte der noch einmal.

»Dort auf dem Tisch steht ein Glas mit den leckersten Zitronenbonbons Englands. Nimm dir ein paar, wenn du magst.«

»Ist gut«, sagte er, flitzte zu dem Glas und nahm sich ein Bonbon und dann noch ein zweites.

Claire sah Vivian an. »Aber wenn Sie denken, er dürfe mich bald Tante Claire nennen, haben Sie sich geschnitten.«

Vivian lachte. Selbst wenn Claire es vorzog, über manche Dinge zu schweigen, war etwas zwischen ihnen geschehen. Es hatte etwas mit Kameradschaft zu tun. Es war nicht die Art von Freundschaft, die mit viel Kichern und banalen Geständnissen einherging, doch im Grunde gefiel Vivian dies hier sogar besser.

Claire schaute Ethan an, der auf dem Koffer saß und bereits wieder in sein Buch vertieft war. »Es ist ungewöhnlich für einen Rotzbengel wie ihn, dass er sich allein beschäftigen kann.«

Vivian nickte. »Ja, das konnte er fast von Anfang an.«

»Das ist gut«, sagte sie. »Mein Bruder war auch sehr gut darin.«

27. Kapitel

Claire 1955

Arthur und Charlie standen vor der Tür, um mich abzuholen. Ich war froh, das winzige Zimmer hinter mir zu lassen, das ich mir seit dem Auszug bei meinen Eltern mit einer der Näherinnen von Mr. Burgess geteilt hatte. Zuerst fand ich es herrlich, allein schon, weil ich dort nicht mehr meinem Vater und meiner Mutter über den Weg lief. Aber es war winzig und feucht, und an den Wänden schimmelte es. Nun, nach meiner Beförderung, konnte ich mir etwas Besseres leisten. Die schreckliche Assistentin von Mr. Burgess war ihrem frisch angetrauten Ehemann nach Manchester gefolgt. Vermissen würde ich sie ganz sicher nicht, zumal ich ihren Posten übernehmen durfte. Ein paar der Frauen, die für ihn arbeiteten, erschien ich mit meinen neunzehn Jahren noch zu jung für diesen Job. Sie täuschten sich. Mit neunzehn war damals keiner mehr wirklich jung – und ich schon gar nicht. Also verließ ich an diesem sonnigen Junitag meine alte Wohnung, um mit zwei attraktiven jungen Männern in Richtung St. Marylebone aufzubrechen, wo ich fortan leben würde. Mein Besitz hatte sich ein wenig vermehrt, sodass es nun zwei Koffer zu tragen gab – für jeden der Männer einen.

Bei meinem letzten Auszug hatte ich nur eine spärlich gefüllte Tasche besessen, die ich niemandem anvertraut hätte, weil darin alles war, was ich besaß, so ärmlich es auch sein mochte. Außerdem wollte ich mein Elternhaus verlassen, ohne dass mich jemand begleitete. So einsam, wie ich unter ihnen gelebt hatte, wollte ich sie hinter mir lassen. Ich nahm kein Erinnerungsstück mit, nur ein paar Kleidungsstücke. Es gab in unserem Geisterhaus nichts, womit ich mein neues Zimmer hätte heimeliger gestalten können, denn nichts hatte sich hier wie ein Heim angefühlt. Jener erste Auszug von zu Hause war der größere Schritt gewesen. Er hatte bedeutet, endlich ins Tageslicht zu treten und frei atmen zu können.

Meine Eltern und mich verband nur noch das Wissen um die Dinge, die wir einander angetan hatten. Ich hatte meinen Vater nach meiner Rückkehr nach London bei der Polizei angeschwärzt. Das Gericht stellte ihn vor die Entscheidung, ins Gefängnis zu gehen oder sich therapieren zu lassen. Wie die meisten Betroffenen entschied er sich für Letzteres. Während der Zeit seiner Behandlung war ich mir sicher, dass später bei seiner Rückkehr eine Strafe auf mich warten würde. Doch als er dann vor mir stand – mit Brüsten von den Medikamenten und in gekrümmter Haltung –, wusste ich, dass er nie wieder jemanden schlagen würde. Einmal hatte ich mit Charlie über »solche Männer« gesprochen. Ich wollte so herausfinden, ob ich ihm erzählen konnte, dass mein Vater zu ihnen gehörte und was man mit ihm gemacht hatte.

Ganz der Rächer der Unterdrückten hatte Charlie daraufhin berichtet, dass derzeit im Verborgenen ein ungerechter Krieg gegen »solche Männer« tobte. Da entschied ich, ihm nichts zu sagen. Nicht, weil ich mich für die sexuelle Neigung meines Vaters schämte, sondern weil Charlie verurteilt hätte, was ich getan hatte. Dabei hatte ich meinen Vater nicht für seine Homosexualität bestraft. Verdammt werden sollte er für das, was er meinem Bruder angetan hatte. Doch weil sich dafür kein Richter gefunden hätte, hatte ich die zweitbeste Möglichkeit gewählt und die bigotte Tugendwächterin gegeben. Ich hatte zugelassen, dass sie ihn zerstörten, obwohl er mich auf seine

Weise geliebt haben muss. Ich redete mir ein, dass ich richtig gehandelt hatte. Ich konnte nicht ganz unabhängig von der Zeit leben, in der ich aufwuchs. Zu ihr gehörte es, mit Argwohn zu betrachten, was nicht ins Good Old England zu passen schien – Neger, Homosexuelle, alleinerziehende Frauen … die Liste schien endlos. Ich führte sie nicht mit voller Überzeugung, aber sie milderte meine Schuldgefühle.

Erst später, als meine Eltern bereits tot waren und Homosexuelle nicht mehr als Kriminelle betrachtet wurden, fragte ich mich, ob mein Vater auch ein ganz anderer Mensch hätte werden können. Wie mochte es für ihn gewesen sein, immer in dem Bewusstsein zu leben, ein Verbrecher zu sein, ohne etwas dagegen tun zu können?

Ein Dieb konnte aufhören zu stehlen, doch mein Vater hätte nichts dagegen ausrichten können, dass er Männer begehrte. Und wenn man einem Menschen nur oft genug sagte, dass seine Natur von Grund auf schlecht war, musste es sehr schwer sein, sich dem am Ende nicht zu ergeben.

An jenem Tag aber, als ich aus meinem kleinen Zimmer in der Wohnung auszog, die ich mit der anderen Näherin teilte, verschwendete ich keinen Gedanken an meine Eltern. Mein Blick war in die Zukunft gerichtet, die verheißungsvoller aussah als die Vergangenheit.

Ich war befördert worden und würde in eine bessere Wohnung ziehen, in eine bessere Gegend! Ausgelassen hakte ich mich bei meinen beiden Begleitern unter und lachte während des ganzen Weges zu meinem neuen Zuhause so laut über Nichtigkeiten, dass alle in der U-Bahn ihre Hälse nach uns verrenkten, was wiederum Arthur und Charlie zum Lachen brachte.

Die beiden teilten sich mittlerweile eine Wohnung in Soho, was bedeutete, dass wir wieder nahe beieinander wohnen würden. Das war einer der Gründe gewesen, warum ich sofort eingewilligt hatte, als Mrs. Batson mir eine kleine Wohnung in ihrem Haus zu einem fairen Preis anbot. Mrs. Batson war die Direktrice des Ladens von Mr. Burgess.

Es war selten, dass ein Modeschöpfer zugleich ein Geschäft unterhielt. Unser Chef war mutig einer neuen Mode gefolgt: Er entwarf Kleidung, die er einem anspruchsvollen Publikum präsentierte, und bot zugleich preiswertere Abwandlungen der Stücke in verschiedenen Größen zum Kauf an. Ready-to-wear – das war ein so fortschrittliches wie umstrittenes Konzept. In Deutschland gab es wohl Vergleichbares, doch in Paris und auch in London sahen die Modeschöpfer in Prêt-à-porter-Mode eine Bedrohung ihrer Exklusivität. Ich aber hatte nichts gegen die Ideen von Mr. Burgess einzuwenden. Im Gegenteil – ich unterstützte ihn, wo ich es konnte.

Bei ihm bekam jeder das, was er wollte. Das schien mir nur vernünftig. Außerdem hatte ich es der Tatsache, dass er weniger elitär und eitel als viele seiner Kollegen war, zu verdanken, dass zu diesem Zeitpunkt bereits ein paar meiner Ideen Eingang in seine Kollektionen gefunden hatten. Manche fanden sie zu extravagant. Ich arbeitete mit Schnürungen, die Kleider in einigen Elementen wie Unterwäsche wirken ließen, und mit der Kombination gegensätzlicher Materialien. Mr. Burgess ließ mich in einem kleinen Rahmen gewähren, weil er meinte, es sei für seinen Ruf nur von Vorteil, wenn er ein paar ausgefallene Stücke wie diese im Angebot habe. Selbst diejenigen, die am Ende doch lieber zu konventionellerer Ware griffen, hatten so das Gefühl, am Puls der Zeit eingekauft zu haben. Ich zweifelte nicht an seinen Worten, sondern war froh über die Chance, die er mir bot.

Beschwingt klingelte ich an Mrs. Batsons Haustür. Als sie öffnete, sah sie die beiden Männer an meiner Seite missbilligend an. »Ich hatte eigentlich nicht mit so viel Herrenbesuch gerechnet.«

Bis zu diesem Tag hatte Mrs. Batson ihr Haus allein bewohnt, nachdem ihr Mann im Krieg gefallen war. Erst als sie hörte, dass ich auf der Suche war, war ihr die Idee gekommen, ein paar der überzähligen Räume zu vermieten.

»Ach, Mrs. Batson«, sagte ich fröhlich. »Das sind doch nur Charlie und Arthur. Sie sind meine Brüder – so gut wie. Ich bin mit ihnen aufgewachsen, und ich habe sonst niemanden, der mir helfen kann.«

Mrs. Batsons Blick wurde weich. Falls sie dachte, ich wäre eine Kriegswaise, würde ich den Eindruck nicht korrigieren. Er würde verhindern, dass sie unerwünschte Fragen nach meiner Familie stellte.

Sie mochte mich, auch wenn ich nicht wusste, wieso. Vielleicht weckte unser Altersabstand von mindestens fünfundzwanzig Jahren mütterliche Gefühle in ihr, die sie mangels eigener Kinder nicht hatte ausleben können. Jüngere Frauen reagierten oft immer noch ablehnend, zumindest aber misstrauisch auf mich. Ich wusste nicht, wieso, denn wir konkurrierten in keiner Weise. Sie verstanden meinen Ehrgeiz nicht, und ich konnte nicht einmal vorgeben, mich für die albernen Jungs zu interessieren, mit denen sie ausgehen wollten. Misstrauisch beäugten sie meinen Kleidungsstil, der sich von ihrem unterschied. Aber ich hatte nie verstanden, wieso Menschen versuchten, mit Uniformität gegen Uniformität zu kämpfen, denn was waren die Frisuren und Kleidungsstücke der Teddy-Boys und -Girls am Ende anderes?

Wahrscheinlich hielten sie mich für arrogant, und vermutlich war ich das auch. Aber immerhin war ich mittlerweile klug genug, das gegenüber Menschen wie Mrs. Batson nicht allzu sehr durchscheinen zu lassen.

»Ich habe bereits einen Tee aufgesetzt«, sagte diese freundlich. Offenbar war sie bereit, meine Ersatzbrüder zu akzeptieren. »Ich denke, er reicht auch für Ihre beiden Begleiter.«

Arthur riss sich mit übertriebener Geste die Mütze vom Kopf und verbeugte sich. »Das wäre ganz wunderbar, Mrs. Batson.«

Charlie begnügte sich mit einem höflichen Nicken und einem freundlichen »Danke«.

Das Zimmer, in das wir geleitet wurden, glich einem Salon. Ich hatte nicht ein so nobles Haus erwartet. Mrs. Batsons Angebot hatte ich angenommen, ohne die Zimmer besichtigt zu haben. Der Preis war fair, die Lage ideal, und ich würde keine Mitbewohnerinnen mehr haben – mehr interessierte mich nicht.

»Ich habe keine besonderen Ansprüche«, hatte ich schulterzuckend kundgetan.

Und Mrs. Batson hatte mit etwas verkniffenem Lächeln erwidert: »Dann wird die Wohnung Ihnen mehr als gerecht werden.«

Nach dem Tee führte sie uns in das obere Stockwerk zu meiner Wohnung. Sie gab uns eine kurze Einweisung und ließ uns allein, nachdem sie noch einen letzten zweifelnden Blick auf meine männlichen Begleiter geworfen hatte.

Ich stellte den Koffer ab und sah mich um. Es war nur ein Zimmer, doch dieses eine Zimmer war riesig. Vor dem großen Fenster zum gepflegten Garten stand eine Nähmaschine – und daneben auch eine Schneiderpuppe. Der Anblick rührte mich. Ich war mir sicher, dass Mrs. Batson diese Dinge extra für mich hier untergebracht hatte. Neben einer kleinen Küchenzeile mit Herdplatte und Spüle ging noch eine Tür zu einem Badezimmer ab, das ich mit niemandem teilen musste. Ich war glücklich. Dem Teil des Hauses nach, den ich schon gesehen hatte, hatte ich Trockenblumensträuße und Rosentapeten befürchtet, doch hier hatte jemand eine puristische Ader bewiesen. Die Wände schmückten nichts weiter als zwei oder drei Modeskizzen. Ich fragte mich, ob das blumige Ambiente der anderen Räume überhaupt von Mrs. Batson geschaffen war. Vielleicht hatte sie es schon so vorgefunden, als sie hier eingeheiratet hatte, und es dann aus Respekt so belassen.

»Nicht schlecht«, sagte Arthur anerkennend.

»Du hast es gut«, stimmte Charlie seufzend zu. »Du kannst dir dein eigenes Reich leisten.«

Ich lächelte. Die Brüder würden längst nicht mehr zusammenwohnen, wenn sie es nicht insgeheim so wollten, da war ich mir sicher.

Nachdem sie alles gebührend bewundert hatten, drängte ich die beiden, schnell wieder hinunterzugehen. Meine freundliche Gastgeberin sollte nicht gleich am ersten Tag beunruhigt werden, indem ich mich allzu lange allein mit zwei Männern in einem Zimmer mit Bett aufhielt.

»Nicht schlecht dieses St. Marylebone«, sagte Arthur, als wir wieder bei Mrs. Batson saßen. Er griff sich noch ein Stück Gebäck von der Etagere und maß mit gierigem Blick die Wertgegenstände im Raum, was mich ärgerte. Seine krummen Geschäfte störten mich nicht, solange er meine unmittelbare Umgebung damit nicht behelligte. Er warf mit mehr Geld um sich, als er als Türsteher eines Nachtclubs verdiente, aber ich fragte nicht, woher der Rest kam.

Soweit ich wusste, fragte auch Charlie nicht viel nach. Obwohl es mittlerweile sein Beruf war, unangenehme Fragen zu stellen. Er hatte sich entschieden, Journalist zu werden. Doch was Arthur anging, tat Charlie einfach nur sein Bestes, um zu verhindern, dass sein Bruder mehr Geld beschaffen musste, als sein Job abwarf. Er zahlte die Miete für beide. Das hätte er nicht tun müssen. Ich hätte ihm sagen können, dass Arthur nicht aus der Not heraus handelte, sondern dass es ihm gefiel, verbotene Dinge zu tun – einfach nur, weil er es konnte. Wo Charlie bestehende Systeme anprangerte und ich hoffte, sie irgendwann mit meinem Können in die Knie zu zwingen, waren sie für Arthur unverzichtbar, um etwas zu haben, was er austricksen konnte. Man munkelte sogar, er habe sich mit den Kray-Brüdern eingelassen. Diese Bande ging weder mit dem Besitz noch mit dem Leben anderer zimperlich um. Deshalb hoffte ich, dass dies wieder nur eine der Geschichten war, die Arthur selbst in die Welt gesetzt hatte, um sich wichtiger zu machen.

Ich sah, dass Mrs. Batsons Haus bei meinem ältesten Freund Begehrlichkeiten weckte. Auch ich war noch nie in ein Haus eingeladen worden, in dem man zum Tee selbst gebackene Scones von Tellern aß, die mit Rosenblüten verziert waren. Sicher waren die Teelöffel und die Zuckerzange aus echtem Silber. Sollte Arthur auch nur den kleinen Finger danach ausstrecken, würde ich ihm den abschneiden. Dies war mein neues Leben, er durfte es nicht beschädigen.

Bislang war Schönheit allein meiner Arbeitswelt vorbehalten gewesen. Doch sie war immer mein wahres Leben gewesen, zu dem mein schimmeliges Zimmer nicht gepasst hatte, in das ich jeden Abend zurückkehrte, ohne mich dort jemals zu Hause zu fühlen. Jetzt erschien es richtig, dass meine private Umgebung meinem Berufsleben ein bisschen ähnlicher wurde.

Ich hatte das East End endgültig hinter mir gelassen. Es war ein letzter Befreiungsschlag, der zu meiner Überraschung von einem leisen Rumoren in meinem Magen begleitet wurde. Kein normaler Mensch konnte mit Wehmut an ein Ungetüm wie das East End denken, wo auch noch zehn Jahre nach dem Krieg Armut und zerstörte Häuser das Straßenbild beherrschten. Und doch – die Gestalten, die es bevölkerten, hatten etwas in mir hinterlassen. Ihren rauen Tonfall und ihren Blick, der verriet, dass man alle Winkelzüge des Lebens kannte, bemerkte ich auch bei mir.

»Es lässt sich hier wirklich sehr gut leben«, bestätigte Mrs. Batson Arthurs Kompliment über St. Marylebone. »Es geht weniger turbulent zu als in anderen Stadtteilen. Es ist England geblieben und nicht etwa zu einer neuen Kolonie geworden.«

Charlies Kiefermuskulatur verkrampfte sich, obwohl kaum jemand damals diese Äußerung als rassistisch empfunden hätte. Mrs. Batson war nicht die Einzige, der es sauer aufstieß, das auf einmal allerorts Menschen aus den alten Kolonien, vor allem aus Jamaika, aufzutauchen schienen.

Arthur, dem es Spaß machte, seinen Bruder zu ärgern, nickte bedauernd. »Gerade erst soll wieder ein Schiff mit Negern angekommen sein, fünfhundert Leute«, raunte er. »Ich weiß nicht, wo die noch hinpassen sollen.«

Wie ernst er das meinte, war schwer einzuschätzen. Viele seiner Teddy-Boys verhielten sich aggressiv gegenüber Negern. Nur aus dem Mund eines Mannes, der ebenfalls im Ausland geboren worden war, klangen die Worte seltsam. Aber vielleicht war das eigentliche Problem ja die Hautfarbe.

Auch wenn ich keine ausgeprägte Meinung zu dem Thema hatte, weil es mich nicht sehr interessierte, schlug ich mich an diesem Tag vorsichtshalber auf Charlies Seite. Ich verdrehte nach Arthurs Kommentar die Augen, um dessen Bruder zu beschwichtigen. Ich wollte, dass Charlie schwieg und keine politische Diskussion anzettelte, die Mrs. Batson womöglich schlechter verkraftet hätte als zwei Männer in meinem Schlafzimmer.

28. Kapitel

An diesem Abend trafen wir uns in einem der angesagten Nachtclubs. Ich mochte die Dunkelheit, die schnelle Musik, die vibrierende Atmosphäre. Wie immer trug ich eine meiner eigenen Kreationen. Ein dünnes Stoffkleid, in das ich hinten eine Schnürung aus Tweed-Bändern eingearbeitet hatte, wie bei einer Korsage.

Es wirkte leicht aufreizend, ohne dass die anderen Mädchen es mir zum Vorwurf machen konnten. Sie machten alle einen auf Sophia Loren, trugen viel tiefere Dekolletés und hätten selbst nicht sagen können, warum sie trotzdem viel braver wirkten als ich mit meiner Schnürung am Rücken. Mehr als das Offensichtliche sahen sie eben nicht. Mein kinnlanges Haar hatte ich in Wellen gelegt. Ein Schnitt, wie ihn Coco Chanel getragen hatte. Ich trug einfach die Dinge, die mir am besten standen.

Wir waren alle gut drauf, und keiner von uns ahnte, dass dieser Abend ein Wendepunkt in unseren Leben werden würde.

Arthur zeigte gerade eine Schallplatte herum. »Den Song müsst ihr hören, der lief gerade ganz frisch bei AFN.«

Natürlich hörte er den Sender der US-amerikanischen Streitkräfte. Schließlich tat die BBC so, als gäbe es keinen Rock 'n' Roll. Die aufgetakelten Mädchen im Club himmelten Arthur an. Ich empfand keine Eifersucht, obwohl Arthur der erste und einzige Mann war, mit dem ich zu diesem Zeitpunkt geschlafen hatte.

Ich hatte es nur ein paar Mal getan, aus Neugierde und weil andere Mädchen so von ihm schwärmten, dass sie wochenlang mit verschmierter Wimperntusche umherliefen, wenn er sich nach wenigen Malen nicht mehr meldete. Fast erleichtert hatte ich aber festgestellt, dass er bei mir solche Gefühle nicht auslösen konnte.

Ich hatte ihm verziehen, dass er mich vor drei Jahren während des Nebels im Stich gelassen hatte, weil mir klar wurde, dass er die Tragweite, die seine Entscheidung für mich gehabt hatte, sowieso nie begreifen würde – genau deshalb empfand ich aber auch nie wieder denselben Respekt für ihn wie vor diesem Tag.

Er war tatsächlich wie ein Bruder für mich, den man sich auch nicht aussuchen konnte. Die Zeit und gemeinsam erlebte Abenteuer hatten uns zusammengeschweißt, ob es uns gefiel oder nicht.

Aus Spaß hatte er mich einmal gefragt, ob ich ihn heiraten wollte, und ich hatte laut gelacht. Viele der Mädchen, die ich kannte, waren in meinem Alter schon verheiratet, und es schien etwas zu sein, was zum Leben dazugehörte. Doch ich konnte mir nicht vorstellen, mein Leben mit Arthur zu verbringen. Ich konnte mir nicht vorstellen, es mit irgendeinem Mann zu verbringen.

»Seid ihr eigentlich dabei, am 13. Juli?«, fragte er jetzt gut gelaunt in die Runde.

Als ich Charlies angewiderten Blick sah, fragte ich misstrauisch nach: »Was genau findet denn da statt?«

»Na, ihr wisst schon, die Ellis schwingt.«

Ein paar Leute kicherten. Ich fiel nicht mit ein.

»Warum sollte ich das feiern?«, fragte ich abfällig. »Eine Frau wird gehängt, weil sie einen Mann getötet hat, der sie misshandelt hat. Vielleicht geschah es ihm ja ganz recht.«

»Oh, oh, Männer, nehmt euch in Acht, wenn ihr euch auf Claire einlasst«, grölte Arthur, und sein weiblicher Fan-Club kicherte.

»Du bist echt ein Arschloch«, sagte Charlie, dessen Arbeitgeber, die Tageszeitung, für die er schrieb, Ruth Ellis zwei Verteidiger spendiert hatte.

Ich wollte nicht, dass sie sich meinetwegen stritten. »Ach Arthur«, sagte ich süß. »Dann bist du ja außer Gefahr. Du wirst mir in diesem Leben nicht mehr so nahe kommen.«

Er grinste, doch ich kannte ihn zu gut. Sein Ego war so prall aufgeblasen, dass ein kleiner Nadelstich es platzen lassen konnte. Ich spürte, dass er innerlich vor Wut kochte. Charlies geballte Fäuste verrieten, dass er nicht minder angespannt war. Reibereien zwischen ihnen waren keine Seltenheit, aber an diesem Abend bemerkte ich eine Feindseligkeit, die neu oder mir bislang entgangen war.

»Als würde mir das etwas ausmachen«, erwiderte Arthur mit boshaftem Lächeln. »Weiß doch jeder, dass ich nicht gerne mehrmals an derselben Stelle grabe. Und bei dir war ich ja schon.«

Charlies Fäuste waren immer noch geballt, als er aufsprang. Er sah aus, als wollte er Arthur den Schädel einschlagen. Ich hielt seinen Arm fest und fragte mich, wann die Situation so außer Kontrolle geraten und ob es meine Schuld gewesen oder ich jetzt nur der Auslöser war, auf den sie gewartet hatten.

»Was ist los, Kleiner? Eigentlich stehst du doch auf dunklere Bräute«, rief Arthur höhnisch.

Als ihn Charlies Faust traf, schaute er uns nur überrascht an. Er fing sich schnell und stürzte sich nun seinerseits auf seinen Bruder.

»Hört auf«, schrie ich über den Lärm der Musik hinweg. »Spinnt ihr?«

Ich zerrte Charlie weg: »Komm, Charlie, lass uns abhauen.«

Gemeinsam verließen wir den Club. Eine ganze Weile liefen wir wortlos durch die Dunkelheit. Jeder von uns hing seinen Gedanken nach, schien das zu verarbeiten, was gerade geschehen war – bis wir an der Themse angelangt waren. Wir suchten uns eine Bank und setzten uns.

Ein Paar auf einer Bank bei Vollmond am Fluss, dachte ich. Aber es waren ja nur Charlie und ich, die beisammensaßen, wie wir es schon oft getan hatten. Andererseits waren wir dabei selten so aufgewühlt gewesen – außer an dem Tag, an dem ich Logan nach Barra gebracht hatte.

Bei meiner Rückkehr nach London damals waren seit unserem Abschied im Zug bereits zwei Wochen vergangen. Was zwischen uns geschehen war, gehörte zu einer Vergangenheit, die für mich in dem Moment beendet war, als ich ohne meinen Bruder nach London zurückkehren musste. Diese Erfahrung hatte für mich alles andere überlagert, sodass ich tatsächlich nicht mehr an unseren Kuss gedacht hatte. Jetzt, da wir das erste Mal seither wirklich allein waren und vom Alkohol benebelt, konnte ich an nichts anderes denken.

»Hast du etwa gerade meine Ehre verteidigt?« Ich versuchte meine Frage scherzhaft klingen zu lassen, um die Spannung zu lösen.

»Ich habe wohl eher meine Ehre verteidigt«, antwortete Charlie bitter. »Es ist Quatsch, sich etwas vorzumachen. Arthur ist einfach kein netter Mensch, oder?«

»Nein«, sagte ich. »Aber er ist eben Arthur. Dein Bruder. Mein Freund.«

»Bist du in ihn verliebt?«

Verblüfft schaute ich ihn an. Dann lachte ich. »Nein, ich war es nie und werde es nie sein. Ehrlich nicht.«

»Aber du hast mit ihm geschlafen.«

Ich wurde knallrot, weil ich fürchtete, der moralische Charlie würde mich verurteilen. Leider war mir sein Urteil nicht egal. »Ich wollte wissen, wie es ist«, erklärte ich leise.

»Und?« Er zog lächelnd eine Augenbraue hoch, warf dann allerdings sofort ein: »Stopp, nein, ich will gar nicht wissen, wie es ist, mit meinem Bruder zu schlafen.«

»Nicht so großartig, wie andere Mädchen behaupten«, murmelte ich trotzdem. »Und du?«, wagte ich ermutigt von seiner Reaktion zu fragen.

»Ein paar Mädchen gab es, aber nichts Ernsthaftes.«

»Warum nicht?«, fragte ich ihn. Eigentlich schien er mir immer der Junge für ernsthafte Dinge zu sein – in jedem Bereich seines Lebens.

Er antwortete nicht.

»Was meinte Arthur eigentlich damit, dass du eher auf dunklere Mädchen stehst?«, hakte ich deshalb in einer anderen Richtung nach.

Charlie stieß einen Fluch aus, wie ich ihn noch nie von ihm gehört hatte. »Er hat eine junge Jamaikanerin, die bei uns um die Ecke wohnt, dumm angemacht und sie als kleines Negerflittchen bezeichnet. Das Mädchen war vierzehn Jahre alt. Herrgott! Ich habe mich bei ihr entschuldigt, ihn weggeschleift und ihm meine Meinung gesagt. Ich hätte ihn da schon verprügeln sollen. Aber wie du schon sagst … er ist eben Arthur.«

Wir gestanden es uns noch nicht ein, aber ich glaube, dass wir es in diesem Moment beide wussten – und Charlie mit seinen genauen Vorstellungen von Gut und Böse war es sicher schon länger bewusst: Es genügte nicht mehr zu sagen, dass Arthur eben Arthur war. Sogar ich, die moralisch flexibler war, empfand sein Verhalten in letzter Zeit als unerträglich.

Das Dreierbündnis war zerschlagen, und das fühlte sich wie das Ende unserer Jugend an. Jetzt mussten wir herausfinden, ob und wie wir als Duett funktionieren konnten.

Wieder blickten wir schweigend aufs Wasser. Als Charlie seinen Arm um mich legte, zuckte ich nicht zurück. Ich sah weiter geradeaus, lehnte mich aber ein wenig gegen seine Schulter. Dass er kurz darauf seine Hand an mein Kinn legte, damit ich ihm mein Gesicht zuwandte, überraschte mich schon nicht mehr.

Ihm in die Augen zu sehen war mir vertraut und fremd zugleich. Bereits einen Augenblick später küssten Charlie und ich uns mit der gleichen Verzweiflung wie damals am Zug. Es war schön und auch wieder nicht. Es war ein Ende und ein Anfang. Es war Fieber und Genesung.

Nur einen Moment unterbrachen wir den Kuss. Charlie sah mich ernst an. »Er hat unrecht, weißt du? Die Hautfarbe eines Menschen ist mir vollkommen egal. Aber du bist es nicht, warst es nie. Nur seit dem Abschied auf dem Bahnhof hast du mir nie wieder richtig in die Augen geschaut – bis jetzt.«

»Habe ich nicht?«, frage ich überrascht.

»Nein«, sagt er.

Ich konnte mir kaum vorstellen, dass es stimmte. Wir verbrachten so viel Zeit miteinander. Außerdem hatte ich noch nie den Blick anderer gescheut. Andererseits sagte Charlie nie etwas, was nicht stimmte. Und wenn ich an den Moment kurz zuvor dachte, musste ich zugeben, dass er recht haben könnte und es einen Grund dafür gab. Es hatte diesen innigen Moment gegeben, der im Nachhinein eine Distanz geschaffen hatte, weil er in Verbindung mit der Trennung von meinem Bruder stand. Ein Ereignis, an das ich jeden Gedanken verdrängte – und an alles, was damit zusammenhing. Charlie anzusehen hätte womöglich bedeutet, die Gefühle von damals aufleben zu lassen. Doch nun, wo es zu spät war, küsste ich ihn weiter. Ich war es am Ende auch, die ihm vorschlug, mit ihm in seine Wohnung zu gehen. Arthur würde nicht wiederkommen, bevor er jedes Pub leer gesoffen hatte, das wusste ich.

Es war herrlich zu sehen, wie Charlie zunächst ablehnte, viel zu sehr um meine Ehre bedacht, und am Ende doch nicht widerstehen konnte. Oder vielleicht schmeichelte ich mir mit diesem Eindruck auch. Ich fragte mich, ob Charlie so nicht auch indirekt Rache an Arthur nehmen wollte, der gerne Besitzansprüche erhob, obwohl wir gar kein Paar waren und schon lange nichts mehr zwischen uns passiert war. Nein, sagte ich mir dann. Charlie würde so nicht handeln, das war eher mein Stil.

Egal, was uns am Ende zueinandertrieb, und egal, was danach geschah. Ein Fehler war diese Nacht nicht. Nie wieder habe ich eine so vollkommene Hingabe erlebt. Uns trennte nichts, wir waren vollkommen nackt in jeder Hinsicht. Ich war ganz bei ihm, aber auch wie nie zuvor bei mir.

Am Tag danach entwarf ich ein Kleid. Ich tat es wie im Schlaf. Als die Zeichnung fertig war, konnte ich mich kaum daran erinnern, sie angefertigt zu haben. Es war ein bodenlanges, schmal geschnittenes Abendkleid aus dünner Seide. Das Oberteil war langärmelig, schnörkellos und hochgeschlossen, zum Ausgleich für den tiefen Rückenausschnitt in V-Form, in dem ich ein paar Silberkettchen baumeln ließ. Den unteren Teil besetzte ich mit gefärbten Federn – blassrosa, dunkelviolett, blauschwarz, die Farben der Galaxis.

»Weißt du, was das kosten wird?«, fragte Mr. Burgess mit schwerem Seufzen, als ich ihm meine Skizzen zeigte.

»Nein. Soll ich den Entwurf wegwerfen?«, fragte ich.

»Und ich dachte, du würdest über jeden Einwand hinwegfegen und notfalls im Park Federn sammeln, um sie selbst einzufärben. Seit wann hegst du Selbstzweifel?«

Es stimmte, ich fühlte mich unsicher. Ich hatte nicht die Kontrolle über den Entwurf gehabt, sondern er war aus meiner Hand auf das Papier geflossen. Aber ich sah das Ergebnis vor mir, und es fesselte mich doch.

»Ich war nicht einmal sicher, ob er meinem Geschmack entsprach. Zu wenig subtil«, sagte ich ehrlich. »Es ging mir einfach so durch den Kopf.«

»Wir machen es«, sagte er. »Ich denke, irgendjemand wird sich Hals über Kopf in dieses Kleid verlieben.«

Er sollte recht behalten. Als es einmal fertig war, zog es die Aufmerksamkeit eines Hollywood-Stars auf sich. Die beliebte Schauspielerin trug es zu einer Preisverleihung, sodass es am Ende alle Welt sah. Die Presse verlieh dem Kleid seinen Titel »Auf den Schwingen der Nacht«.

Und Mr. Burgess zeigte sich großzügig wie immer und erzählte allen mit einem väterlichen Stolz, der mich rührte, dass der Entwurf von seiner Assistentin Claire Macbain stammte. Kurze Zeit später wurde ich nach L. A. eingeladen, um Probeentwürfe für eine große Filmproduktion vorzulegen. Irgendeine hochmoderne und sehr künstlerische Angelegenheit, für die Dalí die Kulissen malen wollte. Dies war eine Chance, die ich mir nicht ausgemalt hatte und die sich so surreal wie Dalís Bilder anfühlte. Natürlich musste ich sie ergreifen.

Ausgerechnet einen Tag vor meinem Abflug hatte ich einen letzten Arzttermin, und die Nachricht, die er für mich bereithielt, machte mir einen gewaltigen Strich durch die Rechnung. Ich war schwanger. Sicher, Charlie und ich hatten miteinander geschlafen. Immer wieder. Aber ich hatte darauf geachtet, dass wir an allen fruchtbaren Tagen pausierten. Deshalb hatte ich nichts Schlimmeres befürchtet, als dass Mrs. Batson uns eines Nachts hören könnte. Und nun bekam ich ein Kind. Es fühlte sich an, als würde die Welt just in dem Moment untergehen, in dem mein eigenes Leben gerade begann.

29. Kapitel

Claire 2017

Nachdem Vivian gegangen war, war Claire erleichtert. Natürlich hatte die junge Frau am Ende nach Logan gefragt. Sie wollte wissen, warum Claire ihn nicht zurückgeholt hatte, sobald sie ein eigenes geräumiges Zimmer in einer respektablen Gegend bezogen hatte.

»Ich war plötzlich zu sehr mit anderen Dingen beschäftigt«, hatte Claire behauptet. Eine schwache Ausrede.

Zum Glück war Vivian zu höflich gewesen, um weiter zu bohren. Stattdessen hatte sie sich auf das Schiff mit den fünfhundert Einwanderern gestürzt, das die Menschen damals in Panik ausbrechen ließ.

»Wegen gerade einmal fünfhundert Menschen, die eine dunkle Hautfarbe hatten?«, hatte die junge Frau gemurmelt. »Nun sind es Tausende, und eigentlich sollte man über jeden froh sein, der es lebendig geschafft hat.«

Claire hatte laut gelacht. »Ja, das ist vermutlich etwas besser, als sie im Meer ertrinken zu sehen. Aber Ihnen ist schon bewusst, dass die meisten Menschen Ihre Ansicht nur teilen, solange es die Flüchtlinge bloß bis Griechenland oder Italien schaffen, oder? Glauben Sie mir, sie schätzen es viel weniger, wenn sie den Boden des eigenen Landes betreten.«

Man sah Vivian selten wütend werden, deshalb genoss Claire es beinahe zu sehen, wie sich eine Röte über das Gesicht ihres Gegenübers legte, die ihre Emotionen sehr genau widerspiegelte. Claire hatte sie darauf hingewiesen, dass es keinen Sinn machte, den Boten zu erschlagen. Sie hatte schließlich nicht ihre eigene Meinung wiedergegeben. Natürlich stimmte sie Vivian zu, wie es sicher jeder vernünftige Mensch täte, auch wenn er wie Claire kein Gutmensch war. Das pure Überleben war wichtiger als die Wohlstandssorgen der Ureinwohner Großbritanniens. Und auch zu ihrer Zeit hatten die gefürchteten Neuankömmlinge das Empire viel weniger aus der Bahn geworfen, als es die aggressiven Randalierer getan hatten, die dachten, sich gegen diese armen Menschen zur Wehr setzen zu müssen.

Trotz ihrer Erschöpfung musste Claire noch einen Anruf tätigen. Mit dem Telefon in der Hand stellte sie sich an die Fensterfront und blickte hinaus.

Ihr Gesprächspartner hustete nervös, als er ihre Stimme erkannte. »Alan? Machen Sie sich bereit. Ich besuche Sie morgen und habe einen kleinen Anschlag auf Sie vor«, sagte sie.

»Wie schön, dass Sie wieder auf den Beinen sind«, behauptete der Chefdesigner des Modehauses, das zwar noch ihren Namen trug, ihr aber nur noch anteilig gehörte. Trotzdem ließen sich die Mitarbeiter noch von ihr herumscheuchen, wenn es notwendig war.

»Ach, Alan. Wie gut, dass Sie besser entwerfen als lügen! Seien Sie kein Angsthase. Ich habe nicht vor, in den aktiven Dienst zurückzukehren und Ihre Kollektion umzuwerfen. Ich möchte nur ein oder zwei Ihrer Leute für ein kleines Projekt ausleihen. Eigentlich will ich nur ein einziges Kleid, aber meine Finger taugen nicht mehr wirklich zum Zeichnen, und genäht habe ich seit bestimmt fünfzig Jahren nicht mehr. Deshalb brauche ich Sie. Ich werde Ihnen genau sagen, wie ich es mir vorstelle.«

Er seufzte: »Aber natürlich, Claire. Komm doch einfach vorbei. Ich freue mich riesig darauf, dich zu sehen.«

Claire kicherte. »Wie schon gesagt, Modeschöpfer, bleib bei deinem Leisten. Ich glaube Ihnen kein Wort.«

Während sie auflegte, sah sie durch ihr Fenster Vivian und deren kleinen Jungen um die Ecke verschwinden. Seine Nähe beunruhigte sie weniger als befürchtet, was ein gutes Vorzeichen für einen Aufenthalt mit ihm auf der Insel war. Es hieß, dass die Zeit vorbei war, in der sie in jedem kleinen Menschen sofort ihren Bruder gesehen hatte.

Dennoch wäre es ihr lieber gewesen, Vivian hätte den Jungen für die Zeit ihrer Reise bei seinem Großvater untergebracht. Denn eigentlich ging es ihr nicht um einen Familienurlaub, sondern um Vivian. Und ihr Plan bezog außer Peter kein weiteres männliches Wesen mit ein. Sie wollte den beiden allzu gerne die Gelegenheit verschaffen, allein Zeit miteinander zu verbringen. Es wäre eine vielversprechende Paarung, Vivians ernste, zurückhaltende Art und Peters starke Präsenz. Claire war kein Talent in Naturwissenschaften gewesen, und im Gegensatz zu Vivian analysierte sie auch nicht ihre Mitmenschen, doch sie war sich sicher, es gäbe eine spannende chemische Reaktion, wenn man zwei gegensätzliche Menschen wie diese beiden eine Verbindung eingehen ließ. Etwa als würde man Natron und Essig in einen kleinen Behälter geben und schütteln. Knall! Dieses Spiel hatte natürlich Arthur ihr beigebracht, als sie gerade erst nach England gekommen war. Und es war ihr bis heute in Erinnerung geblieben.

Vivian wirkte oft so, als würde sie im Dornröschenschlaf liegen, seit die böse Fee sie mit der Spindel gestochen hatte. Irgendjemand musste sie aufwecken – entweder gelang es Claire, Peter zum Prinzen zu küren, der ihr diese Arbeit abnehmen konnte, oder sie selbst würde es tun.

Sie schaute weiter durch ihr Fenster und betrachtete die Jachten. Nichts erinnerte mehr an die verzweifelten Szenen, die sich abgespielt hatten, nachdem die Hafenanlage hier als eine der ersten in London geschlossen worden war, weil sie nicht genügend der modernen großen Schiffe fassen konnte. Die alten Lagerhäuser waren inzwischen Büros, Cafés und Wohnhäusern gewichen – und dem luxuriösen City-Quay-Wohnkomplex, den auch Claire selbst bewohnte. Aufschwung und Niedergang – alles wiederholte sich so oft, dass man davon müde werden konnte. Schiffe kamen mit Flüchtlingen aus Ländern, die Europäer destabilisiert hatten – damals wie heute. Terroristen versahen den Alltag mit einer latenten Bedrohung, erst war es die IRA gewesen, dann waren es die Islamisten. Rassisten belästigten zu jeder Zeit Angehörige anderer Nationen, obwohl diese London zu der lebendigen Stadt machten, die es war. Musste man befürchten, dass irgendwann auch wieder Bomben auf London fielen oder die Stadt in einer giftigen Wolke versank? Mit Glück würde Claire dann schon lange nicht mehr da sein. Aber solange sie lebte, wollte sie eine schöne Aussicht genießen. Das Glas und die Höhe ihres Penthouses schufen die Illusion von Weite. Die dunklen Kammern hatte sie lange hinter sich gelassen. Natürlich waren da noch die in ihrem Innern, doch die hielt sie sicher verschlossen.

Sie dachte an Arthur, der schon Anfang der Achtzigerjahre gestorben war, weil er nicht die Finger von den Drogen gelassen hatte. Sie dachte an Charlie, von dem sie sich nun nicht mehr verabschiedet hatte. Doch was hätte das auch geändert, er wäre ja trotzdem tot!

Vielleicht würde sie eines Tages sein Grab besuchen. Nicht, weil sie dachte, dass noch irgendetwas von ihm dort war, sondern um zu spüren, dass er wirklich fort war. Um nicht mehr zu grübeln, an welcher Stelle ihres Lebens sie eine andere Richtung hätte einschlagen sollen. Um sich zu vergewissern, dass das Ziel ihrer Bemühungen nicht mehr existierte, sondern nur noch ein Haufen toter Zellen unter der Erde und somit alles egal war.

30. Kapitel

Vivian 2017

Als Ethan bereits im Bett lag, grübelte Vivian immer noch über Claires Worte nach. Sie hatte im Internet einem Nebensatz entnommen, dass die Modeschöpferin Claire Holloway für einen kurzen Zeitraum eine Ehe mit einem Charlie Brown eingegangen war. Es hatte wie ein technischer Vorgang, ein vorübergehender Irrtum ohne Bedeutung, geklungen. Doch nach Claires Erzählung hatte dieser Mann sogar mehr Raum eingenommen als die Mode, die untrennbar mit ihrem Namen, sogar mit ihrem ganzen Leben verwoben war. Dabei hatte Charlie Brown in ihrem über achtzig Jahre währenden Leben nur ein paar Jahre offiziell zu ihr gehört. Wieso hatten sie sich getrennt? Lag es daran, dass Claire am Ende doch nach Hollywood gegangen war, wie Vivian ebenfalls im Internet erfahren hatte?

Sie hatte keinen Eintrag über eine zweite Ehe gefunden. Claire war offenbar eines Tages als Claire Brown in ein Flugzeug gestiegen und hatte es als Claire Holloway wieder verlassen.

Die Frau blieb ein Mysterium. Trotzdem hatte Vivian mittlerweile das Gefühl, zwischen ihr und Claire bestünde eine Verbindung, eine eigenwillige Form der Nähe. Vielleicht war es dafür gar nicht notwendig, dass sie alles verstand, was gewesen war. Vielleicht zählte nur, dass die beiden Frauen, die sie jetzt waren, einander zugetan waren. Der Gedanke, es könne jederzeit ein Heute ohne Gestern geben, gefiel ihr. Nur ob sie daran glauben konnte, wusste Vivian nicht.

Sie hatte den ganzen Nachmittag über nicht auf Aidans Nachricht reagiert, deswegen tat sie es jetzt. Sie schrieb ihm, dass sie am Nachmittag keine Gelegenheit gehabt hatte, ihm zu antworten – und jetzt leider auch zu beschäftigt war, schließlich begann gleich ihre Schicht. Ans Ende des kleinen Textes setzte sie einen Zwinker-Smiley, den sie wieder löschte. Es war Unsinn, immer jede Botschaft mit gelben Kugelgesichtern zu versehen, als würde man gar nicht meinen, was man sagte.

»Emoji« – als sie das Wort das erste Mal gehört hatte, dachte sie noch, es wäre mit dem Wort »Emotion« verwandt. Doch dann hatte sie in einem Artikel gelesen, dass es japanisch war und einfach Bildschriftzeichen bedeutete. Sie war überrascht gewesen, als die Oxford University Press vor einiger Zeit das Emoji »Gesicht mit Freudentränen« zum sogenannten Wort des Jahres gekürt hatte. Angeblich war diese Ausdrucksform dazu geeignet, Sprachbarrieren zu überwinden. Vivian hingegen hatte das Gefühl, die kleinen Bilder erleichterten nur die Unehrlichkeit der geschriebenen Unterhaltung. Anders als eine selbst verfasste Antwort waren Herzen schnell gesetzt, sowohl unter einem Beitrag auf Facebook, in dem jemand von seiner schweren Erkrankung berichtete, wie auch unter dem Selfie einer entfernt bekannten Instagram-Filter-Schönheit. War das alles das Gleiche? Wohl kaum, deshalb förderten die Zeichen in Vivians Augen eher die Sprachlosigkeit, weil man sie verwendete, ohne nachzudenken, und mit ihnen Botschaften ohne Bedeutung versendete.

Sie hatte ihre Nachricht erst vor wenigen Minuten verschickt, da tauchte Aidans Name auf ihrem Display auf.

»Ist das ein Kontrollanruf, ob ich wirklich arbeite?«, fragte sie, nachdem sie auf den grünen Hörer gedrückt und den Anruf angenommen hatte. Sie lächelte, weil sie wusste, dass es nicht so war.

»Ob Sie wirklich arbeiten, kontrolliert die Technik für mich. Außerdem beginnt Ihre Schicht erst in zehn Minuten. Ich hoffe nicht, dass ich so lange brauche, um mich zu vergewissern, dass unsere Verabredung am Sonntag noch steht. Ich verspreche auch, Sie nicht zu fragen, ob Sie vielleicht mehr Stunden und bei uns vor Ort arbeiten möchten.«

»Dann komme ich natürlich gerne. Schon damit die Jungs sich noch mal sehen können, bevor es für uns auf die Insel geht.«

»Barra, hatten Sie gesagt? Ich musste es, ehrlich gesagt, erst mal im Internet suchen. Ich wusste, dass es sich um eine Hebrideninsel handelt, aber nicht, wie weit sie vom Festland entfernt liegt. Von da aus können Sie ja fast schon nach Island winken.«

Sie feixte. »Ich musste Barra auch erst mal auf der Karte suchen und weiß deshalb, dass sowohl Island als auch Grönland sich noch nicht in unmittelbarer Nähe der Inseln befinden.«

»Trotzdem klingt es fast genauso exotisch. Ich beneide Sie.«

»Nur kein Neid. Wir werden nur eine Woche dort sein. Ethan und ich begleiten … eine Freundin, die dort einmal gelebt hat.«

»Dort leben Menschen?«, fragte Aidan gespielt überrascht.

»Es sind sogar knapp über tausend«, entgegnete Vivian.

»Damit leben auf der ganzen Insel immer noch weniger Menschen als im winzigsten Stadtteil Londons«, sagte Aidan.

Vivian schaute auf die Uhr. »Leider muss ich Sie abwürgen. Nehmen Sie es nicht persönlich, Sie bezahlen mich schließlich dafür, dass ich es tue.«

Aidan Scott lachte laut, dann legten sie auf.

Kaum eine Minute später klingelte Vivians Festnetz-Telefon. Es war Leos Mutter. »Die Transplantation scheint ein Erfolg gewesen zu sein«, berichtete sie. »Ich wollte Ihnen das gerne sagen. Ich bin so froh. Aber …«

Sollte jetzt etwas schiefgehen, wäre es schlimmer denn je, ergänzte Vivian den Satz in Gedanken. Falls das denn überhaupt möglich war. Sie wusste in etwa, wie die Therapie aussah, sie hatte es nachgelesen. Der kleine Patient würde per Knochenmarktransplantation eine Art neues Immunsystem erhalten. Dieses konnte sich aber auch gegen seinen neuen Wirt richten und dessen Organe zerstören. Beim Lesen hatte Vivian das bange Gefühl gehabt, es handele sich um einen Prozess, bei dem so ziemlich alles schiefgehen konnte.

»Wie lange wird es dauern, bis Sie es genauer wissen?«, fragte sie betont sachlich.

»Nicht mehr lange. Aber selbst, wenn er bald entlassen wird, werden wir immer fürchten, dass der Krebs zurückkehrt.«

Vivian schwieg. Die Sorge der Mutter war nicht unberechtigt.

»Aber im Moment«, beharrte sie, »wie sieht es da aus?«

»Vier Wochen bleibt er noch im Krankenhaus, weil ihn die kleinste Infektion umwerfen würde. Und danach: keine Tiere, keine Pflanzen, keine Sonne, kein frisches Obst und Gemüse, wenig Menschen – es ist fast, wie beerdigt zu sein, oder?« Die Frau lachte bitter, fuhr dann aber ruhiger fort: »Trotzdem ist es nur ein kleiner Preis. Aber ich weiß nicht, was ich machen soll. Leo ist sehr traurig, und ich habe Angst, dass sich das negativ auf die Heilung auswirkt.«

»Das ist …«

»… sehr unwahrscheinlich? Mal ehrlich, so genau weiß doch immer noch niemand, wie diese Krankheiten funktionieren«, unterbrach die Mutter trotzig.

Vivian wusste nicht, ob das stimmte. Aber vermutlich entsprach es den Tatsachen. Es war nicht unwahrscheinlich, dass die Menschen in Hunderten von Jahren auf unsere vermeintlich fortschrittliche Zeit zurückblickten wie wir selbst auf die Jahrhunderte vor der Erfindung der Dampfmaschine – auf die Neandertaler, die Hexenverbrenner, die Gläubigen. Ebenso gut könnte aber auch bis dahin das Zeitalter des Zweifelns beendet sein, und man würde Zeitreisen durch schwarze Löcher unternehmen. Schon Ethans Welt würde eine andere sein als ihre.

Vivians Aufgabe am Telefon war es nicht, die Antworten zu kennen, sondern bloß, die richtigen Fragen zu stellen. »Warum ist er traurig?«

»Sein Zimmernachbar hat es nicht geschafft. Und wissen Sie was? Mein erster Gedanke war, es kann nicht zwei in einem Zimmer treffen, das bedeutet mehr Hoffnung für Leo. Ist das nicht bestialisch von mir?«

Vivian fiel die Quote wieder ein, von der sie gesprochen hatten. Als wäre Gott ein Statistiker, der bei der Auswahl derjenigen, die leben durften, zimmerweise vorging. Oder, falls man an ihn nicht glaubte, als wäre das Universum eine Rechenmaschine mit simplen Gesetzen.

»Ihre Reaktion ist nachvollziehbar«, sagte Vivian.

»Vor dem Eingriff lag er eine Weile allein im Zimmer. Er musste isoliert werden und bekam Antibiotika. Sein Immunsystem taugte ja zu nichts mehr. Er hatte zu viel Zeit nachzudenken. Offenbar hat ihn die meiste Zeit sein toter Freund beschäftigt. Er redete über ihn, bis ich das Gefühl hatte, dass er weniger traurig über dessen Tod war als darüber, dass er selbst nicht mitgenommen wurde. Leo und sein Freund hatten einen Deal. Sie wollten sich zusammen im Himmel den neuen LEGO-Film anschauen, falls die Ärzte sie nicht retten könnten. Offenbar war das eine ziemliche Versuchung.« Wieder lachte die Mutter nervös.

Vivian spürte ein salziges Rinnsal auf ihrer Wange. Es brannte. Damit ihre Stimme nicht zitterte, atmete sie einmal tief durch. »Vielleicht war das eine gute Vereinbarung. Sie hat den Jungs geholfen, mit ihrer Angst umzugehen«, sagte sie dann ruhig.

»Natürlich haben wir ihm immer gesagt, deine überfahrene Katze ist nun im Himmel und deine Uroma auch, aber weder mein Mann noch ich glauben daran.« Sie schwiegen eine Weile. Dann fuhr Leos Mutter fort: »Hören Sie in nächster Zeit auf Glockengeläut. Es wird klappen, oder?«

Vivian dachte nach: Es war falsch, Versprechungen zu machen, die man nicht halten konnte. Andererseits: Egal, was sie ihr jetzt versprach, es würde die andere Mutter nicht härter treffen, wenn etwas schiefging, als wenn Vivian nichts sagte. Warum sollte sie ihr nicht einfach Mut machen, wo Mrs. Smith gerade jeden Funken Glauben und Kraft gebrauchen konnte.

»Sicher«, sagte Vivian lächelnd. »Und sobald ich sie höre, werde ich innehalten und an Leo und Sie denken.«

31. Kapitel

Als Vivian ein paar Tage später mit Aidan auf »ihrer« Bank saß, knabberten sie an den Cookies, die Vivians Vater am Tag zuvor gebacken hatte.

»Wir haben nun also einen Stammplatz«, sagte Aidan. »Vielleicht sollten wir langsam mal unsere Initialen ins Holz ritzen?«

Vivian musste bei dem Gedanken lächeln. »Sicher, ich habe nur gerade kein scharfes Messer dabei.«

Er zuckte mit den Achseln. »Ich habe meines heute auch zu Hause gelassen, dabei habe ich sonst immer eines dabei.«

»Nehmen Sie mich auf den Arm? Wozu trägt ein Psychologe ein Taschenmesser bei sich?«

»Ich habe es als Kind von meinem Vater geschenkt bekommen. Er gehörte noch zu der Generation, die der Meinung war, jeder echte Mann brauche ein gutes Messer. Und es fühlt sich tatsächlich gut an, jederzeit kleine Probleme lösen zu können.«

»Wie etwa Tiere zu erlegen und zu häuten, Schlösser aufzubrechen …« Vivian schaute ihn amüsiert an.

»Immerhin kann ich spontan Wein entkorken, Jacobs Äpfel in Schnitze schneiden und … meine Fingernägel säubern.«

»Igitt.« Vivian fasste sich an den Hals. »Ich hoffe, Sie waschen das Messer zwischendurch, Mr. Scott.«

Er lachte, während er genüsslich in einen Keks biss.

»Wann hören Sie eigentlich endlich auf, Mr. Scott zu mir zu sagen? Wollen Sie mich nicht einfach Aidan nennen?«, fragte er.

»An dem Tag, an dem Sie nicht mehr mein Chef sind.«

»Dann kann ich mich ja auf den nächsten Monat freuen.« Als er ihren erschrockenen Blick sah, sagte er schnell: »Ja, es ist nicht mehr viel Zeit, aber ich halte mein Versprechen, Sie nicht zu bedrängen, und werde mich auf jeden Fall dafür einsetzen, dass Sie Ihre Sonderbedingungen behalten können. Ich weiß nur nicht, ob meine Meinung dann noch jemanden interessiert.«

Sie schwiegen für einen Moment und sahen ihren Jungs dabei zu, wie sie einander die Welt erklärten und manchmal sogar Händchen hielten, als wären sie immer schon Freunde gewesen. Freunde – sie schaute auf Aidans Hand und blickte dann verlegen zur Seite. Es war mittlerweile so leicht und natürlich, mit Aidan Zeit zu verbringen. Seine Gegenwart machte sie die meiste Zeit nicht mehr nervös. An diesem Tag dämpfte sie sogar ihre Aufregung wegen der Reise und auch die Unruhe, mit der sie an ihren Vater dachte.

Als sie mit Ethan am Tag zuvor seinen Großvater besucht hatte, war ihr wieder aufgefallen, wie seltsam er sich in letzter Zeit verhielt. Er gab sich gut gelaunt und charmant wie immer. Dabei wirkte er aber abwesend und hangelte sich von Ablenkungsmanöver zu Ablenkungsmanöver, sobald sie ihn darauf ansprach. Einmal bemerkte sie, wie er sie mit besorgter Miene musterte, als er gerade dachte, sie sähe nicht hin. Vivian würde es nicht ertragen, wenn sich herausstellen sollte, dass er beispielsweise an einer schrecklichen Krankheit litt – er und Ethan waren ihre ganze Familie, ihr Anker in einer Welt, die sich viel zu schnell zu drehen schien.

Aidans Räuspern brachte sie in die Gegenwart zurück. »Ich hoffe, ich habe gerade nicht die Stimmung verdorben.«

Überrascht sah sie ihn an. »Nein, gar nicht. Wirklich nicht.« Sie nahm ihren ganzen Mut zusammen. »Ich habe über Ihr Projekt nachgedacht«, sagte sie und griff nach den Unterlagen in ihrer Tasche.

Sein fragender Blick brachte sie in Verlegenheit. »Es sind Ideen zu einem Hilfsprogramm für die Angehörigen der Patienten. Vor allem deren Kinder. Sie sind meist völlig hilflos, wenn ihre Eltern auf einmal nicht mehr wie Eltern funktionieren. Ich … lesen Sie es sich in Ruhe durch, ich habe versucht, alles schriftlich festzuhalten, ich bin nicht so gut darin, über meine Ideen zu reden.«

»Das klingt interessant«, sagte er ernsthaft. Er begann die Seiten zu überfliegen. Um ihn daran zu hindern, legte Vivian ihre Hand auf seine, zog sie aber sofort wieder zurück, als er sie ansah.

»Schauen Sie es sich doch zu Hause an. Vielleicht sind die Vorschläge nicht gut. Es sind wirklich nur so Ideen. Ich nehme es Ihnen nicht übel, wenn Sie sie wegwerfen, solange Sie sie im Altpapier entsorgen. Wir müssen schließlich das Klima schützen.«

Sie merkte selbst, dass sie vor Nervosität plapperte. Es war, als würde sie ihm über diese Blätter Einblick in ihr Innerstes gewähren, und sie wollte auf keinen Fall dabei sein, wenn er darin eindrang. Es wäre ihr zu intim vorgekommen.

»In Ordnung«, sagte Aidan ruhig. »Aber ich möchte Ihnen gerne etwas sagen, ohne dass Sie es mir übel nehmen: Ein wenig mehr Selbstvertrauen würde Ihnen gut stehen. Ich konnte gerade nicht viel sehen, aber es kam mir sehr strukturiert und durchdacht vor. Vielleicht werde ich ja positiv überrascht.« Er lächelte sie ermutigend an.

Vivian wand sich innerlich unter diesem Lächeln. Sie konnte ihm schlecht erklären, dass ein Kompliment für sie die größte Zumutung war. Sie hatte dann immer die Sorge, der damit verbundenen Erwartung nicht gerecht werden zu können und sich als Enttäuschung zu entpuppen.

Zum Glück musste sie nichts entgegnen, denn genau in diesem Moment klingelte sein Telefon. »Das ist mir wirklich peinlich«, sagte er nach einem Blick auf das Display. »Doch da muss ich wieder einmal rangehen.«

»Das ist in Ordnung«, versicherte ihm Vivian.

»Hallo«, sagte er in den Hörer. Danach sagte er lange nichts mehr, sah aber plötzlich blass und besorgt aus. Schließlich stand er auf, um sich einige Meter von ihr zu entfernen. Vivian konnte sehen, dass er nun aufgeregt sprach. Sie hoffte nur, es war nichts Schlimmes passiert. Als er zurückkehrte, wirkte er fahrig, sein Blick war unstet, und er fuhr sich durch das Haar. »Ich habe ein Anliegen, das Ihnen vollkommen verrückt vorkommen muss.« Er sah sie immer noch nicht an, sondern suchte die Umgebung mit den Augen nach irgendetwas ab. »Könnte mein Neffe nachher mit zu Ihnen kommen und dort bleiben, bis ich ihn heute Abend abhole? Es ist etwas passiert. Ich weiß, das ist unverschämt, aber ich kenne niemanden sonst, den ich jetzt darum bitten könnte. Seine Babysitterin habe ich gerade eben schon gefragt, doch sie ist unterwegs und kann erst morgen einspringen.«

Vivian zögerte.

»Sie haben recht«, sagte er schnell und klang verzweifelt. »Das geht gar nicht, dass ich Sie das frage. Ich hatte für einen Moment unser berufliches Verhältnis vergessen.«

Er deutete ihr Zögern falsch. Vivian befürchtete nicht, dass er sie ausnutzen wollte, und sie nahm es ihm auch nicht übel, dass er auf der Suche nach einer Lösung die Frau um Hilfe bat, mit der er gerade den Nachmittag verbrachte. Es schmeichelte ihr sogar, dass er Vertrauen in sie zu setzen schien, zumal sie begonnen hatte, dieses Gefühl zu erwidern. Nur mit ihrer Wohnsituation wollte sie ihn nicht konfrontieren.

»Wäre es möglich, dass wir zu Ihnen fahren?«, fragte sie. »Vielleicht ist es gut für Ihren Neffen, in der gewohnten Umgebung zu bleiben. Es wird schwer genug für ihn sein, zu bemerken, wie besorgt Sie sind und dass seine Mutter nicht da ist. Denn darum geht es wohl?«

Er nickte, ohne weiter auf ihre Frage einzugehen. Dann lächelte er sie an. »Sie haben vollkommen recht. Wie ich schon sagte: Sie sind gut!«

Zuerst ließen sich die Jungs nicht einfangen. Sie sträubten sich und rannten sogar vor ihnen davon, bis sie begriffen, dass ihr gemeinsamer Nachmittag noch gar nicht vorüber sein sollte. Danach folgten die beiden den Erwachsenen, ohne zu murren, zu Aidans Wagen.

»Sie haben nicht zufällig einen zweiten Kindersitz, oder?«, fragte Vivian, als sie vor dem Auto standen.

»Mist«, rief er.

»Kein Problem«, sagte sie schnell. »Wir sind mit dem Fahrrad hier. Geben Sie mir die Adresse? Dann kommen wir gleich nach. Sie haben doch gesagt, wir wohnen nahe beieinander.«

»Das stimmt auch«, sagte er. »Aber ich möchte wirklich nicht verlangen, dass Sie sich solche Umstände machen.«

»In Ordnung, dann bleibe ich hier.«

Panisch blickte er sie an.

»Verzeihung.« Sie räusperte sich. »Das war ein blöder Scherz zu einem schlechten Zeitpunkt.«

Zu ihrer Überraschung zeigte Aidan nun ein aufrichtiges Lächeln. »Nein, machen Sie sich ruhig über mich lustig. Normalerweise bin ich nicht so kopflos. Ich weiß gar nicht, wie ich mich für Ihren Einsatz bedanken soll. Falls Sie einmal Unterstützung brauchen, egal, worum es geht, scheuen Sie sich nicht, mich zu bitten?«

»Ethan, komm!«, rief der bereits angeschnallte Jacob von drinnen. »Mir ist langweilig.«

»Fahren wir nicht mit?«, fragte Ethan enttäuscht seine Mutter, als sie ihn zurückhielt.

»Nein, wir fahren mit dem Fahrrad und treffen uns gleich bei Jacob in der Wohnung wieder«, erklärte Vivian.

Aidan nannte ihr die Adresse. »Bis gleich«, sagte er, während er bereits ins Auto stieg. Er schien es wirklich eilig zu haben. Vivian setzte Ethan gerade in seinen Kindersitz, als Aidan die Tür noch einmal öffnete. Diesmal sah er sie an.

»Wirklich, vollkommen kopflos. Aber bitte vergessen Sie es nicht: Egal, worum es geht.«

Sie lächelte ihm zu. »Und ich dachte, wichtige Männer in großen schwarzen Autos lassen immer ganz langsam die Scheibe herunter, statt dem Bodenpersonal gleich die ganze Tür zu öffnen.«

Er lächelte zurück. »Vielleicht ist diesem ganz und gar nicht wichtigen Mann bewusst, dass große Gesten in einem Mini-Cooper nur begrenzte Wirkung haben. Sie können sich nicht vorstellen, wie froh ich bin, dass wir uns heute getroffen haben.«

»Bis gleich«, sagte sie, wandte ihr Gesicht dabei aber Ethan zu, damit Aidan nicht sah, dass sie rot wurde.

32. Kapitel

Vivian setzte sich auf ihr Fahrrad und fuhr los. Die Adresse entpuppte sich als ein wirklich schickes georgianisches Stadthaus. Also doch, dachte sie. Allerdings wiesen all die Namen an den Klingelschildern darauf hin, dass es mittlerweile in viele eher kleinere Wohnungen unterteilt sein musste. Sie fand den richtigen Namen und klingelte.

In dem Moment hielt hinter ihr Aidans Wagen.

»Sie waren schneller als ich. Der Verkehr, ich bin nur im Schritttempo vorangekommen«, erklärte Aidan, als er mit Jacob aus dem Auto ausgestiegen war.

»Vielleicht sollten Sie auch Rad fahren.«

»Sie werden mir nicht glauben«, erklärte er lächelnd, »aber das tue ich ziemlich oft. Dieses Auto gehört meiner Schwester. Sie wollte ihn unbedingt mit diesen idiotischen Rennautostreifen. Allerdings ist es wirklich beängstigend, was sie an Geschwindigkeit aus dem Gefährt rausholt. Wie auch immer, Jacob liebt ihn und wollte damit fahren. Mir war von Anfang an klar, dass es ein Fehler ist, aber …«

Vivian lächelte. »Schon in Ordnung, die Sache mit dem Grenzen-Setzen ist auch nicht gerade meine Königsdisziplin.«

Er sah sie an, als wolle er ihr widersprechen, doch dann erwiderte er ihr lächelnd: »Ach, was soll ich sagen, Sie haben ja recht!«

»Wollen wir Popcorn machen?«, fragte Jacob seinen neuen Freund. »Aidan hat es erlaubt.«

Ethan strahlte. »Ja! Ich war mit Mama im Kino und wollte

etwas haben. Sie hat gesagt, es ist zu teuer. Ich muss immer das essen, was sie in ihrer Handtasche hat.«

Vivian ärgerte sich, dass sie schon wieder errötete.

»Und damit hat deine Mama auch vollkommen recht. Es ist viel besser, sein Popcorn selbst zu machen, statt für einen Haufen gepuffter Maiskörner im Pappeimer ein Monatsgehalt hinzublättern. Wollen wir also?«, fragte Aidan.

Als sie die Erdgeschosswohnung betraten, war Vivian erleichtert darüber, dass der erste Eindruck riesiger eleganter Räume gebrochen wurde von dem gleichen Wirrwarr an Kinderschuhen und Spielzeugen im Flur, das auch bei ihr zu Hause herrschte. Neben den abstrakten Grafiken an der Wand, die nach ernsthafter Kunst aussahen, hingen gleichberechtigt beinahe ebenso abstrakte Kinderkritzeleien.

Vivian stolperte über ein Plastikauto, konnte sich aber auf den Beinen halten. Aidan betrachtete betroffen den Übeltäter und öffnete seinen Mund.

»Machen Sie das nicht«, sagte Vivian schnell.

»Wie bitte?«, fragte er verdutzt.

»Bitte entschuldigen Sie sich jetzt nicht dafür und behaupten, es sei so furchtbar unordentlich, was es ja gar nicht ist. Es ist herrlich, kein schlechtes Gewissen zu haben, dass es bei mir genauso aussieht – ohne die Kunst und den ganzen Industrial Chic natürlich.«

»Worüber redet ihr?«, fragte Ethan.

»Das ist langweilig, wenn ihr quatscht«, moserte Jacob. »Machen wir jetzt endlich Popcorn?«

»Hört zu, ihr beiden Rabauken, Ms. Green …«, er sah in Jacobs fragenden Blick, »ich meine natürlich, Vivian macht für euch Popcorn. Wir zeigen ihr nur kurz, wie die Maschine funktioniert.«

Vivian nickte. »Ich verlasse mich ganz auf dich, Jacob. Ich

wette, du weißt, wie alles funktioniert – und notfalls werfen wir die Maiskörner einfach in einen Topf. Das funktioniert nämlich auch, wisst ihr?« An Aidan gewandt fuhr sie fort. »Ich glaube, Sie hatten es vorhin sehr eilig. Fahren Sie schon los. Wir werden hier klarkommen.«

Jetzt erst wurde Jacob zum ersten Mal misstrauisch. »Wohin gehst du, Aidan? Und was ist mit Mama?«

»Mama kann heute leider nicht, sie hat überraschend einen Auftrag bekommen.«

»Na toll«, meckerte Jacob, schien sich aber nicht weiter darüber zu wundern, dass seine Mutter an einem Sonntag arbeitete. Entweder tat sie das öfter oder … ja, was war eigentlich mit ihr?

»Pass auf, Jacob, am besten zeigst du Ethan mal die Eisenbahn im Wohnzimmer. Und ich gehe mit Vivian in die Küche und zeige ihr die Popcorn-Maschine. Sicher ist sicher.« Er lächelte den beiden Jungs zu, bis sie im Wohnzimmer verschwanden, und führte dann Vivian in die Küche. Lokomotive und Popcorn-Maschine, dachte diese ein wenig bang, hoffentlich würde Ethan später nicht glauben, das gehörte zum Standard-Repertoire der alltäglichen Kinderunterhaltung.

Sicher, bei ein oder zwei Geburtstagen hatte Ethan schon hemdsärmelige Väter mit beeindruckenden Modellflugzeugen erlebt, doch beides hatte ihr Sohn für eine Ausnahme gehalten, die ausschließlich zu der Feier gehörte. Dass andere Kinder diese Dinge dauerhaft genießen durften, war ihm gar nicht in den Sinn gekommen. Hoffentlich würde er nicht, sobald sich das änderte, denken, dass ihm beides fehlte – der Vater und das teure Spielzeug. Sein Großvater verwöhnte ihn natürlich, aber nicht mit batteriebetriebenen Kinderautos in Porscheoptik, auf denen sie schon ein oder zwei andere Kinder hatte fahren sehen.

»Wollten Sie mir wirklich die Popcorn-Maschine zeigen? Eigentlich kann man sie kaum übersehen?«, fragte Vivian und zeigte auf einen wuchtigen Glaskasten mit einem rot-weiß gestreiften Kunststoff-Dach und einem Greifarm darin wie auf dem Jahrmarkt. Ethan würde entzückt sein. »Ist irgendwo auch noch ein kleines Kinderkarussell versteckt, aus dem dann eine Leierkastenmelodie ertönt?«

Aidan schüttelte abwesend den Kopf. »Ich wollte mir nur einen Augenblick Luft verschaffen. Seiner Mutter geht es nicht gut. Es sieht so aus, als würde sie nicht nur heute ausfallen, also werde ich es ihm sagen müssen. Aber eigentlich möchte ich erst mit ihm reden, wenn ich mehr zu bieten habe als lauter offene Fragen.«

»In Ordnung«, sagte Vivian. »Vielleicht fahren Sie dann am besten jetzt gleich, ohne sich zu verabschieden. Ich werde versuchen, Jacob abzulenken. Obwohl ich glaube, dass mein Sohn das schon für mich erledigt.«

Sie straffte sich und hoffte, so selbstsicher und ermutigend zu wirken. Er sollte sich nicht um mehr sorgen müssen als um seine Schwester. Was immer auch mit ihr nicht stimmte, schien ihn genügend zu belasten.

Aidans Versuch zu lächeln fiel derartig kläglich aus, dass Vivian beinahe die Hand nach ihm ausgestreckt hätte, um ihn zu trösten. Bloß würde ihm Mitleid kaum helfen. Man konnte es nur mit Aufmunterung versuchen.

»Lassen Sie das mit dem Lächeln lieber«, sagte sie gespielt streng. »Man muss nicht Duchenne persönlich sein, um Sie zu entlarven.«

Das Duchenne-Lächeln, benannt nach seinem Entdecker, galt unter Psychologen als das »wahre« Lächeln. Es mussten sich zwei Gesichtsausdrücke mit den Codenamen AU 6 und AU 12 mischen, damit es zustande kam. Nur wenn die Wangen sich im richtigen Winkel hoben und sich in einem bestimmten Maße Fältchen im Augenbereich bildeten, konnte man davon ausgehen, dass der Träger des Lächelns wirklich froh gestimmt war.

»Ich hasse Psychologen«, behauptete er, doch sein in diesem Moment perfektes Duchenne-Lächeln strafte ihn Lügen. Er zeigte ihr den Behälter mit den Maiskörnern und mehrere Dosen, die bereits fertig gemischte Gewürze für Popcorn enthielten, dann verabschiedete er sich zögerlich von ihr.

»Nun gehen Sie schon«, sagte sie.

Seine Lippen formten mehrmals das Wort *Danke*. Kurz darauf hörte sie das leise Klicken einer sanft geschlossenen Wohnungstür und sah sich neugierig um. Sie stellte sich vor, wie Aidan mit seiner Schwester und Jacob gemeinsam Popcorn machte – und dass es Familien gab, in denen man so etwas ständig tat und vielleicht zusammen kicherte, wenn die Körner wild umhersprangen. Vielleicht warfen sie sich anschließend die Süßigkeiten in den Mund und klatschten wie glückliche Seehunde in die Hände.

Als er das erste Mal von seiner Schwester erzählt hatte, war Vivian neidisch gewesen. Sie hatte sich ausgemalt, wie wunderbar es sein musste, einen Menschen zu haben, mit dem man eine gemeinsame Kindheit und alle Sorgen geteilt hatte. Doch nun war sie sich nicht mehr sicher, ob das wirklich ein leichteres Leben bedeutete oder ob nicht das Gegenteil der Fall war.

Aus dem Zimmer nebenan drang ein merkwürdiges Geräusch. Der Zug musste verunglückt sein. Schnell ging sie zu den beiden Jungs, die lachend dabei zusahen, wie die elektrische Lokomotive versuchte, durch die Wand zu fahren, und schließlich entgleiste.

Sie sah auf den DVD-Player und die Auswahl an Kinderfilmen im Bücherregal. Aidan würde nichts dagegen haben, dachte sie, während sie in die Hände klatschte und rief: »Wie wäre es mit einem Kinonachmittag?« Ein bisschen fühlte sie sich wie Mary Poppins. *Nur ein Löffelchen voll Zucker …* »Wir schauen uns einen Film an und essen dazu Popcorn.«

»Au ja«, riefen beide Kinder und rannten an ihr vorbei in Richtung Küche.

Weil die Jungs sich nicht entscheiden konnten und sie selbst auch neugierig auf die Gewürze war, bereitete Vivian am Ende zwei Sorten Popcorn zu. Während die Körner in der Maschine zerplatzten und Jacob und Ethan begeistert dabei zusahen, malte Vivian noch Eintrittskarten, damit der Nachmittag zu einem richtigen Kinoerlebnis wurde. Erst nachdem die beiden Jungs kichernd ihre Tickets mit den Piratenmünzen von Jacobs Playmobil-Männchen bezahlt und sich ordentlich auf das cremefarbene Sofa gesetzt hatten, das Vivian mit einer roten Wolldecke abgedeckt hatte, die an den purpurfarbenen Samt von Kinosesseln erinnern sollte, durften die Kinder endlich in ihre Schüsselchen greifen.

Auf einstimmigen Wunsch legte Vivian die DVD »Der König der Löwen« ein und setzte sich anschließend neben die Jungs auf das Sofa. Dort probierte sie ebenfalls von dem Popcorn und stellte fest, dass der Inhalt des einen nach Vanille und der des anderen nach Worcestersoße schmeckte. Hoffentlich waren die Gewürze namens »Sweet Heaven« und »Devil's Plaything« nicht allzu teuer gewesen. Vivian betrachtete die Hinterköpfe von Ethan und Jacob, die sich gebannt vorgebeugt hatten. Sie wurden von der Handlung so eingenommen, dass sie sogar das Knabbern vergaßen. Bei den bekanntesten Liedern sangen sie lauthals mit.

Als sie mit ihren kleinen Händen versuchten, einen »Circle of Life« zu formen, schloss Vivian die Augen, als könne sie so die Abbildung dieser Szene auf ihrer Netzhaut einbrennen. Sie dachte an Leos Mutter und daran, dass jeder das Glück haben sollte, in einem behaglichen Raum auf glückliche und gesunde Kinder zu blicken. Gleich darauf verfluchte sie sich für ihre naive Sentimentalität. Gerade sie sollte in der Lage sein, sich nicht von einem Produkt der Disney-Maschinerie manipulieren zu lassen.

Während der letzten zwanzig Minuten des Films merkte Vivian, dass die Augen der Kinder glasig wurden, und als schließlich der Abspann lief, waren ihre Schützlinge so müde, dass sie keine andere Wahl hatte, als die beiden hinzulegen – Jacob in sein Bett und Ethan auf eine Klappmatratze daneben, die sonst offenbar als Sofa diente.

Danach saß Vivian eine ganze Weile unschlüssig auf der Couch. Es war seltsam, sich allein mit zwei schlafenden Jungs in dieser fremden Wohnung aufzuhalten. Weil sie aber nicht den ganzen Abend an die Decke starren konnte, während sie wartete, dass Aidan heimkehrte, ging sie zu dem Bücherregal, das eine ganze Wand verdeckte. Neben den vielen Büchern waren dort ein paar dekorative Gegenstände platziert. Hier eine Vase, dort eine besonders schöne Muschel.

Vivians Blick blieb an dem Schwarz-Weiß-Bild einer Frau hängen, die gedankenverloren an einer Mauer lehnte und dem Betrachter ihr Profil zuwandte. Die Grautöne verrieten leider nicht, ob die langen Locken womöglich einen verräterischen Kupferton zeigten, der die Frau als Aidans Schwester ausgewiesen hätte. Ihr Blick war melancholisch, trotz des kleinen Lächelns in dem sichtbaren Mundwinkel. Wer so aussah wie sie, konnte es sich leisten, kompliziert zu sein. Schon an der Uni war Vivian aufgefallen, dass Männer bei schönen Frauen ein Verhalten als interessant auslegten, das sie bei anderen Mädchen als nervig abgetan hätten.

Natürlich konnte die Frau auch Aidans Freundin sein. Nette Männer verliebten sich in solche Frauen, so wie sie selbst sich immer schon zu Männern wie diesem Peter Cochrane hingezogen gefühlt hatte – Typen, die vorgaben, die Welt zu umarmen, sie aber in Wahrheit mit den ausgestreckten Armen auf Distanz hielten, sodass man ihnen nie wirklich näherkam. Eine ideale Entfernung, um sie mit Sehnsüchten und Fantasien zu füllen, die zu nichts führten. Perfekt, wenn man nicht die Kontrolle über sein mühsam errichtetes Leben verlieren wollte.

Die Menschen wollten sich immer alle Möglichkeiten offenhalten, doch Vivian beruhigte es, wenn sie keine Wahl hatte. Bislang hatte sie ihr Leben erfolgreich so geführt, dass sich nicht allzu viele Optionen auftaten, wo es sie doch schon überforderte, ein einzelnes Buch aus diesem Regal auszuwählen. Die Geschwister schienen weit gefächerte Interessen und wenig Vorurteile zu haben. Dort standen Fachbücher und philosophische Abhandlungen neben Liebesromanen und Abenteuergeschichten …

Schließlich griff Vivian nach einem Buch des Schweizer Psychologen Jung, einfach nur, weil ihr sein Name vertraut war. Sie kannte ihn aus dem Studium, doch meistens war seiner Nennung sehr schnell das Wort »überholt« gefolgt, sodass sie sich kaum mit seiner Arbeit auseinandergesetzt hatte. Beklommen und gefesselt zugleich las sie nun einen seiner Texte, in dem es um den Mutter-Archetyp ging, der offenbar die wichtigste Rolle in Jungs System spielte. Der Stoff berührte sie unangenehm in ihrer eigenen Mütterlichkeit. Es wäre ihr zuwider, sollte sie ihrem Jungen jemals als diese bedrohliche, alles verschlingende Kraft erscheinen, die der Mann beschrieb. Zugleich rührte der Text auch an ihre Zeit auf der anderen Seite, der des Kindes. Vivian erkannte den Schrecken und die Hilflosigkeit wieder, die sie manchmal empfunden hatte, wenn sie klein vor ihrer großen, schlanken Mutter gestanden und dem Zucken in deren Mundwinkeln angesehen hatte, dass sie ihr gleich eine boshafte Spitze versetzen würde.

Vivian klappte das Buch zu und sagte sich, dass es sich womöglich auch bloß um ein Problem deutschsprachiger Psychologen handelte, das sie besser nicht auf sich beziehen sollte. Schließlich hatte auch Freud ein ernsthaft gestörtes Verhältnis zu seiner Mutter gehabt. Vivian dachte an das Klischee, dass sich insbesondere Menschen, die selbst einen Knacks hatten, gerne den Seelenungeheuern anderer widmeten, vielleicht um dem eigenen nicht zu begegnen. Sie öffnete das Buch wieder. Es war nichts weiter als ein Text, der sich im Grunde nicht anders als ein Schauerroman las. Doch während einen in jenem aus dem Weißen zwischen den Zeilen die eigenen Urängste ansprangen, war es hier doch immer wieder ihre Mutter, die sie verfolgte, lockte und wegstieß.

Dabei hatte sie nie Vivians Freiheit beschnitten, zumindest nicht mit Verboten. Jeder Versuch, sie zu provozieren, wäre vergeblich gewesen. Wäre Vivian nur mit einem bauchfreien T-Shirt bekleidet in den Schnee gerannt, hätte ihre Mutter sie nicht in einen warmen Anorak gezwungen oder sich um ihre Nieren gesorgt. Also hatte Vivian sich auch gleich den Schal, die Mütze und einen Mantel in vernünftiger Länge überziehen können, wenn es ohnehin niemanden störte, was sie anzog.

Ethan würde hoffentlich nie das Gefühl haben, er wäre ihr egal. Ihre Gefühle für ihn waren das genaue Gegenteil. Oft genug schluckte sie Zuneigungsbekundungen herunter, um ihn nicht zu sehr damit zu überhäufen.

Sie wollte versuchen ihn zu halten, wenn er es brauchte, ohne zu klammern, wenn er eigentlich fliegen wollte. Noch schlug der Zeiger der Waage allerdings stark in Richtung Halten aus, aber war das bei einem fast fünfjährigen Jungen nicht auch angebracht? Oder würde Ethan irgendwann einem Therapeuten erzählen, seine Mutter habe zu sehr geklammert?

Frustriert stellte Vivian das Buch zurück ins Regal und entdeckte auf der Suche nach Ablenkung eine große Auswahl an Büchern über Depressionen. Was für eine aufbauende Lektüre man im Hause Scott las! Dabei war ihr Aidan wie der Typ Mann vorgekommen, über dem die Sonne stets im Zenit stand, sodass er ein ziemlich schattenfreies Glück genießen konnte.

Vivian suchte weiter und fand alle sieben Bände von Harry Potter. Unwillkürlich lächelte sie. Schon der Name reichte aus, um sie in ein Universum voll seltsamer Kreaturen, prall mit Leckereien gefüllter Tafeln, brennender Kaminfeuer und Kameradschaft mitzunehmen, in dem das Gute am Ende siegte, wenn es dafür auch ein paar schwere Verluste hinnehmen musste.

Sie zog den ersten Band heraus. Schon unzählige Male hatte sie die Geschichte gelesen. Obwohl sie an Jugendliche gerichtet war, schlug Vivian auch heute noch immer wieder eines der Bücher an beliebiger Stelle auf, um zu ihren Bekannten in das Zauberer-Internat zu reisen. Sie waren ihr Zufluchtsort, wenn sie sich in ihrem echten Leben fremd fühlte. Manchmal, an sehr kalten Wintertagen, an denen Kerzenlicht auf Fensterbänken geflackert und die Welt dahinter in einer Dunkelheit gelegen hatte, die sich leicht mit Märchen füllen ließ – da hatte Vivian sich vorgestellt, auch zu ihr würde eine Eule mit einem Brief kommen und sie nach Hogwarts einladen.

Sie hatte so lange in den Räumen des Internats gelebt, dass sie schon nach dem Lesen einer einzigen Zeile das Gefühl hatte, in ein zweites Zuhause heimzukehren. Und so war sie auch jetzt wieder tief in die Abenteuer der drei jungen Zauberer auf der Suche nach dem Stein der Weisen versunken, als sie plötzlich Geräusche im Flur hörte. Sie zuckte erschrocken zusammen.

»Hallo?«, rief eine leise Stimme.

Vivian atmete erleichtert aus. Aidan, dachte sie.

»Ich bin im Wohnzimmer«, gab sie mit gedämpfter Stimme zurück. Sie widerstand der Versuchung, ihr Buch schnell gegen ein Werk von Camus auszutauschen. Aidan, der mit deprimierter Miene den Raum betrat, sah gerade ohnehin nicht aus wie jemand, der sich um die Lektüre anderer scherte.

»Alles in Ordnung?«, fragte sie überflüssigerweise.

Er ließ sich in den Sessel neben dem Sofa fallen und schnaufte wie jemand, der gerade einen steilen Berg erklommen hatte.

»Ich nehme an, Sie haben die Kinder nicht zum Abendessen verspeist, sondern sie sind wohlauf und halten sich nur in einem anderen Raum auf?«, fragte er dann.

Sie lächelte. »Wissen Sie eigentlich, wie spät es jetzt ist? Sie sind längst eingeschlafen.«

Er sah auf die Uhr an seinem Handgelenk. »Oh Gott, es tut mir so leid. Ich habe vergessen, die Uhr im Auge zu behalten. Sie sind bestimmt stocksauer.«

»Ich wollte Ihnen keinen Vorwurf machen«, sagte Vivian ruhig. »Ich bin mir sicher, Sie hatten einen guten Grund, so lange wegzubleiben.«

Er schien nachzudenken. »Wäre es nicht grausam, Ihren Jungen jetzt wieder zu wecken? Ich hoffe, ich bereite Ihnen mit meinem Vorschlag nicht noch mehr Umstände oder trete ihnen damit zu nahe, aber wollen Sie nicht einfach hier schlafen, damit ich morgen anfangen kann, mich zu revanchieren? Ich dachte an ein großes Frühstück mit Würstchen, Bohnen und Speck.«

Sie sah ihn überrascht an. »Mr. Scott, eigentlich …«

»Aidan«, sagt er. »Tun Sie mir den Gefallen. Ich glaube, wenn wir uns jetzt nicht mit dem Vornamen anreden, käme mir diese Situation noch merkwürdiger vor, als sie ist, oder?«

»In Ordnung, Aidan, aber …«

»Wir haben ein Gästezimmer«, sagte er schnell. »Und Sie dürfen zuerst ins Badezimmer.«

Vivian seufzte. In fremden Häusern schlief sie nie gut. Aber er hatte recht, für Ethan wäre es das Beste.

»In Ordnung«, sagte sie. »Ich nehme dein Angebot an.« Obwohl er sie eben noch gesiezt hatte, ging sie jetzt direkt zum Du über. Sie fand es albern, sich beim Vornamen zu nennen und dann trotzdem noch am Sie festzuhalten.

Ihr Magen knurrte laut.

»Ich hätte sogar eine noch abgepackte Zahnbürste für dich, mit der du alle Reste des Kidney-Pies beseitigen kannst, den ich gleich für uns zubereiten werde«, fiel er, ohne zu zögern, in ihr Du mit ein.

»Du kannst einen Pie backen?«, fragte Vivian.

»Nein«, gab er zu. »Eigentlich stammt er von Marks & Spencer. Ich wärme ihn nur auf. Aber er schmeckt wirklich gut. Und ein Bier könnte ich auch noch anbieten.«

Kurz darauf saßen sie in der Küche, und Aidan erzählte Vivian, was ihn so beschäftigt hatte. Seine Schwester litt seit ihrem sechzehnten Lebensjahr an Depressionen, die sie nie ganz in den Griff bekommen hatte.

Trotz allem hatte sie es geschafft, Anwältin zu werden und sich – die meiste Zeit – um ihren Jungen zu kümmern. Heute aber war sie kurz davor gewesen, eine Dummheit zu begehen. Zum Glück hatte ein Rest an Besonnenheit oder der Gedanke an Jacob sie dazu gebracht, stattdessen eine Klinik aufzusuchen – wo Aidan seinen Abend bei ihr verbracht hatte.

»Ist deine Schwester die Frau auf dem Foto?«, fragte Vivian und deutete auf das Bild, das ihr vorhin aufgefallen war.

Er nickte.

»Sie ist sehr attraktiv«, sagte sie.

»Ja«, sagte er bedauernd. »Vielleicht sogar etwas zu attraktiv. Meine Schwester ist eine der freundlichsten und stärksten Frauen, die ich kenne. Sie hat nur eben einige … Probleme. Ihr sind die Männer zugeflogen. Aber die Beziehungen waren immer schnell wieder beendet, weil sie sich in ein neues Abenteuer stürzen musste.«

»Das alles ist sicher nicht leicht für Jacob«, sagte Vivian.

»Nein, und für Elizabeth ist es das auch nicht«, ergänzte Aidan. »Meistens kann ich nur hilflos zusehen, wie sie darum kämpft, sich vor ihrem Sohn nichts anmerken zu lassen, damit er nicht belastet wird.«

»Kein Wunder, dass du dich so um ihn kümmerst«, stellte Vivian fest.

»So gut ich es eben kann – ja. Es war aber nie geplant, dass Lizzie hier einzieht. Sie hat ein Sabbatjahr genommen, als ich weggezogen bin. Eigentlich findet ihr Leben in Bristol statt. Vermutlich wird sich alles ändern, sobald Jacobs Vater wieder da ist. Zumindest hoffe ich das, sosehr ich Jacob dann auch vermissen werde.«

»Oh, ich hatte gedacht, sie zieht Jacob allein auf – weil du meintest, dass Beziehungen nicht ihre Sache sind.«

Aidan schien zu überlegen. »Stimmt, das hätte man meinen können. Die Dinge sind eben kompliziert. Aber Jacob hat zum Glück sogar einen sehr netten Vater. Kevin ist für ein halbes Jahr beruflich in Singapur.«

»Dann sind die beiden noch zusammen?«

»Allerdings. Schon seit sieben Jahren, auch wenn meine Schwester es ihm nicht leicht macht. Das mag einer der Gründe sein, warum er den Auftrag im Ausland angenommen hat. Ich hatte zuletzt das Gefühl, er brauchte eine Auszeit. Ich bin beinahe froh darüber, zu sehen, wie sehr Lizzie ihn vermisst. Kevin ist der vernünftigste Mann, den sie je angeschleppt hat. Auch für Jacob würde ich mir etwas Stabilität wünschen.«

Vivian wusste nichts zu erwidern.

»Ich gehe normalerweise nicht mit den Sorgen anderer hausieren«, sagte Aidan hastig. »Aber ich fand, du hast diese Offenheit verdient – nach deinem heldenhaften Einsatz hier.«

»Meinst du, es wird besser, sobald Kevin zurückgekehrt ist?«, fragte sie und merkte, dass sie sich schlagartig wie bei ihren Anrufern verhielt. Betont sachlich, selbst wenn man emotional beteiligt war.

»Ich hoffe es sehr«, sagte Aidan. »Sie hatte eine sehr lange gute Phase. Dann ist vor Kurzem unser Vater gestorben. Wir hingen sehr an ihm – wie auch an unserer Mutter. Ich hasse den Gedanken, dass sie ohne uns mit Vaters Tod fertigwerden muss, auch wenn wir sie so oft wie möglich besuchen. Sie bestand darauf, in ihrer vertrauten Umgebung in Bristol zu bleiben, statt uns nach London zu begleiten.«

»Es tut mir sehr leid, dass dein Vater gestorben ist«, sagte Vivian. Ihr Bedauern war echt, und sie versuchte nicht daran zu denken, dass auch ihr Vater sterblich war.

»Danke«, entgegnete Aidan.

Vivian pulte an dem Etikett ihrer Bierflasche. Nach den unerwarteten Einblicken, die Aidan ihr in sein Leben gewährt hatte, scheute sie sich davor, ihn anzusehen. Vielleicht wäre das zu viel. Doch irgendwann musste sie den Blick wieder heben und bemerkte, dass er seinerseits gar nicht daran dachte, wegzuschauen. Sie wandte sich wieder ihrer Bierflasche zu.

Es fiel ihr nicht leicht, sich betrachten zu lassen. Sie fürchtete sich vor dem, was die anderen dabei entdecken könnten. Beim nächsten Blickwechsel hielt sie ihm dennoch etwas stand.

Sie spürte ihren Puls, ein vibrierendes Pochen in der Brust und an den Handgelenken. Nähe und Fremdheit – war das nicht die Formel der Anziehungskraft? Nichts anderes konnte es sein. Wie sollte sie die plötzliche Nähe zu diesem beinahe Unbekannten nicht erregend finden, wo sie seit Ethans Geburt kein Mann geküsst hatte? Und er war gerade der aufwühlenden Situation in der Klinik entronnen. Es war ein simpler biologischer Mechanismus, der sie jetzt aufeinander zutrieb und dem man leicht widerstehen konnte. Wenn man es wollte.

Langsam – und doch ohne zu zögern – kam Aidan ihr näher. Als seine Lippen ihre berührten, wehrte sie sich nicht. Vielleicht, weil es sich in keiner Weise wie ein Übergriff anfühlte, sondern so zaghaft, dass sie ihre Lippen öffnete und sich auf seinen Kuss einließ. Es war spielend leicht. Und plötzlich war es genau diese Selbstverständlichkeit, die sie ausreichend in Panik versetzte, um sich zurückzuziehen.

»Verzeihung«, bat Aidan leise. »Es war die Situation, aber ich wollte sie bestimmt nicht ausnutzen.«

»Schon in Ordnung, es haben zwei dazugehört.« Sie lächelte gespielt munter, ohne ihn erneut zu ermutigen. »Wo kann ich denn schlafen?«, fragte sie. Sie wollte seiner Gegenwart so schnell wie möglich entkommen.

»Natürlich«, sagte Aidan. »Es ist ja schon beinahe Mitternacht. Ich zeige dir das Gästezimmer.«

Er führte sie in das kleine gemütliche Zimmer mit der Rosentapete und anschließend zum Badezimmer. »Ich hole dir schnell eine Zahnbürste, ein Handtuch und einen Schlafanzug meiner Schwester – frisch gewaschen natürlich. Ich hoffe, das macht dir nichts aus, die Sachen von jemand Fremdem anzuziehen?«

»Ich arbeitete in einem Secondhandshop.« Sie mied eine direkte Antwort, denn natürlich war es seltsam, Kleidung anzuziehen, die sonst ein anderer beim Schlafen auf seiner nackten Haut trug.

Nachdem Aidan ihr alles gebracht hatte, was sie für die

Nacht brauchen würde, wollte Vivian schon die Tür hinter sich schließen, als er sie noch einmal zurückhielt.

»Vivian«, sagte er.

Widerwillig öffnete sie die Tür wieder etwas weiter. Sie wollte nicht hören, was er zu sagen hatte. Es war nur die Situation gewesen, das hatte er selbst gesagt. Spätestens am nächsten Tag würde er Vivian dankbar sein, dass sie es beendet hatte. Es gab keinen Grund, über den Vorfall zu reden. Alles würde dadurch nur noch peinlicher werden.

»Es tut mir wirklich leid, dass ich mich habe hinreißen lassen«, erklärte Aidan sanft. »Ich möchte so gerne sicher sein, dass du dich in Zukunft in meiner Gegenwart nicht unwohl fühlst – nach allem, was du heute für mich getan hast. Es wäre mir zuwider, weil ich dich wirklich mag.«

»Du darfst dir sicher sein. Da ist nichts. Keine Spannung, keine Schuld.« Irgendetwas an seinem verzweifelten Blick ließ sie zumindest etwas Ehrliches hinzufügen: »Aber ich mag dich auch.« Er hatte ihr nichts getan. Es gab keinen Anlass, es ihm schwer zu machen. Lächelnd hielt sie ihm die Hand hin. »Freunde?«

Er nahm kurz ihre Hand, ließ sie aber schnell wieder los. »Freunde. Und vergiss nicht, dass ich dir einen sehr großen Gefallen schulde.«

»Tue ich nicht. Aber erst mal akzeptiere ich Bohnen und Speck als Anzahlung. Gute Nacht.«

»Gute Nacht.«

Sie schloss die Tür hinter sich, sackte auf dem geschlossenen Toilettendeckel in sich zusammen und spürte, wie sich ihr Kiefer entkrampfte, als sie das Lächeln endlich sein ließ.

Vivian schlief schlecht in dieser Nacht. Ihr war nicht entgangen, wie erleichtert Aidan gewesen war, als sie ihm ihre Freundschaft angeboten hatte. Sicher hatte er seine Annäherung da schon bereut. Auch deshalb war es gut, dass sie ihn zurückgewiesen hatte. Dass damit alles geregelt zu sein schien, verhinderte jedoch nicht, dass in ihrem Kopf weiterhin Bildfetzen, Gesagtes und Ungesagtes und wirre Gedanken durcheinanderwirbelten und sie wach hielten. Erst als sie am nächsten Morgen mit Aidan, Ethan und Jacob am Frühstückstisch saß, ließ ihre Anspannung nach. Der Abend hatte etwas Unwirkliches gehabt, was unter dem lauten Gelächter der Jungs verflog. Keinen der beiden schien es zu irritieren, dass sie alle hier gemeinsam in dieser Wohnung übernachtet hatten. Wie gut, dass Kinder die Dinge einfach nahmen, wie sie waren.

Aidan und sie lächelten sich wieder ohne Befangenheit zu. Und wenn sich vielleicht ein wenig Bedauern in Vivians Erleichterung mischte, so weigerte sie sich, diese Regung zur Kenntnis zu nehmen. Sollten die anderen verpassten Chancen hinterhertrauern. Vivian wusste, dass sie weniger Ärger bereiteten als voreilig ergriffene.

»Vielleicht bringe ich dir eine Muschel mit«, versprach Ethan gerade seinem neuen besten Freund.

»Eine Muschel?«, fragte Jacob interessiert. »Gibt's die da, wo du hinfährst?«

»Ja, auf den Hebriden gibt es ganz viel Strand und sicherlich auch wahnsinnig viele Muscheln«, erklärte Vivian.

»Das klingt wirklich so großartig«, sagte Aidan.

»Ich hoffe, das wird es auch«, sagte sie. Sie schaute auf die Küchenuhr. »Wir müssen gleich aufbrechen. Ich will noch einmal meinen Vater besuchen, bevor wir übermorgen losfahren. Packen müssen wir auch noch.«

»Natürlich«, sagte er. »Und ich soll euch wirklich nicht nach Hause fahren?«

Sie schüttelte den Kopf.

»Dürfen wir noch ein bisschen spielen?«, fragte Jacob.

»Bitte!«, ergänzte Ethan.

»Eine halbe Stunde noch?«, fragte Aidan an Vivian gewandt.

»Einverstanden.« Sie wollte kein Spielverderber sein, obwohl sie die Aussicht, wieder allein mit Aidan in der Küche zu sitzen, nicht begeisterte.

»Statt dich zu küssen und mit meinem Privatkram zu behelligen, hätte ich etwas viel Wichtigeres tun müssen«, sagte Aidan mit einem reumütigen Lächeln, nachdem die Jungs im Kinderzimmer verschwunden waren. »Ich hoffe, du gehst mir nicht an die Gurgel, wenn ich dir schon wieder einen Job anbiete, aber ich habe deine Vorschläge durchgearbeitet und finde sie großartig. Ich würde dich gerne damit beauftragen, sie weiterzuentwickeln.« Er lachte, als er Vivians Verzweiflung bemerkte. »Wer sollte deine Ideen denn besser umsetzen als du selbst?«, fragte er und wurde dann gleich wieder ernst. »Ich will dich wirklich nicht unter Druck setzen, aber du musst wissen, dass es sehr danach aussieht, als wollte mein Nachfolger keine freien Mitarbeiter mehr beschäftigen. Er scheint ein Kontrollfreak zu sein, der alle seine Leute immer im Blick haben möchte. Wenn du bei mir einsteigst, könntest du einen Großteil deiner Arbeit von zu Hause aus erledigen.«

Vivian wand sich aus vielen Gründen. Aber seltsamerweise galt ihr erster Gedanke weder ihrem Sohn noch ihrem Berufsleben, sondern Leos Mutter. Sie wollte am Telefon sitzen und erfahren, wenn die Glocke läutete. Andere würden es als Unsinn abtun, eine wichtige Entscheidung von einem Telefonat abhängig zu machen, das man möglicherweise verpassen würde. Sie selbst aber hätte das Gefühl, die Frau im Stich zu lassen, vor allem, falls die Glocke für Leo schweigen würde. Plötzlich empfand sie eine Wut, die sie nicht erklären konnte, und mangels anderer greifbarer Ursache auf ihr Gegenüber richtete.

»Bietest du mir deshalb eine Stelle an? Aus Mitleid? Nur weil wir ein paar Mal gemeinsam auf dem Spielplatz waren, bist du zu nichts verpflichtet«, fuhr sie Aidan an. »Ich werde schon selbst wieder einen Job finden, sollte man mich tatsächlich feuern.«

»Wie bitte?« Er betrachtete sie ungläubig. »Du denkst, ich gefährde mein Projekt, indem ich irgendwelche Leute aus Mitleid beschäftige? Wirke ich so unprofessionell?« Er seufzte. »Es tut mir leid. Ich weiß, dass ich alles durcheinandergebracht und falsch angefangen habe. Das eine hat mit dem anderen eigentlich nichts zu tun. Wenn ich schon große Pläne umsetzen darf, würde ich es gerne mit Menschen tun, die daran glauben, etwas verändern zu können. Bei dir hatte ich das Gefühl, es wäre dir ein echtes Anliegen, die Situation der Angehörigen zu verbessern, und ich möchte diesen Punkt gerne mit abdecken. Ich will umsetzen, was ich auf deinen Papieren gesehen habe! Und wäre es nicht dumm und unfair, jemand anders als den Urheber damit zu beauftragen? Es sind deine Ideen, und ich finde es nur gerecht, wenn ich dir die Möglichkeit gebe, sie umzusetzen. Ich dachte, durch die Sache mit meinem Nachfolger mache ich dir die Entscheidung vielleicht einfacher.«

Sie sah, dass ihr Kommentar ihn verärgert hatte, und den Teil in ihr, der Angst hatte, befriedigte das. Dieser Teil verspürte sogar den Drang, noch mehr Öl in dieses Feuer zu gießen. Ihn dazu zu zwingen, das Angebot zurückzuziehen und sich ebenso von ihr zurückzuziehen. Aber sie konnte es sich nicht leisten, verbrannte Erde zu hinterlassen. Ohne ein Gehalt konnte sie Ethan nicht angemessen versorgen. Was, wenn sie doch nichts anderes fand? Sie musste Abstand gewinnen, um nachzudenken. »Kann ich mir während meines Urlaubs Gedanken dazu machen?«

»Wirst du das denn wirklich tun?«, fragte Aidan eindringlich.

»Ja«, versicherte ihm Vivian knapp.

Während Vivian wenig später mit Ethan auf ihrem Gepäckträger durch den Londoner Straßenverkehr radelte, war sie froh, dass dieser ihre ganze Aufmerksamkeit beanspruchte. Sie konnte es nicht mehr allzu lange hinauszögern, sich mit den Ereignissen der letzten Zeit auseinanderzusetzen. Doch jetzt war sie dazu noch nicht bereit. Auf Barra ist noch genügend Gelegenheit dazu, dachte sie. Dort würde es nicht viel geben, was sie vom Grübeln abhalten konnte. Vielleicht war nun endgültig der Punkt erreicht, an dem sie verschwinden musste, um zurückkehren zu können. Auf einer einsamen Insel wie Barra könnte sie ihr Leben in London mit dem Abstand betrachten, der nötig war, um all die Fäden zu entwirren, die sich verheddert hatten.

Beim Haus ihres Vaters angekommen, zögerte Vivian, zu klingeln. Aus einem offenen Fenster drang Gesang. Sie erkannte nicht gleich die vertraute Stimme, weil sie etwas ganz und gar Unvertrautes tat. Die dunklen schwingenden Klänge und lang gezogenen Töne schienen nicht hoch aus der Kehle, sondern tief aus dem Brustkorb zu kommen. War das wirklich ihr Vater, der eine Opernarie schmetterte? Er konnte »überkandidelten Kunstkram« nicht ausstehen. Eher würde man ihn bei einer Landwirtschaftsmaschinenausstellung als bei einem Liederabend antreffen.

»Opa singt schon wieder«, stellte Ethan kichernd fest.

»Schon wieder?« Vivian runzelte die Stirn.

»Ich finde, er singt oft«, bestätigte Ethan.

Ihr Sohn, der mehr Zeit als sie selbst mit ihrem Vater verbrachte, wusste offenbar mehr als sie. Vivian musste zugeben, dass sie ihn in letzter Zeit fast nur noch gesehen hatte, wenn sie Ethan brachte oder abholte.

Mit einem entschlossenen Klingeln brachte sie den Gesang zum Verstummen.

»Hallihallo, meine Hübschen«, trompetete ihr Vater, während er die Tür öffnete. Seine Stimme tönte voller als sonst, wohl eine Folge des Gesangs. Nach einem kurzen Blick ins Gesicht seiner Tochter fand er seine übliche Tonlage wieder. »Hereinspaziert.«

Vivian bemerkte erst, dass sie ihre Augenbrauen fast bis unter die Stirn gezogen hatte, als sie seinen verlegenen Blick auffing. Im Flur wollte sie in die Filzpantoffeln schlüpfen, die ihr Vater sonst für sie bereithielt, fand sie aber nicht mehr. Stattdessen blickte sie in die leeren schwarzen Kugelaugen von Monstern aus üppigem Plüsch.

»Papa?«, fragte Vivian irritiert.

»Herrlich, oder? Ich habe sie auf dem Flohmarkt gesehen und konnte nicht widerstehen. Sie sind aber ungetragen, keine Sorge – waren sogar noch in Folien verpackt.«

»Du warst auf einem Flohmarkt?«

Wie kurz zuvor bei Aidan spürte Vivian einen ungerechten Ärger in sich aufsteigen, ohne ihn sich erklären zu können. Ihr Vater hatte Flohmärkte immer gehasst! »Alles stinkt und ist immer noch viel zu teuer.« Man konnte sich darauf verlassen, dass er diesen Spruch brachte, sobald jemand von Fundstücken schwärmte, die er aufgetrieben hatte.

»Du wärst erstaunt, was man dort alles findet«, behauptete er nun.

»Ich weiß, was man dort alles findet«, sagte Vivian.

Die meisten von Ethans Babysachen hatte sie auf Flohmärkten erstanden. Damals hatten die Größen zu schnell gewechselt, als dass sie es sich hätte leisten können, ihn immer wieder neu einzukleiden.

»Wie wäre es mit einem Schinken-Käse-Sandwich?«, lenkte ihr Vater ab.

»Ich habe gar keinen Hunger«, sagte Ethan. »Mein Bäuchlein ist schon ganz dick.« Er wölbte es noch ein wenig vor und strich ein paar Mal mit so viel Stolz darüber, dass es Vivian an eine schwangere Frau erinnerte. Sie lächelte.

»Huch?«, fragte Vivians Vater.

»Wir waren bei Aidan und Jacob«, fuhr Ethan begeistert fort, bevor seine Mutter ihn stoppen konnte. »Wir haben da geschlafen. Jacob hat eine Eisenbahn.«

»Und was hat Aidan?«, fragte er grinsend und zwinkerte seiner Tochter zu.

»Nichts, außer einem Gästezimmer, indem es sich hervorragend allein schlafen ließ, nachdem er Hilfe in der Not gebraucht hatte«, entgegnete Vivian rasch.

»So, na dann …«, murmelte ihr Vater.

Er fragte nicht weiter, so wie sie ihn nicht auf sein neues Hobby ansprach. Stattdessen schauten sie gemeinsam zwei Folgen von »Thomas, die Lokomotive« an. Sie starrten auf den Fernseher und knabberten an Felsenkeksen, die Ethans Appetit ganz schnell wiederkehren ließen. Auch Vivian konnte dem Gebäck nicht widerstehen. Über all die Jahre hatte Bertie Green dessen Zubereitung perfektioniert. Neben Trockenfrüchten mischte er immer noch Schokoladenstücke in den Teig. Vivian erinnerte sich daran, wie sie früher immer versucht hatte, diese mit den Zähnen im Ganzen aus dem Keks zu picken.

»Papa, was ist mit deiner Orchidee passiert?«, fragte Vivian, als ihr Blick über die Fensterbank schweifte. Abgefallene Blüten lagen neben dem Topf. Vivian hatte den Fachbegriff für diese Art vergessen, wusste aber, dass es sich um eine

Rarität handelte. Sie duftete. Und auf der Unterseite der ansonsten vollständig gelben Blüte gab es einen kleinen, weißbraun gestreiften Schwanz. Es sah aus, als würde ein kleiner Schmetterling am Blütenkelch nippen. Ihr Vater hatte ihr die thailändischen Wälder, in denen sie wuchs, einmal so detailliert beschrieben, dass sie sich vorstellen konnte, dort zu sein. Natürlich durfte man nicht viel auf die Details seiner Schilderungen geben. Soweit Vivian wusste, hatte seine exotischste Reise ihn nicht weiter als bis auf den europäischen Kontinent geführt. Aber er hatte erstaunlich viel Fantasie für einen so bodenständigen Mann.

Vielleicht war das der Grund gewesen, aus dem Vivians Mutter sich zu ihm hingezogen gefühlt hatte. Gut möglich, dass sie sein Hang zu spitzbübischen Streichen und schönen Geschichten angezogen und sie dabei übersehen hatte dass er nicht einfach nur die Schönheit der Orchidee schätzte, sondern sie auch mit der dafür notwendigen Disziplin am Leben erhalten konnte. Wie langweilig, wie spießig. Er wusste, wann es an der Zeit war, dem Gießwasser ein Düngemittel beizufügen, und wann man sie besser in Ruhe ließ, dass man sie nur umtopfte, wenn das Wurzelwachstum gerade erst begonnen hatte, und sie direktes Sonnenlicht nur im Winter vertrug.

Und vielleicht hatte ihre Mutter Bertie an seine Blumen erinnert. Doch alle Pflege, die er ihr hatte angedeihen lassen, war vergeblich gewesen.

»Hast du vergessen, die Orchidee zu gießen?«, fragte Vivian.

Verwundert folgte er ihrem Blick. »Das muss ich wohl.«

Nun wusste Vivian sicher, dass etwas nicht stimmte. Wenn das Singen eine Andeutung gewesen war, fand sie hier den Beweis. Aber da man nur graben sollte, wenn man bereit war, ein paar hässliche Würmer zutage zu fördern, verkniff sie sich jeden Kommentar.

Als er seine Tochter und seinen Enkelsohn zur Tür brachte, drückte Vivians Vater ihr die alte Blechdose in die Hand, in der sie früher die Weihnachtsplätzchen aufbewahrt hatten. »Ich habe euch Kekse für die Fahrt eingepackt. Hoffentlich sind sie bis dahin nicht zu trocken. Falls es auf dem Schiff überhaupt etwas zu essen gibt, ist es sicher viel zu teuer«, sagte er.

Ach ja, die Fahrt, dachte sie. Sie gab ihrem Vater einen leichten Kuss auf die Wange und umklammerte fest die Dose.

33. Kapitel

Claire 2017

Claire stand an der Reling und schaute zu, wie sich Vivian und Ethan lachend über das Deck des Schiffs jagten. Vivians Haare hatte der Wind zu einer wilden Matte zerzaust, und ihre Wangen waren gerötet. Was sind wir doch für eine eigenwillige Reisegesellschaft, dachte Claire. *Sie könnte meine Enkelin und er mein Urenkel sein.* Und doch machte es ihr Freude, die beiden zu beobachten und zu wissen, dass sie für den Moment zu ihr gehörten. Deshalb sagte sie auch nicht Nein, als Vivian ihr eine alte Dose mit Keksen hinhielt, die ihr Vater gebacken hatte.

»Sie sind vielleicht schon ein wenig hart – aber er macht die besten Felsenkekse Englands«, sagte die junge Frau stolz. Sie wirkte gelöster als sonst. Vielleicht war doch was dran an dem, was die Alten schon immer behauptet hatten: Frische Luft kuriert viele Leiden.

»Darf ich mir auch einen nehmen?«, fragte Peter, der sich an Bord umgesehen hatte und nun wieder neben ihnen stand.

»Sicher«, antwortete Vivian. Ihre Wangen färbten sich noch dunkler. Wusste ich's doch, dachte Claire. *Sie findet ihn anziehend.*

»Ich will auch noch einen«, rief Ethan.

»Aber nur noch einen«, sagte Vivian bestimmt. »Wollen wir reingehen und sie dort essen? Ich habe da drinnen einen Automaten gesehen, an dem es heiße Schokolade gibt. Das passt doch perfekt, oder?«

Ohne eine Antwort zu geben, raste er los.

»Ich denke, er nimmt mein Angebot an.« Vivian lächelte den anderen entschuldigend zu und eilte dann ihrem Sohn hinterher.

»Sie ist bezaubernd, wo haben Sie sie aufgetrieben?«, fragte Peter.

Seine Frage klang, als handele es sich bei Vivian um ein niedliches Kätzchen, das Claire zu ihrem Vergnügen hielt. Es missfiel ihr nicht, dass Peter in der Hauptfigur seines neuen Werks eine Strippenzieherin zu sehen schien. Dies war die Art, wie sie gesehen werden wollte und wie sie sich selbst betrachtete. Nur dass er Vivian indirekt als ein Stück Strandgut beschrieben hatte, behagte Claire nicht.

Seit wann scherte sie sich um die zarten Gefühle anderer? Sie musste schon zu viel Zeit mit Vivian verbracht haben, die mit sehr feinen Antennen für alle Schwingungen in der Umgebung ausgestattet zu sein schien, von denen sie sich allzu schnell durchrütteln ließ. Vivians Leben musste sehr anstrengend sein. Claire konnte Peter nicht durchgehen lassen, dass er Vivian als ein bloßes Objekt ihrer Aufmerksamkeit abstempelte.

»Eventuell ist es viel eher so, dass diese junge Frau mich aufgetrieben hat.« Mit einem maliziösen Blick, der bislang noch jeden in die Knie gezwungen hatte, sah sie Peter direkt in die Augen. Anschließend lehnte sie sich über die Reling, schaute aufs Wasser und ignorierte seine Anwesenheit.

»Heiße Schokolade«, murmelte er. »Keine schlechte Idee eigentlich.«

Für einen Moment fürchtete Claire, einen Fehler begangen zu haben, als sie Vivian zu dieser Reise gedrängt hatte. Sosehr sie den Gedanken abschütteln wollte, konnte sie nicht abstreiten, dass ihre schlimmsten Fehler immer ausgerechnet die liebenswürdigen Menschen getroffen hatten. Diejenigen, die zu ihrem Pech bereit gewesen waren, sich auf Claire einzulassen. Traf das auch auf Vivian zu? Sie kannten sich erst so kurze Zeit, und doch hatte Claire sofort an sie als Begleiterin gedacht, als unvermittelt die Idee einer Reise nach Barra im Raum stand. Aber da all dies mit Vivian begonnen hatte, schien es ihr passend, dass sie gemeinsam aufgebrochen waren. Hätte sie das Mädchen nicht aus Versehen in die Vergangenheit geschickt, wäre Claire niemals der Gedanke gekommen, diese Fahrt anzutreten.

Aber warum hatte sie der Reise mit Peter zusammen überhaupt zugestimmt? Weil er der Erste ist, der mich gefragt hat, beantwortete sie sich die Frage selbst. Er war vielleicht der Vorwand, auf den sie all die Jahre gewartet hatte. Sie fühlte sich wie ein Soldat, der in seine letzte unvermeidliche Schlacht ziehen musste, obgleich er wusste, dass es keinen Sieg davonzutragen gab. Sie wusste nicht, wo der Feind sich ihr in den Weg stellen würde, und das machte ihn noch furchterregender. Auch wenn sie nicht glaubte, dass sie sich allzu viel Hoffnung auf Erlösung machen durfte, war da doch noch dieser kleine Funke, der sie sicher bloß ein weiteres Mal in die Irre leiten würde.

Als Barra direkt vor ihnen lag, stand Peter wieder neben ihr und betrachtete sie. Es störte sie nicht, denn etwas Merkwürdiges war geschehen. Nachdem sie all die Schrecken gefürchtet hatte, die ihre Rückkehr bergen konnte, empfand sie zu ihrer Überraschung einen Moment des Friedens, als sie sich der Insel näherten. In diesem Moment sah sie nichts weiter als das Torfbraun, das Ocker und das Grün, das ihr Großvater so oft in seine Stoffe eingewoben hatte, und war zu einem Augenblick zurückgekehrt, in dem alles andere noch vor ihr lag.

Claire wusste, dass Peter hoffte, die intensiven Gefühle einfangen zu können, die Menschen mitunter übermannten, wenn sie mit ihrer Vergangenheit konfrontiert wurden. Ein Ausbruch würde seinem Buch die richtige Würze geben. Claire würde sich zwar nicht überwältigen lassen, zumindest nicht, während Peter ihr dabei zusah, aber er sollte für sein Geld ruhig ein wenig Gefühl bekommen. Die Verpflichtung, die sie eingegangen war, würde sie erfüllen. Es gab keinen Grund, ihm nicht von ihrem Großvater zu erzählen. Über den Rest würde sie schweigen.

34. Kapitel

Vivian 2017

Vivian sah sich in dem Zimmer des kleinen Gasthauses um, das sie während der nächsten Tage mit Ethan teilen würde. Mit seiner Rosentapete, den weißen Sprossenfenstern und luftigen Gardinen hatte es etwas Romantisches. Es gab Fensterläden aus blau gestrichenem Holz, mit denen man das Zimmer nachts abdunkeln konnte. Sie konnten draußen das Meer sehen und würden beim Einschlafen das Rauschen der Wellen hören können. Dass sie dem Wasser so nahe waren, hatte aber auch seine Nachteile, dachte Vivian besorgt. Sie würde Ethan nicht eine Sekunde aus den Augen lassen, schwor sie sich, damit er sich nicht zu nah an die steilen Klippen heranwagte.

»Woah, Mama, schau mal, ein Geschenk«, rief Ethan aufgeregt. Sie folgte seinem Blick und entdeckte auf dem Bett eine weiße Schachtel.

»Ich bezweifle, dass es für uns ist, Ethan«, sagte Vivian und hielt seine Hand fest, als er sich auf das Bett stürzen wollte. Der offenbar alleinstehende Besitzer des Cottages war ihr ein wenig schrullig vorgekommen. Vielleicht hatte er die Schachtel beim Aufräumen vergessen. Weder zierte sie eine Schleife, noch war sie in glänzendes Papier eingeschlagen. Es war sicher kein Geschenk.

Trotzdem zog Vivian das Päckchen zu sich heran und ließ Ethan dabei zusehen, wie sie vorsichtig den Deckel anhob. Ein leichter Blütenduft wehte ihr entgegen. Sie starrte den Inhalt an.

Sicher hätte Claire einen Namen für die Farbe des Stoffs gewusst. Sie erinnerte Vivian an den Farn in dunklen Wäldern, in denen Efeu knorrige Bäume im liebkosenden Würgegriff hielt und durch die Äste gebündelte Sonnenstrahlen die Staubkörner in der Luft glitzern ließen. Wenn sie den Stoff in einem bestimmten Winkel betrachtete, schien er ebenfalls zu schimmern. Dieser Schimmer widersprach dem groben Material. Seide und Satin schimmerten, nicht ein Stoff wie dieser. Behutsam hob Vivan ihn hoch. Es war ein schlicht geschnittenes Kleid aus dünnem fließendem Wollstoff, der aber zugleich so raffiniert war, dass man immer wieder hinsah, um seinem Geheimnis auf die Schliche zu kommen. Nun erkannte Vivian, dass sich am Rücken ein weiteres auffälliges Detail befand. Zarte, grüngold karierte Bänder liefen durch kleine goldfarbene Ösen – es war eine Schnürung wie bei einer Korsage. Dieser Teil war unterfüttert, sodass sie die Bänder so fest oder locker schnüren konnte, wie es ihr passte, ohne dass nackte Haut zum Vorschein kam. Ethan hatte recht behalten. Dies war ein Geschenk, und es stammte von Claire, begriff Vivian.

»Wow«, sagt Ethan und griff mit seinen kleinen Händen nach den Bändern.

»Das sieht wirklich schön aus, oder?«, bestätigte Vivian.

Ihre Hände glitten über den Stoff. Sowenig sie sich bislang für Kleidung interessiert hatte, konnte sie nicht leugnen, dass dieses Kleid etwas Besonderes war. Dabei hatte sie Mode immer bloß für eine Art Taschenspielertrick gehalten, so ähnlich wie in dem Märchen *Des Kaisers neue Kleider*. Mode gab es nur, weil irgendjemand, den andere aus irgendeinem Grund für einen Kenner hielten, sie dazu erklärte. Jedes Kind würde hingegen fragen, was der ganze Zirkus sollte.

Aber dieses Kleid wollte sie sofort überstreifen. Was würde es bedeuten, wenn sie es einfach annähme? Geschenke hatten meist einen Haken.

Sie hielt es sich vorsichtig vor die Brust. »Was meinst du, Ethan, soll ich es anprobieren?«

»Klar, Mama«, sagte Ethan, nun nicht mehr ganz so interessiert. Sie lachte fahrig. Der Junge hatte recht. Am Ende war es nur ein Kleid.

Sie streifte es über ihren Kopf, schloss den versteckten Reißverschluss an der linken Seite und zog die Schnürung gerade so fest, dass der Stoff nicht zu lose an ihr herunterfiel. Als sie sich umdrehte, brauchte sie einen Moment, um die Frau im Spiegel zu erkennen. Das, was sie sah, brachte sie dazu, auch noch den rot getönten Lippenbalsam aufzulegen, den sie in einem Drogeriemarkt in Oban gekauft hatte, bevor sie auf die Fähre gestiegen waren.

Die Schifffahrt, die Claire ihr so schmackhaft gemacht hatte, war am Ende der kleinste Teil der Reise gewesen. Zuvor hatten sie noch stundenlang mit dem Zug fahren müssen. Aber Ethan hatte es gefallen.

»Du siehst hübsch aus, Mami«, riss er sie jetzt aus ihren Gedanken.

Vivian lächelte und legte sich zu ihrem Jungen aufs Bett. Selbst wenn das Kleid ein Kunstwerk zu sein schien, wirkte es bequem und nicht sehr knitteranfällig. Claire hatte an alles gedacht.

»Soll ich dir noch etwas vorlesen, bevor wir zum Abendessen gehen?«, fragte Vivian.

Ethan schmiegte sich an sie. »Ja.«

Bevor sie sein Buch über das Grüffelokind auspackte, drückte sie ihren Sohn noch einmal fest an sich. »Hörst du das Meeresrauschen?«

Er lauschte. »Ja«, antwortete er dann beinahe atemlos.

»Vielleicht finden wir morgen eine dieser großen Muscheln, in denen es genauso klingt, dann können wir es mit nach Hause nehmen.«

Sie wusste nicht, ob es auf Barra überhaupt solche Muscheln gab, aber vielleicht hatten sie ja Glück.

Am Abend wollten sie alle gemeinsam in einem Gasthaus zu Abend essen, das ihnen von ihrem Mietwagen aus auf dem Weg zu der Pension aufgefallen war. Sie hatten sich für sechs Uhr an der Rezeption verabredet, doch Vivian verspätete sich absichtlich ein wenig, sodass Peter und Claire ihr dabei zusehen konnten, wie sie in ihrem Kleid die Treppe zum Flur hinabschritt. Ihr stand weder der Sinn nach einem großen Auftritt, noch war sie eitel. Sie folgte nur ihrer Eingebung, dass es Claire gefallen würde, wenn sie ihr Kleid erhobenen Hauptes trug – ein wortloses Dankeschön für ein Geschenk, das ihr ohne Erklärung überreicht worden war.

Zwei Augenpaare sahen zu ihr hoch, doch das störte die Frau in diesem Kleid nicht.

»Sie sehen großartig aus«, sagte Peter, als sie unten angekommen war. Das Kompliment schmeichelte Vivian, und doch wurde es von Claires kleinem anerkennendem Lächeln überstrahlt. Spontan beschlossen die drei, den Wagen stehen zu lassen und zu Fuß zum Gasthaus zu gehen – an einem Sommerabend wie diesem. Der Wind wehte über die Klippen, und doch war es an diesem Julitag sogar auf einer Insel der Äußeren Hebriden so warm, dass man keine Jacke brauchte.

Wir sind ein seltsames Gespann, dachte Vivian. Außenstehende würden die Frau im Kleid und Peter, der sogar in dieser Umgebung einen Anzug trug, für ein Paar auf dem Weg zu einem Fest halten. Auch wenn es diese Außenstehenden nicht wirklich gab, genoss Vivian es, für einen Moment ihren Blick einzunehmen und eine andere zu sein.

Mit Ethan an ihrer Hand hielt sie sich ein paar Schritte hinter Peter und Claire und belauschte staunend das Gespräch vor sich. Die Claire, die Vivian unter vier Augen getroffen hatte, war nicht die Modeschöpferin, die man über eine Suchmaschine im Internet fand. Doch genau als diese präsentierte sie sich ihrem Biografen. Ausgelassen gab sie verrückte Anekdoten über Filmstars zum Besten. Und mit genau dem richtigen Maß an Selbstironie berichtete sie von der so armen, aber auch so unfassbar glücklichen Kindheit auf Barra.

In dieser Geschichte verlieh ihr ein gutmütiger Großvater das Rüstzeug für eine Zukunft in der Welt der Textilien – bis zu seinem tragischen Tod. An dieser Stelle der Erzählung nahm Vivian ein beinahe unmerkliches Zittern in Claires Stimme wahr. Sie fragte sich, ob die Modeschöpferin für Peter schauspielerte, denn während ihrer Gespräche war Claires Stimme sogar dann noch ruhig geblieben, als sie von ihrem Vater, dem Bruder und dem inneren Aufruhr berichtete, den sie einst durchlitten hatte. Gegenüber Peter sprach Claire nicht ein einziges Mal von Logan oder ihrem Vater, und doch klang ihre Erzählung vollkommen aufrichtig. Sagte man noch die Wahrheit, wenn man die entscheidenden Stellen ausließ?, fragte Vivian sich. Sie war sich nicht sicher. Hatte Claire auch bei ihr Dinge verschwiegen, auf die es ankam?

Als sie sich im Restaurant gegenübersaßen, redete Claire immer noch von der Vergangenheit, bis Peter sich kurz auf die Toilette verabschiedete. Claire zwinkerte ihrer jungen Begleiterin zu. »Ich weiß, was Sie denken. Aber er finanziert uns eine nette Reise, und mir scheint, Ihr junger Mann hat auch Spaß. Gefällt es dir hier, Ethan?«

Ethan vertilgte sein Lieblingsessen – Würstchen mit Kartoffelbrei – und reagierte erst, nachdem er eine weitere Gabel voll verschlungen hatte. »Ich darf beim Essen nicht reden«, sagte er und widmete sich wieder seinem Teller.

Claire lachte.

»Wie viele Ihrer Geschichten sind ausgedacht?«, fragte Vivian geradeheraus.

»Alles ist genau so passiert. Die Kunst liegt im Weglassen«, bestätigte Claire Vivians Eindruck. Ihr Lächeln milderte Vivians Unbehagen. Hier war wieder die Claire, der sie auf die Insel gefolgt war. Sie teilten etwas, woran niemand anders teilhatte. Vivian spielte an dem Ausschnitt ihres neuen Kleides.

»Danke«, sagte sie nach einem kurzen Zögern. Und Claire nickte knapp. Mehr Worte verloren sie nicht über das Kleid.

Am nächsten Morgen zog Vivian es wieder an. Es war nur ein Stück Stoff, dem man als vernünftiger Mensch keine Wirkung zuschreiben konnte. Aber selbst wenn sich Vivian die Sicherheit nur einbildete, die es ihr zu verleihen schien, streifte sie sich dieses Gefühl gerne über und sah im Spiegel, dass es ihre ganze Haltung veränderte. Man konnte dieses Kleid nicht mit hängenden Schultern tragen.

Sie und Ethan waren die Ersten im Frühstücksraum und unterhielten sich ein wenig mit dem älteren Besitzer, dem ein quirliger Jack-Russell-Terrier um die Füße sprang. Ethan quietschte vor Vergnügen, solange der Hund außer Reichweite blieb, und stieß mit hochgezogenen Beinen begeisterte Schreckenslaute aus, sobald der Vierbeiner wieder auf ihn zurannte.

»Möchten Sie Tee oder Kaffee?«, fragte dessen Herrchen.

»Kaffee, bitte«, antwortete Vivian.

Ihr Hausherr zählte auf, was er ihnen alles zum Essen zubereiten könnte. Rühreier, Spiegeleier oder gekochte Eier? Blutwurst oder Speck dazu?

Ethan bekam angesichts der Auswahl große Augen, doch Vivian entschied rasch für sie beide: »Toast und Marmelade reichen für uns vollkommen aus.«

Sie wollte nicht, dass der freundliche ältere Herr nur für sie beide seine Küche auf den Kopf stellte.

»Wie soll er denn davon groß und stark werden?«, fragte der Mann, der beinahe so enttäuscht dreinsah wie ihr Sohn.

Sie lachte. »Na gut, dann noch Rührei für den jungen Mann hier.«

Ethan liebte Rührei.

Es dauerte nicht lange, bis der Hausherr mit einem Tablett zurückkehrte und das Gewünschte vor ihnen abstellte. »Die Erdbeermarmelade hat meine Tochter selbst gemacht – mit Früchten aus ihrem Garten«, erklärte er.

»Lebt sie hier in der Nähe?«, fragte Vivian.

»Ja, ich habe Glück. Sie ist nicht weggezogen wie all die anderen jungen Leute mit Grips. Sie führt ein kleines Café in Castlebay.« Versonnen sah er aus dem Fenster. »Das ist schon komisch, dass sie unseren Pfarrer geheiratet hat, mein Vater war nämlich auch einer. Aber für mich war das nichts.«

Vivian stutzte. »Wie war noch einmal Ihr Name?«

»Ich heiße Simon MacAskill – wie mein Vater.«

Vivian fiel das Messer aus der Hand. Dieser Mann war Logans Bruder! Aber wusste er überhaupt davon? Oder hatte man Logans Anwesenheit in diesem Haus auf eine Weise gerechtfertigt, die den Ruf des Pfarrers nicht schädigte? Vivian hätte gerne erfahren, ob Claire wusste, dass sie im Haus eines Mannes schlief, der ein Bruder ihres Bruders war. Vivian konnte sich kaum noch auf die Worte ihres Gesprächspartners konzentrieren, der ihnen gerade enthusiastisch Vorschläge für einen abwechslungsreichen Tag auf der Insel machte. Zu Ethans Freude drückte der alte Herr ihm am Ende noch ein Leckerli für das Hündchen in die Hand. Inzwischen hatte der Junge sich so weit an den Hund gewöhnt, dass er nicht mehr panisch auf die Sitzfläche seines Stuhles floh, wenn er auf ihn zugeschossen kam.

»Ihh«, quietschte Ethan, als der Terrier ihm die Hand ableckte.

Mr. MacAskill lachte. »Willst du mit Ricky ein wenig auf der Terrasse spielen? Er liebt es, nach Stöckchen zu jagen.«

Ethan sah bittend seine Mutter an.

»Ricky ist Kinder gewohnt und ganz brav«, sprang sein neuer Freund ihm zur Seite. »Leider sind zu selten welche hier. Meine Tochter hat keine. Mein Sohn hat drei, lebt aber in Glasgow.«

»Darf ich, Mama?«

Sie nickte lächelnd. Ihr Sohn war das einzige Kind im Umkreis von einigen Meilen. Da sollte sie für alles dankbar sein, was ihn davon abhielt, über Langeweile zu jammern. »Ich werde aber noch hier sitzen bleiben und auf Claire und Peter warten. Wenn es dir nichts ausmacht, allein zu gehen, darfst du gerne aufstehen.«

Ethan zog an ihrer Hand. »Kannst du nicht mitkommen?«

»Das wäre ziemlich unhöflich.« Die letzten Worte flüsterte sie, denn Peter kam bereits auf sie zu.

»Ach, na gut«, sagte er.

Peter bestellte bei Mr. MacAskill ein Full Scottish Breakfast und sah durch das Fenster Ethan dabei zu, wie er ein Stöckchen warf und sich anschließend nicht traute, es dem Hund aus dem Maul zu ziehen. Ricky sah schließlich ein, dass er seine Beute vor Ethan ablegen musste, damit der sie wieder aufhob und das Spiel weitergehen konnte.

Peter lachte. »Jungs und Hunde. Ich hatte früher einen Labrador. Ich habe ihn heiß und innig geliebt.«

»Ich habe mir immer einen gewünscht, aber mein Vater wollte keinen«, erzählte Vivian.

Peter nickte und schaute wieder aus dem Fenster. »Ich stelle es mir komisch vor, auf einer Insel wie dieser aufzuwachsen. Bei Nebel muss man sich völlig von der Welt abgeschnitten und wie auf einer Geisterinsel vorkommen. So eine gibt es hier übrigens wirklich. Claire hat mich genötigt, morgen mit ihr dorthin zu fahren. Angeblich wollte sie St. Kilda schon immer einmal besuchen. Sie kommen doch auch mit, oder?«

Vivian zuckte mit den Achseln. »Ich bin mir nicht sicher. Bis eben hatte ich noch nie von der Insel gehört.«

Er sah sie an. »Und was ist mit diesem Nachmittag, haben Sie da schon etwas vor?«

»Was ist denn mit Claire?«

»Vormittags führen wir unsere Gespräche, aber die Nachmittage braucht sie zu ihrer freien Verfügung. Das war ihre Ansage. Und ich dachte, vielleicht würden Sie und Ihr Sohn mit mir einen Ausflug zu einem besonderen Ort unternehmen. Es muss sich um eine Art Freilichtmuseum handeln.«

»Ich komme gerne mit«, sagte Vivian. Am liebsten hätte sie ihre Worte sofort wieder zurückgenommen, doch schließlich war sie hier, damit alles anders war als zu Hause. »Trotzdem sollten wir Claire zumindest fragen, ob sie uns begleitet. Ein Spaziergang wäre gut für ihre Gelenke. Sie hat im Krankenhaus lange Zeit gelegen.«

Peter lachte. »Sie machen sich ja wirklich Sorgen um sie. Komisch, denn mein Eindruck und alle, die Claire Holloway kennen, sagen, sie sei ein Mensch, um den sich niemand sorgen müsse. Woher kennen Sie sich eigentlich?«, fuhr er nach einer kleinen Pause fort.

»Wir sind einander zufällig vor die Füße gestolpert«, sagte sie knapp, weil sie mit ihm nicht über Claire sprechen wollte. »Es muss sehr spannend sein, Biografien zu schreiben. Man trifft sicher viele interessante Menschen.«

»Meist begegnet man eher Leuten, die sich selbst für so interessant halten, dass diese Ansicht auf ihr Publikum abfärbt. Schauen Sie mich nicht so böse an. Ich sage nicht, dass das auf Claire zutrifft. Aber ich schreibe Biografien, weil es mir liegt und ich damit gutes Geld verdiene. Privat finde ich Menschen spannender, deren Reiz sich erst auf den zweiten Blick erschließt.« Er sagte es leichthin, aber betrachtete Vivian zugleich, als gelte der Hinweis ihr. »Eigentlich schreibe ich Romane, doch davon allein könnte ich nicht leben«, fuhr er fort. »Und ich war noch nie besonders gut darin, mich einzuschränken.«

»Wissen Sie, wo Claire bleibt?«, fragte Vivian nervös.

»Sie hat mir gestern Abend mitgeteilt, dass sie nie frühstückt. Wir wollen uns gleich in ihrem Zimmer treffen.«

Das bedeutete, dass sie Claire an diesem Tag kaum zu Gesicht bekommen würde, denn für den Nachmittag hatte sie sich ja gerade mit Peter verabredet. Wieso nur hatte Claire auf ihrer Anwesenheit beharrt, wenn sie vormittags mit Peter sprechen und nachmittags allein sein wollte?

35. Kapitel

Vivian und Ethan verbrachten den Vormittag am Meer. Sie liefen in Richtung der Brandung und rannten kreischend weg, sobald der weiße Schaum auf sie zuraste. Sie sammelten Muscheln, auch wenn leider keine rauschenden darunter waren, und am Mittag brachte ihnen Mr. MacAskill ein Lunchpaket. Überrascht nahm Vivian Gurken-Sandwiches und selbst gemachte Limonade entgegen.

»Es ist mir peinlich, dass Sie meinetwegen so viel Aufwand betrieben haben«, sagte sie.

»Keine Sorge«, entgegnete er und zwinkerte ihr zu. »Ihre Freundin hat mir den Auftrag gegeben, Ihnen ordentliche Fresspakete zu machen. Noch nie habe ich jemanden so unfreundlich etwas Nettes fordern gehört. Sie hat sich überhaupt nicht verändert. Als ich sie das erste Mal getroffen habe, hatte ich furchtbare Angst vor ihr. Sie hatte so eine Art, einen anzusehen …«

»Sie kannten sie?« Die Frage hatte er bereits beantwortet, doch Vivian hoffte, dass sie ihn ermutigen würde, ihr etwas Neues von früher über Claire zu berichten. Es wäre sicher aufschlussreich, sie einmal aus einem anderen Blickwinkel zu erleben.

»Ich habe sie nur einmal gesehen. Ich war ein Baby, als ihre Familie nach London gezogen ist.«

Genau wie Logan. Simon MacAskill hatte offenbar kein Problem damit gehabt, zwei Felder gleichzeitig zu beackern.

»Aber sie ist später noch einmal zurückgekehrt – mit ihrem

jüngeren Bruder. Er war so alt wie ich damals, ungefähr sechs, glaube ich.«

»Und danach ist sie nie mehr zurückgekehrt?«

Er schüttelte den Kopf. »Nicht, soweit ich weiß. Als ihr Bruder gestorben ist, dachte ich, sie wird verrückt. Sie war eine heulende und tobende Furie danach, und dann wurde sie ganz still. Ich sag doch, sie war ein unheimliches Mädchen. Und plötzlich war sie wieder verschwunden, ohne sich zu verabschieden.«

»Wann ist er denn gestorben?«, fragte Vivian überrascht.

»Na, kaum zehn Tage nachdem sie hier angekommen waren.«

Vivian starrte ihn an. Sie hatte ihren Bruder mit so viel Mühe aus London weggeschafft, nur um ihm dann auf Barra beim Sterben zusehen zu müssen? Kein Wunder, dass sie den Entschluss gefasst hatte, die Insel endgültig hinter sich zu lassen. Damit hatte Vivian nicht gerechnet. Claire hatte sie in dem Glauben gelassen, dass sie ihren Bruder zugunsten der Modewelt zurückgelassen hatte. Direkt ausgesprochen hatte sie es allerdings nicht, musste Vivian zugeben. Die Kunst des Weglassens hatte Claire wirklich perfektioniert.

Vivian hätte wetten können, dass Claire das Grab ihres Bruders besuchen wollte, wenn sie sich am Nachmittag allein herumtrieb. Sie hatte Logan so sehr geliebt. Und doch ließ sie Vivian in dem Glauben, sie hätte ihn zurückgelassen und seinem eigenen Leben auf Barra überlassen. Anderen gegenüber verschwieg sie ihn sogar ganz. In einer Internet-Enzyklopädie waren die Namen von Claires Eltern verzeichnet gewesen, ihr Bruder wurde nirgends erwähnt. Ob Claire dachte, sie könnte sich einreden, sein Tod hätte nie stattgefunden, wenn sie nicht darüber sprach?

Bedrückt kehrte Vivian mit Ethan zum Hotel zurück und lief direkt Claire in die Arme. Vivian konnte ihr nicht in die

Augen sehen, weil sie fürchtete, die andere würde ihr ansehen, dass sie etwas erfahren hatte, was nicht für ihre Ohren bestimmt gewesen war.

»Hallo«, rief sie gespielt munter. »Ich habe Peter zugesagt, dass wir gleich eine Art Freilichtmuseum besuchen. Begleiten Sie uns? Wobei … Sie kennen hier sicher jeden Stein?«

»Meinen Sie Balnabodach?«, fragte Claire. »Nein danke. Ich hole mir meine Portion Schaurigkeit morgen, wenn wir nach St. Kilda fahren. Und ich frage Sie gar nicht erst, ob Sie mitkommen, Sie kommen natürlich mit.«

Vivian, die sich oft nicht sicher war, ob die Vehemenz der alten Dame sie ärgerte oder amüsierte, wusste, dass sie Claire zumindest an diesem Tag nichts abschlagen konnte. Nicht solange sie in ihr das Mädchen sah, das sich sicher war, den geliebten kleinen Bruder gerettet zu haben – und dann doch nur noch für dessen Beerdigung sorgen konnte.

»St. Kilda? Klingt nach Nonnen und Mönchen. Bestimmt behaupten Sie gleich wieder, der Ausflug würde Ethan ausnehmend gut gefallen?«, fragte Vivian lächelnd.

»Das wird er ganz sicher«, bestätigte Claire. »Schließlich handelt es sich um eine geheimnisvolle Inselgruppe. Wer weiß, vielleicht begegnen wir dort sogar einem Ungeheuer!«

»Haben Sie etwa vor, sich zu verkleiden, hinter einem Stein zu verstecken, um dann unerwartet hervorzuspringen?«, fragte Vivian trocken.

Claire lachte wieder. »Ich wünsche Ihnen viel Spaß bei Ihrem Ausflug. So, und nun muss ich meinen Spaziergang machen. Sie werden sich ohne mich nicht langweilen. Ich glaube, unser Freund wartet schon auf Sie.«

Sie hatte recht. Peter fuhr gerade mit dem Auto vor und öffnete für Ethan und Vivian die Türen. Ethan kletterte auf die Sitzerhöhung, die ihnen der Mietwagenverleih zur Verfügung gestellt hatte, und setzte sich die Kopfhörer auf, die Vivian in ihr Handy gestöpselt hatte, damit er ein Hörspiel hören konnte.

Nachdem auch sie eingestiegen war, winkte sie Claire ein letztes Mal zu und sah sie in Richtung der Klippen verschwinden. Während der Fahrt sah Vivian aus dem Fenster. Sie fuhren an Wildblumenwiesen und kleinen Gewässern vorbei, und Vivian wünschte sich, sie wäre mit einem fotografischen Gedächtnis zur Welt gekommen. Sie wollte die Schönheit dieser Landschaft unbedingt festhalten. Dennoch bemühte sie sich gar nicht erst, sie mit der Kamera ihres Telefons einzufangen. Auf den Bildern würden die Wiesen und Hügel nie so aussehen, wie Vivian sie empfunden hatte. Stattdessen würde der Anblick eines unvollkommenen Abbilds ihre Erinnerung nachträglich verändern.

»Man nennt es Machair«, erklärte Peter. »Diesen fruchtbaren Streifen zwischen Moor und Meer, meine ich.«

»Sind Sie sicher, dass es so ausgesprochen wird? Benutzen Sie solche gälischen Wörter bloß nicht, wenn Claire in der Nähe ist«, sagte Vivian lachend. »Vorhin hat sie mir gesagt, wie der Ort heißt, den wir gleich besuchen wollen, und es klang ganz anders als das, was Sie gesagt haben.«

Peter lachte, und Vivian betrachtete braungrüne Hügel, auf die abwechselnd Lichtstrahlen und Wolkenschatten fielen. Sie war sich nicht sicher, ob die Landschaft oder das Licht die eigentliche Attraktion waren.

»Deswegen wollte ich hierher«, erklärte Peter. »Ich möchte, dass meine Geschichte über Claire hier beginnt. Man muss den Ursprung eines Menschen kennen, die erste Prägung erleben, um etwas über ihn sagen zu können, denke ich. Und ist Ihnen nicht aufgefallen, wie sehr sie der Landschaft gleicht? Sie ist spröde, bezaubernd, unheimlich und ausgelassen zugleich.«

Vivian sah ihn an. Unheimlich – das Wort hatte sie heute

schon einmal in Bezug auf ihre Bekannte gehört. Sicher würde es Claire gefallen, so bezeichnet zu werden.

»Sie sind anderer Meinung«, stellte er fest.

»Absolut nicht«, sagte sie lächelnd und schaute wieder aus dem Fenster.

»Was ist es dann?«, fragte er neugierig. »Sie haben mich gerade angeschaut, als hätten Sie meine Worte belustigt. Interessiert es Sie nicht, was in den Köpfen der Menschen vorgeht? Warum sie so sind, wie sie sind?«

»Ich habe Psychologie studiert«, sagte Vivian leichthin. »Doch, ich würde sagen, es interessiert mich, was Menschen denken. Ich war einfach überrascht von Ihrer Formulierung. Ich finde, sie passt perfekt.«

»Nein«, rief er gespielt geschockt aus. »Das hätten Sie mir doch sagen müssen, dass Sie anderen in den Kopf gucken können. Wer weiß, was ich alles preisgegeben habe, ohne es zu wissen?«

»Nicht viel, ich kann Sie beruhigen. Besondere Landschaften und Menschen inspirieren Sie, wie die meisten von uns. Sie scheinen zu wissen, was Sie wollen, wie viele erfolgreiche Menschen. Wir sind keine Wahrsager. Ich kann Sie unmöglich nach wenigen Tagen vollständig beschreiben oder durchschauen.«

»Da habe ich ja Glück«, erwiderte er ernsthaft. »Sie nehmen sich also Zeit, bevor Sie ein Urteil fällen?«

Vivian überlegte. »Ein Urteil fällen? Das ist genau das, was Psychologen nicht tun sollten. Aber natürlich bilde insgeheim auch ich Kategorien, in die ich andere einsortiere, so wie es jeder andere tut. Wir Menschen können nicht anders, wissen Sie? Es vereinfacht unser Leben. Wir haben nicht die kognitiven Kapazitäten, um jedes Mal, wenn etwas Neues eingespeist wird, auch eine Neuberechnung durchzuführen, wie es ein Computer kann.«

»Das klingt sehr technisch.«

»Was ich sagen will, ist, dass das Einzige, was uns unterscheidet, das ständige Prüfen ist. Ich nutze die Kategorien in dem Bewusstsein, dass ich mit größter Wahrscheinlichkeit falschliege. Man kann nur nach den eigenen Erfahrungen urteilen, und die sind bei jedem Menschen nun einmal begrenzt. Deswegen ist es völliger Unsinn zu behaupten, an der Stelle eines anderen würde man das und das tun. Wenn wir an der Stelle eines anderen wären, würden wir das Gleiche tun wie er. Solange wir etwas anderes behaupten, heißt es nur, dass wir sein Verhalten nicht verstanden haben. Und dass mir jederzeit bewusst ist, dass ich nicht wissen kann, was ich nicht weiß, macht es für mich sehr kompliziert, zu einem Urteil zu kommen. Beruhigt Sie das?«

Vivian bemerkte, dass sie in ihrem plötzlichen Bestreben, nicht bloß als Claires scheue kleine Begleiterin dazustehen, viel zu viel redete. Aber zu wissen, dass sie diesem Menschen nach ihrem Urlaub nie wieder begegnen würde, löste ihre Zunge noch mehr. Erst in der folgenden Stille bemerkte sie, wie nah zwei Menschen in einem Auto beieinandersaßen. Würde er die Finger der linken Hand, die ruhig auf seinem Oberschenkel lag, abspreizen, könnte er beinahe ihr Knie berühren. Sie verschränkte die Arme vor ihrer Brust.

»Ist Ihnen kalt?«, fragte Peter.

»Nein«, sagte sie schnell. »Erzählen Sie mir noch etwas mehr über den Ort, den wir gleich besuchen. Claire meinte, er sei schaurig. Wieso hat sie das gesagt?«

»Eigentlich ist es eine traurige Geschichte. Aber ich mag eben Menschen und Orte mit Vergangenheit. Ich hoffe nur, Sie sind nicht zu nahe am Wasser gebaut?«

Sie schüttelte den Kopf. »Und wenn doch, ist es jetzt ohnehin zu spät. Nun bin ich neugierig geworden.«

»Es war einmal eine kleine Siedlung, die lag am Rande eines Wasserlaufs des Loch Obe. Sie zählte gerade einmal sieben Haushalte. Das Leben war hart für die Pächter und wurde schließlich unmöglich. Es gab um 1850 herum eine Hungersnot, aber von allen Hebrideninseln war Barra die einzige Insel, auf der deshalb Menschen starben. Der Eigentümer wollte sich das Problem vom Hals schaffen, indem er die Menschen einfach kurzerhand nach Kanada verschiffte, mit nicht mehr, als sie am Leibe trugen. Im nächsten Schritt verscheuchte er andere Familien aus dem fruchtbaren Teil Barras und siedelte sie nach Balnabodach um. Den frei gewordenen wertvollen Boden verpachtete er an wohlhabendere Festländer.«

Peters Stimme war schön, und er setzte sie bei seinem Vortrag bewusst ein. Sie erinnerte Vivian an die eines Schauspielers im Theater. Für einen kleinen Moment hatte Vivian nicht mehr auf die Bedeutung der Worte geachtet, sondern sich nur in die Klänge fallen lassen, doch den Großteil der Geschichte hatte sie mitbekommen.

»Selbst wenn man zu der Zeit vielleicht nicht zimperlich mit dem Leben der Ärmeren umging: Was sollte denn der ganze Aufwand, einige Familien zu vertreiben und andere umzusiedeln?«, wollte Vivian wissen. »Warum ließ er die Familien, die dort ursprünglich lebten, nicht einfach in dem Ort und schickte statt ihrer gleich die Menschen nach Kanada, deren Land er eigentlich verpachten wollte?«

Er zuckte mit den Schultern. »Es gab sicher einen Grund. Vielleicht aber auch nicht. Man machte sich nicht viele Gedanken um die Schwächeren. Aber eigentlich haben Sie recht. Es war eine vollkommen dämliche Idee, ehemalige Farmer in Balnabodach ihren Unterhalt mit dem verdienen zu lassen, was das Meer hergab. Die neuen Bewohner hatten keine Ahnung vom Wasser, aber sie kämpften, pflanzten sich fort und waren schließlich über hundert Menschen – bis zur folgenden Jahrhundertwende, als Typhus ausbrach. Es starben nur zwei, ein Vater und sein Sohn, aber es veranlasste alle anderen, den Ort zu verlassen.«

Vivian schwieg. Hätte sie die Geschichte gekannt, wäre sie wohl im Gasthaus geblieben. Sie sah keinen Sinn darin, sich einen Ort anzusehen, an dem Menschen gelitten hatten und von dem sie schließlich geflohen waren.

Inzwischen waren sie angekommen und aus dem Auto gestiegen. Jetzt stand sie hier mit einem Fremden vor den Steinen, die einmal ein Dorf gewesen waren. Immerhin verstand sie, was einen Geschichtenerzähler bei seinem Besuch der Ruinen fesseln mochte.

Sie sah Ethan lachend auf den runden Felsbrocken balancieren, die einst Teil des Typhus-Hauses gewesen waren. Wo ihr Sohn nur einen Abenteuerspielplatz entdeckte, sah Vivian nun die Menschen hinter den inzwischen zu Ruinen verfallenen Mauern vor einem Feuer sitzen. Sie erahnte die Dunkelheit, in der Vater und Sohn aufgebahrt lagen, während man ihr Fenster zunagelte. Die Steine waren mittlerweile von gelben Flechten und pinkfarbenen Wildblumen überzogen – ein tröstlicher Anblick. Das Leben hatte sich diesen Ort zurückerobert. Vivian wandte sich Peter zu. »Es ist traurig. Wollen Sie darüber ein Buch schreiben?«

»Vielleicht«, sagte er und berührte kurz ihren Arm. »Ich freue mich, dass Sie mitgekommen sind. Sie fühlen es auch, oder? Als hätten die Geschehnisse ein Echo hinterlassen.«

Vivian nickte. Sie spürte tatsächlich etwas – und auch die Verbindung, die es zwischen ihnen beiden schuf. Oder war es Peter, der sie gerade erschaffen hatte, indem er auf diese Gemeinsamkeit hinwies?

Unruhig suchten ihre Augen nach Ethan. Er balancierte immer noch über die Reste des Fundaments, streckte die Arme zu beiden Seiten aus und rief fröhlich. »Schaut doch mal.«

Peter lachte. »Das Leben geht weiter, sehen Sie. Ich hoffe, ich habe Sie nicht zu sehr bedrückt.«

»Es hat mich bedrückt«, sagte Vivian ehrlich. »Aber ich bin Ihnen nicht böse. Ich verstehe, warum es Sie fasziniert.«

»Sie sind sehr ernsthaft«, sagte Peter.

Sie zuckte mit den Achseln. »Vielleicht.«

»Das war kein Vorwurf. Es gefällt mir. Man trifft selten Menschen, die nicht versuchen, cool und überlegen zu wirken.«

Vivian entgegnete nichts. Unter anderen Umständen hätte Peter sie schon mehrmals an diesem Tag in Verlegenheit gebracht. Aber hier, inmitten von Wind und Weite und in diesem Kleid, das sie nicht einengte, spürte sie ihre gewohnten Begrenzungen nicht. Ihre Gedanken glitten zu Claire. Vivian genoss diesen Ausflug an der Seite eines attraktiven Mannes. Aber mindestens ebenso gerne hätte sie Claire auf ihrem Spaziergang begleitet. Nein, noch lieber wäre sie ihr unbemerkt gefolgt, um herauszufinden, wohin es sie zog, wenn sie allein war.

Vorhin war Claire ihr leichtfüßiger vorgekommen als in den vergangenen Tagen. Vielleicht hatte es etwas damit zu tun, dass man sich immer in gewissem Maße zurückverwandelte, wenn man die Vergangenheit aufsuchte. So wie man in Gegenwart seiner Eltern immer ein Kind blieb.

»Immer noch betrübt?«, fragte Peter. »Jetzt habe ich wirklich ein schlechtes Gewissen.«

»Das brauchen Sie nicht«, sagte Vivian. »Ich bin nicht betrübt. Ich habe gerade an Claire gedacht.«

»Sie müssen wirklich ein interessantes Verhältnis zu ihr haben«, sagte Peter fröhlich – oder war es lauernd? Sie ließ sich immer noch nicht auf ein Gespräch über Claire ein, stattdessen wandte sie sich wieder Ethan zu. Scharf zog sie die Luft ein.

»Ethan, geh nicht so nah ans Wasser«, rief sie erschrocken. Er stand vorgebeugt an einem Rinnsal, als würde er sich gleich kopfüber hineinfallen lassen. Kleinkinder konnten in Pfützen ertrinken. Vivian musste besser aufpassen. Schnell lief sie auf ihren Sohn zu, auch wenn es eigentlich nicht mehr notwendig war. Ethan war als Reaktion auf ihren Ruf sofort ein paar Schritte zurückgewichen. Vivian hob ihn hoch und drückte ihn an sich. »Es ist schön hier, oder?«

Er kicherte und machte sich los. »Ja, es gefällt mir gut, aber ich habe Hunger. Fahren wir bald zurück?«

»Ja, wir fahren gleich los.«

»Können wir bei dem Mann und dem Hund essen?«

»Ich fürchte, das geht nicht. Er wird allein essen wollen.«

»Wieso? Ich finde ihn nett, und er mag mich auch.«

»Wir sind sozusagen sein Job, Ethan«, erklärte sie ihm. »Er ist sehr nett, und er mag dich ganz sicher, aber er ist kein richtiger Freund, weißt du? Er erhält Geld dafür, dass wir bei ihm schlafen und frühstücken dürfen. Und von seiner Arbeit muss man sich ab und zu ausruhen.«

»Ooch«, machte Ethan enttäuscht.

»Aber in dem Restaurant hat es dir doch auch gefallen. Worauf hast du Hunger?«

»Fish und Chips«, rief er.

Vivian sah ein, dass es ihr nicht gelingen würde, ihn hier, mit nur einem Pub in der Nähe und einem Supermarkt, den man zu Fuß nicht erreichen konnte, zu gesunder Nahrung zu bewegen. Also konnte sie ihm auch gleich seinen Willen lassen und so die gute Stimmung sichern. »Klingt großartig«, erwiderte sie deshalb. »Das nehme ich auch.«

36. Kapitel

Claire 2017

Claire saß auf den Klippen und beobachtete die Basstölpel – ihr Kreischen und Flügelschlagen. Sie hielten Ausschau nach den Heringen und Makrelen, die sie in rasanten Sturzflügen im Wasser jagten. Dabei bemerkten sie nicht, dass ein weiterer, noch größerer Jäger ebenfalls lauerte. Eine Raubmöwe stürzte sich in die Menge, um den Tölpeln entweder einen Fisch abzujagen oder, falls das nicht glückte, kurzerhand einen der Vögel selbst zur Nahrung zu machen.

Claire dachte daran, wie sie sich früher gewünscht hatte, die Welt aus einer anderen Perspektive zu sehen, nachdem ihr Großvater ihr erklärt hatte, wie wenig perfekt das menschliche Auge war. Die Vogelperspektive hätte der Claire von damals gefallen. Ein Basstölpel konnte seine Beute aus über vierzig Metern Höhe erspähen. Wer ein so scharfes Auge hatte und fliegen konnte, dem konnte niemand etwas anhaben, hatte sie früher gedacht.

Die Raubmöwe hackte jetzt in freiem Flug auf ihr Opfer ein, bis es ins Trudeln geriet.

Claire wollte nicht wissen, wie der Kampf ausging, und beschloss weiterzugehen. Seit sie wieder auf Barra war, kam es ihr so vor, als wäre es gar nicht lange her, dass sie die Insel verlassen hatte. In Momenten wie diesem aber, in denen sie drei Anläufe brauchte, um von ihrem Felsen aufzustehen, erkannte sie, dass sie nichts mehr mit dem schlaksigen Mädchen gemeinsam hatte, das so ungestüm aufgesprungen wäre, dass es dabei noch alle umliegenden Steine ins Rollen gebracht hätte.

Als sie wieder sicher auf beiden Beinen stand, machte sie sich auf den Weg zum Friedhof. Es würde ein langer und unangenehmer Marsch für ihre angegriffenen Beine werden, doch sie wollte ihn endlich hinter sich bringen. Sie war diese Klippen früher oft entlanggelaufen, wenn sie ihren Großvater besucht hatte. Dass sie sein Haus zerfallen und von Gestrüpp überwuchert fand, versetzte Claire ebenso einen Stich wie der Anblick der gut erhaltenen Kate ihrer Eltern. Irgendjemand hatte sich die Arbeit gemacht, sie herzurichten. Die Steine waren sauber und vollzählig, in den Fenstern hingen mit Blumen bestickte Gardinen, und die Haustür war hellblau gestrichen.

Claire schloss die Augen und sah das Haus in seinem früheren Zustand vor sich. Sie sah ihren Vater toben und ihre Mutter, die sich duckte. Sie hörte ihren Bruder weinen und öffnete die Augen schnell wieder.

Vor dem Haus lief eine rot getigerte Katze entlang, die zufrieden und gut genährt wirkte. Kaum zu glauben, dass an diesem Ort nun jemand leben sollte, der auf Behaglichkeit Wert legte und die Lebewesen um sich herum verwöhnte.

Es dauerte eine Stunde, bis Claire den Friedhof erreichte, auf dem sie alle lagen. Nicht ihre Eltern, aber ihr Großvater, ihr Bruder, sogar ihr verhasster Onkel Harry. Sie wusste nicht, was aus seiner Frau und seinen Kindern geworden war. Sie lagen nicht hier. Vielleicht waren sie weggezogen, aufs Festland, nachdem ihr Ernährer gestorben war. Claires Onkel hatte seinen Vater nur sieben Jahre überlebt, aber er hatte immer noch länger gelebt als dessen Enkel.

Claire zwang sich, zu dem unförmigen Felsstein in der Ecke des Friedhofs zu gehen, den MacAskill ihrem Bruder zugestanden hatte. Immerhin hatte Logans echter Vater dessen Vornamen in den Stein ritzen lassen. Kein Datum, aber das war auch nicht nötig. Claire würde es niemals vergessen, und außer ihr gab es niemanden, den es interessierte.

Sie stand vor dem Stein und wartete darauf, dass etwas mit ihr geschah. Dass nichts passierte, erschien ihr fast noch schrecklicher als der Schmerz, den sie gefürchtet hatte. Doch hier war nichts. Wenn sie gedacht hatte, an seinem Grab auf irgendeine Art ihren Bruder zu spüren, so hatte sie sich getäuscht. Sie umklammerte ihre Handtasche fester. In ihr befand sich Logans Teddy, den sie hier hatte ablegen wollen. Doch nun erschien es ihr wie eine leere Geste. Logan war hier nicht. Sie hielt ihre Tasche geschlossen und machte sich auf den Rückweg – in dem kleinen Koffer unter ihrem Schrank wäre der Teddy besser aufgehoben als hier.

37. Kapitel

Vivian 2017

Bis zum Abendessen sah Vivian nichts mehr von Claire. Erst als sie zum Pub aufbrachen, trafen sie sich wieder. Claire war in einer eigenartigen Stimmung, überdreht und nervös zugleich – wie ein Kind, das man zu lange wach gehalten hatte.

»Morgen fahren wir also auf die Geisterinsel?«, fragte sie.

Peter lächelte. »Sicher, ich bin sehr gespannt.«

»Geben Sie es zu, Sie als Großstädter haben schon auf Barra das Gefühl, sich auf einer zu befinden«, stellte Claire fest.

Peter lachte.

»Geisterinsel? Wo ich doch heute schon eine Geisterstadt gesehen habe?«, fragte Vivian. »Gibt es hier denn nichts als Gespenster?«

»Gespenster?«, rief Ethan. »Echte Geister? Aber wir waren heute in gar keiner Geisterstadt. Da waren nur Gras und viele Steine und Wasser.«

Während die Erwachsenen über den vergangenen Tag und den morgigen Ausflug plauderten, malte Ethan für Claire ein Bild. Die abgegriffenen Wachsmaler hatte der Wirt ihm zusammen mit einem Blatt Papier hingelegt. Ethan wollte damit für Claire den Ort zeichnen, an dem sie ohne sie gewesen waren. Vivian vermutete, dass die schwarzen Kreise die Steine darstellen sollten und die großen grünen Flecken mit den rosafarbenen Punkten die Wildblumenwiese.

»Da waren wir, Claire. Schau!«, sagte er.

Die Angesprochene nahm das Blatt in die Hand und besah sich die Zeichnung genau. »Das muss ein aufregender Ort gewesen sein.«

»Ich bin auf die Steine geklettert, und das war echt hoch.«

»Du bist ein mutiger Junge«, sagte Claire so sanft, dass Vivian sie verwundert ansah. Das Eis zwischen Claire und Ethan schien gebrochen zu sein. Oder vielmehr das Eis, das Claire umgeben hatte. Ethan hatte ihr schon bei ihrer ersten Begegnung sein Auto anvertrauen wollen. Nun freute er sich über das Kompliment der älteren Dame. Wie die meisten Kinder war er nicht nachtragend.

Vivian betrachtete zärtlich ihren Sohn. Seine Augen waren bereits rot gerändert, und sein Blick wirkte glasig. Es war an der Zeit, ihn ins Bett zu bringen. Die anderen willigten ein, aufzubrechen.

»Heute weht fast kein Wind, und es ist warm«, sagte Claire auf dem Weg zurück zum Hotel. »Haben Sie eigentlich schon die bezaubernde blau gestrichene Bank vor dem Cottage entdeckt, dort sollte man heute Abend draußen sitzen und aufs Meer schauen, oder nicht?«

»Unbedingt«, stimmte Peter erfreut zu und sah fragend zu Vivian.

Vivian war unschlüssig, sah aber ein, dass es Vergeudung wäre, an einem solchen Abend auf dem Bett herumzuliegen, wo sie doch wusste, dass sie ohnehin noch nicht schlafen konnte. Sie hatte vorsichtshalber das Babyfon auf die Insel mitgenommen. Sollte Ethan aufwachen und nach ihr rufen, würde sie ihn auch draußen noch hören können. »Ich versuche nachzukommen, sobald Ethan schläft«, versprach sie.

Vivian hatte ihm gerade erst drei Seiten vorgelesen, da war ihr Sohn eingeschlafen. Sein Kopf war auf ihre Schulter gesackt.

Vorsichtig löste sie sich von ihm und sicherte das Bett mit zusammengerollten Bettdecken ab, damit er beim Wühlen nicht hinunterfiel. Vorerst lag er regungslos da, erschöpft von all der Bewegung an der frischen Luft, doch sie wusste, dass er sich später wieder hin und her wälzen würde. Als sie mit ihrem Werk zufrieden war, saß sie noch einen Moment auf der Bettkante und betrachtete Ethans zufriedenen Gesichtsausdruck. Dann stand sie auf und begutachtete sich in dem Spiegel, der am Kleiderschrank angebracht war. Weil sie das Zimmer für Ethan zusätzlich abgedunkelt hatte, indem sie eine Wolldecke in den Fensterrahmen geklemmt hatte, konnte sie kaum mehr als ihre Silhouette erkennen. Vorsichtig zog sie die Schnürung ihres Kleides ein wenig enger, sodass ihre Taille schmaler wirkte. Danach verließ sie leise das Zimmer. Draußen vor dem Haus saß Peter ganz allein. Er nippte an einem Glas Wein. Als er entdeckte, dass Vivian auf ihn zukam, füllte er ein zweites.

»Ich hatte gehofft, dass Sie noch kommen.« Er hielt ihr das Glas entgegen, und als sie es nahm, berührten sich ihre Finger.

»Wo ist Claire?«, fragte Vivian. Sie hatte nicht damit gerechnet, ihn allein anzutreffen. Ob er die Veränderung an ihrem Kleid bemerkte?

»Sie fühlt sich zu erschöpft, hat sie gesagt. Hatten Sie heute nicht auch das Gefühl, dass sie irgendetwas bedrückt hat?« Seine Anteilnahme schien nicht bloß die Neugierde des Biografen, sondern echt zu sein. Vivian dachte über seine Bemerkung nach. An diesem Tag hatten ihre eigenen Eindrücke sie so ausgefüllt, dass sie nicht wie sonst jede Gefühlsregung im Raum aufgefangen hatte. Sie stimmte ihm zu, entschied sie. Da war dieser Moment vor dem gemeinsamen Aufbruch gewesen. Claires seltsame Erregung, die sie seit Beginn der Reise gepackt hatte, schien plötzlich nachgelassen zu haben. Sie war zusammengesunken wie eine Aufziehpuppe, deren Mechanismus leer gelaufen war. Nicht dass sie während des Heimwegs an bissigen Kommentaren gespart hätte, doch das spöttische Funkeln ihrer Augen hatte dabei gefehlt.

»Vielleicht haben Sie recht«, gab Vivian zu.

Sie nippten am Wein, streckten die Beine aus und betrachteten den Horizont. Es dämmerte bereits. Meer und Himmel waren kaum noch voneinander zu unterscheiden.

In dieser Stille entstand eine Spannung zwischen ihnen. Wenn man sie nicht bald mit Plauderei füllte, würde sie womöglich zu etwas anderem führen, befürchtete Vivian. Trotzdem unternahm sie nichts, und auch Peter rührte sich zunächst nicht.

Nach einer Weile nahm er ihre Hand, den Blick weiter geradeaus gerichtet.

»Was für ein schöner Abend«, sagte er sanft.

»Ja«, bestätigte Vivian.

Genau wie er signalisierte sie mit keiner Geste und keinem Blick, dass etwas Ungewöhnliches an diesen ineinander verschlungenen Händen war. Dabei hatte sie in Wahrheit das Gefühl, in einen Zaun gefasst zu haben, der unter Strom stand. Sie fragte sich, ob es ihm ebenso ging. Selbst die Luft zwischen ihnen schien keine Leere mehr zu sein, die sie trennte. Sie hatte sich in einen Schwarm elektrisch geladener Teilchen verwandelt, der sie auf geheimnisvolle Weise verband und ihre Erregung übertrug.

Schließlich legte er seinen Arm um sie und zog sie an sich. Er küsste ihre Schläfe, ihre geschlossenen Augen und ihren Hals, dann flüsterte er in ihr Ohr. Komplimente und poetische Worte, doch nicht der Inhalt war entscheidend. Vivian erkannte, dass kaum noch etwas Intimeres geschehen konnte als das hier. Ohren konnte man nicht so leicht verschließen wie die Augen. Seine Stimme plätscherte in ihre Gehörgänge, der Schall übertrug sich als Vibration in alle Zellen. Sie zitterte, als Peter schließlich seine Lippen auf ihren Mund drückte.

»Gehen wir rein?«, fragte er nach einer Weile.

Vivian schüttelte den Kopf und lächelte über seinen enttäuschten Blick. Sie wollte gar keinen Rückzieher machen, aber sie wollte nicht, dass, was auch immer hier zwischen ihnen passierte, in einem kleinen Zimmer zwischen engen Wänden und altmodischen Möbeln geschah.

»Drinnen ist es so stickig. Komm, wir gehen ein Stück«, antwortete sie und nahm seine Hand.

Sie schlenderten die Klippen entlang, bis sie vom Haus aus nicht mehr zu sehen waren.

»Der Ausblick ist schön.« Vivian deutete auf das Meer. »Wollen wir uns hier hinsetzen?«

»Unbedingt«, sagte er lächelnd und ließ sich auf den mit Moos bewachsenen Boden sinken, den Rücken an einen von Flechten überzogenen Stein gelehnt.

Es war mehr ein Impuls als eine Überlegung von Vivian, die Sache, die sie begonnen hatten, nun zu Ende zu bringen. Deshalb setzte sie sich nicht zaghaft neben Peter, sondern zog ihr Kleid bis über die Knie nach oben, um sich rittlings auf seinen Schoß zu setzen. Es ist so still hier, dachte sie noch. Außer ihnen gab es weit und breit keine Menschen. Wohin hätte man auch gehen sollen? Der leichte Wind, der vom Meer herüberwehte, strich über Vivians nackte Beine, und bevor sie es sich anders überlegen konnte, nahm sie sein Gesicht in beide Hände und küsste ihn. Sie ließ sich Zeit und fühlte fast ein wenig Triumph, als sie durch den Stoff seiner Jeans seine Erregung spüren konnte. Er presste sie fest darauf, das raue Material seiner Hose scheuerte auf ihrer Haut, ohne dass es das Lustgefühl dämpfte. Als sie sich etwas von ihm löste, lächelte sie, während sie ihre Hände an seinen Gürtel legte und ihm half, die Schnalle und schließlich Knopf und Reißverschluss der Hose zu öffnen. Sanft streichelte er ihre Oberschenkel und schob seine Hände unter das Kleid.

Als er etwas unbeholfen versuchte, sich von seiner Hose und Unterhose zu befreien, ohne sie von seinem Schoß zu schieben, verhedderten sie sich. Sie sahen sich an, lachten, und schließlich war es geschafft. Plötzlich ging alles andere wie von selbst. Vivian hob ihren Körper leicht an und senkte sich, geführt von seinen Händen, wieder auf ihn hinunter. Einen kurzen Moment spürte sie ihn wie einen Fremdkörper in sich, bis sie sich an ihn gewöhnt hatte und ihre gemeinsame Erregung sie voll und ganz erfasste. Peter griff in ihr Haar und zog leicht daran. Er verteilte leidenschaftliche Küsse auf der weichen Haut an Vivians Hals, und sie hörte ihr eigenes Lachen wie von weit her, irgendwo inmitten der Weite dieser Insel zwischen den Rufen der Möwen und dem Rauschen, von dem sie nicht wusste, ob es das Blut in ihren Ohren war oder das Geräusch der Wellen am Strand.

Als es vorbei war, sahen sie sich an, und plötzlich war es, als fiele ihnen wieder ein, dass sie eigentlich Fremde waren – ein kurzer peinlicher Moment. Aber dann lachte Peter ihr wieder zu, und Vivian stimmte erleichtert ein.

Sie löste sich von ihm, zog ihren Slip wieder zurecht und stand auf, damit auch er seine Hose wieder richten konnte. Der Rock ihres perfekten Kleides fiel von ganz allein ordentlich an ihr herunter bis auf den Boden. Erst jetzt erinnerte sie sich daran, dass sie das Babyfon vor dem Hotel hatte stehen lassen. Was, wenn Ethan nach ihr rief?

»Ich muss zurück«, sagte sie bedauernd.

Auch Peter hatte sich inzwischen erhoben und stand jetzt neben ihr. Mit einer Hand strich er über ihre Wange, und sie küssten sich noch einmal. Dann liefen sie gemeinsam zum Haus zurück. Vivian hatte für einen Moment nicht an Ethan gedacht, und nun überkam sie ein Schuldgefühl und die irrationale Furcht, das Bett könnte leer stehen und Ethan für immer verschwunden sein. Sie wusste, dass es albern war. Dass sie ein Recht auf ein Leben und Momente ohne ihr Kind hatte. Trotzdem nahm sie im Haus mit jedem Schritt zwei Treppenstufen auf einmal.

Ihre Hände zitterten, während sie den Schlüssel ins Schloss steckte. Sie stieß die Tür auf und konnte endlich beruhigt durchatmen. Dort lag ihr Sohn im Bett, friedlich auf dem Rücken, das Köpfchen zur Seite gedreht. Leise zog Vivian das Kleid aus und schlüpfte in ein übergroßes Shirt, das ihr als Nachthemd diente. Kaum hatte sie sich hingelegt, fiel sie auch schon in einen traumlosen Schlaf, aus dem sie erst am nächsten Morgen erwachte.

Am folgenden Tag, als sie alle gemeinsam auf dem Boot standen, das sie nach St. Kilda bringen sollte, fragte Vivian sich die ganze Zeit, ob Claire ahnte, was zwischen Peter und ihr vorgefallen war. Immer wieder spürte sie Claires nachdenklichen Blick auf sich ruhen.

Peter berührte sie mehrmals wie aus Versehen. Dann schloss Vivian die Augen und genoss den Nachhall der Erregung des vorherigen Abends.

Von der Reling aus konnten sie zerklüftete graue Felsen sehen, die vor ihnen aus dem Meer emporragten. Ihre Spitzen verschwanden in tief hängenden Wolken.

Vivian schauderte bei diesem Anblick, und sogar Ethan wurde still. »Leben dort etwa Drachen?«, flüsterte er.

Grauschattierungen des Himmels – manche Wolken wirkten beinahe schwarz – ließen die Kulisse noch dramatischer wirken. Diese Wolken hatten nichts Ätherisches mehr, sondern schienen wie greifbare dunkle Gebilde, die sie gleich verschlucken würden.

»Wir haben heute Pech mit dem Wetter«, hatte der Bootsführer ihnen mitgeteilt, als sie losgefahren waren.

38. Kapitel

Claire 2017

Claire war sich nicht mehr sicher, warum sie unbedingt nach St. Kilda gewollt hatte. Vielleicht war es, weil ihr Großvater ihr die Geschichte der Insel so oft erzählt hatte. Im Nachhinein erkannte sie in seinen Worten eine Mahnung, sich nicht zu weit von sich selbst zu entfernen.

Die Menschen hatten zufrieden hier gelebt, bis eines Tages ein Missionar aufgetaucht war. Er musste sehr überzeugend auf sie gewirkt haben, denn auf einmal beugte die Gemeinschaft sich nicht mehr den Regeln der Natur, sondern seiner Vorstellung von Religion. Dies führte dazu, dass die unwirtliche Insel sich gegen ihre Bewohner kehrte. Auf diesen Inseln war es überlebenswichtig, dass man sich den Gegebenheiten anpasste. Der Missionar und seine Regeln taten ein Übriges, um die Gemeinde zugrunde zu richten. Während einer Nahrungsknappheit verbot er den Menschen, das anlegende Versorgungsschiff aufzusuchen. Die Vorbereitungen für den Sonntag in der Kirche standen an und sollten nicht unterbrochen werden. Kinder mussten statt Spielzeug eine Bibel bei sich tragen, und Säuglinge starben, weil es angeblich gegen Gottes Wille verstieß, die Geburtshilfe zu verbessern.

Claires Großvater hatte berichtet, dass die Bewohner von St. Kilda letztendlich keinen anderen Ausweg gesehen hätten, als ihre Hütehunde zu ertränken und mitsamt ihrem Vieh von der Insel zu fliehen. Erst als die Umrisse der Insel allmählich aus ihrem Blickfeld verschwanden, brachen die Menschen in Tränen aus und weinten wie Kinder, die den Mutterschoß verlassen mussten.

Die Insel war genauso karg und schroff, wie es der Blick vom Schiff aus erwarten ließ. Man spürte die Einsamkeit körperlich, die hier herrschte. Alles, was heute noch an die Bewohner von damals erinnerte, waren ein paar uralte Grabsteine. Claire hatte ähnliche tags zuvor auf Barra gesehen.

Jetzt stand sie auf dieser Insel und starrte auf den Grabstein eines fremden Kindes, das vor so vielen Jahren begraben worden war. Ausgerechnet jetzt, wo sie es nicht erwartete, spürte sie eine Traurigkeit, die in Regionen schmerzte, für die es ihrer Meinung nach keine Bezeichnung gab. Es war nicht das Herz, das wehtat, wie man immer sagte, zumindest nicht nur. Es war eine Kälte, die erst nach der Gänsehaut kam, ein Würgen in der Brust, ohne Kloß im Hals, und sie wusste, dass sie ihren Bruder gefunden hatte. Er war nicht in seinem winzigen Grab auf Barra. Er war bei ihr. Immer. Sie musste es nur zulassen, statt zu versuchen ihn tief in ihrem Innern zu verbergen, wo sie ihn nicht mehr sehen konnte, sondern nur noch den Kummer spürte, den der Verlust verursacht hatte.

Claire war sich die ganze Zeit so sicher gewesen, alle Spukgestalten der Vergangenheit verbannt zu haben. Stattdessen waren sie die ganze Zeit in ihr gewesen. Hatte sie nicht manchmal sogar gespürt, wie sie der geheimen Kammer entkommen waren und sie ausgelacht hatten? Wie oft waren sie es wohl gewesen, die Claires Entscheidungen für sie getroffen hatten? Ob ihr Leben ein anderes gewesen wäre, wenn sie ihre Existenz früher anerkannt hätte? Sie wusste es nicht.

Claire schaute zu Vivian hinüber. Vielleicht kannte sie sich ja mit solchen Dingen aus. Doch Fräulein Freud schien beschäftigt zu sein. Zwischen Peter und ihr war am vergangenen

Abend also tatsächlich etwas vorgefallen. Aber wo blieb die Zufriedenheit, die Claire üblicherweise empfand, wenn die Dinge so eintraten, wie sie sie sich ausgemalt hatte?

Was sollte sie nun anfangen? Barra hatte seinen Schrecken verloren, aber auch jede andere Kraft. Es war vor einer ganzen Weile schon zu einem mystischen Ort geworden, der auf sie zu warten schien. Nun gab es dort nichts mehr für sie. Ohne diese Reise hätte sie es wohl nicht erkannt, vielleicht hätte sie sie viel früher antreten sollen. Wenn es der Wahrheit entsprach, dass die Zellen eines Menschen alle sieben Jahre vollständig erneuert waren, dann war nichts an ihr mehr das Mädchen, das damals auf Barra gelebt hatte.

Vivian kam auf sie zu. Claire fuhr sich schnell über die Wange, um eine Träne wegzuwischen. Doch ihre junge Freundin hatte sie bemerkt.

Vivian räusperte sich, dann streckte sie ihre Hand nach Claire aus. »Ich gehe sofort, falls Sie das wünschen. Aber wenn Sie mögen, dann bleibe ich.« Jede vergangene Version von Claire hätte diese Hand ignoriert, doch nun griff sie danach und hielt sie sehr fest. Es war, als hätte sie ihren Anker ausgeworfen und endlich Halt gefunden. Zumindest für diesen Moment.

»Das Wetter ist eine solche Enttäuschung, oder nicht?« Claire tupfte sich mit einem Stofftaschentuch die Augen trocken.

Vivian lachte laut. »Ja, wirklich. Es ist zu befürchten, dass es gleich Bindfäden regnet.«

Sie sahen dabei zu, wie Peter den kichernden Ethan im Kreis herumwirbelte. Falls er es tat, um Vivian zu gefallen, stellte er es nicht dumm an. Claire sah den Ausdruck von Überraschung und Freude bei diesem Anblick im Gesicht der jüngeren Frau und hoffte, sie müsste deshalb nicht irgendwann ein schlechtes Gewissen haben.

»Habe ich Ihnen eigentlich erzählt, wie ich schließlich zur Engländerin wurde?«, fragte sie.

»Nein«, sagte Vivian. »Sie haben mir bislang nicht einmal erzählt, wie Sie Claire Holloway geworden sind.«

Claire schnaubte. »Ich wollte berühmt werden, aber nicht mit Charlies Namen. Wir waren zu dem Zeitpunkt bereits getrennt. Holloway war der Name, der mir als Erstes durch den Kopf ging. Er klang so elegant. Als mir auffiel, dass ich mich nach einem berüchtigten Londoner Gefängnis benannt habe, war der Name schon in aller Munde. Es war übrigens dasselbe Gefängnis, in dem man Ruth Ellis gehängt hatte.«

Vivian lachte. »Eines muss man Ihnen lassen, Geschmack haben Sie.«

39. Kapitel

Claire 1970

»Herrlich, ihr Engländer habt so einen großartigen Humor.« Die amerikanische Filmdiva klatschte in die Hände, während ich sie ihr neues Kleid anprobieren ließ. Mit mehreren Stecknadeln zwischen den Zähnen konnte ich schlecht etwas erwidern, außerdem brauchte ich alle Konzentration, um das Ergebnis zu betrachten.

Seit ich den Kontinent gewechselt hatte, hieß ich Claire Holloway, und in den Augen meiner neuen Umgebung war ich außerdem eine Britin. Dieser Teil wurmte mich ein wenig. Plötzlich sollte ich Teil einer Gruppe sein, die mir in ihrem Heimatland alles andere als einheitlich erschienen war. Doch hier galten weder unsere Klassenschranken noch nationale Grenzen. Selbst für diejenigen, die wussten, dass es neben England auch ein Schottland, ein Irland, ein Wales gab, waren wir eben alle Menschen aus dem alten Königreich. Das Seltsamste war, dass ich mich auf einmal selbst als Britin fühlte. Vielleicht besaß man erst seine nationale Identität, wenn man sich in einem fremden Land befand.

Die Sprache der Bewohner von Los Angeles mochte meiner ähneln, doch die Menschen schienen einer anderen Spezies anzugehören.

Während Bescheidenheit auf der anderen Seite des Ozeans nie ganz aus der Mode gekommen war, musste hier alles eine Nummer größer sein – die Mahlzeiten, die Worte und die Gesten. Ihr

Präsident plante sogar, in den Weltraum zu fliegen, nur um es den ähnlich großspurigen Sowjets einmal so richtig zu zeigen.

Dieses Land konnte noch nicht auf eine besonders lange Geschichte zurückblicken, wenn man seine Ureinwohner außer Acht ließ. Vielleicht steckten deshalb auch seine Bewohner noch in den Kinderschuhen. Man hatte wohl versäumt, ihnen zu erklären, dass man kein Kaugummi kaute, während man sich unterhielt. Zumindest klangen sie immer so, als würden sie es tun. Ich entschied, dass man ihnen gegenüber Nachsicht zu üben hatte. In mancher Hinsicht ähnelten sie mir, schließlich wollte auch ich mich nicht mit von außen auferlegten Einschränkungen abfinden. Ich hätte mir nur gewünscht, sie würden bei ihren Versuchen, die Welt zu erobern, nicht in John-Wayne-Manier vorgehen.

»Was meinen Sie, wird es diesmal für den Oscar reichen?«, fragte die Schauspielerin.

»Warum nicht?«, murmelte ich großzügig. Warum sollte ich ihr keinen gönnen, wo ich bereits im Jahr zuvor einen erhalten hatte. Müde fragte ich mich, warum sich seit einer Weile jeder Sieg schon schal anfühlte, kaum dass ich ihn errungen hatte. Innerlich hatte ich zu diesem Zeitpunkt dem Filmgeschäft wohl schon den Rücken gekehrt. Egal, was sie einen glauben machten und wie oft sie einem versicherten, dass man ein Genie war, waren es die Vorstellungen der Filmemacher, die ich umsetzte – und nicht meine eigenen.

Ich wollte aber nicht wie die anderen scin, die immer nach dem Lob eines dicken Mannes mit aufgeblasenem Ego gierten. Deswegen hatte ich bereits probeweise eigene Stücke unter meinem Namen entworfen. Sie waren mir aus der Hand gerissen worden, obwohl ich sie gestaltet hatte, ohne ihre Träger zu kennen. Eigentlich stimmte ich beides gerne aufeinander ab – so wie jetzt.

»Gar nicht mal schlecht«, sagte die Frau und bewunderte sich im Spiegel. »Rot steht mir, nicht wahr?«

»Sicher doch«, bestätigte ich. Die Schauspielerin würde nie verstehen, wie gelungen dieses Stück wirklich war. Kein anderer der Töne, die diese Frau als Rot bezeichnete, würde ihre helle Haut so zum Leuchten bringen wie dieses Karminrot. Ich wettete, dass sie in Zukunft immer wieder zu »roten« Textilien greifen und enttäuscht sein würde, dass sie nicht ebenso vorteilhaft wirkten wie dieses Kleid.

Wenn ich direkt für bestimmte Menschen entwerfen konnte, ging ich weiter als mein Großvater. Er hatte den Stoff als ein Werk betrachtet, das abgeschlossen war, sobald man den Ballen aufrollte. Ich aber hatte begriffen, dass es sich erst im Zusammenspiel mit einem Träger voll entfalten konnte. Wenn man ihn berücksichtigte, erschuf man etwas Lebendiges.

Dabei ging es nicht darum, einfach nur sein Aussehen zu berücksichtigen, den Teint, die Augen- und die Haarfarbe. Perfekt wurde ein Kleidungsstück erst, wenn man erkannt hatte, was den Träger unter der Oberfläche ausmachte. Ich führte deswegen keine tiefschürfenden Gespräche mit meinen Kunden. Nicht, wenn sie sie mir nicht aufzwangen. Ihr Charakter war nur eine Farbnuance im Gewebe, die es zu berücksichtigen galt, wenn man die Wirkung eines Kleidungsstücks kontrollieren wollte. Ich hörte ihnen nicht zu, wenn sie über sich sprachen, sondern verließ mich auf meine Intuition, die mich seltener täuschte. Das tat sie auch in diesem Fall nicht.

Ich nahm die Nadeln aus meinem Mund. »So können wir es lassen«, sagte ich bestimmt und verabschiedete mich. Es war zu einem meiner Markenzeichen geworden, dass ich nicht mit mir diskutieren ließ. Dieser Ruf folgte mir, seit ich ein einziges Mal in einem Gespräch mit einer besonders schwierigen Schauspielerin die Geduld verloren hatte. Ich hatte nichts dagegen, meinem Image gerecht zu werden. Die Hauptsache in dieser Welt war es, überhaupt eines zu haben, das hatte ich schnell begriffen. Und dass man von mir nicht mehr erwartete, mit hohlen Worten um mich zu werfen oder sie mir anzuhören, sparte mir viel Zeit. Ich gab ihnen, was sie am dringendsten wollten, Wirkung und Ausstrahlung, also akzeptierten meine Kunden, dass es einmal nicht sie waren, die den Ton angaben.

Zu Hause wartete Michael auf mich. Wir hatten uns vor einigen Jahren auf einer Party kennengelernt und lebten seit drei Jahren gemeinsam in einem Haus in Beverly Hills. Michael Taylor war Brite wie ich. Er stammte aus Wales. Auch über ihn sagte man, er habe sein Metier revolutioniert. Seines war der Rock 'n' Roll. Bei unserer ersten Begegnung entsprach er dem Klischeebild eines Rocksängers. Er wirkte heiß und hungrig. Er entsprach dem, was ich zu jenem Zeitpunkt suchte.

An diesem Abend war er also zu Hause, was selten der Fall war. Er liebte seine Konzerte und seine Partys und vermutlich auch andere Frauen. Es schmerzte mich nicht sehr. Unsere Illusionen übereinander hatten nicht lange angehalten. Wir ließen uns bloß Zeit damit, daraus Konsequenzen zu ziehen, schließlich hatten wir unsere Ehepartner mit der Rechtfertigung verlassen, dass unsere Liebe eine so große Geschichte war, dass man sie sich in seinem möglicherweise einzigen Leben nicht einfach entgehen lassen durfte.

Nun lag der wildeste Exportschlager Englands träge auf einem Sofa, das ich mit selbst entworfenem Stoff bezogen hatte. Andere Menschen störte an ihren langjährigen Partnern, dass sie schnaubten oder schmatzten; mich ärgerte, dass Michael Taylor nicht zu dem Muster passte, auf dem er sich breitgemacht hatte.

Er hielt mir einen Brief entgegen.

»Von deinem Ex.«

Mit zitternden Fingern nahm ich ihm den Umschlag ab. Charlie schrieb nicht oft – und wenn, dann ging es zumeist um unsere Tochter oder andere wichtige Dinge. Ich öffnete das Kuvert und hoffte, dass meiner Tochter nichts passiert war. Ich las den Brief im Stehen. Danach sank ich ohne ein Wort aufs Sofa und starrte auf den Fernseher, über dessen Bildschirm irgendeine alberne Show flimmerte.

Charlie hatte jemanden kennengelernt und wollte die Scheidung. Es war also etwas Ernstes. Als diejenige, die unsere Ehe ruiniert hatte, sollte ich ihm wohl Glück wünschen. Niemand verstand, warum wir nicht längst geschieden waren. Doch etwas in mir hatte sich bei dem Gedanken gesträubt, und Michael hatte nie gewagt, darauf zu beharren. Schließlich wollte er als wahnsinnig unkonventionell wahrgenommen werden.

»Was will er?«, fragte Michael.

»Die Scheidung«, sagte ich matt.

»Wurde ja auch langsam mal Zeit«, brummelte er.

Wir taten offenbar also weiterhin so, als ob es eine Bedeutung für uns hätte. Dazu gehörte es, dass wir an diesem Abend miteinander schliefen. Wieder hatten wir eine Hürde für unsere große Liebe aus dem Weg geräumt. Wir taten es ohne große Begeisterung, aber auch ohne Bedauern. Es war Routine und spielend leicht. Hinterher lag ich die ganze Nacht wach und versuchte Charlies Stimme aus meinem Kopf zu vertreiben – und die Bilder von ihm zusammen mit einer anderen Frau.

Wenn ich jetzt darüber nachdachte, wusste ich nicht mehr, warum ich Charlie überhaupt verlassen hatte. Ich hatte die Entscheidung aus dem Gefühl heraus getroffen, keine andere Wahl zu haben. An seiner Seite empfand ich die Versuchung, mich mit einem kleinen Leben zufriedenzugeben, und fürchtete, zu ersticken, wenn ich ihr nachgab. Dieser Teil von mir war dunkel, zornig, bitter und viel stärker als der Rest. Ich musste meinen Mann und meine Tochter zurücklassen.

Und das war es nicht allein. Direkt nach Lydias Geburt versuchte ich einen Zugang zu meinem Kind zu finden, so ungelegen mir seine Ankunft auch kam. Doch es gelang mir anfangs einfach nicht. Die anderen waren von ihrem Duft und ihrem weisen Greisengesicht betört – warum ich nicht? Als es nach einer Weile doch geschah, dass ich mich an dieses Wesen gebunden fühlte, verschlimmerte es zugleich meinen Drang, ihm zu entkommen. Erschöpft und pausenlos gegen den Jetlag kämpfend, pendelte ich zerrissen zwischen Amerika und England hin und her. Ich war erleichtert, wenn Charlie mir die Kleine aus den Händen nahm, und eifersüchtig, weil sie in seinen Armen zur Ruhe kam, während sie in meinen unruhig zappelte.

Vielleicht spürte mein Kind meine Zerrissenheit und war deshalb so unruhig in meiner Nähe. Man sagt ja, man könne vor kleinen Kindern nichts verbergen.

Eines Abends kollabierte ich. Ich hatte gerade ein paar nervenaufreibende Wochen ohne Schlaf an einem Filmset hinter mich gebracht – als Neuling, der die Regeln nicht kannte und sich beweisen musste. Als Frau, von der auch die Filmmänner dachten, sie sollte lieber bei ihrem Kind sein. Ich wiegte die weinende Lydia in den Armen, weil Charlie an diesem Abend arbeiten musste. Ich sang, ich murmelte beruhigende Worte, doch Lydia beruhigte sich nicht. Irgendwann weinte ich vor Erschöpfung mit ihr und legte sie auf ihrem Bettchen ab. Später brüllte ich sie an. Ein Baby, das gerade einmal neun Monate alt war.

Lydia brüllte lauter als ich. Als ich sie erneut hochnahm, empfand ich nichts als blinde Wut und Verzweiflung. Wie gerne würde ich behaupten, dass ich Lydia nie wehtun wollte! In jedem anderen Moment wäre es sogar die Wahrheit gewesen, doch in diesem Augenblick sollte einfach nur dieser Lärm aufhören.

Nach diesem Abend wusste ich es. Es konnte keine Frau geben, die weniger Talent im Umgang mit Kindern zeigte als ich. Ich war schädlich für meine Tochter.

Als mich jetzt Charlies Brief erreichte, wollte ich froh sein, dass das Schicksal ihr jemanden zugespielt hatte, der die Mutterrolle besser ausfüllen würde als ich. Doch ich war immer noch egoistisch genug, dass es mich schmerzte.

40. Kapitel

Vivian 2017

Vivian schluckte. »Sie haben sie geschüttelt?«

Müde verneinte Claire. »Nein. Ich sah unser Spiegelbild in der Fensterscheibe. Und da stand ich in der gleichen Pose, in der ich damals meinen Vater mit Logan gesehen hatte. Ich war mein Vater. Das Gleiche hatte er Logan angetan. Es erschreckte mich, obwohl ich damals noch gar nicht wusste, was ein Schütteltrauma war – und dass es wohl mein Vater gewesen war, der die Schuld an Logans Behinderung trug.«

»Aber Sie haben es doch gar nicht getan«, stellte Vivian fest.

»Nein, an diesem Tag nicht.« Claire seufzte. »Aber wie sollte ich beschwören, dass es nie wieder geschehen würde? Ein winziger Zufall hatte mich davon abgehalten. Es war in mir, die Kontrolle zu verlieren. Wie hätte ich garantieren sollen, dass ich mich beim nächsten Mal auch beherrschen würde?«

»Sie sind gegangen, um sie zu schützen«, fuhr Vivian fort.

»Wie edel von mir! Sie deuten das Verhalten anderer immer sehr wohlwollend. Es hätte womöglich auch noch eine andere Möglichkeit gegeben. Nämlich die, mein Leben ruhiger zu gestalten. Doch der Gedanke kam mir nicht. Ich erkannte nur, dass ich eine Gefahr für mein Kind war. Vielleicht kam mir diese Erkenntnis sogar gelegen. Ich habe mich in Lydias Nähe immer so ängstlich und verwundbar gefühlt, dass es mir die Luft nahm – genau wie Charlies beharrliche Zuneigung. Kennen Sie Groucho Marx?«

»Wie bitte? Wie kommen Sie jetzt auf den? Riesiger Schnurrbart, komische Brille?«

»›Ich möchte keinem Club angehören, der mich als Mitglied annimmt‹, das hat er mal gesagt. Vielleicht ging es mir ja so ähnlich.«

Vivian sah sie überrascht an.

»So simpel? Sie sind ein schlechter Mensch und ertragen einfach keine Leute, die Sie mögen – und deshalb müssen Sie sie verlassen? Das glaube ich nicht. Sie haben mich auch in dem Glauben gelassen, dass Logan bis an sein Lebensende auf Barra gelebt hat und Sie nur das Interesse an ihm verloren haben. Das stimmte gar nicht, oder? Dass er bis an sein Lebensende hier gelebt hat, mag die Wahrheit gewesen sein, aber Sie waren bis zum Schluss bei ihm, haben ihn bis zum Ende begleitet und niemals im Stich gelassen. Sein Leben war einfach beendet, bevor er überhaupt die Chance auf wahres Glück bekommen hat. Wer einen so großen Verlust hinnehmen musste wie Sie, scheut sich davor, ihn ein weiteres Mal zu riskieren.« Die Worte sprudelten nur so aus Vivian heraus. Sie hatte nicht vorgehabt, Claire mit ihren neuen Erkenntnissen zu konfrontieren.

Claire sah sie lange an. »Sie haben mit MacAskill gesprochen. Was war das für ein Schock, als ich ihn erkannt habe! Diese Familie ist ein Fluch, den man nicht abschütteln kann.« Claires Stimme klang kühl. Das Gespräch war beendet.

41. Kapitel

Claire 2017

Zurück auf dem Schiff sah Claire, wie aus dem Wasser die dreieckige Rückenflosse eines Riesenhais auftauchte. »Schau mal, Ethan«, rief sie den Jungen zu sich und hob ihn hoch, damit er über die Reling sehen konnte.

»Was ist das?«, fragte Ethan.

»Ein Riesenhai«, erklärte sie.

»Ich wusste nicht, dass es hier Haie gibt«, sagte Peter überrascht.

»Sie sind sogar nicht einmal selten«, erklärte Claire.

»Fressen die Menschen?«, wollte Ethan wissen.

»Nein, sie sind ganz harmlos. Es sind die zweitgrößten Fische der Welt, aber sie fressen nichts als Plankton«, antwortete Claire und setzte den Jungen schnell ab. Er zappelte so aufgeregt, dass sie fürchtete, er würde aus ihren Händen und über Bord gleiten.

»Was?«, fragte Ethan und versuchte weiterhin durch die Lücken zwischen den Stangen des Geländers einen Blick auf den Schatten des gewaltigen Tieres unter der Wasseroberfläche zu erhaschen.

»Plankton sind ganz kleine Lebewesen, die sich mit der Strömung im Wasser fortbewegen. So ähnlich wie Mückenschwärme in der Luft.«

Die Flosse verschwand, und Ethan rannte auf dem Deck hin und her, um sie zu suchen.

Claire war schwindelig. Das Gewicht des Jungen hatte sie überrascht. Sie hatte doch mehr Kraft gebraucht, um ihn zu halten, als erwartet. Sie war alt, dachte sie noch, bevor es vor ihren Augen dunkel wurde. Plötzlich war ihr, als bewege sich ihr Kopf unter Wasser. Das Urzeitmonster schwamm mit seinem weit geöffneten Schlund auf sie zu, um sie zu verschlingen. Ein Tunnel. Für einen Moment fragte sie sich, ob am Ende des Tunnels tatsächlich ein Licht erscheinen und ein kleiner Junge, ihr kleiner Junge, ihr eine Hand entgegenstrecken würde. Es gab Menschen, die behaupteten, dass es so war. Vivian hatte recht. Am Ende galt ihr einziger Gedanke immer noch dem ersten Menschen, für den sie sich bewusst entschieden hatte.

»Claire, alles in Ordnung?«

Die besorgte Stimme und eine Hand auf ihrem Rücken brachten sie zurück. Hinter ihr stand Vivian. »Sie sahen aus, als würden Sie gleich umkippen«, sagte die junge Frau besorgt.

»Es ist alles in bester Ordnung«, entgegnete Claire. Sie wollte ihre Worte gar nicht so barsch klingen lassen, deshalb fügte sie ganz leise noch hinzu: »Würden Sie mir vielleicht ein Glas Wasser bringen?«

42. Kapitel

Vivian 2017

Der Rest der Woche verlief ruhig, und schneller als erwartet kam bereits der letzte gemeinsame Abend auf der Insel. Vivian folgte dieses Mal Peters Einladung auf sein Zimmer. Sie spürte die im Moment verankerte Sorglosigkeit, die Mattigkeit in ihren Gliedern, während ihre überreizten Sinne immer noch empfangsbereit waren. Nur am Ende eines warmen Sommertages am Meer fühlte man sich so, dachte sie. Sie schmeckte noch das Salz aus der Luft auf ihren Lippen. Der Stoff ihres Sommerkleides – sie hatte Claires Geschenk eine Pause gegönnt – rieb auf der Haut, sodass sie froh war, es gleich ablegen zu können. Peter stand am Fenster, als sie sein Zimmer betrat. Er drehte sich zu ihr um und erreichte sie mit wenigen großen Schritten.

»Vivian«, sagte er immer wieder zwischen den Küssen. Es war verrückt, welche Wirkung seine Stimme hatte, wo er doch nur ihren Namen aussprach. Sie hatte nicht gewusst, dass es Bereiche in ihr gab, die nicht von ihrer Liebe zu Ethan beherrscht wurden, sondern die nach etwas anderem gierten. Es gab nichts als diese fremde Haut auf ihrer, keine Vergangenheit, keine Zukunft. Weil es der letzte Abend war und bislang keiner von ihnen von einer möglichen Zukunft gesprochen hatte, stürzten sie sich mit einer solchen Gewalt aufeinander, dass Vivian irgendwann belustigt murmelte. »Das ist ein ehrenwertes Haus, Mr. Cochrane. Zügeln Sie sich ein klein wenig.«

Peter lachte.

»Nein, wirklich«, behauptete Vivian. »Ich wette, hier liegt noch eine Bibel in der Schublade.«

Sie griff nach dem Knauf des Nachttischs, doch Peter hielt ihre Hand fest. »Du willst doch wohl jetzt nicht lesen? Ich kann dir sagen, was darin steht: Die Frau verfügt nicht über ihren Leib, sondern der Mann.«

Er drehte sie auf den Rücken und legte sich auf sie.

»Das denkst du dir gerade aus.« Vivian lachte atemlos.

»Korintherbrief«, entgegnete Peter lässig und begann wieder, sie zu küssen. »Aber bevor du Gott wegen Sexismus verklagst, umgekehrt gilt das Gleiche.«

»Du hast die Bibel gelesen?«, fragte Vivian.

»Ja, Literaten sollten das tun. Aber ich möchte jetzt keine kritische Exegese betreiben«, beendete er die Diskussion und küsste sie wieder, bis ihr die Bibel in der Schublade egal war.

Erst nachdem sie miteinander geschlafen hatten und sie wieder etwas klarer denken konnte, öffnete Vivian mit einem übermütigen Grinsen im Gesicht den Nachttisch. »Wenn du mich gerade reingelegt hast, kommen Fegefeuer und Verdammnis auf dich zu.«

Sie musste laut lachen, als sie in der Schublade tatsächlich ein dickes blaues Buch mit Goldschnitt fand. Doch daneben lag ein ebenfalls goldener Ring.

Sie griff danach und hielt ihn hoch. »Oje, den wird jemand sicher schon vermissen.« Ihr Blick traf den von Peter, sie erkannte den Schrecken in seinen Augen, und noch während sie ihren Satz beendete, wusste sie, wie naiv er klang. »Es ist deiner, oder?«, fügte sie deshalb schnell an und ärgerte sich, wie verletzt die Frage klang. Nicht, weil sie sich ausgemalt hätte, dass sie von nun an zusammenbleiben und mit Ethan sonntägliche Familienausflüge in Freizeitparks unternehmen würden.

So naiv war sie nicht. Aber sein Betrug verlieh dem perfekten Augenblick einen bitteren Nachgeschmack.

Sie hatte sich nach einem Moment der Leichtigkeit gesehnt und gedacht, ihn gefunden zu haben, während er sich dem Reiz des Verbotenen hingegeben hatte.

Vivian erinnerte sich daran, wie Peter vor einigen Tagen gesagt hatte, es liege ihm nicht, sich einzuschränken. Hatte er das damit gemeint? Niemals hätte sie daran teilhaben wollen, einen anderen Menschen zu hintergehen. Und er hatte ihr die Chance verwehrt, einem für sie wichtigen Grundsatz treu zu bleiben.

Wann hatte er den Ring abgelegt? Im Krankenhaus musste er ihn noch getragen haben. Leider hatte es nie zu ihren Angewohnheiten gehört, auf die Ringfinger attraktiver Männer zu schielen. Sie war nicht auf der Suche nach einem Partner gewesen. »Ja«, bestätigte Peter nach langem Zögern. »Es ist mein Ring.«

»Wann hast du ihn abgenommen?«

»Nachdem du in deinem Kleid die Treppen heruntergekommen bist. Da war diese Klaviermusik im Hintergrund. Ich hatte das Gefühl, Teil einer Filmszene zu sein, und konnte nicht widerstehen.«

Sie sah ihren Anteil an der Sache. Sie hatte sich eine Wirkung erhofft und damit offenbar ihr Gegenüber verleitet, obwohl es ihr eigentlich um Claire gegangen war.

»Habt ihr Kinder?«, presste Vivian hervor.

»Zwei«, antwortete er widerwillig.

Vivian wandte sich erschöpft ab.

Peter hielt ihren Arm fest. »Lass es uns nicht verderben. Es tut doch keinem weh, wenn wir noch für eine letzte Nacht so tun, als gäbe es dort draußen nichts weiter.« Sie machte sich los, warf sich ihr Kleid über und ging zur Tür. In dem Moment, als sie die Türklinke hinunterdrückte, unternahm Peter einen letzten Versuch. »Wenn du jetzt gehst, dann bleibst du bei mir. In meinem Kopf.«

Vivian verstand sofort, was er damit sagen wollte. Er spielte auf die Macht einer ungelebten Liebesgeschichte an. War es das denn überhaupt, was sich zwischen ihnen abspielte – eine Liebesgeschichte? Es war nicht wichtig. Eine Nacht würde nicht ausreichen, um es herauszufinden und dann auch noch gesättigt auseinanderzugehen. Wenn sie jetzt in dem geteilten Wissen miteinander schliefen, dass sie es eigentlich nicht durften, würde es das Begehren nur verstärken.

»Nur, wenn du das willst«, entgegnete Vivian fest. »Es ist auch eine Frage der Entscheidung, weißt du?«

Dann verließ sie das Zimmer und lag kurz darauf mit flatterndem Herzen neben ihrem schlafenden Sohn. Das verfliegt, bestätigte sie sich. Noch spürte sie Peter an ihrem ganzen Körper und den frischen Oxytocin-Schub in sich, den der Sex ausgelöst hatte. Das Bindungshormon gaukelte eine Innigkeit vor, die es nicht gab. Das würde bald schon abflauen.

Bis sie ihre Gefühle wieder im Griff hatte, wollte Vivian Peters Nähe meiden. Auf der Fähre ging sie ihm aus dem Weg. Stellvertretend für eine Auseinandersetzung mit ihm stritt sie sich mit Claire, die sie zu dieser Reise ermutigt hatte. Überhaupt war es Claire gewesen, die den Vorschlag gemacht hatte, gemeinsam Wein zu trinken, um dann nicht aufzutauchen – an jenem Abend, an dem Vivian das erste Mal mit Peter geschlafen hatte. Hatte Claire sie bewusst in Peters Arme getrieben?

»Haben Sie es gewusst?«, fragte Vivian mit bebender Stimme, während Ethan mit Peter über das Deck spazierte. »Haben Sie gewusst, dass er verheiratet ist und Kinder hat?«

Die Überraschung, die sich auf Claires Gesicht abzeichnete, war echt. »Ich glaube schon«, murmelte sie verwirrt.

Claires Irritation brachte Vivian aus dem Konzept, bis sie begriff, dass Claire nicht über die Tatsache an sich überrascht war, sondern über Vivians intensives Interesse daran. »Sie haben wirklich nie in diesen Kategorien gedacht, oder? Rücksichtnahme oder Moral? Sind das Fremdwörter für Sie?«, fragte Vivian aufgebracht.

Ihr Ausbruch linderte ihre Schuldgefühle weniger als erhofft. Claire hatte sie nicht dazu gezwungen, mit Peter zu schlafen.

»Womöglich haben Sie recht«, sagte Claire sanft, doch Vivian ließ sich nicht beruhigen.

»Sie haben es darauf angelegt, dass ich mit ihm ins Bett gehe! Jedes Mal, wenn Sie uns allein gelassen haben, haben Sie an so etwas gedacht, oder nicht?« Claires Gelassenheit stachelte Vivian an, die alte Dame wider besseres Wissen zu beschuldigen. »Was sind andere Menschen für Sie?«, fuhr Vivian fort. »Possierliche Laborratten, die man zu seinem eigenen Vergnügen durch ein Rad laufen lässt?«

»Nur kein Neid«, sagte Claire trocken. »Wollten Sie nicht genau das einmal zu Ihrem Beruf machen? Allerdings waren Sie dabei nicht sehr erfolgreich, wenn ich mich richtig erinnere.«

Getroffen zuckte Vivian zusammen.

Nun war Claire diejenige, die ihren Ärger nicht mehr zügeln konnte. »Und was haben Sie jetzt vor? Mir die Schuld an dieser Situation geben, damit Sie wieder unbehelligt selbstgerecht und mausgrau herumlaufen können? Stolz darauf sein, dass Sie keine Fehler machen, weil Sie stattdessen lieber Ihr Leben an sich vorbeilaufen lassen? Wissen Sie, was ich glaube? Sie verbringen Ihr Leben hauptsächlich damit, nicht Ihre Mutter zu sein. So werden Sie nie erfahren, wer Sie wirklich sind und was Sie wollen. Dafür müssten Sie leben und Fehler machen. Und mal ehrlich, so übel war es doch gar nicht mit Peter, oder?« Claire kniff ihre Augen zusammen und fixierte Vivian.

»Ich …«, fing Vivian an.

Sie beendete ihren Satz nicht, sondern ließ Claire stehen. Sonst würde sie hysterisch keifen, fürchtete sie, oder in Tränen ausbrechen. Den Rest der Fahrt über widmete sie sich ausschließlich ihrem Sohn. Alles war aus dem Ruder gelaufen. Dennoch wusste Vivian schon in diesem Moment, dass der Verlust der unerklärlichen Kameradschaft, die sie mit Claire verband, sie bald schon schmerzen würde.

43. Kapitel

Uns wird immer Barra bleiben. Als Vivian eine Woche nach der Reise diese Nachricht von Peter erhielt, erkannte sie sofort das Casablanca-Zitat. Er steckt immer noch in seiner Filmszene, dachte sie. Peter und Vivian waren nicht Rick und Elsa, die sich auf einem marokkanischen Flughafen von ihrer großen Liebesgeschichte verabschieden mussten. Falls Peter sie mit dieser Anspielung daran hindern wollte, die gemeinsame Zeit schnell zu vergessen, hätte er sich die Mühe sparen können. Vivian hatte nichts vergessen.

Die vergangene Woche zu Hause war ihr merkwürdig vorgekommen, sie fühlte sich fremd in ihrer vertrauten Umgebung. Etwas war aufgetaucht, was sich nicht ignorieren ließ, aber auch noch nicht recht zu greifen war. Manchmal hatte Vivian das Gefühl, vor einer Sekunde noch gewusst zu haben, was es war, bevor es ihr wieder entglitt.

Es hatte sicher etwas mit Claire zu tun, zu der sie seit ihrer Rückkehr keinen Kontakt mehr gehabt hatte. Aber mittlerweile ahnte Vivian, dass sie in Peters Arme zu schubsen noch der geringste Beitrag war, den Claire zu Vivians Zustand geleistet hatte. Das Schlimmste war, dass sie Claire vermisste und dabei war zu begreifen, dass diese es auf ihre Art gut mit Vivian gemeint hatte. Noch schämte sie sich zu sehr für ihren Ausbruch, um auf Claire zuzugehen, aber sie würde es tun. Bald.

Vivian zog das Kleid an, das Claire für sie entworfen hatte. Es schien ihr die passende Hülle für eine neue Vivian zu sein, der es vielleicht sogar gelänge, ganz locker mit Aidan über das Projekt zu plaudern, auch wenn sie noch nicht sicher war, was diese Person genau ausmachte. Als sie in den Spiegel blickte, fühlte sie sich roh und nackt, deshalb trug sie sorgfältig Wimperntusche und sogar ein wenig Lippenstift auf. Nun war sie bereit, in das Café zu gehen, in dem sie mit Aidan verabredet war. Er saß bereits an einem der Tische, und sie freute sich, ihn zu sehen.

»Vivian«, rief er fröhlich, während er aufstand. Sie umarmten sich zur Begrüßung. Ob es ihm wohl auch so vorkam, als wäre Vivian eine Ewigkeit fort gewesen? Sie lachten und sahen sich an, als sie sich setzten, auch noch, als die Kellnerin die Bestellung aufnehmen wollte.

»Wir brauchen noch einen Moment«, sagte Aidan. Er hörte nicht auf, sie zu betrachten. Vivian errötete, weil ihr einfiel, dass sie dieses Kleid getragen hatte, während sie mit Peter geschlafen hatte. Sie hatte es reinigen lassen, sodass keine Sandkörner oder Dünengras mehr daran hängen konnten, aber wenn sie die Augen schloss, konnte sie beides noch spüren. Im Nachhinein kam es ihr so vor, als hätte sie nicht eine winzige schottische Insel bereist, sondern wäre einer inneren Landkarte bis zu deren Ende gefolgt – dorthin, wo noch Drachen lebten. Aber stellen musste sie sich ihnen hier.

»Hattest du eine schöne Zeit?«, fragte Aidan.

»Ja«, antwortete Vivian lächelnd. »Ich glaube schon.«

»Du siehst gut aus. Das Kleid ist fantastisch. Es ist nur …« Er zögerte. »Ich glaube, ohne das Make-up hast du mir besser gefallen.«

Vivian hoffte, dass er nicht dachte, sie hätte sich für ihn auf diese Art zurechtgemacht. Sie hatte es nur für sich getan. Dass er sie ohne das Zeug lieber mochte, verbuchte sie trotzdem als Kompliment.

»Ich habe mich ein wenig blass gefühlt«, rechtfertigte sie sich. »Wie geht es dir denn?«

»Ganz gut so weit. Meiner Schwester geht es besser. Sie plant, wieder nach Bristol zu ziehen.«

Man sah ihm an, dass er nicht genau wusste, wie er das finden sollte.

»Jacob wird dich sicher regelmäßig besuchen. Und wenn deine Schwester und ihr Mann sich so lange nicht gesehen haben, sind sie bestimmt froh, wenn du den Jungen ab und zu mal für ein paar Tage zu dir nimmst.«

Er nickte. »Leider werde ich auch unsere Treffen mit den beiden Jungs auf dem Spielplatz vermissen.«

»Wenn du etwas zu trinken mitbringst, darfst du Ethan und mich gerne trotzdem noch dorthin begleiten.« Sie versuchte ihn zu trösten, auch wenn sie beide wussten, dass es nicht das Gleiche sein würde.

Er nickte nachdenklich. »Vielleicht leihe ich mir Ethan sogar ab und zu mal aus, wenn du ihn mir anvertraust. Du wirst nämlich bald weniger Zeit für dich haben – zumindest, wenn du es möchtest. Die anderen Beteiligten unterstützen meinen Vorschlag, dir die Leitung für das Projekt anzuvertrauen.«

Verblüfft schaute sie ihn an. Sie war bereit gewesen, sein Angebot anzunehmen, doch in einer Leitungsfunktion hatte sie sich dabei nicht gesehen.

»Allerdings wärst du zunächst deine einzige Mitarbeiterin, und dein Job wäre erst einmal auf zwei Jahre befristet«, ergänzte Aidan. »Was meinst du?«

»Wäre es denn denkbar, dass ich einen Teil der Zeit von zu Hause aus arbeite?«, hakte Vivian nach.

Er nickte. »Nicht die ganze Zeit. Am Anfang wirst du einige Zeit mit uns verbringen müssen, weil wir vieles miteinander abstimmen müssen. Aber auch dann spricht nichts gegen eine flexible Zeiteinteilung oder einige Stunden im Homeoffice.«

Sie zögerte wieder. »Ich mache es«, sagte sie dann fest. Nun, da sie die Entscheidung einmal getroffen hatte, spürte sie, wie befreiend sich das anfühlte. Warum nur hatte sie so oft Ja zu Dingen gesagt, die sie nicht wollte, und Nein zu Chancen, die vielversprechend gewesen waren?

Er lächelte. »Und du willst gar nicht wissen, was wir dir bezahlen?«

»Doch, natürlich«, entgegnete sie. »Was werde ich denn verdienen?«

Er hatte sich eine Serviette genommen, sie aufgeklappt und kritzelte nun etwas darauf.

»Was machst du da?«, fragte sie irritiert.

»Warte einen Moment, das wollte ich schon immer einmal tun.« Er lachte und schob ihr dann verschwörerisch die Serviette zu. Vivian hob den oberen Teil an, auf dem er eine Summe notiert hatte.

Vivians Augen weiteten sich.

»Genau diese Reaktion hatte ich mir erhofft«, gestand Aidan grinsend.

»Mr. Scott, ich nehme Ihr Angebot mit Freude an«, sagte Vivian und hielt ihm feierlich ihre Hand entgegen. Er ergriff und schüttelte sie. »Darauf sollten wir unbedingt etwas trinken. Vielleicht mal etwas Stärkeres als das Übliche?«

»Ich glaube nicht, dass hier etwas Stärkeres ausgeschenkt wird«, sagte sie ohne echtes Bedauern. Mitten am Tag Alkohol zu trinken behagte ihr nicht.

»Ich kenne ein nettes Pub in der Nähe«, beharrte er.

»Hast du denn überhaupt so viel Zeit?«, fragte sie zweifelnd.

»Das ist der Vorteil, wenn man selbst der Chef ist.«

»Dann komme ich mit, wenn du mich bezahlen lässt. Mir wurde nämlich ein recht passables Gehalt in Aussicht gestellt, und ich weiß ja, dass ich dich nicht davon abhalten kann, hier den Kaffee zu zahlen.« Ein Gläschen vor siebzehn Uhr würde sie nicht zur Alkoholikerin machen.

»Einverstanden«, sagte er. »Wieso sollte ich mir die Gelegenheit entgehen lassen, dir dein Geld wieder abzuluchsen?«

Nachdem er bezahlt hatte, schlenderten sie an der Themse entlang, vorbei am Lambeth Palace und am Florence-Nightingale-Museum, bis sie schließlich die Westminster Bridge erreichten. Sie hatte sich verändert, seit Vivian sie zum letzten Mal überquert hatte. Die Straße wurde nun durch Stahl und Beton vom Fußweg getrennt. So sollten Passanten auf der beliebten Brücke vor möglichen Anschlägen durch Autos und Lastwagen geschützt werden, das hatte sie gelesen und wieder vergessen. Wenn sie an den Grund für diese Maßnahmen dachte, wollte sie Ethan einpacken und mit ihm auf eine einsame Insel ziehen, auch wenn sie das natürlich nie tun würde.

»Sicherheitsmaßnahmen erinnern einen immer daran, dass sie notwendig sind, oder?«, fragte Aidan, der ihrem Blick mit seinem gefolgt war.

Vivian nickte beklommen. »Man ahnt, dass es nur eine kleine Betäubungsspritze ist, die davon ablenkt, wie viele ungeschützte Stellen es gibt.«

»Es darf einen nicht zu sehr beeinflussen«, sagte Aidan.

Ausgerechnet in diesem Moment ertönte in ihrer Nähe der Beatles-Song »All you need is love«. Sie sahen sich an und lachten.

»Make love not war?«, fragte Aidan mit erhobenen Augenbrauen. »Wie passend.«

»Wenn es doch nur so einfach wäre«, entgegnete Vivian. Sie versuchte, die Musiker ausfindig zu machen, und entdeckte schließlich einen Mann und eine Frau, die an der Straßenecke standen. Sie sangen gemeinsam, und die Frau spielte dazu auf einer Ukulele. Eine Scheu vor falschen Tönen oder bunten Farben kannten sie anscheinend nicht. Ihre Kleidung war so wild zusammengewürfelt, dass es an Clowns erinnerte.

Vivian fuhr zusammen, als sie den durchdringenden Bass ihres Vaters erkannte.

Aidan, der nicht bemerkte, wie sie erstarrte, lachte und applaudierte weiter. Vivian hätte ihn gerne weggezerrt, damit ihr Vater sie nicht entdeckte. Falls er sie nicht sah, konnte sie vorgeben, ebenfalls nichts gesehen zu haben. Die Reaktion mochte kindisch sein, aber in diesem Moment fühlte sie sich tatsächlich wie ein betrogenes Kind. Dabei hätte sie nicht sagen können, ob es sie mehr störte, dass er sich in der Fußgängerzone zum Affen machte oder dass er es mit einer fremden Frau tat, die Vivian noch nie gesehen hatte.

»Komm, die beiden sind doch süß«, sagte Aidan. »Kein Grund, so schockiert auszusehen.«

Der Sänger verstummte mitten im schwungvollen Refrain. Vivian schloss die Augen. Sie ahnte, was nun kam.

»Herzchen«, rief die vertraute Stimme.

Vivian öffnete die Augen. Ihr Vater stand bereits vor ihr.

Sein Gesichtsausdruck spiegelte ihren eigenen Schrecken wider.

»Wie siehst du denn aus?«, fragte er.

Es dauerte einen Moment, bis sie begriff, dass ihr Vater das Kleid und ihr geschminktes Gesicht meinte. Angesichts seiner eigenen Aufmachung schien seine Irritation so absurd, dass Vivian ohne echte Freude auflachte.

»Aidan, das ist mein Vater. Dad, das ist Aidan.«

Ihr Vater blickte den Mann an der Seite seiner Tochter neugierig an.

»Aidan ist mein Chef«, erklärte Vivian rasch, bevor er falsche Schlüsse ziehen konnte. »Wir machen gerade Mittagspause.«

Aidans Lippe musste gleich anfangen zu bluten, so fest biss er darauf. Es fiel ihm offensichtlich schwer, sich ein Lachen zu verkneifen, stellte Vivian ärgerlich fest.

»Guten Tag, Mr. Green«, brachte er schließlich hervor. Er schüttelte ihrem Vater die Hand. »Schön, Sie kennenzulernen.«

»Ja, ebenso«, murmelte der, machte aber keine Anstalten, seine Begleiterin ebenfalls vorzustellen. Vivians bedeutungsvolle Blicke über seine Schulter ignorierte er.

»Ich bedaure, ich muss wieder an die Arbeit«, behauptete er. »Die Menschen sind heute sehr großzügig, wissen Sie? So viel habe ich als Hausmeister nie an nur einem Tag eingenommen.« Vivian stöhnte innerlich, als sie seinen provozierenden Blick in Aidans Richtung sah. Natürlich gab er dem Anzugträger die Schuld an der ungewohnten Aufmachung seiner Tochter.

»Kommst du morgen mit Ethan bei mir vorbei?«, fragte er. Seine Stimme klang bittend.

Vivian nickte, auch wenn sie eigentlich gerne abgelehnt hätte.

»Du hast Glück«, sagte Aidan, als ihr Vater wieder verschwunden war.

»Wieso?«, fragte Vivian verdutzt. Dann kam ihr ein Gedanke. »Oh, lass mich raten. King's College. Deine Eltern gehören zum alten Adel, der das Kind, sobald es laufen kann, auf ein Eliteinternat abschiebt. Dir fehlte es nie an etwas außer an Herzlichkeit. Und gerade dachtest du, arm und verschroben, wie er wirkt, muss mein Vater bestimmt ein freundlicher Kerl sein.«

Er zog die Augenbrauen zusammen. »Ich hätte nicht gedacht, dass du so voreingenommen bist. Unser Bildungssystem ist vielleicht nicht das durchlässigste, aber meine Eltern haben für uns die Schlupflöcher gefunden. Allerdings mussten sie dafür hart arbeiten. Sie hätten uns niemals auf ein Internat geschickt und waren durchaus herzlich. Nur Freizeit hatten sie keine, weshalb ich ein ziemlich schlechtes Gewissen habe, dass mein Vater seine Rente nicht mehr erlebt. Und deswegen dachte ich für einen Moment, es müsste wunderbar sein, einen Vater zu haben, der seine freie Zeit so ausgelassen feiert.«

Mit einem Mal kam sich Vivian sehr schäbig vor. »Entschuldigung. Du hast recht. Er war der beste und verlässlichste Vater, den man sich vorstellen kann.« *Bis zu diesem Moment.*

»Und deine Mutter ist eine begnadete Ukulelistin«, ergänzte Aidan lächelnd.

»Wie bitte? Oh, nein, das ist nicht meine Mutter.«

»Verzeihung, ich dachte …«

Vivian atmete tief. »Meine Mutter hat uns verlassen, als ich ein kleines Kind war. Diese Frau habe ich noch nie zuvor gesehen.«

»Oh«, sagte er.

Schweigend gingen sie weiter.

»Das muss sehr schwer für euch gewesen sein – ohne deine Mutter«, sagte Aidan.

Stimmte das? Vivian war sich nicht sicher. Kaum ein anderes Kind konnte von seinen Eltern so viel Zuwendung erhalten haben wie sie selbst von ihrem Vater. Trotzdem hatten all die Dinge, die sie und ihr Vater aus Hilflosigkeit und gegenseitiger Rücksichtnahme verschwiegen hatten, immer wie ein riesiger Elefant im Raum gestanden, den sie beide ignorierten.

»Achtung.« Ein kräftiger Arm zog sie mit einem Ruck zur Seite.

Erschrocken bemerkte Vivian, dass sie beinahe eine alte Dame mit einem Gehstock überrannt hätte.

»Komm, ich helfe dir beim Kurshalten«, sagte Aidan und hielt ihr seinen Arm so hin, dass sie sich unterhaken konnte.

Zögernd nahm sie seine Einladung an und schob ihre Hand durch seine Armbeuge. Sie ließ ihn erst wieder los, als sie vor dem Pub standen. »Der ist völlig überfüllt«, stellte Vivian fest.

Aidan sah sich um. »Ich habe eine andere Idee, setz dich auf die Bank dort hinten. Ich komme gleich wieder.« Er deutete auf eine freie Bank am Wasser.

»Na gut«, sagte Vivian und sah ihm nach, bis er um eine Ecke verschwand. Sie setzte sich und schaute auf die Themse, bis Aidan mit einer kleinen Flasche Sekt und zwei Plastikbechern zurückkehrte.

»Ich hoffe, du magst Sekt. Die Auswahl war nicht allzu groß«, erklärte er.

Vivian nickte. »Aber nur einen halben Becher, bitte.«

Ihr gefiel, dass er diesem Wunsch kommentarlos folgte, ohne sie zu nötigen, mehr zu trinken, wie viele andere es getan hätten.

»Cheers«, sagte Aidan und hob seinen Becher.

»Cheers«, erwiderte Vivian.

Während sie nippten, sahen sie sich erneut an. Vivian verstand nicht, warum der Blick eines Freundes, denn das war er doch wohl, sie plötzlich unruhiger machte, als es Peters offensichtliches Begehren auf Barra getan hatte.

»Ich muss leider los«, sagte sie, nachdem sie den Becher zügig leer getrunken hatte. »Ich habe noch einen Job zu kündigen.« Hoffentlich würde Rose nicht allzu sauer sein.

Sie standen auf und gingen gemeinsam zur U-Bahnstation Embankment, wo sie sich mit einem ungeschickten Wangenkuss voneinander verabschiedeten.

Auf dem Weg zu Rose grübelte Vivian, wie sie ihrer Chefin beibringen könnte, dass sie nicht mehr bei ihr arbeiten wollte, ohne sie vor den Kopf zu stoßen.

Ihre Sorge war ganz unbegründet. Rose nahm Vivians Kündigung erstaunlich gelassen auf.

»Man muss dem folgen, was in einem ist, ich habe es auch getan«, stellte sie fest und gratulierte ihrer Mitarbeiterin sogar zu deren Entscheidung. »Ich freue mich für dich. Mal ehrlich, die ganzen Klamotten waren ohnehin nie dein Ding, oder?«

Vivian schüttelte bedauernd den Kopf. »Wohl nicht, jedenfalls nicht so sehr wie deins.« Das Gespräch dauerte nicht sehr lange. Sie waren sich immer sympathisch gewesen, aber hatten nie so sehr auf einer Wellenlänge gefunkt, dass aus ihnen echte Freundinnen hätten werden können. Als es nichts mehr zu sagen gab, packte Vivian ihre restlichen Sachen zusammen, die noch im Personalraum herumlagen, und Rose versprach ihr, ihren bereits verdienten Lohn für diesen Monat noch zu überweisen.

Auf dem Weg zu Ethans Kindergarten fühlte Vivian sich leichter als sonst. Sie hatte vorher nie bemerkt, wie fehl am Platz sie sich im »Vintage Rose« tatsächlich gefühlt hatte, doch plötzlich war sie erleichtert, dass dieser Abschnitt ihres Lebens vorbei war.

An einer grünen Ampel wurde sie beinahe von einem SUV angefahren. Der Wagen stoppte nur etwa einen halben Meter von ihr entfernt, und der Fahrer beharrte noch unter lautem Hupen und eindeutigen Gesten auf dem Recht des Stärkeren, obwohl er selbst nicht aufmerksam gewesen war. Zu seinem Pech war Vivian nicht wie sonst in der Stimmung, für alles, was um sie herum geschah, die Verantwortung zu übernehmen. Sie hatte es satt, sich immer für alles zu entschuldigen. Einem Impuls folgend, hieb sie kräftig mit der Faust auf die Motorhaube und brüllte: »Idiot!« Im Weitergehen hörte sie ihn fluchen und grinste.

Später, als Vivian friedlich mit ihrem Sohn auf dem Sofa vor dem Fernseher kuschelte, schämte sie sich für ihre Überreaktion. Sie musste einen Weg finden, um diese neue Energie zu bündeln und in eine gesunde Richtung zu lenken. Nun, wo sie einmal angefangen hatte, sich in die Unberechenbarkeit des Lebens zu stürzen, fehlte ihr die Balance. Es wurde nicht leichter dadurch, dass auch andere sich in Bewegung gesetzt zu haben schienen, wo sie gerade jetzt einen sicheren Hafen hätte brauchen können.

Der Anblick ihres Vaters mit dieser Frau hatte sie getroffen. Sie war sich sicher, dass die beiden mehr verband als ein plötzlicher Hang zu Straßenmusik. Das würde sein seltsames Verhalten und die nächtlichen Telefonate in letzter Zeit erklären.

Sie gönnte ihm ja sein Liebesglück, sollte es sich dabei darum handeln. Aber dass er ein Geheimnis vor ihr mit einer anderen teilte, ertrug sie nur schwer. Sein Geheimnis rührte an ihrer alten Kinderangst, ein Elternteil könne einem so leicht verloren gehen wie ein Strumpf in der Waschmaschine.

In diesem Moment hörte sie den SMS-Ton ihres Handys. Sie schaute auf das Display.

Ich will, was wir auf Barra hatten – immer. Ich habe mich von meiner Frau getrennt, Peter.

Vivian las die kurze Nachricht immer wieder. War das ihr Wegweiser? Der Aufenthalt auf Barra erschien ihr mittlerweile unwirklich wie einer der Träume, die man nach dem Aufwachen nicht gleich abschütteln wollte. Man hielt die Augen verschlossen, in der Hoffnung sie mit den festgehaltenen Bildern weiterträumen zu können. Doch eigentlich wusste man, dass es nicht gelingen würde.

Vivian war sich nicht sicher, was sie angesichts von Peters Nachricht fühlte. Es widerstrebte ihr, dass sie bewirkt haben sollte, dass noch andere Kinder ohne ihren Vater aufwuchsen.

Andererseits hatte sie es ohne Absicht getan und konnte es nun nicht mehr verhindern, oder?

Sie hatte ein Signal gesucht, dem sie folgen konnte, und hier war es. Ihr Zeigefinger flog über den Touchscreen.

Wo bist du?

Er antwortete sofort. *Im Mondrian – noch für eine Woche.*

Sie überlegte. *Morgen werde ich es nicht schaffen, aber übermorgen komme ich. Wäre dir zwölf Uhr recht?*

Diesmal dauerte es etwas länger, bis seine Antwort kam. *Ja! Ich freue mich auf dich!*

44. Kapitel

Claire 2017

Claire stand vor einem großen Gebäude in der Westminster Road und lachte. Sie wusste einen Halunken zu schätzen, und Vivians Vater hatte sich als ein vortrefflicher erwiesen. Sie hatte unzählige Greens angerufen, bis sie auf den richtigen gestoßen war. Um lange Erklärungen zu vermeiden, hatte sie sich jedes Mal als Mitarbeiterin eines Krankenhauses ausgegeben, die nach Angehörigen von Vivian Green und deren kleinem Sohn Ethan suchte. Als sie endlich Vivians Vater an der Strippe gehabt hatte, hatte dieser beinahe einen Herzinfarkt erlitten.

»Wieso, was ist mit den beiden?« Die Panik in seiner Stimme war nicht zu überhören gewesen. Rasch hatte sie ihn aufgeklärt. Natürlich hatte sie ihm nicht alles erzählt, sondern erklärt, dass sie eine Freundin seiner Tochter war und es zwischen ihnen ein bedauerliches Missverständnis gegeben hätte. Nach einer Weile und viel Geraschel hatte der Mann ihr diese Adresse genannt. Und sie hatte sich noch gefragt, warum er die Anschrift seiner Tochter nicht auswendig kannte!

Es war die Adresse eines Krankenhauses. Sie zog den Zettel aus ihrer Tasche und schaute sicherheitshalber noch einmal nach. Auf dem Papier hatte sie noch eine zweite Anschrift notiert, die Bertie Green als Vivians »Zweigstelle« bezeichnet hatte. Die Idee einer »Zweigstelle« in Bezug auf Vivians Wohnort war Claire zwar komisch vorgekommen, doch dummerweise war sie in dem Moment zu sehr mit sich selbst beschäftigt gewesen, um lange darüber nachzudenken. Schließlich zog sie nicht allzu oft los, um sich bei jemandem zu entschuldigen. Tja, dieser Punkt ging an Bertie Green, dachte Claire anerkennend und machte sich wieder auf den Weg.

Sie bedauerte, was sie Vivian an den Kopf geworfen hatte. Während des Streits hatte das kleine Mädchen aus dem East End von ihr Besitz ergriffen, das sie seit Kurzem wieder begleitete. Und dieses Mädchen hatte sich noch nie gescheut, seine stärksten Waffen insbesondere auf Freunde zu richten, um sich vor vermeintlichen Gefahren zu schützen.

Als sie endlich zur zweiten Adresse gelangte, fürchtete sie, ihren Weg umsonst gemacht zu haben. Zwar stand Vivians Name an der Tür, aber niemand reagierte auf ihr Klingeln.

Claire wollte schon wieder gehen, da riss Vivian plötzlich die Tür von innen auf.

»Was tun Sie denn hier?«, fragte Vivian. Es klang nicht unfreundlich, eher perplex.

»Haben Sie denn keinen Türöffner?«, fragte Claire.

»Er funktioniert nicht. Die Gegensprechanlage auch nicht. Vielleicht sollte sich jemand darum kümmern, aber wir bekommen nicht oft Besuch.«

An Vivian vorbei konnte Claire in einen heruntergekommenen Hausflur spähen, der mit Graffiti übersät war, die zu einem georgianischen Stadthaus wie diesem nicht recht passten.

»Nun lassen Sie mich schon rein«, beharrte sie.

»Ich …«

»Sie sind sauer, das verstehe ich. Aber Sie haben auch ganz schön losgelegt. Außerdem bin ich ja hier, um mich zu entschuldigen.«

Vivian blinzelte verwirrt. »In Ordnung, ich verstehe. Es ist nur, die Wohnung ist …«

Wieder unterbrach Claire sie. »Seien Sie nicht albern. Haben

Sie Ihre Bude nicht aufgeräumt? Ich wette, ich habe schon Schlimmeres gesehen. Oder verstecken Sie vor mir einen Kerl? Dann werde ich natürlich diskret verschwinden.« Sie schlug ihre Wimpern ein paar Mal auf und nieder.

»Also schön.« Vivian lachte. »Vergewissern Sie sich selbst: Ethan ist der einzige Kerl in meinem Leben, aber leider gerade im Kindergarten.«

Vivian ließ sie herein und stieg dann vor ihr die Treppe hinauf.

»Funktioniert der Aufzug denn auch nicht?«

Vivian schüttelte den Kopf. »Schaffen Sie das?«

»Aber sicher doch«, entgegnete Claire fest und konnte nur hoffen, dass ihre unfreiwillige Gastgeberin nicht im fünften Stock wohnte. Zum Glück hielt Vivian im zweiten Stock an.

»Schönes Bild«, sagte Claire trocken und deutete auf die bunte Malerei an der Wand.

»Nicht von mir«, nuschelte Vivian, während sie die Wohnungstür aufschloss. »Es ist auch gar nicht richtig meine Wohnung, ich passe quasi nur darauf auf, bis der Besitzer etwas anderes damit anfangen möchte. So spare ich viel Geld.«

Claire nickte. Sie selbst war so oft in ihrem Leben umgezogen und hatte unter so verschiedenen Bedingungen gelebt, dass sie ein ungewöhnliches Wohn-Arrangement wie dieses nicht irritierte. Die Wohnung selbst war gar nicht so übel. Vor dunklen Holzvertäfelungen stand ein riesiges Chesterfield-Sofa, das Vivian mit bunten Kissen dekoriert hatte. Allerdings hatten die Wände Risse, die notdürftig mit ungelenken Kinderzeichnungen verdeckt waren.

»Besonders schätze ich Ihren Kunstgeschmack«, sagte Claire mit boshaftem Lächeln und ließ sich in die abgewetzten Polster des Sofas fallen. »Oh Gott, mir wird es nie wieder gelingen, aufzustehen.«

»Sie sind wirklich schrecklich, wissen Sie das?« Vivian lächelte, als sie das sagte.

»Sie bekommen wirklich nicht viel Besuch, oder?«

»Genau genommen war außer Ihnen bislang kaum jemand hier. Nur eine Freundin ein oder zwei Mal«, sagte Vivian. »Falls ich mal Leute treffe, dann meistens bei ihnen zu Hause oder draußen. Das hier ist sozusagen Ethans und meine Burg.«

»Gut, Dornröschen, dann werde ich Sie mal aufwecken. Ich bin tatsächlich hier, um mich zu entschuldigen. Können Sie das fassen?«

»Unglaublich«, wiederholte Vivian und strahlte über das ganze Gesicht. »Und wissen Sie was? Ich freue mich, dass Sie gekommen sind. Und mir ist jetzt klar, dass Sie in vielen Dingen sogar recht hatten.«

»Ich weiß.«

Claire winkte ab.

»Wie konnten Sie bloß so alt werden, ohne dass Sie jemand erwürgt hat?«

»Ganz einfach, meine Liebe. Ich hatte das Geld und die Macht. Auf dieser Basis leben schreckliche Männer schon seit Jahrhunderten sehr gut, oder? Schauen Sie sich nur unsere männlichen Politiker an, die haben volltrunkenen Vandalismus als Kameradschaft verkauft und fast ohne Grips eine steile Karriere hingelegt.«

Wer so hart für seinen Aufstieg gearbeitet hatte wie Claire, kam nicht umhin, sich zu ärgern, dass die Herkunft auch in diesen Tagen noch Privilegien verlieh. Aufgedunsene Rüpel wie dieser Grottenolm Boris Johnson, die sich an ihren Elite-Unis die Hälfte ihrer wenigen Gehirnzellen weggesoffen hatten – sie alle betrachteten die schlechter Gestellten doch nur als ihr kleines Ameisenvolk, das man nach eigenem Gutdünken benutzen und zertreten durfte. Dennoch durften diese

Typen auch heute noch ganz selbstverständlich eine glorreiche Zukunft erwarten. Armer Charlie, dachte Claire seufzend. Sicher hatte er bis zuletzt darauf vertraut, dass die Gesellschaft einfach nur noch ein wenig mehr Zeit brauchte, um sich zu verändern.

45. Kapitel

Claire 1981

Es war merkwürdig, sich selbst in den Abendnachrichten zu sehen. Da stand ich vor dem Buckingham Palace und wurde gefragt, was ich empfunden hatte, als die Queen mich zur »Dame« geschlagen hatte.

»Waren Sie nervös?«, fragte die Reporterin, die viel aufgeregter als ich zu sein schien.

»Sicher doch, was würden Sie tun, wenn vor Ihnen jemand mit einem Schwert herumfuchtelt.« Meine Gelassenheit war nicht gespielt gewesen, als ich das Interview gegeben hatte. Die Zeremonie hatte mich kaum beeindruckt. Es war ein Theaterstück mit mir in einer der Hauptrollen gewesen.

Wenn ein Kind etwas sagte wie »Hiermit schlage ich dich zum Ritter«, nahm es keiner für voll. Wenn es eine ältere Dame tat, die, nur weil sie in eine bestimmte Familie geboren worden war, den Titel »Königin« trug, sollte das auf einmal den eigenen Status verändern?

Die alte Dame, die das Schwert gehoben hatte, war übrigens die gleiche gewesen, die ich vor so vielen Jahren in ihrem Hochzeitskleid auf einem Balkon des Palastes betrachtet hatte. Nun hatte ich selbst in diesem Palast gestanden, und tief in mir drin hatte die kleine Claire von damals ein wildes Triumphgebrüll ausgestoßen und der Welt die Zunge herausgestreckt. Nicht, weil es ihr selbst so viel bedeutete, sondern weil es ihr in den Augen der anderen eine Bedeutung verlieh. *Eine Dame bin ich, hört ihr!*

Im nächsten Moment war das ganze Leben, das mir zwischen diesen beiden Ereignissen widerfahren war, an mir vorbeigezogen. Dabei hatte ich etwas erkannt: Es gab nur eine Sache, die ich noch wollte – nun, wo ich alles andere erreicht hatte.

Ich schaltete den Fernseher aus, mischte in einem Glas viel Gin mit wenig Tonic und prostete mir selbst zu: »Cheers, Dame Commander Claire Holloway.«

In letzter Zeit ertrug ich immer schlechter glückliche Paare, die an der Themse entlangschlenderten, oder Familien, die einander im Park umherjagten. Solche Bilder taugten gerade einmal für Waschmittelwerbung oder Schokoladenreklame – und dennoch berührten sie mich.

Da hatte ich mich so erfolgreich selbst erschaffen, aber den peinlichen menschlichen Kern hatte ich nicht auslöschen können. Den Teil in mir, der sich am Ende nach den gleichen Dingen sehnte, die sich auch alle anderen erhofften.

Es war nicht so, dass mir alles, was ich angefangen hatte, falsch erschien. Ich hatte nie aufgehört, mich für Stoffe, Muster und Farben zu begeistern, und ich spürte immer noch diese tiefe Befriedigung, wenn ich wusste, dass mir etwas gelungen war. Doch die Stücke, bei denen ich so fühlte, waren nie die, die von der Presse umjubelt wurden. Inzwischen bedeutete mir der Ruhm nichts mehr, aber er war Teil des Spiels, auf das ich mich bereitwillig gestürzt hatte. Irgendwann in meinem Leben hatte ich einen Hebel umgelegt, ein Rädchen so gestellt, dass ein Mechanismus in Gang gesetzt worden war, den ich dann nicht mehr aufhalten konnte. Außerdem hätte eine Umkehr bedeutet, dass ich meine Fehler hätte zugeben müssen.

Wie sehr ich London vermisst hatte, war mir erst in dem Moment aufgefallen, als ich wieder englischen Boden betreten hatte, nachdem meine Modemarke wie eine Bombe eingeschlagen war. Ich hatte magere Models über Pariser Laufstege gescheucht, mit Pressevertretern über Kunst schwadroniert und mich von ihnen für meinen dekonstruktivistischen Einsatz von Schnürungen und Tweed-Elementen loben lassen, der meinen sonstigen Purismus angeblich immer wieder auf unvorhersehbare Weise brach.

Ich hatte verstanden, wie Mode tatsächlich funktionierte. Es brauchte genug vertraute Elemente, damit die Leute eine Kollektion akzeptierten, und genau die richtige Portion Fremdes, damit sie das Gefühl hatten, Neues zu umjubeln.

Solange ich dachte, ich wäre die Spielleiterin, hatte mich das Spiel amüsiert.

Aber je älter ich wurde, desto stärker empfand ich die Leerstellen in mir. Nicht lange nach Charlies Hochzeit hatte mir meine Tochter eine Karte geschrieben.

Wenn du mich ein bisschen lieb hast, Mommy, dann lässt du mich in Ruhe. Ich will nicht, dass du mir teure Geschenke schickst oder mich ab und zu besuchst. Ich will eine Familie, die immer da ist. Nun habe ich eine. Bring sie nicht durcheinander.

Ich hatte die Karte nach ein paar Gläsern zu viel Wein ins Feuer geworfen. Dabei hatte sich der Text längst so tief in meinen Kopf eingebrannt, dass ich ihn ohnehin nicht mehr vernichten konnte.

Ich war der Bitte meiner Tochter gefolgt und hatte mir eingeredet, dass es tatsächlich das Beste für sie war. Erst jetzt fragte ich mich, ob es nicht ein letzter Schrei nach Aufmerksamkeit gewesen war. Was, wenn ich uns beide gequält hatte, indem ich ihn ignorierte?

Ich war berühmt. Mithilfe von Modeschöpfern wie mir war die Mode aus ihrem Diktat befreit worden, mit dem Menschen jahrhundertelang nach dem Belieben von Adeligen, Reichen und Priestern als Angehörige einer bestimmten Schicht gekennzeichnet wurden. Dafür war die Mode nun selbst zum leeren Diktat geworden, dem sich zu viele Menschen bereitwillig unterwarfen.

Designer waren die neuen Autoritäten geworden, Mode wurde zum Massenphänomen, Kleidung zum Wegwerfprodukt, das unter unmenschlichen Bedingungen in Fabriken in weit entfernten Ländern hergestellt wurde, von Menschen, die behandelt wurden, als wären sie ebenfalls Wegwerfprodukte. Währenddessen rühmten wir uns, kultiviert zu sein, da wir diese Zustände in unserem Land, in dem wir diese unrühmlich gefertigten Stücke trugen, bereits im neunzehnten Jahrhundert hinter uns gelassen hatten.

Ihr größtes Versprechen würde die Mode niemals einlösen können – jenes der Einzigartigkeit. Ein Widerspruch in sich, das hatte ich begriffen. Dennoch hatte ich nie aufgehört, die Schönheit eines besonderen Stoffs, das Zusammenspiel verschiedener Texturen oder eine perfekte Form zu lieben. Der Teil meines Großvaters in mir ließ nicht zu, dass ich das vergaß, und er ließ mich weitermachen.

Erst als ich beim vierten Glas Gin Tonic angelangt war, reichte mein Mut aus. Ich wählte die Nummer, die ich mir notiert hatte, und hätte beinahe wieder aufgelegt, als eine vertraute Stimme sich am anderen Ende meldete: »Brown.«

»Hallo, hier ist Claire«, krächzte ich.

In der Leitung war es einen Moment still, dann antwortete Charlie mir: »Hallo, Claire, das ist ja eine Überraschung.« In seiner Stimme erkannte ich keine Ablehnung, aber auch kein Entgegenkommen. Er schien zu warten, was ich als Nächstes sagen würde, bevor er sich ein Urteil erlaubte.

Um es nicht zu verderben, überlegte ich lange, welche Worte

die richtigen sein könnten. Es war an mir, Abbitte zu leisten und die ersten Schritte zu machen, und ich wollte es von Angesicht zu Angesicht tun. Ich war mir sicher: Säßen wir uns erst einmal gegenüber, würde sich der Rest von allein fügen – wie damals an der Themse.

»Ich bin wieder in der Stadt«, sagte ich leichthin, als wäre ich gestern angekommen. »Wäre es nicht schön, wenn wir einen Tee zusammen trinken würden – der alten Zeiten wegen.«

Ich schlug keinen Drink vor. Das wäre einfach zu offensichtlich gewesen.

Stille am anderen Ende … Was, wenn er ablehnte?

»Warum nicht!«

Ich war zu erleichtert, um mir von Charlies Zögern und der unverbindlichen Höflichkeit seines Tonfalls den Mut rauben zu lassen. Claire Holloway scheiterte nicht. Und sobald ich Charlie an meiner Seite hatte, würde mich das auch meiner Tochter wieder näherbringen.

Wir verabredeten uns für den folgenden Nachmittag. Meinen Titel erwähnte er mit keinem Wort, obwohl auch seine Zeitung darüber berichtet haben musste. Es wurmte mich. Auch wenn ich selbst meine Erfolge nicht mehr überschätzte, hieß das nicht, dass es mir nicht gefiel, wenn sie andere beeindruckten. Ich hatte Charlies Karriere verfolgt, seine leidenschaftlichen politischen Kommentare und die treffenden Analysen der Probleme der Welt gelesen. Auch ich hatte Meinungen und Einstellungen wie jeder andere, doch sie waren längst nicht so unverrückbar wie seine. Bei mir entsprangen sie oft einer Laune oder auch nur der puren Lust am Widerspruch. Wie Charlie war ich nie einer Auseinandersetzung ausgewichen. Mir machte der Kampf Freude, für Charlie war er ein notwendiges Übel, um etwas zu bewegen.

Wie oft hatte ich seine vehementen politischen Ansichten

belächelt und sein aufrichtiges Engagement sogar für eine Schwäche gehalten, weil es ihn angreifbar machte? Doch mit der Zeit hatte ich begriffen, dass in dem Willen, dieses Risiko einzugehen, eine Stärke lag, die kaum ein anderer aufbrachte.

46. Kapitel

Am folgenden Tag erreichte ich das Café, in dem wir uns verabredet hatten, eine halbe Stunde zu früh. Ich hatte es nicht abwarten können. Jetzt vertrieb ich mir die Zeit in den umliegenden Geschäften, bis ich durch ein Schaufenster sah, wie Charlie das Café betrat. Ich folgte ihm und sah, dass er bereits Platz genommen hatte, bis ich durch die Tür getreten war. Mich erschreckte, wie müde er aussah. An seinem grauen Haar lag es nicht, das stand ihm gut. Genau wie die Gesichtszüge, die kantiger geworden waren.

»Hallo«, sagte ich. Er stand auf, und wir umarmten uns. Wir hielten uns einen Moment lang fest. Nicht nur ich ihn, sondern er mich auch. Das ließ mich hoffen.

Aber sobald wir saßen, wirkte er seltsam abwesend, als wäre das Treffen mit mir eine weitere Pflichtveranstaltung auf seiner umfangreichen Agenda.

»Ist das eine dauerhafte Sorgenfalte auf deiner Stirn, oder freust du dich so wenig, mich zu sehen?«, sagte ich mit einem Lächeln, nach dem mir nicht zumute war.

Verwirrt sah er mich an. Dann lächelte er. »Entschuldigung, Claire. Es ist wirklich großartig, dich zu sehen. Es ist nur … Gestern ist ein ganz junger Kollege gestorben. Er hat nicht für uns gearbeitet, aber wir hatten uns kurz zuvor noch unterhalten. Sein Name war David. Es war sein erster Auftrag für den Sunday Telegraph. Er hat Jugendliche dabei fotografiert, wie sie in ein Geschäft einbrachen. Sie bemerkten ihn und sind auf ihn losgegangen. Ich war zufällig in der Nähe und konnte ihn gemeinsam mit ein paar Passanten aus seiner Lage befreien. Wir haben ihn zum King's College Hospital gebracht. Alles schien gut zu sein, doch heute Nacht fiel er ins Koma. Er hat es nicht geschafft.«

Ich schluckte. Wir hatten einmal eine Welt geteilt, wenn auch nicht die gleichen Ansichten. Nun war es, als würde ich einen anderen Kontinent betreten. In meiner Umgebung schwebte man in einer schillernden Blase über den Unannehmlichkeiten der Straße. Ich las Zeitung, deshalb wusste ich, dass Charlie über die Unruhen in Brixton redete, wo seit einigen Jahren ein regelrechter Rassenkampf tobte. Allerdings hätten diese Vorkommnisse auch im Kongo stattfinden können, so fern erschienen sie mir. Es war nicht meine Welt, in der Polizisten eine schwarze Frau schlafend in ihrem Bett anschossen, bloß weil sie die Mutter eines Verdächtigen war. Gäbe es die Presse nicht, hätte ich nichts von diesen Dingen und dem darauf folgenden Chaos mitbekommen, den Gewaltausbrüchen und Plündereien. Dabei wohnte ich nur ein paar Straßenzüge entfernt. Ich versuchte, mir ins Gedächtnis zu rufen, worum es dabei eigentlich gegangen war, nur falls sich unsere Unterhaltung weiter darum drehen sollte.

Brixton war einmal ein erlesenes Wohngebiet mit schicken Alleen gewesen, doch nun tat sich hier eine tiefe Kluft zwischen Arm und Wohlhabend, Schwarz und Weiß auf. Polizisten fassten manche Jungs härter an als andere, nur weil sie schwarz waren. Sie waren sogar grob zu ihnen, wenn diese keine Straftaten begangen hatten, nicht einmal die »Kavaliersdelikte«, für die man weiße Jugendliche mit einem Augenzwinkern ziehen ließ.

»Selbst die Konservativen in unserer Redaktion meckern schon über Thatcher, obwohl sie zuerst ganz begeistert von ihr waren. Die Art, wie sie solche Probleme ausblendet, grenzt an

Realitätsverlust«, ereiferte Charlie sich. Es war wie in alten Zeiten. Ich lächelte.

»Es ist nicht leicht, eine starke Frau zu sein«, sagte ich leichthin. Früher hatte er immer über kleine Provokationen wie diese gelacht. Ein Stück weit war es mir sogar ernst damit. Ich empfand keine Sympathie für sie, aber doch eine gewisse Solidarität mit der *eisernen* Lady – einer arroganten Streberin aus den Slums der Stadt.

»Ach, Claire, du bist immer noch die Alte«, entgegnete Charlie mit seinem neuen müden Lächeln.

Ob es meiner Sache nutzte oder schadete, dass er mich so sah, wusste ich nicht.

»Obwohl, du bist ja nicht ganz die alte, verehrte Dame Commander. Schade, dass Arthur das nicht mehr erleben kann. Das hätte ihm so sehr gefallen«, fuhr er fort.

Überrascht sah ich ihn an.

»Er ist im vergangenen Jahr an Leberzirrhose gestorben«, erklärte Charlie. »Wir haben uns gestritten, dass die Fetzen flogen. Ich hasste seine Art zu leben, aber ich vermisse meinen Bruder.«

Ich wollte jetzt nicht daran denken, dass es Dinge geben könnte, die unwiderruflich vorbei waren, also ließ ich ihn weiter über Brixton reden. »Diese Unruhen beschäftigen dich sehr, oder?«

Er ging auf mein Ablenkungsmanöver ein. »Vielleicht nimmt mich das alles so mit, weil meine Frau in Brixton aufgewachsen ist. Einer ihrer Cousins wurde festgenommen, weil ihm bewaffneter Raub vorgeworfen wurde. Wir sind überzeugt davon, dass er unschuldig ist.«

Er war also mit einer Schwarzen verheiratet. Das hatte ich nicht gewusst. Um genau zu sein, hatte ich gar keinen Gedanken an diese Frau verschwendet oder in Erwägung gezogen, dass sie eine wichtige Rolle in seinem Leben spielen könnte. Dass sie schwarz war, beruhigte mich für einen Moment. Nicht, weil ich Rassistin gewesen wäre, sondern weil ich mir damit seine Heirat als politisches Statement erklären konnte. Würde das nicht zu Charlie passen? Doch natürlich war gerade dieser Gedanke rassistisch, denn er reduzierte sie ebenso auf ihre Hautfarbe wie eine hasserfüllte Ablehnung.

Je länger ich Charlie zuhörte und sah, wie das alte Leuchten in seine Augen zurückkehrte, während er über sie sprach, desto deutlicher erkannte ich, dass es sich bei seiner Frau nicht um ein Trostpflaster handelte, das man abriss, wenn die Wunde verheilt war. Sie war kein wärmendes Jackett für den Winter, das ihn in meiner Abwesenheit warm gehalten hatte, sondern ein lebendiges Wesen, mit dem er sich tief verbunden fühlte.

Er hatte sie nicht wegen oder trotz ihrer Hautfarbe geheiratet, sondern einfach nur, weil er sie liebte. Sie schien eine Frau zu sein, die seine Ideale teilte und unserer Tochter mütterliche Wärme schenkte. Mir wurde übel. So lange hatte ich geglaubt, alles müsse nach meinem Drehbuch verlaufen und dass ich in dem Film meines Lebens sowohl die Hauptrolle als auch die Regie übernommen hatte. Als würden alle anderen nur in Bezug auf mich existieren. Dabei dachte Lydia sicher schon gar nicht mehr an mich, weil sie längst eine richtige Mutter gefunden hatte, die ihr viel vertrauter war als ich.

»Vermisst du unsere gemeinsame Zeit?« Bei meiner Frage handelte es sich um einen letzten, verzweifelten Versuch, von dem ich im Grunde schon wusste, dass er zum Scheitern verurteilt war.

Höflich, wie Charlie war, gab er sich zumindest den Anschein, darüber nachzudenken. »Nein«, sagte er dann ruhig. »Es gibt aber Momente, an die ich gerne zurückdenke. Wir haben viel miteinander erlebt, nicht wahr?«

Er sah mir in die Augen, und sein Blick war so sanft, dass ich es nicht mehr ertrug, ihn zu erwidern. Zärtlichkeit, Mitleid und Nachsicht. Offenbar durchschaute er mich immer noch. Niemand sonst hätte Mitleid für mich empfunden.

Die Scham war so stark, dass ich auf dem ganzen Weg nach Hause seltsame verzweifelte Geräusche von mir gab, die ich nicht bemerkte, bis ich sah, dass die Leute mich anstarrten. Ich sah meine Zukunft vor mir. Ich war zu jung, um enthaltsam zu leben, doch in Zukunft würden Männer für mich wie Schokolade oder Champagner sein – ein herrliches kleines Laster. So flüchtig und unbedeutend, dass man den Genuss hinterher nicht bereute. Und was meine Tochter anging, so hatte ich jeglichen Mut verloren, mich ihr zu nähern. Mommy würde ihr Leben nicht durcheinanderbringen.

47. Kapitel

Vivian 2017

Als Claire fertig erzählt hatte, standen Tränen in Vivians Augen.

»Seien Sie nicht traurig, mein Kind. Er wäre jetzt in jedem Fall tot, und ich müsste ihn betrauern, oder nicht?«, fragte Claire.

»Aber darum geht es doch nicht«, beharrte Vivian unglücklich.

»Nicht?«, fragte Claire. »Vielleicht haben Sie recht. Die Sehnsucht nach einem Leben, das einmal möglich gewesen ist und nun nicht mehr war, kann wie ein Würgegriff sein. Lassen Sie sich das eine Lehre sein. Vielleicht ist es für mich zu spät, aber nicht für Sie.«

Es nahm Vivian mit, zu erkennen, dass ihre Freundin in all den vergangenen Jahren nach außen hin alles, in Wahrheit aber so wenig besessen hatte. Die Erfolge konnten die Verluste nicht wettmachen. Ihr Leben erinnerte Vivian wieder einmal an das Märchen »Des Kaisers neue Kleider«. Claire hatte es dem Publikum überlassen, Dinge zu sehen, die es nicht gab. Ein bisschen erschien ihr die Designerin wie eine Matroschka-Puppe, in der sich eine Schicht unter der anderen verbarg.

»Woher wussten Sie überhaupt, wo ich wohne?«, fragte Vivian.

»Nun, Ihr Vater steht im Telefonbuch. Ich wäre ja schon viel früher gekommen, aber Sie ahnen nicht, wie viele Greens es gibt, obwohl ich die Suche ja immerhin auf den Bereich SW1 eingrenzen konnte, weil Sie mir netterweise verraten hatten, dass er in Pimlico lebt. Leider haben Sie ihn immer nur Dad genannt, sodass ich seinen Vornamen nicht kannte.«

»Sie haben alle Greens angerufen?«, fragte Vivian entgeistert.

Claire erzählte von dem Streich, den Vivians Vater ihr gespielt hatte, und brachte Vivian damit zum Lachen. »Ja, mein Vater ist manchmal fast so skrupellos wie Sie.«

»Scheint so«, sagte Claire ebenfalls lächelnd.

»Erzählen Sie mir, was mit Logan passiert ist?«, fragte Vivian. Eigentlich hatte sie genügend traurige Geschichten für einen Tag gehört, doch sie wollte es jetzt wissen.

»Da gibt es nicht viel zu erzählen. Wir waren auf Barra, und kaum zwei Wochen später hörte er auf zu atmen. Die Folgen des großen Qualms. Er war nicht der Einzige, der daran mit einer kleinen Zeitverzögerung gestorben war«, erzählte sie knapp, als wäre es kaum von Bedeutung.

»Das muss Sie umgeworfen haben«, entgegnete Vivian, die sich nicht mehr täuschen ließ.

Claire zuckte die Achseln. »Sie wollen es unbedingt wissen, oder? Bitte schön! Ich habe zwei Tage lang in den Wind gebrüllt und versucht im Meer zu ertrinken. Es hat nicht funktioniert. Am Ende kam ich mir lächerlich vor und beschloss, dieses Leben auszukosten, solange und so gut ich konnte.«

»Sie haben mir so viel erzählt und das Wichtigste die ganze Zeit unterschlagen. Es mögen ja nur ein paar Tage gewesen sein, an denen die eigentliche Katastrophe stattfand. Aber sehen Sie nicht, wie sie sich auf alles danach ausgewirkt hat? Warum Sie jedes Mal weggerannt sind, sobald ein Mensch Sie wirklich berührt hat? Kein Wunder, dass Sie der Erinnerung so lange ausgewichen sind und selbst jetzt noch versuchen, sie mit wenigen Worten abzutun.«

»Sehr schön, Fräulein Freud«, murmelte Claire. »Aber es nützt nichts, oder? Sich jetzt noch diese Fragen zu stellen und damit zu quälen, meine ich.«

»Doch«, beharrte Vivian. »Wenn man die Vergangenheit sonst nicht hinter sich lassen kann, wenn sie einem die Zukunft zu verderben droht, dann muss man sich ihr stellen.«

»Ein guter Ratschlag, meine Kleine, warum beherzigen Sie ihn dann nicht einfach?« Herausfordernd sah Claire Vivian an, beugte sich ein wenig nach vorn und strich Vivian sanft über die Wange. Dann stand sie auf, verabschiedete sich knapp und verschwand.

Immer für einen guten Abgang bereit, dachte Vivian bewegt. Was, wenn Claire recht hatte? Man sollte zugreifen, wenn einem vom Leben etwas Gutes zugespielt wurde, weil der Spruch, es sei nie zu spät, das Richtige zu tun, eine glatte Lüge war. Vivian würde sofort damit anfangen und ihrem Vater einen Besuch abstatten.

Mit klopfendem Herzen stand Vivian vor der Tür ihres Vaters, nachdem sie Ethan aus dem Kindergarten abgeholt hatte.

»Autsch, Mama, du hältst mich zu fest«, beschwerte sich ihr Sohn.

Erschrocken lockerte sie ihren Griff um die kleine Hand, als sich die Tür öffnete.

»Hallo«, sagte ihr Vater.

»Hallo«, erwiderte Vivian.

Ihr Vater räusperte sich. »Kommt doch rein«, forderte er sie auf, als sie nicht von allein eintrat. Bislang hatte es nie einer Einladung bedurft. Dies war das erste Mal, dass Vivian sich in dem Haus, in dem sie so lange gemeinsam gelebt hatten, wie ein Gast fühlte, der erst einmal herausfinden musste, welche Regeln in diesem Haushalt galten.

Im Flur griff ihr Vater nach Ethan und gab dem Jungen einen kräftigen Kuss auf die Wange.

»Uärghs, Opa«, sagte der lachend.

»Wäre es dir recht, wenn ich für Ethan ›Thomas, die kleine Lokomotive‹ einlege und wir dann in die Küche gehen?«, fragte er dann ein wenig steif seine Tochter.

»Sicher«, sagte Vivian hastig. »Ich gehe schon mal vor und setze uns Teewasser auf.«

In der Küche nahm sie zwei Tassen aus dem Küchenschrank und ertappte sich dabei, dass sie den Raum nach Hinweisen darauf absuchte, dass eine Frau hier gewesen war. Sie fand auf den ersten Blick nichts. Als ihr Vater sich zu ihr gesellte, hatte sie bereits Teebeutel in die Tassen gehängt und sie mit heißem Wasser aufgegossen. Sie nahm eine davon in die Hand, lehnte sich mit dem Rücken gegen den Kühlschrank und nippte an dem Getränk, obwohl es natürlich noch fade schmeckte und viel zu heiß war. Beim Trinken verbrannte sie sich die Zunge, aber sie stellte die Tasse nicht wieder ab. Sie zu halten beschäftigte ihre Finger.

»Es war sicher komisch für dich, deinen alten Vater so zu sehen, könnte ich mir vorstellen?« Augen zu und durch, lautete also sein Plan, dachte Vivian. Genau wie sie blieb er stehen, statt sich an den Küchentisch zu setzen.

»Nein … ich meine: Doch, war es.« Vivian dachte nach. »Ich kann schlecht etwas dagegen sagen, wenn du dich mit Frauen triffst. Es war nur komisch, euch so vertraut zu sehen. Ich wette, sie kannte bereits meinen Namen, aber ich hatte noch nie von ihr gehört.«

»Als ich dein Gesicht gesehen habe, war mir sofort klar, dass ich es verkehrt angefangen habe«, gab Bertie zu. »Ich habe mir gesagt, es sei für dich gar nicht von großer Bedeutung. Jetzt, wo du erwachsen bist und dein eigenes Leben lebst.«

»Nicht von Bedeutung? Du bist immer noch mein Vater. Ich will wissen, wenn du etwas mit einer Hippie-Braut anfängst und mit ihr auf Londons Straßen die Leute unterhältst.« Zum Ende hin war ihre Stimme immer lauter geworden. Die Beleidigung bereute sie schon, während sie sie aussprach.

Durch die porösen Stellen, die die Vergangenheit in dem Panzer um ihre Seele hinterlassen hatte, war die Furcht gekrochen, als sie ihren Vater für einen Moment nicht erkannt hatte. Schließlich hatte sie keine anderen Familienmitglieder, außer Ethan natürlich. Das musste ihrem Vater doch bewusst gewesen sein. Aber die fremde Frau konnte nichts dafür.

»Siehst du, du findest es lächerlich. Wahrscheinlich hatte ich genau das befürchtet und war ein bisschen feige«, sagte ihr Vater.

»Wie habt ihr euch eigentlich kennengelernt?«, fragte sie, ohne auf seine Worte einzugehen.

»Sie ist vor einer Weile in dieses Haus eingezogen. Sie wohnt zwei Stockwerke über mir. Zuerst haben wir uns im Treppenhaus nur gegrüßt, dann dauerten unsere Plaudereien länger, bis wir schließlich regelmäßig miteinander Tee getrunken haben. Und plötzlich waren wir so etwas wie ein Paar.«

»Und der Gesang?«, wollte Vivian wissen.

»Ach, einmal habe ich in ihrer Wohnung die Heizung repariert und sie gebeten, mir dafür etwas Musik anzumachen. Ich habe lauthals mitgesungen, und sie hat danach behauptet, es wäre so gut gewesen, dass ich sie zu einem Chortreffen begleiten müsse. Es hat Spaß gemacht. Und Claudia ist sehr mitreißend, weißt du?«

»Das glaube ich«, sagte Vivian trocken und dachte an die verrückten Klamotten, die »Claudia« getragen hatte.

»Sie ist so lebendig und gleichzeitig so warm und bodenständig – ganz anders als …«

Deine Mutter. Vivian zuckte zusammen, als der unsichtbare Elefant, mit dem sie so lange gelebt hatten, plötzlich Gestalt annahm. Sie wollte weglaufen, aber konnte sich nicht von der Stelle rühren. Auch ihre Mutter hatte zeitweise sehr lebendig und zu allen Verrücktheiten fähig gewirkt – doch leider waren bei ihr diese Eigenschaften niemals von sonderlich viel Wärme begleitet gewesen.

»Du meinst, so anders als Mutter«, flüsterte Vivian matt.

Unruhig schweifte der Blick ihres Vaters in alle Richtungen, bis er ihr endlich wieder in die Augen sah. »Ja. Denk bloß nicht, ich hätte etwas vermisst, als wir beide hier allein waren, oder dass ich irgendwelche Opfer gebracht hätte. Aber als Claudia aufgetaucht ist, da wollte ich sie anfassen, verstehst du? Sie in meiner Nähe behalten.«

Dieses Eingeständnis brachte Vivian in Verlegenheit. Natürlich hatte er genau das getan – seiner Tochter zuliebe Bedürfnisse geopfert. Aber das war es eben, was Eltern für ihre Kinder taten. Zum Dank blieben ihm heute nur noch die gelegentlichen Besuche seiner Tochter oder seines Enkelsohns. Dazu gelegentliche Hausmeistertätigkeiten, hier und da mal ein Pub-Abend – Vivian hatte sich nie gefragt, wie er all die Zeit dazwischen füllte.

Sie hatte sich nie für egoistisch gehalten, war es aber gewesen, was ihren Vater anging. Dabei war er der einzige Mensch, der immer für sie da gewesen war, ohne eine Bedingung zu stellen. Aber schuldig hatte sie sich nur gegenüber ihrer Mutter gefühlt, weil sie es nicht mit Vivian aushielt. Kleine Kinder fühlten sich so, wenn ihre Eltern sich trennten. Sofern es andere Kinder betraf, wusste Vivian, dass diese Empfindung nichts weiter als ein schmerzhafter Irrtum war. Dennoch war sie überzeugt gewesen, dass der Fall bei ihr anders lag und sie tatsächlich schuldig war – das verkehrte Kind für eine Mutter wie ihre.

»War Mama irgendwann einmal anders? Vor meiner Geburt, meine ich?«, fragte Vivian. Es war an der Zeit, sich seine Sicht anzuhören. Vielleicht war es falsch, dass sie einander verschonen wollten, indem sie dieses Thema ausklammerten.

Müde rieb sich ihr Vater über das Gesicht. »Ich weiß es nicht, wenn ich ehrlich bin. Sie hatte immer sehr gute und sehr schlechte Tage. Eine Weile fand ich das aufregend. Doch schon kurz nachdem du auf die Welt gekommen bist, war ich mir nicht mehr so sicher, ob es die Art von Aufregung war, die ich mir für mein Leben wünschte. Und dann beobachtete ich, was es mit dir machte. Ich hatte mir eine flatterhafte Frau ausgesucht, ich wusste, worauf ich mich einließ – aber du hast dich nie dafür entschieden, eine solche Mutter zu haben. Sie nahm dich zu selten in den Arm. Aber trotzdem noch so oft, dass es dir schrecklich wehtat, wenn sie dich wieder wegstieß.«

Vivian erinnerte sich an das Gefühl. Plötzlich wollte sie nicht mehr, dass er fortfuhr, doch nun war er nicht mehr zu stoppen.

»Du wusstest nie vorher, was passieren würde«, sagte er. »Es war mehr als nur der Alkohol. Der war nur ein Symptom. Ich weiß nicht, wie man die Krankheit nennt, die sie hatte. Du müsstest es besser wissen. Ich habe nur deinen Blick gesehen, wenn sie in der Nähe war. Du warst immer auf der Hut. Wie ein flatterndes Täubchen, das auf eine Brotkrume hoffte, wo der Mensch an seiner Seite doch nicht einmal ein Brot in der Hand hielt. Ich weiß nicht, wie ich es besser erklären soll. Aber irgendwann habe ich ihr gesagt, sie solle eine Therapie anfangen oder gehen und uns in Ruhe lassen.«

»Sie ist gar nicht freiwillig gegangen?«, fragte Vivian, die all die Jahre geglaubt hatte, ihre Mutter wäre wortlos abgehauen. »Wärt ihr zusammengeblieben, wenn du mich nicht für zu verletzlich gehalten hättest?«

»Wie bitte?« Ihr Vater starrte sie an. »Nein, mein Schatz!

Ich wollte dir jetzt nicht das Gefühl geben, dass du der Grund warst, dass … Es war eine Katastrophe, mit ihr zu leben. Ohne dich wäre unsere gemeinsame Zeit vermutlich noch früher zu Ende gegangen. Wenn überhaupt, muss ich mich fragen, ob ich mehr hätte tun können.«

»Du hast sie vor die Wahl gestellt, und sie hat sich gegen uns entschieden«, sagte Vivian unglücklich.

»Wie man es nimmt«, sagte ihr Vater achselzuckend. »Bevor das Ultimatum abgelaufen war, ist sie mit einem anderen Mann durchgebrannt. Bevor sie gegangen ist, hat sie mir übrigens noch gesagt, dass du das Beste bist, was sie je zustande gebracht hat. Weißt du was? Als ich irgendwann nicht mehr so wütend war, habe ich versucht die Situation von einer anderen Seite zu betrachten. Vielleicht hat sie sich auf ihre Art sogar für uns entschieden. Sie hat dafür gesorgt, dass es uns besser ging. Hat uns von ihren Problemen befreit, indem sie gegangen ist, verstehst du? Sie wollte uns nicht zugrunde richten.«

»Wieso hast du mir nie davon erzählt?« Vivian war sich beinahe sicher, dass ihr Vater log, als er behauptete, ihre Mutter habe sie für das Beste in ihrem Leben gehalten. Er hatte an seine Nase gefasst und sie nicht angesehen.

»Du hast nie nach deiner Mutter gefragt. Ich dachte, dann wäre es besser zu schweigen«, antwortete Bertie Green den Tränen nahe.

»Ich wollte dich nicht aufwühlen«, murmelte Vivian, deren Augen nun auch feucht waren. »Weißt du, was aus ihr geworden ist?«, fragte sie schließlich.

Er schüttelte den Kopf. »Aber sie hatte eine Schwester, und ich habe ihre Adresse aufbewahrt – falls du sie irgendwann einmal brauchst.«

Vivian stellte die Tasse zur Seite, machte einen Schritt auf ihren Vater zu und schlang ihre Arme um seinen Hals, wie sie es früher immer getan hatte. Ohne zu zögern, drückte er sie fest an sich.

»Alles ist gut, Papa«, flüsterte sie, und in der vertrauten und erneuerten Sicherheit seiner Umarmung hatte Vivian zum ersten Mal das Gefühl, dass diese Lüge wahr sein könnte. Er hatte auch gelogen, aber es hatte keine Bedeutung.

Nein, sie wollte die Adresse nicht. Die Abwesenheit ihrer Mutter war schwer zu ertragen gewesen, und das Schweigen all die Jahre hatte es nicht besser gemacht, aber Vivian sah keinen Sinn mehr darin, mit ihr über eine Zeit zu sprechen, die sie gar nicht miterlebt hatte. Es war richtig, dass sie mit ihrem Vater darüber geredet hatte, dem einzigen Menschen, der die ganze Zeit da gewesen war. Nur das zählte. Sie hatten den Elefanten, der ihnen solche Angst eingejagt hatte, davongescheucht.

Ihre Mutter aufzusuchen würde bedeuten, sich noch etwas von ihr zu erhoffen. Ihre Reue etwa oder dass sie dem Kind von früher doch noch eine Mutter wurde. Dabei ließ sich die Zeit nicht zurückdrehen oder aufholen. Es war komisch, dass das Nichtvorhandensein von etwas so lange seinen Einfluss auf einen Menschen ausüben konnte. Aber nun war Vivian bereit, ihre Mutter oder wohl eher ihre Vorstellung von ihr hinter sich zu lassen.

Würde ihre Mutter eines Tages vor ihr stehen, wäre Vivian vielleicht dazu bereit, sich ihre Geschichte anzuhören. Aber es würde ihre eigene nicht mehr verändern.

»Glaub mir, für mich ist es auch komisch, dich mit anderen Männern zu sehen«, murmelte Bertie in ihr Haar. »Wenn er nicht nett ist, dann bekommt er Ärger mit mir, in Ordnung? Du musst es mir nur sagen. Das machen wir nicht mehr, dass wir über etwas nicht reden, okay?«

»Ach, Dad«, sagte Vivian und drückte ihn noch einmal ganz fest an sich. Sie würde ihn ein anderes Mal darüber aufklären, dass Aidan und sie nur Freunde waren. In diesem Moment war es nicht wichtig.

»Was macht ihr denn da?«

Vivian und ihr Vater fuhren herum. Sie hatten nicht bemerkt, dass Ethan die Küche betreten hatte.

»Mama, weint Opa? Und du auch, Mama?« Es schien ihm schrecklich unangenehm zu sein, Erwachsene in diesem Zustand zu ertappen.

Vivian und ihr Vater sahen einander an und lachten. »Ja, Ethan«, sagte Vivian. »Es ist wirklich alles in bester Ordnung.« Dann streckte sie die Hand nach ihrem Jungen aus, der dieser Einladung folgte und sich von ihr hochnehmen ließ, sodass sie ihn in ihre Umarmung einschließen konnten.

48. Kapitel

Am folgenden Nachmittag war Vivian bereit, Peter zu treffen. Aidan hatte zufällig einen freien Tag und sich bereit erklärt, auf Ethan aufzupassen. Ihr Vater war mit Claudia verabredet, und nun, da Vivian von ihr wusste, musste er seine Freundin nicht mehr dauernd versetzen, wenn Vivian um Hilfe bat, sondern konnte seiner Tochter einfach die Wahrheit sagen.

Aidan war sichtlich gut gelaunt, als er Vivian und Ethan die Tür öffnete. »Jacob ist in seinem Zimmer, er freut sich schon auf dich«, sagte er zu Ethan, der daraufhin direkt davonstürzte.

»Schade, dass sich die beiden bald trennen müssen«, murmelte Aidan. »Hast du denn wenigstens etwas Schönes vor?«

»Ich hoffe schon«, murmelte sie. Sie hatte Aidan immerhin einmal geküsst, und nun gab sie ihr Kind bei ihm ab, um sich mit einem anderen Mann in einem Hotelzimmer zu treffen. Andererseits war Aidan selbst es gewesen, der nach dem Kuss behauptet hatte, sie würden ihre Freundschaft gefährden. Seither hatte er ihr keinerlei Zeichen gegeben, etwas anderes von ihr zu wollen. Es gab also keinen Grund für ein schlechtes Gewissen. Sie bedankte sich bei Aidan und behauptete, spät dran zu sein. Als sie die Wohnung verließ, fühlte sie sich erleichtert. Aber mit jedem Schritt, den sie machte, wurde sie unruhiger. Sie konnte sich nicht mehr vorstellen, im Hotel gleich Peter zu treffen. Seinem Ruf zu folgen fühlte sich gar nicht mehr wie Freiheit an, sondern wie das Gegenteil davon. Sicher war sie nur aufgeregt, sagte Vivian sich. Sie war eben ein Angsthase. Aber dagegen würde sie jetzt etwas unternehmen. Man musste seine Komfortzone verlassen, um sein Leben zu leben.

Wieder etwas beschwingter huschte Vivian im Hotel Mondrian an der Rezeption vorbei. Wieder trug sie Claires Kleid, es schien das passende für dieses Treffen zu sein. Peter hatte ihr die Zimmernummer per SMS geschickt. Sie nahm den Aufzug in den vierten Stock und betrat nach dem Aussteigen einen langen Korridor. Als sie endlich die richtige Tür gefunden hatte, klopfte sie an.

Es dauerte kaum zehn Sekunden, bis sie geöffnet wurde. Peter hielt ihr die Hand entgegen und zog sie an sich. Dann schloss er die Tür wieder. Vivian starrte auf das große Bett, das fast den ganzen Raum einnahm. Seine aufdringliche Anwesenheit machte alles so eindeutig. Ein Mann, eine Frau, ein Hotelzimmer.

»Tut mir leid«, sagte Peter und deutete auf die Umgebung. »Ein ganz schönes Klischee, oder?«

»Darauf kommt es nicht an«, behauptete Vivian. Eine Floskel ging ihr durch den Kopf: Wer A sagt, muss auch B sagen.

»Worauf kommt es denn an?«, fragte Peter und zog sie wieder an sich. Er war warm und duftete nach seinem leicht würzigen Rasierwasser, genau wie auf Barra. Es konnte nicht so schwer sein, dort weiterzumachen. Vivian versuchte die Sperre zu lösen, die in ihrem Kopf herrschte. Sie legte ihre Hände auf seine Schultern und zog ihn noch näher an sich heran.

»Darauf kommt es an«, sagte sie, bevor sie ihn küsste. Aber es fühlte sich mechanisch an, als folgten sie einem Skript. Am liebsten hätte Vivian vor Frustration geheult. Sie öffnete ihre Lippen für ihn und hoffte, dass die Empfindungen ihren Körpern folgen würden. Erleichtert spürte sie die Erregung in sich aufkeimen, als er ihren Mund in Beschlag nahm. Und doch fehlte etwas.

Sie versteifte sich, und er bemerkte es.

»Wollen wir uns hinsetzen?«, fragte er und deutete auf das Bett.

Sobald sie saßen, berührten sie sich nicht mehr.

»Und was machen wir jetzt?«, fragte Vivian, als die Stille sich nicht mehr ignorieren ließ.

»Ich vermute, dass wir nicht miteinander schlafen?«, fragte Peter. Hier in diesem Hotelzimmer war Barra weit weg. Das hier war die Realität. In der kannten sie einander kaum. Es machte sie hölzern und sprachlos.

Auf der Hebrideninsel hatten sie miteinander geredet, doch nun erkannte Vivian, dass es schon damals kaum mehr als ein Vorspiel gewesen war. Jedenfalls hatte es sich nicht um einen echten Austausch gehandelt. Ihr war nicht klar, was Peter angetrieben hatte, doch für sich erkannte sie, dass nicht er es gewesen war, dem sie in ihren intimsten Momenten begegnet war. Auf Barra hatte sie das noch geglaubt. Dabei war er nicht wichtig gewesen, sondern nur Projektionsfläche und Katalysator. Fast empfand sie deswegen ein schlechtes Gewissen ihm gegenüber. Es war um sie selbst gegangen, die Dinge, die sie lange unterdrückt und nun entfesselt hatte. Vivian dachte an Claire und den Rockstar. *Wir wählen oft denjenigen, der verkörpert, was wir in uns selbst gerne finden würden.* Peters lässiges Selbstvertrauen und sein selbstverständliches Auftreten hatten sie angelockt. Sie kannte diesen Mann gar nicht, und wie es aussah, würde sie auch nie herausfinden, was ihn ausmachte.

»Du hast mich hereingelegt. Du hast dich verstellt. Auf Barra warst du ganz anders«, stellte Peter bitter fest.

Für einen Moment war sie bereit, ihm recht zu geben, doch dann schüttelte sie den Kopf. »Nein, das glaube ich nicht. Vielleicht haben wir uns ohne Absicht gegenseitig getäuscht, und nun haben wir uns eben enttäuscht.«

Es fiel ihr schwer, ihn zurückzuweisen – nach allem, was er aufgegeben hatte. Aber sie hatte ihn nicht darum gebeten – und wenn sie nun bliebe, dann aus schlechtem Gewissen. Sie würde ein Leben führen, in dem sie noch gefangener war als bislang – mit einem Mann, der seine Familie wegen einer flüchtigen Begegnung verließ. Sie war froh, dass sie nicht noch einmal mit ihm geschlafen hatte, seit sie von seinen Kindern und der Frau wusste.

»Es tut mir wirklich leid, wenn du deine Frau meinetwegen verlassen hast, aber ich kann nicht mit dir zusammen sein.«

Er sah sie unglücklich an und betrachtete dann den Fußboden. »Ich habe sie nicht verlassen. Sie hat mich rausgeworfen, nachdem sie meine erste SMS an dich gefunden hat.«

»Wärst du sonst bei ihr geblieben?«

Er zögerte. »Ich denke schon.«

Vivian stand auf. »Was machst du dann hier? Geh nach Hause, vielleicht habt ihr noch eine Chance.«

Als Vivian das Hotel verließ und sich auf den Weg zu Aidan machte, dachte sie über das nach, was passiert war. Sie hatte sich in Peters Arme gestürzt, weil sie hungrig gewesen war, und er war bei ihr gelandet, weil er von seinem Alltag womöglich zu gesättigt war. Wenn er klug war, würde er erkennen, dass er genau wie Vivian seine Leerstellen ganz allein füllen musste.

»Das ging aber schnell«, sagte Aidan überrascht, als Vivian kaum eine Stunde nach ihrem Abschied wieder vor seiner Tür stand. Sie folgte ihm ins Wohnzimmer, wo Jacob und Ethan mit der Eisenbahn spielten. Aidan legte sich neben die Jungs auf die Seite und sah zu Vivian hoch.

»Wir fahren nach Soldau, wirst du uns begleiten?« Er lächelte sie an. Soldau war die Insel der sprechenden Lokomotive Thomas.

Vivian schaute auf das Chaos zu ihren Füßen, die umgekippte Box mit den Playmobil-Figuren, das Wirrwarr aus Schienen und die glücklichen Gesichter der drei Jungs. Plötzlich wusste sie, warum sie seine Job-Angebote zuerst nicht hatte annehmen wollen und es zuletzt kaum in Aidans Wohnung ausgehalten hatte. Es war im Grunde banal.

Selbstbehinderung: die Reaktion auf die Angst vor Versagen, indem man Erfolgschancen sabotiert, um das Selbstwertgefühl zu erhalten.

»Gerne.« Sie setzte sich zu den anderen auf den Fußboden und half, eine Landschaft aus Playmobil als Kulisse für die Eisenbahn aufzubauen. »Mit euch würde ich überallhin fahren.«

Aidan sah zu ihr hoch. Vivian meinte, eine Frage in seinem Gesicht zu lesen, und deshalb nickte sie ihm mit einem ermutigenden Lächeln zu. Dies konnte ein Anfang sein. In gewisser Hinsicht war es furchterregender als die Affäre mit Peter, weil dies die Wirklichkeit war und nicht nur ein Traum, den sie an einem weit entfernten Ort geträumt hatte. Was sie nun tat, würde Konsequenzen für sie alle haben. So gut sie konnte, würde sie ihren Teil dazu beitragen, dass es gelang. Und der Rest … der lag nicht in ihrer Hand.

Epilog

Drei Monate später

Vivian hielt die Beifahrertür von Aidans Wagen auf, und Claire ließ sich auf den Sitz fallen.

»Bereit für unseren Ausflug?«, fragte Vivian, als sie sich hinter das Steuer gesetzt und angeschnallt hatte.

»Absolut nicht«, entgegnete Claire. »Fahren Sie schon los.«

Vivian trat aufs Gaspedal. Sie hatte sich einen Tag freigenommen, um mit Claire Richtung Süden zu fahren.

Ihre Vormittage verbrachte Vivian mittlerweile meist im Büro, und was sie dort nicht zu Ende brachte, erledigte sie zu Hause, sobald Ethan schlief. Nun, da sie abends nicht mehr am Telefon saß, konnte sie die Zeit gut für ihren neuen Job nutzen. An einem ihrer letzten Arbeitstage bei »Helpline National« hatte sie ihr Abschiedsgeschenk erhalten: Leos Mutter hatte sie angerufen, um ihr mitzuteilen, dass Leo bald wieder zur Schule gehen würde. »Haben Sie die Glocke gehört?«, hatte sie lachend gefragt.

»Ich habe sie mir oft vorgestellt«, antwortete Vivian ehrlich. Es hatte sich wie ein Abschluss angefühlt, und nun genoss sie es, mit gleich gesinnten Kollegen in einem Raum zu arbeiten, mit ihnen etwas zu entwickeln, woran alle glaubten.

Es war auch gut, dass Aidan ein eigenes Büro hatte. Sie hatten entschieden, eine gemeinsame Wohnung zu suchen, mit einem Extrazimmer für Jacob, das Vivian abends als Arbeitszimmer nutzen konnte. Da war es besser, wenn sie sich tagsüber im Büro nicht auch noch einen Schreibtisch teilten.

Ihr Vater und Claudia würden Ethan heute vom Kindergarten abholen und ihn zu einer Fast-Food-Kette ausführen. Vivian war zu kribbelig gewesen, um Einwände zu erheben. Diese Reise würde keine leichte für Claire werden, und die Nervosität hatte auf Vivian abgefärbt.

»Ich weiß wirklich nicht, ob das eine gute Idee ist«, sagte Claire unterwegs mehrmals. Vivian hatte sie noch nie so unsicher gesehen.

»Es ist eine sehr gute Idee«, beharrte Vivian, während sie sich ihren Weg durch den Londoner Straßenverkehr bahnte. Es fiel ihr nicht leicht, weil sie zwar eine erprobte Radfahrerin war, aber keine Routine am Steuer eines Autos hatte. Dass der Fahrer eines Jeeps mit deutschem Kennzeichen hinter ihr mehrmals hupte, machte die Sache nicht einfacher. Nur Claire schien nichts gegen Vivians Schneckentempo einzuwenden zu haben.

»Deutsche«, sagte sie nach einem Blick in den Rückspiegel. »Sollen sie doch auf ihren Straßen rasen. Eine gemeingefährliche Nation voller Mörder und Selbstmörder. Wie die Amerikaner. Wollen wir eine kleine Wette abschließen? Was, meinen Sie, wird zuerst durchgesetzt? Ein Verbot von Schusswaffen bei den Cowboys oder ein Tempolimit auf deutschen Autobahnen?«

Vivian kannte sich mit den Regelungen auf deutschen Autobahnen nicht aus, aber dass es jemandem gelang, die Amerikaner zu entwaffnen, musste man bedauerlicherweise für unwahrscheinlich halten. »Ich vermute, das ist eine Fangfrage und Sie glauben an beides nicht. Gibt es noch andere Länder, gegen die Sie voreingenommen sind, Mrs. Holloway? Was ist mit Franzosen oder Italienern? Unhöfliche Froschfresser und laute Drama-Queens, die nur über *Amore* reden?«

Claire schnaubte. »Die machen zumindest gute Weine, das macht die Nachteile dieser Länder wieder wett, meinen Sie nicht auch, Miss Green?«

Vivian lachte auf. Ihre Beifahrerin schien sich langsam zu entspannen, und auch sie selbst wurde ruhiger. Endlich waren sie auf der Autobahn, wo der Verkehr fließender wurde. Vivian schaltete das Navigationsgerät aus, damit die Computerstimme sie nicht minütlich darüber unterrichtete, dass sie geradeaus zu fahren hätten.

Claires Tochter lebte in einem kleinen Dorf bei Eastbourne. Die Fahrt würde mindestens noch eine Stunde dauern. Fast so lange, wie sie gebraucht hatten, um London zu verlassen.

»Waren Sie eigentlich schon einmal dort?«, fragte Vivian neugierig. »Einfach nur so aus Neugierde, meine ich.«

Sie konnte sich nicht vorstellen, einem Ort lange fernzubleiben, an dem Ethan lebte.

Claire zögerte. »Einmal war ich beinahe dort. Als wir Pevensey erreicht hatten, bat ich den Taxifahrer umzudrehen.«

Vivian verschluckte sich an ihrem Speichel und hustete. »Sie sind mit dem Taxi den ganzen Weg bis an die Küste und zurückgefahren? Ganz schön dekadent.« Diese wahnwitzige Aktion musste Claire ein Vermögen gekostet haben.

»Nun, sich stattdessen einen Chauffeur zu halten, um dann ein- oder zweimal im Jahr eine größere Strecke mit dem Auto zurückzulegen, wäre wohl die größere Vergeudung, oder?«

»Natürlich ist es undenkbar, selbst zu fahren oder auf öffentliche Verkehrsmittel zurückzugreifen.«

Claire rümpfte die Nase. »Öffentliche Verkehrsmittel meide ich, seit ich fünfundzwanzig Jahre alt bin. Und ich wette, sie sind in den letzten fünfzig Jahren nicht angenehmer geworden.«

Vivian selbst würde die U-Bahn oder einen Zug jederzeit einem Auto vorziehen. Man konnte die Nase in ein Buch stecken und wurde mit ausreichend Beinfreiheit zu seinem Ziel kutschiert. Sie blickte zu Claire, die nun schweigend aus dem Fenster sah. Vivian hoffte, Lydia würde ihrer Mutter eine Chance geben. So wie sie selbst sich inzwischen die Mühe machen würde, ihre Mutter kennenzulernen, wenn diese das wollte, um dann zu entscheiden, ob sie der Frau einen Platz in ihrem Leben gewähren würde.

An einer Tankstelle kurz vor ihrem Ziel bat Claire sie, anzuhalten.

Angeblich musste sie unbedingt eine Toilette aufsuchen und außerdem einen Cadbury-Riegel erwerben, um ihren Blutzuckerspiegel konstant zu halten. Für Vivian war es offensichtlich, dass ihre Freundin nur Zeit gewinnen wollte.

Geduldig ließ sie Claire gewähren und nutzte die Pause, um das Navigationsgerät wieder einzuschalten. Gleich würden sie wieder kleinere Straßen befahren, und Vivian wollte sich nicht verirren.

Beim Einsteigen warf Claire einen Schokoriegel in Vivians Schoß. Einen weiteren befreite sie für sich selbst von seiner lilafarbenen Hülle.

»Es sind die mit Nüssen«, sagte Claire. »Nervennahrung, also beißen Sie gefälligst rein. Hätte ich gewusst, dass Sie eine so schlechte Fahrerin sind, wäre ich nie eingestiegen.«

Vivian lachte. Großmütig entschied sie, Claires Zustand nicht noch zu verschlimmern, indem sie sie auf die Durchsichtigkeit ihrer Ablenkungsmanöver hinwies. »Danke sehr«, antwortete sie, biss in ihren Riegel und startete erneut den Motor.

Nach einer Weile kündigte die monotone Computerstimme des Navis an, dass sie in sechshundert Metern ihr Ziel erreicht haben würden. Claire griff ohne Vorwarnung nach Vivians Hand, sodass diese vor Schreck leicht das Lenkrad verriss und gerade noch im letzten Moment auf der Fahrbahn bleiben konnte.

»Drehen Sie um, jetzt sofort! Bevor uns jemand sieht«, rief Claire aufgeregt.

Vivian hielt das Lenkrad wieder gerade. »Ich dachte gerade, das sei der Sinn der Sache. Ihnen kann doch nichts passieren. Ich warte ganz in Ihrer Nähe im Auto und lenke hinterher den Fluchtwagen.«

Die kleine Ortschaft erinnerte Vivian an eines der Midsomer-Dörfer, in denen *Inspector Barnaby* seit so vielen Jahren Mordfälle aufklärte, dass es eigentlich keinen einzigen Bewohner mehr geben dürfte. Vor einem weißen rosenumrankten Haus blieben sie stehen. Vivian drängte Claire nicht, endlich auszusteigen. Auch nicht, als bereits zehn Minuten vergangen waren, in denen sie nur stumm auf die Haustür gestarrt hatten. Plötzlich trat eine junge Frau aus dem Haus und kam mit einem Baby im Arm auf sie zu. Sie hielt ihr Kind mit einer Hand an sich gedrückt und klopfte mit der anderen gegen Vivians Scheibe. Vivian kurbelte ihr Fenster herunter und lächelte der Frau zu, die ihr vage bekannt vorkam. Aus dem linken Augenwinkel sah sie Claires Fäuste, die so fest geballt waren, dass die Fingerknöchel weiß hervortraten.

»Entschuldigung«, sagte die junge Frau. »Würde es Ihnen etwas ausmachen, noch ein Stück weiterzufahren? Meine Mutter feiert heute ihren Geburtstag und erwartet noch einige Gäste.«

Es war nicht an Vivian, für Claire zu entscheiden, ob sie sich zu erkennen geben wollte oder nicht. Deswegen wartete sie kurz auf deren Reaktion, und als sie keinen Mucks von ihrer Begleiterin hörte, sagte sie: »Gar kein Problem, wir fahren ein Stück weiter.«

»Danke.« Die junge hübsche Frau, die Claires Enkelin sein musste, strahlte sie an. »Wohin möchten Sie denn überhaupt, vielleicht kann ich Ihnen ja helfen.«

Vivian sah zu Claire, doch diese blickte stur geradeaus. »Nein danke. Wir kommen schon klar«, versicherte Vivian seufzend. Dann steuerte sie das Auto einige Meter weiter. »Geburtstag also?«, fragte sie dann streng. »Sie wussten es! Und auch, dass Sie nicht aussteigen würden. Nicht, wenn es auch noch Gäste gibt. In so eine Situation würden Sie Ihre Tochter nicht bringen. Musste es sein, dass ich dafür einen Urlaubstag opfere?«

Claire schluckte. »Das hatte ich nicht bedacht. Verzeihung. Ich brauchte eine Generalprobe. Und ich hatte gehofft, dass ich einen Blick auf die ganze Familie erhaschen würde. Das war meine Enkelin, wissen Sie? Und meine Urenkelin. So viele Frauen …«

»Sie konnten doch unmöglich mit so einem Zufall rechnen«, sagte Vivian etwas milder gestimmt.

»Nein«, sagte Claire. »Um ehrlich zu sein, hatte ich keinen Plan.«

Durch den Rückspiegel beobachteten sie gemeinsam den Schopf mit dem wippenden braunen Pferdeschwanz. Claires Enkelin umarmte lachend die Gäste, die gerade angekommen waren.

»Es ist schön, dass so viele Gäste zu Lydia kommen. Offenbar ist sie besser darin, Freundschaften zu schließen, als ich«, sagte Claire mit mühsamer Beherrschung.

»Vielleicht ist sie ja jemand, der seine Türen für andere Menschen geöffnet hält«, entgegnete Vivian.

Claire griff erneut nach ihrer Hand und drückte sie so fest, dass es beinahe wehtat.

»Familien sind schon etwas Merkwürdiges, oder?«, sagte Claire. Und als sie sich ansahen, hatten beide Tränen in den Augen.

»Jeder braucht Menschen, die zu einem gehören. Manche sind einfach da, und andere kann man vielleicht wählen.«

»Das ist ein schöner Gedanke«, stellte Claire fest.

Vivian legte ihre freie Hand auf die von Claire. Sie würden einander weiter begleiten, sich übereinander ärgern, einander missverstehen und gleichzeitig so gut verstehen wie niemand sonst, das war ihr inzwischen klar.

»Ja, ein sehr schöner Gedanke«, wiederholte Vivian.

»Ich werde aussteigen«, versprach Claire. »Nicht heute. Aber bald werde ich dich bitten, mich noch einmal hierherzufahren. Dann werde ich aussteigen – nur nicht heute. Ich werde sie nicht überfallen.«

»In Ordnung«, sagte Vivian schlicht.

»Ich dachte gerade, wie seltsam es ist, dass Logans Großnichte jetzt viel älter ist, als er es je war«, fuhr Claire fort.

»Werden Sie ihn nach London holen?«

»Ich habe darüber nachgedacht. Aber nein, ich werde es nicht tun. Das, was ich holen könnte, wäre nicht Logan. Ich denke an ihn, egal, wo seine Knochen liegen. Vielleicht kann ich eines Tages Lydia von ihm erzählen, sodass er noch ein wenig länger hier ist.«

»Das sollten Sie wirklich tun«, bestätigte Vivian. Sie wendete und lenkte den Wagen ein weiteres Mal an der jungen Frau vorbei, die immer noch am Gartentor stand und anscheinend nach den ersten Geburtstagsgästen Ausschau hielt. Sie war so hübsch. Und eines Tages würde sie die alte Dame neben Vivian im Auto anlächeln, nicht weil man es eben so tat, wenn man von Fremden einen Gefallen erbat, sondern weil es Claire war, die ihr gegenüberstand – ihre Großmutter.

– ENDE –

Danksagung

Bücher entstehen nicht von allein, sondern durch die Hand von Autoren, die von vielen anderen Menschen inspiriert, unterstützt und geprägt werden. Das ist nicht immer ein bewusster Prozess, sodass ich bestimmt versäume, mich bei allen Menschen zu bedanken, die es verdient hätten. Sie alle bitte ich hiermit um Verzeihung.

In jedem Fall erwähnen muss ich meine Familie. Beate, Henning, David und nicht zuletzt, von uns allen vermisst, Carlos, aber auch meine Schwiegerfamilie, die mich so herzlich aufgenommen hat – und damit meine ich die ganze große Sippschaft, egal welchen Nachnamen ihre einzelnen Mitglieder tragen.

Dann möchte ich mich bei meiner bezaubernden, witzigen, schönen Freundin Laura bedanken, ohne die mein Leben ein ganzes Stück ärmer wäre. Uns wird immer Paris bleiben – ich freue mich auf unseren nächsten Ausflug dorthin und überhaupt alles andere! Daniele, vor dir mache ich einen Knicks und verleihe dir hiermit das Zertifikat »Meister der Ermutigung«. Sia, du bist meine fabelhafte, unentbehrliche Mitstreiterin für das Konzept des lebenslangen Lernens. Barbara, dir danke ich für die immer kluge und anregende Begleitung. Du hast mich entscheidend weitergebracht – und mir sogar noch meinen großen Mann beschert, ohne den es den kleinen gar nicht gäbe. Diese beiden erwähne ich erst jetzt, weil der Anschluss so gut passt, obwohl sie ganz vorn stehen müssten. Danke für die Freude, die ihr in mein Leben bringt, für die Unterstützung und vor allem die Geduld mit einer Frau, die ständig ihren Laptop auf dem Schoß hat. Ich gelobe Besserung. Einer der wichtigsten Menschen bei der Entstehung dieses Buches war außerdem Christiane Branscheid, meine Lektorin, die lauter ärgerliche Verbesserungsvorschläge gemacht hat, die sich bei genauem Hinsehen natürlich als genau richtig entpuppt haben, sodass mein Buch tatsächlich ein besseres geworden ist. Danke für die gute Zusammenarbeit. Nina Arrowsmith danke ich für die Vermittlung und Julia Aumüller für die Entdeckung. Meinen DELIA-Kolleginnen danke ich dafür, dass sie einem immer wieder schnell und großzügig mit Rat und Tat zur Seite stehen.

Außerdem möchte ich mich bei David Kynaston bedanken, der in seiner Sachbuchreihe über das Nachkriegsengland die Vergangenheit so gelungen zum Leben erweckt hat, dass ich das Gefühl habe, ich wäre in Claires Jugendzeit mit dabei gewesen. Und – mir ist bewusst, wie abgegriffen und anbiedernd es klingt, aber das macht es nicht weniger wahr: Ich danke den Lesern, ohne die es keine Bücher gäbe. Ich hoffe, ihr seid meiner Meinung, wenn ich sage, dass wir ein gutes Team sind!